中国古典文学名著丛书

喻世明言

下

[明] 冯梦龙 著

華夏出版社
HUAXIA PUBLISHING HOUSE

第二十一卷　临安里钱婆留发迹

贵逼身来不自由，几年辛苦踏山丘。

满堂花醉三千客，一剑霜寒十四州。

莱子① 衣裳宫锦窄，谢公② 篇咏绮霞羞。

他年名上凌云阁③，岂羡当时万户侯？

这八句诗，乃是晚唐时贯休所作。那贯休是个有名的诗僧，因避黄巢之乱，来于越地，将此诗献与钱王④ 求见。钱王一见此诗，大加叹赏，但嫌其“一剑霜寒十四州”之句，殊无恢廓之意，遣人对他说，教和尚改“十四州”为“四十州”，方许相见。贯休应声，吟诗四句。诗曰：

不羡荣华不惧威，添州改字总难依。

闲云野鹤无常住，何处江天不可飞？

吟罢，飘然而入蜀。钱王懊悔，追之不及。真高僧也。后人有诗讥诮钱王，云：

文人自古傲王侯，沧海何曾择细流？

一个诗僧容不得，如何安□望添州？

此诗是说钱王度量窄狭，所以不能恢廓霸图，止于一十四州之主。虽如此说，像钱王生于乱世，独霸一方，做了一十四州之王，称孤道寡，非通小可。你道钱王是谁？他怎生样出身？有诗为证：

项氏宗衰刘氏穷，一朝龙战定关中。

纷纷肉眼看成败，谁向尘埃识骏雄？

话说钱王，名镠，表字具美，小名婆留，乃杭州府临安县人氏。其母怀

---

① 莱子——春秋时楚国人，年七十岁，常穿着五色衣裳，作婴儿戏，娱乐他的父母。

② 谢公——南朝宋诗人谢灵运。

③ 凌云阁——指唐代长安的凌烟阁，唐太宗画功臣二十四人于阁上。

④ 钱王——五代吴越王钱镠。

孕之时，家中时常火发，及至救之，又复不见，举家怪异。忽一日，黄昏时候，钱公自外而来，遥见一条大蜥蜴，在自家屋上蜿蜒而下，头垂及地，约长丈余，两目熠熠有光。钱公大惊，正欲声张，忽然不见。只见前后火光亘天，钱公以为失火，急呼邻里求救。众人也有已睡的未睡的，听说钱家火起，都爬起来，收拾挠钩水桶来救火时，那里有什么火！但闻房中呱呱之声，钱妈妈已产下一个孩儿。钱公因自己错呼救火，蒿恼了邻里，十分惭愧，正不过意，又见了这条大蜥蜴，都是怪事，想所产孩儿，必然是妖物，留之无益，不如溺死，以绝后患。也是这小孩儿命不该绝，东邻有个王婆，平生念佛好善，与钱妈妈往来最厚。这一晚，因钱公呼唤救火，也跑来看。闻说钱妈妈生产，进房帮助，见养下孩儿，欢天喜地，抱去盆中洗浴。被钱公劈手夺过孩儿，按在浴盆里面，要将溺死。慌得王婆叫起屈来，倒身护住，定不容他下手，连声道："罪过，罪过！这孩子一难一度，投得个男身，作何罪业，要将他溺死！自古道：'虎狼也有父子之情。'你老人家是何意故[①]?"钱妈妈也在床褥上嚷将起来。钱公道："这孩子临产时，家中有许多怪异，只恐不是好物，留之为害。"王婆道："一点点血块，那里便定得好歹。况且贵人生产，多有奇异之兆，反为祥瑞，也未可知。你老人家若不肯留这孩子时，待老身领去，过继与没孩儿的人家养育，也是一条性命，与你老人家也免了些罪业。"钱公被王婆苦劝不过，只得留了，取个小名，就唤做婆留。有诗为证：

五月佳儿说孟尝[②]，又因光怪误钱王。
试看斗文并后稷，君相从来岂殀亡？

古时姜嫄[③]感巨人迹而生子，惧而弃之于野，百鸟皆舒翼覆之，三日不死。重复收养，因名曰弃。比及长大，天生圣德，能播种五谷。帝尧任为后稷之官，使主稼穑，是为周朝始祖。到武王之世，开了周家八百年基业。

---

① 意故——用意；缘故。

② 五月佳儿说孟尝——战国时孟尝君田文，生于五月五日。当时流行一种迷信的说法：五月生的孩子，长大了会不利其父母。他的父母田婴叮嘱不要养育他，但田文的母亲却偷偷地抚养了他。

③ 姜嫄(yuán)——传说是周朝祖先后稷的母亲。

又春秋时楚国大夫斗伯比与邧①子之女偷情,生下一儿。其母邧夫人以为不雅,私弃于梦泽之中。邧子出猎,到于梦泽,见一虎跪下,将乳喂一小儿,心中怪异。那虎乳罢孩儿,自去了。邧子教人抱此儿回来,对夫人夸奖此儿,必是异儿。夫人认得己女所生,遂将实情说出。邧子就将女配与斗伯比为妻,教他抚养此儿。楚国土语唤"乳"做"谷",唤"虎"做"於菟",因有虎乳之异,取名曰谷於菟。后来长大为楚国令尹,则今传说的楚令尹子文就是。所以说:"贵人无死法。"又说:"大难不死,必有后禄。"今日说钱公满意要溺死孩儿,又被王婆留住,岂非天命?

话休絮烦。再说钱婆留长成五六岁,便头角渐异,相貌雄伟,膂力非常,与里中众小儿游戏厮打,随你十多岁的孩儿,也弄他不过,只索让他为尊。这临安里中有座山,名石镜山。山有圆石,其光如镜,照见人形。钱婆留每日同众小儿在山边游戏,石镜中照见钱婆留头带冕旒②,身穿蟒衣玉带。众小儿都吃一惊,齐说神道出现。偏是婆留全不骇惧,对小儿说道:"这镜中神道就是我,你们见我都该下拜。"众小儿罗拜于前,婆留安然受之,以此为常。一日回去,向父亲钱公说知其事。钱公不信,同他到石镜边照验,果然如此。钱公吃了一惊,对镜暗暗祷告道:"我儿婆留果有富贵之日,昌大钱宗,愿神灵隐蔽镜中之形,莫被人见,恐惹大祸。"祷告方毕,教婆留再照时,只见小孩儿的模样,并无王者衣冠。钱公故意骂道:"孩子家眼花说谎,下次不可如此!"

次日婆留再到石镜边游戏,众小儿不见了神道,不肯下拜了。婆留心生一计。那石镜旁边,有一株大树,其大百围,枝叶扶疏,可荫数亩;树下有大石一块,有七八尺之高。婆留道:"这大树权做个宝殿,这大石权做个龙案,那个先爬上龙案坐下的,便是登宝殿了,众人都要拜贺他。"众小儿齐声道好,一齐来爬时,那石高又高,峭又峭,滑又滑,怎生爬得上?天生婆留身材矫捷,又且有智,他想着大树本子上,有几个乾靼③,好借脚力,相在肚里了,跳上树根,一步步攀缘而上。约莫离地丈许,看得这块大石亲切,放手望下只一跳,端端正正坐于石上。众小儿发一声喊,都拜倒在

① 邧(yún)。

② 冕旒(liú)——古代帝王、诸侯及卿大夫的礼冠。

③ 乾靼——疙瘩。

地。婆留道:"今日你们服也不服?"众小儿都应道:"服了。"婆留道:"既然服我,便要听我号令。"当下折些树枝,假做旗旛,双双成对,摆个队伍,不许混乱。自此为始,每早排衙[①] 行礼。或剪纸为青红旗,分作两军交战。婆留坐石上指挥,一进一退,都有法度;如违了他便打,众小儿打他不过,只得依他,无不惧怕。正是:

天挺英豪志量开,休教轻觑小儿孩。

未施济世安民手,先见惊天动地才。

再说婆留到十七八岁时,顶冠束发,长成一表人材;生得身长力大,腰阔膀开,十八般武艺,不学自高。虽曾进学堂读书,粗晓文义,便抛开了,不肯专心,又不肯做农商经纪。在里中不干好事,惯一偷鸡打狗,吃酒赌钱。家中也有些小家私,都被他赌博,消费得七八了。爹娘若说他不是,他就彆着气,三两日出去不归。因是管辖他不下,只得由他。此时里中都唤他做"钱大郎",不敢叫他小名了。一日,婆留因没钱使用,忽然想起:"顾三郎一伙,尝来打合[②] 我去贩卖私盐;我今日身闲无事,何不去寻他?"行到释迦院前,打从戚汉老门首经过。那戚汉老是钱塘县第一个开赌场的。家中养下几个娼妓,招引赌客。婆留闲时,也常在他家赌钱住宿。这一日,忽见戚汉老左手上横着一把行秤,右手提了一只大公鸡、一个猪头回来,看了婆留便道:"大郎,连日少会。"婆留问道:"有甚好赌客在家?"汉老道:"不瞒大郎说:本县录事[③] 老爷有两位郎君,好的是赌博,也肯使花酒钱,有多嘴的对他说了,引到我家坐地,要寻人赌双陆[④]。人听说是见在官府的儿,没人敢来上桩[⑤]。大郎有采[⑥] 时,进去赌对[⑦] 一局。

---

① 排衙——官员升堂,吏役排班参见的仪式。

② 打合——纠合;拉拢。

③ 录事——官名。掌管庶务,纠弹稽违。

④ 双陆——一种赌具或游戏用具。双陆盘,如半个棋盘,盘上刻画两门二十四路(称为梁)。双陆马子,形状如捣衣杵,黑白各十五个。打双陆时,照一定格式将黑白马布置梁上,按骰子点色行走,白马自右归左,黑马自左归右,马先出尽者为胜。

⑤ 上桩——相凑成局;凑合。

⑥ 采——此指赌注。

⑦ 赌对——赌博;赌赛。

他们都是见采[1]，分文不欠的。"婆留口中不语，心下思量道："两日正没生意，且去淘摸[2]几贯钱钞使用。"便向戚汉老道："别人弱他官府，我却不弱他。便对一局，打甚紧？只怕采头短少，须吃他财主笑话。少停赌对时，我只说有在你处，你与我招架一声，得采时平分便了。若还输去，我自赔你。"汉老素知婆留平日赌性最直，便应道："使得。"当下汉老同婆留进门，与二钟相见。这二钟一个叫做钟明，一个叫做钟亮，他父亲是钟起，见为本县录事之职。汉老开口道："此间钱大郎，年纪虽少，最好拳棒，兼善博戏。闻知二位公子在小人家里，特来进见。"原来二钟也喜拳棒，正投其机；又见婆留一表人材，不胜欢喜。当下叙礼毕，闲讲了几路拳法。钟明就讨双陆盘摆下，身边取出十两重一锭大银，放在卓上，说道："今日与钱兄初次相识，且只赌这锭银子。"婆留假意向袖中一摸，说道："在下偶然出来拜一个朋友，遇戚老说公子在此，特来相会，不曾带得什么采来。"回头看着汉老道："左右有在你处，你替我答应则个。"汉老一时应承了，只得也取出十两银子，做一堆儿放着。便道："小人今日不方便在此，只有这十两银子，做两局赌么？"自古道："稍[3]粗胆壮。"婆留自己没一分钱钞，却教汉老应出银子，胆已自不壮了，着了急，一连两局都输。钟明收起银子，便道："得罪，得罪。"教小厮另取一两银子，送与汉老，作为头钱[4]。汉老虽然还有银子在家，只怕钱大郎又输去了，只得认着晦气，收了一两银子，将双陆盘撇过一边，摆出酒肴留款。婆留那里有心饮酒，便道："公子宽坐，容在下回家去，再取稍来决赌何如？"钟明道："最好。"钟亮道："既钱兄有兴，明日早些到此，竟日取乐；今日知己相逢，且共饮酒。"婆留只得坐了，两个妓女唱曲侑酒。正是：

赌场逢妓女，银子当砖块。
牡丹花下死，还却风流债。

当日正在欢饮之际，忽闻叩门声。开看时，却是录事衙中当直的，说道："老爷请公子议事。教小的们那处不寻到，却在这里！"钟明、钟亮便起

---

① 见采——现金的赌注。
② 淘摸——同掏摸。索取；偷窃。
③ 稍——指赌本。
④ 头钱——宋时主持赌场的人，在赌客所赢钱中抽取的钱。

身道:“老父呼唤,不得不去。钱兄,明日须早来顽耍。”嘱罢,向汉老说声相扰,同当直的一齐去了。婆留也要出门,被汉老双手拉住道:“我应的十两银子,几时还我?”婆留一手劈开便走,口里答道:“来日送还。”出得门来,自言自语的道:“今日手里无钱,却赌得不爽利。还去寻顾三郎,借几贯钞,明日来翻本。”带着三分酒兴,迳往南门街上而来。

向一个僻静巷口撒溺,背后一人将他脑后一拍,叫道:“大郎,甚风吹到此?”婆留回头看时,正是贩卖私盐的头儿顾三郎。婆留道:“三郎,今日相访,有句话说。”顾三郎道:“甚话?”婆留道:“不瞒你说,两日赌得没兴,与你告借百十贯钱去翻本。”顾三郎道:“百十贯钱却易,只今夜随我去便有。”婆留道:“那里去?”顾三郎道:“莫问莫问,同到城外便知。”

两个步出城门,恰好日落西山,天色渐暝。约行二里之程,到个水港口,黑影里见缆个小船,离岸数尺,船上芦席满满冒住,密不通风,并无一人。顾三郎捻起泥块,向芦席上一撒,撒得声响。忽然芦席开处,船舱里钻出两个人来,咳嗽一声。顾三郎也咳嗽相应。那边两个人,即便撑船拢来,顾三郎同婆留下了船舱。船舱还藏得有四个人,这里两个人下舱,便问道:“三郎,你与谁人同来?”顾三郎道:“请得主将在此。休得多言,快些开船去。”说罢,众人拿橹动篙,把这船儿弄得梭子般去了。婆留道:“你们今夜又走什么道路?”顾三郎道:“不瞒你说,两日不曾做得生意,手头艰难。闻知有个王节使的家小船,今夜泊在天目山下,明早要进香。此人巨富,船中必然广有金帛,弟兄们欲待借他些使用。只是他手下有两个苍头,叫做张龙、赵虎,大有本事,没人对付得他。正思想大郎了得,天幸适才相遇,此乃天使其便,大胆相邀至此。”婆留道:“做官的贪赃枉法得来的钱钞,此乃不义之财,取之无碍。”

正说话间,听得船头前荡桨响,又有一个小挿船① 来到。船上共有五条好汉在上,两船上一般咳嗽相应。婆留已知是同伙,更不问他。只见两船帮近,顾三郎悄悄问道:“那话儿歇在那里?”挿船上人应道:“只在前面一里之地,我们已是着眼了。”当下众人将船摇入芦苇中歇下,敲石取火。众好汉都来与婆留相见。船中已备得有酒肉,各人大碗酒大块肉吃

① 挿船——挿,同划。此处指小船。

了一顿。分拨了器械,两只船,十三筹[①] 好汉,一齐上前进发。

遥见大船上灯光未灭。众人摇船拢去,发声喊,都跳上船头。婆留手执铁棱棒打头,正遇着张龙,早被婆留一棒打落水去。赵虎望后艄便跑。满船人都唬得魂飞魄散,那个再敢挺敌。一个个跪倒船舱,连声饶命。婆留道:"众兄弟听我吩咐:只许收拾金帛,休杀害他性命。"众人依言,将舟中辎重恣意搬取。唿哨一声,众人仍分作两队,下了小船,飞也是摇去了。

原来王节使另是一个座船[②],他家小先到一日。次日,王节使方到,已知家小船被盗。细开失单,往杭州府告状。杭州刺史董昌准了,行文各县,访拿真赃真盗。文书行到临安县来,知县差县尉[③] 协同缉捕使臣[④],限时限日的擒拿,不在话下。

再说顾三郎一伙,重泊船于芦苇丛中,将所得利物,众人十三分均分。因婆留出力,议定多分一分与他。婆留共得了三大锭元宝,百来两碎银,及金银酒器首饰又十余件。此时天色渐明,城门已开。婆留怀了许多东西,跳上船头,对顾三郎道:"多谢作成,下次再当效力。"说罢,进城迳到戚汉老家。汉老兀自床上翻身,被婆留叫唤起来,双手将两眼揩抹,问道:"大郎何事来得恁早?"婆留道:"钟家兄弟如何还不来?我寻他翻本则个。"便将元宝碎银及酒器首饰,一顿[⑤] 交付与戚汉老,说道:"恐怕又烦累你应采[⑥],这些东西都留你处,慢慢的支销。昨日借你的十两头,你就在里头除了罢。今日二钟来,你替我将几两碎银做个东道,就算我请他一席。"戚汉老见了许多财物,心中欢喜,连声应道:"这小事,但凭大郎吩咐。"婆留道:"今日起早些,既二钟未来,我要寻个静办处打个盹。"戚汉老引他到一个小小阁儿中白木床上,叫道:"大郎任意安乐,小人去梳洗则个。"

却说钟明、钟亮在衙中早饭过了,袖了几锭银子,再到戚汉老家来。

---

① 筹——古代用算筹计数。十三筹好汉,就是十三个好汉。

② 座船——官船。

③ 县尉——专管教练弓手、缉捕盗贼的官。

④ 缉捕使臣——专管缉捕的武官。

⑤ 一顿——一次;一下子;一并。

⑥ 应采——承担赌金。

汉老正在门首买东买西,见了二钟,便道:“钱大郎今日做东道相请,在此专候久了,在小阁中打盹。二位先请进去,小人就来陪奉。”钟明、钟亮两个私下称赞道:“难得这般有信义之人。”走进堂中,只听得打齁之声,如霹雳一般的响。二钟吃一惊,寻到小阁中,猛见个丈余长一条大蜥蜴,据于床上,头生两角,五色云雾罩定。钟明、钟亮一齐叫道:“作怪!”只这声“作怪”,便把云雾冲散,不见了蜥蜴。定睛看时,乃是钱大郎直挺挺的睡着。弟兄两个心下想道:“常闻说异人多有变相,明明是个蜥蜴,如何却是钱大郎?此人后来必然有些好处,我们趁此未遇之先,与他结交,有何不美?”两下商量定,等待婆留醒来,二人更不言其故,只说:“我弟兄相慕信义,情愿结桃园之义,不知大郎允否?”婆留也爱二钟为人爽慨,当下就在小阁内,八拜定交。因婆留年最小,做了三弟。这日也不赌钱,大家畅饮而别。临别时,钟明把昨日赌赢的十两银子,送还婆留。婆留那里肯收,便道:“戚汉老处小弟自己还过了,这银,大哥权且留下,且待小弟手中乏时,相借未迟。”钟明只得收去了。

自此日为始,三个人时常相聚。因是吃酒打人,饮博场中出了个大名,号为“钱塘三虎”。这句话,吹在钟起耳朵里来,好生不乐。将两个儿子禁约① 在衙中,不许他出外游荡。婆留连日不见二钟,在录事衙前探听,已知了这个消息。害了一怕,好几日不敢去寻二钟相会。正是:

取友必须端,休将戏谑看。
家严儿学好,子孝父心宽。

再说钱婆留与二钟疏了,少不得又与顾三郎这伙亲密,时常同去贩盐为盗,此等不法之事,也不知做下几十遭。原来走私商道路② 的,第一次胆小,第二次胆大,第三第四次浑身都是胆了。他不犯本钱,大锭银大贯钞的使用,侥倖其事不发,落得快活受用,且到事发再处,他也拚得做得。自古道:“若要不知,除非莫为。”只因顾三郎伙内陈小乙,将一对赤金莲花杯,在银匠家倒唤③ 银子,被银匠认出是李十九员外库中之物,对做公的

① 禁约——拘禁;约束;禁止。

② 走私商道路——做违法的生意,做黑买卖。

③ 倒唤——同倒换,即兑换。

说了。做公的报知县尉，访着了这一伙姓名，尚未挨拿①。

忽一日，县尉请钟录事父子在衙中饮酒。因钟明写得一手好字，县尉邀至书房，求他写一幅单条。钟明写了李太白《少年行》一篇，县尉展看称美。钟明偶然一眼觑见大端石砚下，露出些纸脚，推开看时，写得有多人姓名。钟明有心，捉个冷眼②，取来藏于袖中。背地偷看，却是所访盐盗的单儿，内中有钱婆留名字。钟明吃了一惊，上席后不多几杯酒，便推腹痛先回。县尉只道真病，由他去了，谁知却是钟明的诡计。

当下钟明也不回去，急急跑到戚汉老家，教他转寻婆留说话，恰好婆留正在他场中铺牌赌色③。钟明见了也无暇作揖，一只臂膊牵出门外，到个僻静处，说道如此如此，"幸我看见，偷得访单④在此。兄弟快些藏躲，恐怕不久要来缉捕，我须救你不得。一面我自着人替你在县尉处上下使钱，若三个月内不发作时，方可出头。兄弟千万珍重。"婆留道："单上许多人，都是我心腹至友，哥哥若营为⑤时，须一例与他解宽。若放一人到官，众人都是不干净的。"钟明道："我自有道理。"说罢，钟明自去了。这一个信息急得婆留脚也不停，径跑到南门寻见顾三郎，说知其事，也教他一伙作速移开，休得招风揽火。顾三郎道："我们只下了盐船，各镇市四散撑开，没人知觉。只你守着爹娘，没处去得，怎么好？"婆留道："我自不妨事，珍重珍重。"说罢别去。从此婆留装病在家，准准住了三个月。早晚只演习枪棒，并不敢出门。连自己爹娘也道是个异事，却不知其中缘故。有诗为证：

钟明欲救婆留难，又见婆留转报人。
同乐同忧真义气，英雄必不负交亲。

却说县尉次日正要勾摄公事⑥，寻砚底下这幅访单，已不见了，一时乱将起来。将书房中小厮吊打，再不肯招承。一连乱了三日，没些影响，

---

① 挨拿——访捉；搜捕。

② 捉个冷眼——乘人没看见。

③ 赌色——同掷色，即掷骰子。

④ 访单——缉捕名单。

⑤ 营为——营救。

⑥ 勾摄公事——拘捕犯人。

县尉没做道理处①。此时钟明、钟亮拚却私财,上下使用,缉捕使臣都得了贿赂;又将白银二百两,央使臣转送县尉,教他搁起这宗公事。幸得县尉性贪,又听得使臣说道,录事衙里替他打点,只疑道那边先到了录事之手,我也落得放松,做个人情。收受了银子,假意立限与使臣缉访。过了一月两月,把这事都放慢了。正是"官无三日紧",又道是"有钱使得鬼推磨",不在话下。

话分两头。再表江西洪州有个术士:

此人善识天文,精通相术。白虹贯日②,便知易水奸谋;宝气腾空,预辨丰城神物。决班超封侯之贵,刻邓通饿死之期。殃祥有准③半神仙,占候无差高术士。

这术士唤做廖生,预知唐季将乱,隐于松门山中。忽一日夜坐,望见斗牛之墟,隐隐有龙文五采,知是王气。算来该是钱塘分野④。特地收拾行囊来游钱塘。再占云气,却又在临安地面,乃装做相士,隐于临安市上。每日市中人求相者甚多,都是等闲之辈,并无异人在内。忽然想起:"录事钟起,是我故友,何不去见他?"即忙到录事衙中通名。钟起知是故人廖生到此,倒屣而迎。相见礼毕,各叙寒温。钟起叩其来意,廖生摒去从人,私向钟起耳边说道:"不肖夜来望气,知有异人在于贵县。求之市中数日,杳不可得。看足下尊相,虽然贵显,未足以当此也。"钟起乃召明、亮二子,求他一看。廖生道:"骨法皆贵,然不过人臣之位。所谓异人,上应着斗牛间王气,惟天子足以当之,最下亦得五霸诸侯,方应其兆耳。"钟起乃留廖生在衙中过宿。

次日,钟起只说县中有疑难事,欲共商议,备下酒席在英山寺中,悉召本县有名目的豪杰来会,令廖生背地里一个个看过。其中贵贱不一,皆不足以当大贵之兆。当日席散,钟起再邀廖生到衙,欲待来日,更搜寻乡村豪杰,教他饱看。此时天色将晚,二人并马而回。

---

① 没做道理处——想不出办法;没了主意。

② 白虹贯日——战国时,燕太子丹厚养荆轲,使刺秦王。据说荆轲的精诚感动了上天,白虹为之贯日。

③ 有准——有验;灵验。

④ 分野——古代人称与天上星宿相当的区域为分野。

却说钱婆留在家,已守过三个月无事,欢喜无限。想起二钟救命之恩,大着胆,来到县前,闻得钟起在英山寺宴会,悄地到他衙中,要寻二钟兄弟拜谢。钟明、钟亮知是婆留相访,乘着父亲不在,慌忙出来,相迎聚话。忽听得马铃声响,钟起回来了。婆留望见了钟起,唬得心头乱跳,低着头,望外只顾跑。钟起问是甚人,喝教拿下。廖生急忙向钟起说道:“奇哉,怪哉!所言异人,乃应在此人身上,不可慢之。”钟起素信廖生之术,便改口教人好好请来相见。婆留只得转来,钟起问其姓名,婆留好象泥塑木雕的,那里敢说。钟起焦燥,乃唤两个儿子问:“此人何姓何名?住居何处?缘何你与他相识?”钟明料瞒不过,只得说道:“此人姓钱,小名婆留,乃临安里人。”钟起大笑一声,扯着廖生背地说道:“先生错矣!此乃里中无赖子,目下幸逃法网,安望富贵乎?”廖生道:“我已决定不差,足下父子之贵,皆因此人而得。”乃向婆留说道:“你骨法非常,必当大贵,光前耀后,愿好生自爱。”又向钟起说道:“我所以访求异人者,非贪图日后挈带富贵,正欲验我术法之神耳。从此更十年,吾言必验,足下识之。只今日相别,后会未可知也。”说罢,飘然而去。钟起才信道婆留是个异人。钟明、钟亮又将戚汉老家所见蜥蜴生角之事,对父亲述之,愈加骇然。当晚钟起便教儿子留款婆留,劝他:“勤学枪棒,不可务外为非,致损声名。家中乏钱使用,我当相助。”自此钟明、钟亮仍旧与婆留往来不绝,比前更加亲密。有诗为证:

堪嗟豪杰混风尘,谁向贫穷识异人?
只为廖生能具眼,顿令录事款嘉宾。

话说唐僖宗乾符二年,黄巢兵起,攻掠浙东地方。杭州刺史董昌,出下募兵榜文。钟起闻知此信,对儿子说道:“即今黄寇猖獗,兵锋至近,刺史募乡勇杀贼,此乃壮士立功之秋,何不劝钱婆留一去?”钟明、钟亮道:“儿辈皆愿同他立功。”钟起欢喜,当下请到婆留,将此情对他说了。婆留磨拳撑掌,踊跃愿行。一应衣甲器仗,都是钟起支持;又将银二十两,助婆留为安家之费,改名钱镠,表字具美,取“留”“镠”二音相同故也。三人辞家上路,直到杭州,见了刺史董昌。董昌见他器岸魁梧,试其武艺,果然熟闲,不胜之喜,皆署为裨将,军前听用。

不一日,探子报道:“黄巢兵数万将犯临安,望相公策应。”董昌就假钱镠以兵马使之职,使领兵往救。问道:“此行用兵几何?”钱镠答道:“将在谋不在勇,兵贵精不贵多。愿得二钟为助,兵三百人足矣。”董昌即命钱镠于本州军伍,自行挑选三百人,同钟明、钟亮率领,望临安进发。

到石鉴镇,探听贼兵离镇止十五里。钱镠与二钟商议道:“我兵少,贼兵多,只可智取,不可力敌,宜出奇兵应之。”乃选弓弩手二十名,自家率领,多带良箭,伏山谷险要之处;先差炮手二人,伏于贼兵来路。一等贼兵过险,放炮为号,二十张强弓,一齐射之。钟明、钟亮各引一百人左右埋伏,准备策应。余兵散布山谷,扬旗呐喊,以助兵势。

分拨已定,黄巢兵早到。原来石鉴镇山路险隘,止容一人一骑。贼先锋率前队兵度险,皆单骑鱼贯而过。忽听得一声炮响,二十张劲弩齐发。贼人大惊,正不知多少人马。贼先锋身穿红锦袍,手执方天画戟,领插令字旗,跨一匹瓜黄战马,正扬威耀武而来,却被弩箭中了颈项,倒身颠下马来,贼兵大乱。钟明、钟亮引着二百人,呼风喝势,两头杀出。贼兵着忙,又听得四围呐喊不绝,正不知多少军马,自相蹂踏。斩首五百余级,余贼溃散。

钱镠全胜了一阵,想道:“此乃侥倖之计,可一用不可再也。若贼兵大至,三百人皆为齑粉矣。”此去三十里外,有一村,名八百里。引兵屯于彼处,乃对道旁一老媪说道:“若有人问你临安兵的消息,但言屯八百里就是。”

却说黄巢听得前队在石鉴镇失利,统领大军,弥天蔽野而来。到得镇上,不见一个官军,遣人四下搜寻居民问信。少停,拿得老媪到来,问道:“临安军在那里?”老媪答道:“屯八百里。”再三问时,只是说“屯八百里”。黄巢不知“八百里”是地名,只道官军四集,屯了八百里路之远,乃叹道:“向者二十弓弩手,尚然敌他不过,况八百里屯兵乎?杭州不可得也。”于是贼兵不敢停石鉴镇上,径望越州一路而去,临安赖以保全。有诗为证:

能将少卒胜多人,良将机谋妙若神。
三百兵屯八百里,贼军骇散息烽尘。

再说越州观察使刘汉宏,听得黄巢兵到,一时不曾做得准备,乃遣人打话,情愿多将金帛犒军,求免攻掠。黄巢受其金帛,亦径过越州而去。原来刘汉宏先为杭州刺史,董昌在他手下做裨将,充募兵使。因平了叛贼王郢之乱,董昌有功,就升做杭州刺史,刘汉宏却升做越州观察使。汉宏因董昌在他手下出身,屡屡欺侮。董昌不能堪,渐生嫌隙。今日巢贼经过越州，虽然不曾杀掠，却费了许多金帛；访知杭州倒被董昌得胜报功，心中愈加不平。有门下宾客沈苛献计道："临安退贼之功，皆赖兵马使钱镠用谋取胜。闻得钱镠智勇足备，明公若驰咫尺之书，厚具礼币，只说越州贼寇未平，向董昌借钱镠来此征剿。哄得钱镠到此，或优待以结其心，或寻事以斩其首。董昌割去右臂，无能为矣。方今朝政颠倒，宦官弄权，官家威令不行，天下英雄皆有割据一方之意。若吞并董昌，奄有杭越，此霸王之业也。"刘汉宏为人志广才疏，这一席话，正投其机，以手抚沈苛之背，连声赞道："吾心腹人所见极明，妙哉，妙哉！"即忙修书一封：

汉宏再拜，奉书于故人董公麾下：顷者巢贼猖獗，越州兵微将寡，难以备御。闻麾下有兵马使钱镠，谋能料敌，勇称冠军。今贵州已平，乞念唇齿之义，遣镠前来，协力拒贼。事定之后，功归麾下。聊具金甲一副，名马二匹，权表微忱，伏乞笑纳。

原来董昌也有心疑忌刘汉宏，先期差人打听越州事情，已知黄巢兵退，如今书上反说巢寇猖獗，其中必有缘故，即请钱镠来商议。钱镠道："明公与刘观察隙嫌已构，此不两立之势也。闻刘观察自托帝王之胄，欲图非望；巢贼在境，不发兵相拒，乃以金帛买和，其意不测。明公若假精兵二千付镠，声言相助。汉宏无谋，必欣然见纳。乘便图之，越州可一举而定。于是表奏朝廷，坐汉宏以和贼谋叛之罪。朝廷方事姑息，必重奖明公之功。明公勋垂于竹帛，身安于泰山，岂非万全之策乎？"董昌欣然从之，即打发回书，着来使先去。随后发精兵二千，付与钱镠，临行嘱道："此去见几而作，小心在意。"

却说刘汉宏接了回书，知道董昌已遣钱镠到来，不胜之喜，便与宾客沈苛商议。沈苛道："钱镠所领二千人，皆胜兵也，若纵之入城，实为难制。今俟其未来，预令人迎之，使屯兵于城外，独召钱镠相见。彼既无羽翼，惟吾所制。然后遣将代领其兵，厚加恩劳，使倒戈以袭杭州。疾雷不及掩耳，董昌可克矣。"刘汉宏又赞道："吾心腹人所见极明，妙哉，妙哉！"即命沈苛出城迎候钱镠，不在话下。

再说钱镠领了二千军马，来到越州城外，沈苛迎住，相见礼毕。沈苛道："奉观察之命；城中狭小，不能容客兵，权于城外屯扎，单请将军入城相会。"钱镠已知刘汉宏掇赚[1] 之计，便将计就计，假意发怒道："钱某本一介匹夫，荷察使不嫌愚贱，厚币相招，某感察使知己之恩，愿以肝脑相报。董刺史与察使外亲内忌，不欲某来；又只肯发兵五百人，某再三勉强，方许二千之数。某挑选精壮，一可挡百，特来辅助察使，成百世之功业。察使不念某勤劳，亲行犒劳，乃安坐城中，呼某相见，如呼下隶，此非敬贤之道。某便引兵而回，不愿见察使矣。"说罢，仰面叹云："钱某一片壮心，可惜，可惜！"沈苛只认是真心，慌忙收科道："将军休要错怪，观察实不知将军心事。容某进城对观察说知，必当亲自劳军，与将军相见。"说罢，飞马入城去了。钱镠吩咐手下心腹将校，如此如此，各人暗做准备。

且说刘汉宏听沈苛回话，信以为然，乃杀牛宰马，大发刍粮，为犒军之礼。旌旗鼓乐前导，直到北门外馆驿中坐下，等待钱镠入见，指望他行偏裨见主将之礼。谁知钱镠领着心腹二十余人，昂然而入，对着刘汉宏拱手道："小将甲胄在身，恕不下拜了。"气得刘汉宏面如土色。沈苛自觉失信，满脸通红，上前发怒道："将军差矣，常言：'军有头，将有主。'尊卑上下，古之常礼。董刺史命将军来与观察助力，将军便是观察麾下之人；况董刺史出身观察门下，尚然不敢与观察敌体，将军如此倨傲，岂小觑我越州无军马乎？"说声未绝，只见钱镠大喝道："无名小子，敢来饶舌。"将头巾望上一揣[2]，二十余人，一齐发作。说时迟，那时快，钱镠拔出佩剑，沈苛不曾防备，一刀剁下头来。刘汉宏望馆驿后便跑，手下跟随的，约有百余人，一齐上前，来拿钱镠。怎当钱镠神威雄猛，如砍瓜切菜，杀散众人，径往馆驿后园来寻刘汉宏，并无踪迹。只见土墙上缺了一角，已知爬墙去了。钱镠懊悔不迭，率领二千军众，便想攻打越州，看见城中已有准备，自己后军无继，孤掌难鸣，只得拨转旗头，重回旧路。城中刘汉宏闻知钱镠回军，即忙点精兵五千，差骁将陆萃为先锋，自引大军随后追袭。

却说钱镠也料定越州军马，必来追赶，昼夜兼行，来到白龙山下。忽听得一棒锣声，山中拥出二百余人，一字儿拨开。为头一个好汉，生得如何？怎生打扮？

---

① 掇赚——诱骗；诈哄。

② 揣——顶；拨。

头裹金线唐巾①，身穿绿锦衲袄。腰拴搭膊②，脚套皮靴。挂一副弓箭袋，拿一柄泼风刀③。生得浓眉大眼，紫面拳须。私商船上有名人，厮杀场中无敌手。

钱镠出马上前观看，那好汉见了钱镠，撇下刀，纳头便拜。钱镠认得是贩盐为盗的顾三郎，名唤顾全武，乃滚鞍下马，扶起道："三郎久别，如何却在此处？"顾全武道："自蒙大郎活命之恩，无门可补报，闻得黄巢兵到，欲待倡率义兵，保护地方，就便与大郎相会。后闻大郎破贼成功，为朝廷命官，又闻得往越州刘观察处效用。不才聚起盐徒二百余人，正要到彼相寻帮助，何期此地相会。不知大郎回兵，为何如此之速？"钱镠把刘汉宏事情，备细说了一遍，便道："今日天幸得遇三郎，正有相烦之处。小弟算定刘汉宏必来追赶，因此连夜而行。他自恃先达，不以董刺史为意，又杭州是他旧治，追赶不着，必然直趋杭州，与董家索斗。三郎率领二百人，暂住白龙山下，待他兵过，可行诈降之计。若兵临杭州，只看小弟出兵迎敌，三郎从中而起，汉宏可斩也。若斩了汉宏，便是你进身之阶。小弟在董刺史前一力保荐，前程万里，不可有误。"顾全武道："大郎吩咐，无有不依。"两人相别，各自去了。正是：

太平处处皆生意，衰乱时时尽杀机。

我正算人人算我，战场能得几人归？

却说刘汉宏引兵追到越州界口，先锋陆萃探知钱镠星夜走回，来禀汉宏回军。汉宏大怒道："钱镠小卒，吾为所侮，有何面目回见本州百姓！杭州吾旧时管辖之地，董昌吾所荐拔；吾今亲自引兵到彼，务要董昌杀了钱镠，输情服罪，方可恕饶。不然，誓不为人！"当下喝退陆萃，传令起程，向杭州进发。行至富阳白龙山下，忽然一棒锣声，涌出二百余人，一字儿摆开。为头一个好汉，手执大刀，甚是凶勇。汉宏吃了一惊，正欲迎敌，只见那汉约住④刀头，厉声问道："来将可是越州刘察使么？"汉宏回言："正是。"那好汉慌忙撇刀在地，拜伏马前，道："小人等候久矣。"刘汉宏问其来

---

① 唐巾——一种头巾，形如幞头，但两角(脚)椭圆，上曲作云头。

② 搭膊——一般用绢或布或皮制成的缠腰袋。

③ 泼风刀——利刀。

④ 约住——停住。约住刀头，即收住了刀。

意。那汉道："小人姓顾，名全武，乃临安县人氏，因贩卖私盐，被州县访名擒捉，小人一向在江湖上逃命。近闻同伙兄弟钱镠出头做官，小人特往投奔，何期他妒贤嫉能，贵而忘贱，不相容纳，只得借白龙山权住落草。昨日钱镠到此经过，小人便欲杀之；争奈手下众寡不敌，怕不了事。闻此人得罪于察使，小人愿为前部，少效犬马之劳。"刘汉宏大喜，便教顾全武代了陆萃之职，分兵一千前行，陆萃改作后哨。

不一日，来到杭州城下。此时钱镠已见过董昌，预作准备。闻越州兵已到，董昌亲到城楼上，叫道："下官与察使同为朝廷命官，各守一方，下官并不敢得罪，察使不知到此何事？"刘汉宏大骂道："你这背恩忘义之贼，若早识时务，斩了钱镠，献出首级，免动干戈。"董昌道："察使休怒，钱镠自来告罪了。"只见城门开处，一军飞奔出来，来将正是钱镠，左有钟明，右有钟亮，径冲入敌阵，要拿刘汉宏。汉宏着了忙，急叫："先锋何在？"旁边一将应声道："先锋在此！"手起刀落，斩汉宏于马下。把刀一招，钱镠直杀入阵来，大呼："降者免死！"五千人不战而降，陆萃自刎而亡。斩汉宏者，乃顾全武也。正是：

有谋无勇堪资画，有勇无谋易丧生；
必竟有谋兼有勇，伫看百战百成功。

董昌看见斩了刘汉宏，大开城门收军。钱镠引顾全武见了董昌，董昌大喜。即将汉宏罪状，申奏朝廷，并列钱镠以下诸将功次。那时朝廷多事，不暇究问，乃升董昌为越州观察使，就代刘汉宏之位；钱镠为杭州刺史，就代董昌之位；钟明、钟亮及顾全武俱有官爵。钟起将亲女嫁与钱镠为夫人。董昌移镇越州，将杭州让与钱镠。钱公、钱母都来杭州居住，一门荣贵，自不必说。

却说临安县有个农民，在天目山下锄田，锄起一片小小石碑，镌得有字几行。农民不识，把与村中学究罗平看之。罗学究拭土辨认，乃是四句谶语。道是：

天目山垂两乳长，龙飞凤舞到钱塘。

海门[1] 一点巽峰[2] 起，五百年间出帝王。

后面又镌“晋郭璞记”四字。罗学究以为奇货，留在家中。次日怀了石碑，走到杭州府，献与钱镠刺史，密陈天命。钱镠看了大怒道：“匹夫，造言欺我，合当斩首！”罗学究再三苦求方免，喝教乱棒打出，其碑就庭中毁碎。原来钱镠已知此是吉谶，合应在自己身上，只恐声扬于外，故意不信，乃见他心机周密处。

再说罗学究被打，深恨刺史无礼，好意反成恶意。心生一计，不若将此碑献与越州董观察，定有好处。想此碑虽然毁碎，尚可凑看，乃私赂守门吏卒，在庭中拾将出来。原来只破作三块，将字迹凑合，一毫不损。罗平心中大喜，依旧包裹石碑，取路到越州去。

行了二日，路上忽逢一簇人，攒拥着一个十二三岁的孩儿。那孩子手中提着一个竹笼，笼外覆着布幕，内中养着一只小小翠鸟。罗平挨身上前，问其缘故。众人道：“这小鸟儿，又非鹦哥，又非鸜鹆[3]，却会说话。我们要问这孩子买他顽耍，还了他一贯足钱，还不肯。”话声未绝，只见那小鸟儿，将头颠两颠，连声道：“皇帝董！皇帝董！”罗平问道：“这小鸟儿还是天生会话？还是教成的？”孩子道：“我爹在乡里砍柴，听得树上说话，却是这畜生。将栖竿[4] 栖得来，是天生会话的。”罗平道：“我与你两贯足钱，卖与我罢。”孩子得了两贯钱，欢欢喜喜的去了。罗平捉了鸟笼，急急赶路。

不一日，来到越州，口称有机密事要见察使。董昌唤进，摒开从人，正要问时，那小鸟儿又在笼中叫道：“皇帝董！皇帝董！”董昌大惊，问道：“此何鸟也？”罗平道：“此鸟不知名色，天生会话，宜呼曰‘灵鸟’。”因于怀中取出石碑，备陈来历，“自晋初至今，正合五百之数。方今天子微弱，唐运将终，梁晋二王，互相争杀，天下英雄，皆有割据一方之意。钱塘原是察使创业之地，灵碑之出，非无因也。况灵鸟吉祥，明示天命。察使先破黄巢，再

---

① 海门——浙江萧山县东北有龛山，与海宁的赭山对峙，中间为浙江入海之处，称为海门。

② 巽(xùn)峰——即指龛、赭两山。

③ 鸜鹆(qúyù)——鸟名。

④ 栖(qī)竿——捕虫鸟的粘竿。

斩汉宏，威名方盛，远近震悚，若乘此机会，用越杭之众，兼并两浙，上可以窥中原，下亦不失为孙仲谋矣。”原来董昌见天下纷乱，久有图霸之意，听了这一席话，大喜道：“足下远来，殆天赐我立功也。事成之日，即以本州观察相酬。”于是拜罗平为军师，招集兵马，又于民间科敛，以充粮饷。命巧匠制就金丝笼子，安放“灵鸟”，外用蜀锦为衣罩之。又写密书一封，差人送到杭州钱镠，教他募兵听用。

钱镠见书，大惊道：“董昌反矣。”乃密表奏朝廷，朝廷即拜钱镠为苏、杭等州观察。于是钱镠更造杭城，自秦望山至于范浦，周围七十里。再奏表闻，加镇海军节度使，封开国公。董昌闻知朝廷累加钱镠官爵，心中大怒，骂道：“贼狗奴，敢卖吾得官耶？吾先取杭州，以泄吾恨。”罗平谏道：“钱镠异志未彰，且新膺宠命，讨之无名。不若诈称朝命，先正王位，然后以尊临卑，平定睦州，广其兵势，假道于杭，以临湖州。待钱镠不从，乘间图之；若出兵相助，是明公不战而得杭州矣，又何求乎？”董昌依其言，乃假装朝廷诏命，封董昌为越王之职，使专制两浙诸路军马，旗帜上都换了越王字号。又将灵碑及“灵鸟”宣示州中百姓，使知天意。民间三丁抽一，得兵五万，号称十万，浩浩荡荡，杀奔睦州来。睦州无备，被董昌攻破了。停兵月余，改换官吏。又选得精兵三万人，军威甚盛，自谓天下无敌，谋称越帝。征兵杭州，欲攻湖州。钱镠道：“越兵正锐，不可挡也，不如迎之。待其兵屯湖州，遂乘其弊，无不胜矣。”于是先遣钟明卑词犒师，续后亲领五千军马，愿为前部自效，董昌大喜。行了数日，钱镠伪称有疾，暂留途中养病。董昌更不疑惑，催兵先进。有诗为证：

勾践当年欲豢吴，卑辞厚礼破姑苏。
董昌不识钱镠意，犹恃兵威下太湖。

却说钱镠打听越州兵去远，乃引兵而归，挑选精兵千人，假做越州军旗号，遣顾全武为先锋，来袭越州。又吩咐钟明、钟亮，各引精兵五百，潜屯余杭之境。吩咐不可妄动，直待董昌还救越州时节，兵从此过，然后自后掩袭。他无心恋战，必获全胜。分拨已定，乃对宾客钟起道：“守城之事，专以相委。越州乃董贼巢穴，吾当亲往观变。若巢穴既破，董昌必然授首无疑矣。”乃自引精兵二千，接应顾全武军马。

却说顾全武打了越州兵旗号，一路并无阻碍，直到越州城下。只说催趱[①] 攻城火器，赚开城门，顾全武大喝道："董昌僭号，背叛朝廷，钱节使奉诏来讨，大军十万已在城外矣。"越州城中军将，都被董昌带去，留的都是老弱，谁敢拒敌？顾全武径入府中，将伪世子董荣及一门老幼三百余人，拘于一室，分兵守之。恰好杭州大军已到，闻知顾全武得了城池，整军而入，秋毫无犯。顾全武迎钱镠入府，出榜安民已定，写书一封，遣人往董昌军中投递。书曰：

镠闻天无二日，土无二王。今唐运虽衰，天命未改。而足下妄自矜大，僭号称兵，凡为唐臣，谁不愤疾？镠迫于公义，辄遣副将顾全武率兵讨逆。兵声所至，越人倒戈。足下全家，尽已就缚。若能见机伏罪，尚可全活，乞早自裁，以救一家之命。

却说董昌攻打湖州不下，正在帐中纳闷，又听得"灵鸟"叫声："皇帝董，皇帝董！"董昌揭起锦罩看时，一个眼花，不见"灵鸟"，只见一个血淋淋的人头，在金丝笼内挂着。认得是刘汉宏的面庞，唬得魂不附体，大叫一声，蓦然倒地。众将急来救醒，定睛半晌，再看笼子内，都是点点血迹，果然没了"灵鸟"。董昌心中大恶，急召罗军师商议，告知其事，问道："主何吉凶？"罗平心知不祥之兆，不敢直言，乃说道："大越帝业，因斩刘汉宏而起，今汉宏头现，此乃克敌之征也。"说犹未了，报道杭州差人下书。董昌拆开看时，知道越州已破，这一惊非小。罗平道："兵家虚虚实实，未可尽信。钱镠托病回兵，必有异谋，故造言以煽惑军心，明公休得自失主张。"董昌道："虽则真伪未定，亦当回军，还顾根本。"罗平叫将来使斩讫，恐泄漏消息，再教传令，并力攻城，使城中不疑，夜间好办走路。是日攻打湖州，至晚方歇。捱到二更时分，拔寨都起。骁将薛明、徐福各引一万人马先行，董昌中军随后进发，却将睦州带来的三万军马，与罗平断后。湖州城中见军马已退，恐有诡计，不敢追袭。

且说徐、薛二将引兵昼夜兼行，早到余杭山下。正欲埋锅造饭，忽听得山凹里连珠炮响，鼓角齐鸣，钟明、钟亮两枝人马，左右杀将出来。薛明接住钟明厮杀，徐福接住钟亮厮杀。徐、薛二将，虽然英勇，争奈军心惶惑，都无心恋战，且昼夜奔走，俱已疲倦，怎当虎狼般这两枝生力军？自古道："兵离将败。"薛明看见军伍散乱，心中着忙，措手不迭，被钟明斩于马

---

① 催趱——催促。

下，拍马来夹攻徐福，徐福敌不得二将，亦被钟亮斩之，众军都弃甲投降。二钟商议道："越兵前部虽败，董昌大军随后即至，众寡不敌。不若分兵埋伏，待其兵已过去，从后击之。彼知前部有失，必然心忙思窜，然后可获全胜矣。"当下商量已定，将投降军众纵去，使报董昌消息。

却说董昌大军正行之际，只见败军纷纷而至，报道："徐、薛二将，俱已阵亡。"董昌心胆俱裂，只得抖擞精神，麾兵而进。过了余杭山下，不见敌军。正在疑虑，只听后面连珠炮响，两路伏兵齐起，正不知多少人马。越州兵争先逃命，自相蹂踏，死者不计其数。直奔了五十余里，方才得脱。收拾败军，三停① 又折一停，只等罗平后军消息。谁知睦州兵虽然跟随董昌，心中不顺。今日见他回军，几个裨将商议，杀了罗平，将首级向二钟处纳降，并力来追董昌。董昌闻了此信，不敢走杭州大路，打宽转② 打从临安、桐庐一路而行。

这里钱镠早已算定，预先取钟起来守越州，自起兵回杭州，等候董昌。却教顾全武领一千人马，在临安山险处埋伏，以防窜逸。董昌行到临安，军无队伍，正当爬山过险，却不提防顾全武一枝军冲出。当先顾全武一骑马，一把刀，横行直撞，逢人便杀，大喝："降者免死！"军士都拜伏于地，那个不要性命的敢来交锋！董昌见时势不好，脱去金盔金甲，逃往村农家逃难，被村中绑缚献出。顾全武想到："越兵虽降，其势甚众，怕有不测。"一刀割了董昌首级，以绝越兵之意。重赏村农。

正欲下寨歇息，忽听得山凹中鼓角震天，尘头起处，军马无数而来。顾全武道："此必越州军后队也。"绰刀上马，准备迎敌。马头近处，那边拥出二员大将，不是别人，正是钟明、钟亮，为追赶董昌到此。三人下马相见，各叙功勋。是晚同下寨于临安地方。次日，拔寨都起。行了二日，正迎着钱镠军马。原来钱镠哨探得董昌打从临安远转，怕顾全武不能了事，自起大军来接应。已知两路人马，都已成功，合兵回杭州城来。真个是：

喜孜孜鞭敲金镫响，笑吟吟齐唱凯歌回。

顾全武献董昌首级，二钟献薛明、徐福、罗平首级。钱镠传令，向越州监中取董昌家属三百口，尽行诛戮，写表报捷。此乃唐昭宗皇帝乾宁四年也。

---

① 停——总数分成几份，其中一份叫一停儿。

② 打宽转——绕远道。

那时中原多事，吴越地远，朝廷力不能及，闻钱镠讨叛成功，上表申奏，大加叹赏，锡以铁券诰命，封为上柱国彭城郡王，加中书令。未几，进封越王，又改封吴王，润、越等十四州得专封拜。此时钱镠志得意满，在杭州起造王府宫殿，极其壮丽。父亲钱公已故，钱母尚存，奉养宫中，锦衣玉食，自不必说。钟氏册封王妃，钟起为国相，同理政事。钟明、钟亮及顾全武俱为各州观察使之职。

其年大水，江潮涨溢，城垣都被冲击。乃大起人夫，筑捍海塘，累月不就。钱镠亲往督工，见江涛汹涌，难以施功。钱镠大怒，喝道："何物江神，敢逆吾意！"命强弩数百，一齐对潮头射去，波浪顿然敛息。不够数日，捍海塘筑完，命其门曰候潮门。

钱镠叹道："闻古人有云：'富贵不归故乡，如衣锦夜行耳。'"乃择日往临安，展拜祖父坟茔，用太牢① 祭享，旌旗鼓吹，振耀山谷。改临安县为衣锦军，石鉴山名为衣锦山，用锦绣为被，蒙覆石镜。设兵看守，不许人私看。初时所坐大石，封为衣锦石，大树封为衣锦将军，亦用锦绣遮缠。风雨毁坏，更换新锦。旧时所居之地，号为衣锦里，建造牌坊。贩盐的担儿，也裁个锦囊韬之，供养在旧居堂屋之内，以示不忘本之意。杀牛宰马，大排筵席，遍召里中故旧，不拘男妇，都来宴会。其时有一邻妪，年九十余岁，手提一壶白酒、一盘角黍，迎着钱镠，呵呵大笑说道："钱婆留今日直恁长进②，可喜，可喜！"左右正欲吆喝，钱镠道："休得惊动了他。"慌忙拜倒在地，谢道："当初若非王婆相救，留此一命，怎有今日？"王婆扶起钱镠，将白酒满斟一瓯送到，钱镠一饮而尽；又将角黍供去，镠亦啖之。说道："钱婆留今日有得吃，不劳王婆费心，老人家好去自在。"命县令拨里中肥田百亩，为王婆养终之资，王婆称谢而去。只见里中男妇毕集，见了钱镠蟒衣玉带，天人般妆束，一齐下跪。钱镠扶起，都教坐了，亲自执觞送酒。八十岁以上者饮金杯，百岁者饮玉杯，那时饮玉杯者也有十余人。钱镠送酒毕，自起歌曰：

三节③ 还乡挂锦衣，吴越一王驷马归。

---

① 太牢——古代帝王、诸侯祭祀社稷时，牛、羊、猪三牲全备，叫作太牢。

② 长进——有出息。

③ 三节——古代制度，皇帝召臣下，用三节。唐、宋间仪卫随从，都分为三节。

天明明兮爱日[①] 挥，百岁荏兮会时稀。

父老皆是村民，不解其意，面面相觑，都不做声。钱镠觉他意不欢畅，乃改为吴音再歌，歌曰：

你辈见侬底欢喜？别是一般滋味子。

长在我侬心子里，我侬断不忘记你。

歌罢，举座欢笑，都拍手齐和。是日尽欢而罢，明日又会，如此三日，各各有绢帛赏赐。开赌场的戚汉老已故，召其家，厚赐之。仍归杭州。

后唐王禅位于梁，梁王朱全忠改元开平，封钱镠为吴越王，寻授天下兵马都元帅。钱镠虽受王封，其实与皇帝行动不殊，一般出警入跸[②]，山呼万岁。据欧阳公《五代史》叙说，吴越亦曾称帝改元，至今杭州各寺院有天宝、宝大、宝正等年号，皆吴越所称也。自钱镠王吴越，终身无邻国侵扰，享年八十有一而终，谥曰武肃。传子元瓘[③]，元瓘传子佐，佐传弟俶。宋太祖陈桥受禅之后，钱俶来朝。到宋太宗嗣位，钱俶纳土归朝，改封邓王。钱氏独霸吴越凡九十八年，天目山石碑之谶，应于此矣。后人有诗赞云：

将相本无种，帝王自有真。

昔年盐盗辈，今日锦衣人。

石鉴呈形异，廖生决相神。

笑他"皇帝董"，碑谶枉残身。

---

① 爱日——奉养父母的时日。

② 跸(bì)——泛指与帝王行止有关的事情。

③ 瓘(guàn)。

第二十二卷　木绵庵郑虎臣报冤

荷花桂子不胜悲，江介[①] 年华忆昔时。

天目山[②] 来孤凤歇，海门潮去六龙移。

贾充[③] 误世终无策，庾信[④] 哀时尚有词。

莫向中原夸绝景，西湖遗恨是西施。

这一首诗，是张志远[⑤] 所作。只为宋朝南渡以后，绍兴、淳熙年间，息兵罢战，君相自谓太平，纵情佚乐，士大夫赏玩湖山，无复恢复中原之志，所以末一联诗说道："莫向中原夸绝景，西湖遗恨是西施。"那时西湖有三秋桂子，十里荷香，青山四围，中涵绿水，金碧楼台相间，说不尽许多景致。苏东坡学士有诗云："若把西湖比西子，淡妆浓抹两相宜。"因此君臣耽山水之乐，忘社稷之忧，恰如吴宫被西施迷惑一般。当初吴王夫差宠幸一个妃子，名曰西施，日逐在百花洲[⑥]、锦帆泾[⑦]、姑苏台[⑧]，流连玩赏。其时有个佞臣伯嚭，逢君之恶，劝他穷奢极欲，诛戮忠臣。以致越兵来袭，国破身亡。今日宋朝南渡之后，虽然夷势猖獗，中原人心不忘赵氏，尚可乘

---

① 江介——江畔。

② 天目山两句——相传郭璞《地记》云："天目山前两乳长，龙飞凤舞到钱唐。"南宋度宗时，天目山忽然山崩。临安将陷，钱唐江潮汐三日不至。迷信者指为宋亡之兆。当时有"天目崩，地脉绝；潮不应，水脉绝"的说法。

③ 贾充——晋贾充，武帝时，官至尚书令。伐吴之役，武帝命他统领六军。贾充本无南伐之谋，害怕不能胜利，竭力谏止。后来出师，吴被打平，贾充惭惧请罪。

④ 庾信——南北朝诗人。梁元帝时出使西魏，被留不返。后仕于北周，常思念家乡，因而写了一篇《哀江南赋》。

⑤ 张志远——明嘉兴人，字叔明，著有《竹屿吟稿》。

⑥ 百花洲——在苏州西城下胥、盘二门之间。

⑦ 锦帆泾——河名，在苏州盘门内，相传吴王夫差乘锦帆船出游于此河。

⑧ 姑苏台——春秋时吴王夫差（一作阖庐）所造台名，故址在苏州西南姑苏山上。

机恢复。也只为听用了几个奸臣，盘荒[①] 懈惰，以致于亡。那几个奸臣？秦桧，韩侂胄，史弥远，贾似道。秦桧居相位一十九年，力主和议，杀害岳飞，解散张、韩、刘[②] 诸将兵柄。韩侂胄居相位一十四年，陷害了赵汝愚丞相，罢黜道学诸臣，轻开边衅，辱国殃民。史弥远在相位二十六年，谋害了济王竑[③]，专任憸壬[④] 以居台谏，一时正人君子，贬斥殆尽。那时蒙古盛强，天变屡见，宋朝事势已去了七八了。也是天数当尽，又生出个贾似道来。他在相位一十五年，专一蒙蔽朝廷，偷安肆乐；后来虽贬官黜爵，死于木绵庵，不救亡国之祸。有诗为证：

奸邪自古误人多，无奈君王轻信何。
朝论若分忠佞字，太平玉烛[⑤] 永调和。

话说南宋宁宗皇帝嘉定年间，浙江台州一个官人，姓贾名涉，因往临安府听选[⑥]，一主一仆，行至钱塘，地名叫做凤口里。行路饥渴，偶来一个村家歇脚，打个中火[⑦]。那人家竹篱茅舍，甚是荒凉。贾涉叫声："有人么？"只见芦帘开处，走个妇人出来。那妇人生得何如？

面如满月，发若乌云。薄施脂粉，尽有容颜。不学妖娆，自然丰韵。鲜眸玉腕，生成福相端严；裙布钗荆，任是村妆希罕。分明美玉藏顽石，一似明珠坠堑渊。随他呆子也消魂，况是客边情易动。

那妇人见了贾涉，不慌不忙，深深道个万福。贾涉看那妇人是个福相，心下踌躇道："吾今壮年无子，若得此妇为妾，心满意足矣。"便对妇人说道："下官往京候选，顺路过此，欲求一饭，未审小娘子肯为炊爨[⑧] 否？自当奉谢。"那妇人答道："奴家职在中馈，炊爨当然；况是尊官荣顾，敢不遵命。但丈夫不在，休嫌怠慢。"贾涉见他应对敏捷，愈加欢喜。那妇人进去不多

---

① 盘荒——游乐无度。
② 张、韩、刘——指南宋大将张俊、韩世忠、刘锜。
③ 济王竑(hóng)——赵竑，宋宗室赵希瞿子，宋宁宗立为皇子。史弥远拥立理宗，封竑为济王，旋遣门客逼他自缢而死。
④ 憸壬(xiānrén)——奸佞。
⑤ 玉烛——四时调和，叫做玉烛。
⑥ 听选——等候铨选。
⑦ 打中火——旅途中吃午饭。
⑧ 炊爨(cuàn)——烧火煮饭。

时，捧两碗熟豆汤出来，说道："村中乏茶，将就救渴。"少停，又摆出主仆两个的饭来。贾涉自带得有牛脯、干菜之类，取出嗄饭。那妇人又将大磁壶盛着滚汤，放在桌上，道："尊官净口。"贾涉见他殷勤，便问道："小娘子尊姓，为何独居在此？"那妇人道："奴家胡氏，丈夫叫做王小四，因连年种田折本，家贫无奈，要同奴家去投靠一个财主过活。奴家立誓不从，丈夫拗奴不过，只得在左近人家趁工[①]度日，奴家独自守屋。"贾涉道："下官有句不识进退的言语，未知可否？"那妇人道："但说不妨。"贾涉道："下官颇通相术，似小娘子这般才貌，决不是下贱之妇。你今屈身随着个村农，岂不耽误终身？况你丈夫家道艰难，顾不得小娘子体面。下官壮年无子，正欲觅一侧室。小娘子若肯相从，情愿多将金帛，赠与贤夫，别谋婚娶，可不两便？"那妇人道："丈夫也曾几番要卖妾身，是妾不肯。既尊官有意见怜，待丈夫归时，尊官自与他说，妾不敢擅许。"

说犹未了，只见那妇人指着门外道："丈夫回也。"只见王小四戴一顶破头巾，披一件旧白布衫，吃得半醉，闯进门来。贾涉便起身道："下官是往京听选的，偶借此中火，甚是搅扰。"王小四答道："不妨事。"便对胡氏说道："主人家少个针线娘，我见你平日好手针线，对他说了，他要你去教导他女娘生活，先送我两贯足钱。这遍要你依我去去。"胡氏半倚着芦帘内外，答道："后生家脸皮，羞答答地，怎到人家去趁饭[②]？不去，不去。"王小四发个猴急，便道："你不去时，我没处寻饭养你。"贾涉见他说话凑巧，便诈推解手，却吩咐家童将言语勾搭他道："大伯，你花枝般娘子，怎舍得他往别人家去？"王小四道："小哥，你不晓得我穷汉家事体：一日不识羞，三日不忍饿。却比不得大户人家，吃安闲茶饭。似此乔模乔样[③]，委的[④]我家住不了。"家童道："假如有个大户人家，肯出钱钞，讨你这位小娘子去，你舍得么？"王小四道："有甚舍不得！"家童道："只我家相公要讨一房侧室，你若情愿时，我撺掇多把几贯钱钞与你。"王小四应允。家童将言语回复了贾涉，贾涉便教家童与王小四讲就四十两银子身价。王小四在村中

---

① 趁工——打短工。

② 趁饭——混饭吃。

③ 乔模乔样——装模做样。

④ 委的——实在；委实。

央个教授[1] 来,写了卖妻文契,落了十字花押。一面将银子兑过,王小四收了银子,贾涉收了契书。王小四还只怕婆娘不肯,甜言劝谕,谁知那妇人与贾涉先有意了。也是天配姻缘,自然情投意合。

当晚,贾涉主仆二人就在王小四家歇了。王小四也打铺在外间相伴,妇人自在里面铺上独宿。明早贾涉起身,催妇人梳洗完了,吃了早饭,央王小四在村中另雇个牲口,驮那妇人一路往临安去。有诗为证:

夫妻配偶是前缘,千里红绳暗自牵。

况是荣华封两国[2],村农岂得伴终年?

贾涉领了胡氏住在临安寓所,约有半年,谒选得九江万年县丞,迎接了孺人唐氏,一同到任。原来唐氏为人妒悍,贾涉平昔有个惧内的毛病;今日唐氏见丈夫娶了小老婆,不胜之怒,日逐在家淘气。又闻胡氏有了三个月身孕,思想道:"丈夫向来无子,若小贱人生子,必然宠用,那时我就争他不过了。我就是养得出孩儿,也让他做哥哥,日后要被他欺侮。不如及早除了祸根方妙。"乃寻个事故,将胡氏毒打一顿,剥去衣衫,贬他在使婢队里,一般烧茶煮饭,扫地揩台,铺床叠被。又禁住丈夫不许与他睡。每日寻事打骂,要想堕落他的身孕。贾涉满肚子恶气,无可奈何。

一日,县宰陈履常请贾涉饮酒。贾涉与陈履常是同府人,平素通家往来,相处得极好的。陈履常请得贾涉到衙,饮酒中间,见他容颜不悦,叩其缘故。贾涉抵讳不得,将家中妻子妒妾事情,细细告诉了一遍。又道:"贾门宗嗣,全赖此妇。不知堂尊有何妙策,可以保全此妾?倘日后育得一男,实为万幸,贾氏祖宗也当衔恩于地下。"陈履常想了一会,便道:"要保全却也容易,只怕足下舍不得他离身。"贾涉道:"左右如今也不容相近,咫尺天涯一般,有甚舍不得处?"陈履常附耳低言:"若要保全身孕,只除如此如此……"乃取红帛花一朵,悄悄递与贾涉,教他把与胡氏为暗记。这个计策,就在这朵花上,后来便见。有诗为证:

吃醋捻酸从古有,覆宗绝嗣甘出丑。

红花定计有堂尊,巧妇怎出男子手?

---

① 教授——本来是教官的名称,宋代各王府及各路、府学都设教授。后来也用为对一般教书先生的敬称。

② 两国——两国王或两国夫人。此指两国夫人。

忽一日，陈县宰打听得丞厅[1]请医，云是唐孺人有微恙。待其病痊，乃备了四盒茶果之类，教奶奶到丞厅问安。唐孺人留之宽坐，整备小饭相款，诸婢罗侍在侧。说话中间，奶奶道："贵厅有许多女使伏侍，且是伶俐。寒舍苦于无人，要一个会答应的也没有，甚不方便。急切没寻得，若借得一个小娘子与寒舍相帮几时，等讨得个替力的来，即便送还何如？"唐氏道："通家怎说个'借'字？只怕粗婢不中用；奶奶看得如意，但凭选择，即当奉赠。"奶奶称谢了，看那诸婢中间，有一个生得齐整，鬓边正插着这朵红帛花。心知是胡氏，便指定了他，说道："借得此位小娘子甚好。"唐氏正在吃醋，巴不得送他远远离身。却得此句言语，正合其意，加添县宰之势，丞厅怎敢不从？料道丈夫也难埋怨。连声答应道："这小婢姓胡，在我家也不多时。奶奶既中意时，即今便教他跟随奶奶去。"当时席散，奶奶告别。胡氏拜了唐氏四拜，收拾随身衣服，跟了奶奶轿子，到县衙去讫。唐氏方才对贾涉说知，贾涉故意叹惜。正是：

算得通时做得凶，将他瞒在鼓当中。
县衙此去方安稳，绝胜存孤赵氏宫[2]。

胡氏到了县衙，奶奶将情节细说，另打扫个房铺与他安息。光阴似箭，不觉十月满足，到八月初八日，胡氏腹痛，产下一个孩儿。奶奶只说他婢所生，不使丞厅知道。那时贾涉适在他郡去检校[3]一件公事，到九月方归，与县宰陈履常相见。陈公悄悄的报个喜信与他，贾涉感激不尽，对陈公说，要见新生的孩儿一面。陈公教丫鬟去请胡氏立于帘内，丫鬟抱出小孩子，递与贾涉。贾涉抱了孩儿，心中虽然欢喜，觑着帘内，不觉堕下泪来。两下隔帘说了几句心腹话儿。胡氏教丫鬟接了孩子进去，贾涉自回。自此背地里不时送些钱钞与胡氏买东买西，阖家通知，只瞒过唐氏一人。

光阴荏苒，不觉二载有余。那县宰任满升迁，要赴临安。贾涉只得将情告知唐氏，要领他母子回家。唐氏听说，一时乱将起来，咶噪个不住。

---

① 丞厅——县丞衙门。

② 存孤赵氏宫——春秋晋景公时，屠岸贾杀赵朔，灭赵氏全族。赵朔的妻子逃匿宫中，生子赵武。孤儿赖公孙杵臼和程婴的救助，得免于难。

③ 检校——查核。

连县宰的奶奶,也被他“奉承”① 了几句。乱到后面,定要丈夫将胡氏嫁出,方许把小孩儿领回。贾涉听说嫁出胡氏一件,倒也罢了;单只怕领回儿子,被唐氏故意谋害,或是绝其乳食,心下怀疑不决。

正在两难之际,忽然门上报道:“台州有人相访。”贾涉忙去迎时,原来是亲兄贾濡。他为朝廷妙择② 良家女子,养育宫中,以备东宫嫔嫱之选;女儿贾氏玉华,已选入数内。贾濡思量要打刘八太尉的关节③,扶持女儿上去,因此特到兄弟任所,与他商议。贾涉在临安听选时,赁的正是刘八太尉的房子,所以有旧。贾涉见了哥哥,心下想道:“此来十分凑巧。”便将娶妾生子,并唐氏嫉妒事情,细细与贾濡说了。“如今陈公将次离任,把这小孩子没送一头处④。哥哥若念贾门宗嗣,领他去养育成人,感恩非浅。”贾濡道:“我今尚无子息,同气连枝,不是我领去,教谁看管?”贾涉大喜,私下雇了奶娘,问宰衙要了孩子,交付奶娘。嘱咐哥哥:好生抚养。就写了刘八太尉书信一封,赍发⑤ 些路费送哥哥贾濡起身。胡氏托与陈公领去,任从改嫁。

那贾涉、胡氏虽然两不相舍,也是无可奈何。唐孺人听见丈夫说子母都发开⑥,十分像意了。只是苦了胡氏,又去了小孩子,又离了丈夫,跟随陈县宰的上路,好生凄惨,一路只是悲哭。奶奶也劝解他不住,陈履常也厌烦起来。行至维扬,吩咐水手,就地方唤个媒婆,教他寻个主儿,把胡氏嫁去。只要对头老实忠厚,一分财礼也不要。你说白送人老婆,那一个不肯上桩?不多时,媒婆领一个汉子到来,说是个细工石匠,夸他许多志诚老实。你说偌大一个维扬,难道寻不出个好对头?偏只有这石匠?是有个缘故。常言道:“三姑六婆,嫌少争多。”那媒婆最是爱钱的,多许了他几贯谢礼,就玉成其事了。石匠见了陈县宰,磕了四个头,站在一边。陈履常看他衣衫济楚,年少力壮,又是从不曾婚娶的,且有手艺,养得老婆过

① 奉承——这里是反话,奉承几句,即骂几句。
② 妙择——挑选。
③ 关节——贿赂请托。打关节,就是行贿、走门路。
④ 没送一头处——即没有一个地方送去。
⑤ 赍发——资助。
⑥ 发开——打发。

活，便将胡氏许他。石匠真个不费一钱，白白里领了胡氏去，成其夫妇。不在话下。

再说贾涉自从胡氏母子两头分散，终日闷闷不乐。忽一日，唐孺人染病上床，服药不痊，呜呼哀哉死了。贾涉买棺入殓已毕，弃官扶柩而回。到了故乡，一喜一悲：喜者是见那小孩子比前长大，悲者是胡氏嫁与他人，不得一见。正是：

花开遭雨打，雨止又花残。

世间无全美，看花几个欢？

却说贾家小孩子长成七岁，聪明过人，读书过目成诵。父亲取名似道，表字师宪。贾似道到十五岁，无书不读，下笔成文。不幸父亲贾涉，伯伯贾濡，相继得病而亡，殡葬已过。自此无人拘管，恣意旷荡，呼卢[①] 六博[②]，斗鸡走马，饮酒宿娼，无所不至。不够四五年，把两份家私荡尽。初时听得家中说道：嫡母胡氏嫁在维扬，为石匠之妻。姐姐贾玉华，选入宫中。思量："维扬路远，又且石匠手艺没甚出产。闻得姐姐选入沂王[③] 府中，今沂王做了皇帝，宠一个妃子姓贾。不知是姐姐不是？且到京师，观其动静。"此时理宗端平初年，也是贾似道时运将至，合当发迹。将家中剩下家伙，变卖几贯钱钞，收拾行李，径往临安。

那临安是天子建都之地，人山人海；况贾似道初到，并无半个相识，没处讨个消息。整日只在湖上游荡，闲时未免又在赌博场中顽耍，也不免平康巷[④] 中走走。不够几日，行囊一空，衣衫蓝缕，只在西湖帮闲趁食。

一日醉倦，小憩于栖霞岭[⑤] 下，遇一个道人，布袍羽扇，从岭下经过。见了贾似道，站定脚头，瞪目看了半晌，说道："官人可自爱重，将来功名不在韩魏公之下。"那个韩魏公是韩蕲王讳世忠的，他位兼将相，夷夏钦仰，是何等样功名，古今有几个人及得他？贾似道闻此言，只道是戏侮之谈，全不准信。那道人自去了。过了数日，贾似道在平康巷赵二妈家，酒后与

---

① 呼卢——卢：赌具上的一种颜色。呼卢：赌博。

② 六博——一种古代的博戏，共有十二棋子，六白六黑，两个人对博。

③ 沂王——宋理宗赵昀，在未做皇帝时，曾嗣封沂王。

④ 平康巷——唐代长安城坊名，在朱雀门街东第三街，为娼妓聚居之所。

⑤ 栖霞岭——在西湖西北，葛岭之西。

人赌博相争，失足跌于阶下，磕损其额，血流满面。虽然没事，额上结下一个瘢痕。一日在酒肆中，又遇了前日的道人，顿足而叹，说道："可惜，可惜！天堂破损，虽然功名盖世，不得善终矣。"贾似道扯住道人衣服，问道；"我果有功名之分，若得一日称心满意，就死何恨。但目今流落无依，怎得个遭际？富贵从何而来？"道人又看了气色，便道："滞色已开，只在三日内自有奇遇，平步登天。但官人得意之日，休与秀才作对，切记切记。"说罢，道人自去了。贾似道半信不信。

看看捱到第三日，只见赌博场中的陈二郎来寻贾似道，对他说道："朝廷近日册立了贾贵妃，十分宠爱，言无不从。贾贵妃自言家住台州，特差刘八太尉往台州访问亲族。你时常说有个姐姐在宫中，莫非正是贵妃？特此报知，果有瓜葛，可去投刘八太尉，定有好处。"贾似道闻言，如梦初觉，想道："我父亲存日，常说曾在刘八太尉家作寓，往来甚厚。姐姐入宫近御，也亏刘八太尉扶持。一到临安，就该投奔他才是。却闲荡过许多日子，岂不好笑！虽然如此，我身上蓝缕，怎好去见刘八太尉？"心生一计：在典铺里赁件新鲜衣服穿了，折一顶新头巾；大模大样，摇摆在刘八太尉府中去。自称故人之子台州姓贾的，有话求见。

刘八太尉正待打点动身，往台州访问贾贵妃亲族。闻知此言，又只怕是冒名而来的。唤个心腹亲随，先叩来历分明，方准相见。不一时，亲随回话道："是贾涉之子贾似道。"刘八太尉道："快请进。"原来内相衙门，规矩最大。寻常只是呼唤而已，那个"请"字，也不容易说的。此乃是贵妃面上。当时贾似道见了刘八太尉，慌忙下拜。太尉虽然答礼，心下尚然怀疑。细细盘问，方知是实。留了茶饭，送在书馆中安宿。

次早入宫，报与贾贵妃知道。贵妃向理宗皇帝说了，宣似道入宫，与贵妃相见。说起家常，姊弟二人，抱头而哭。贵妃引贾似道就在宫中见驾，哭道："妾只有这个兄弟，无家无室，伏乞圣恩重瞳① 看觑。"理宗御笔，除授籍田令②。即命刘八太尉在临安城中，拨置甲第一区；又选宫中美女十人，赐为妻妾；黄金三千两，白金十万两，以备家资。似道谢恩已

① 重瞳——原指眼中有两个瞳子。此指垂青；厚待。

② 籍田令——官名，属太常寺，专管皇帝"亲耕"的田地，乃出纳五谷蔬果，藏冰以待用。

毕,同刘八太尉出宫去了。似道叮嘱刘八太尉道:“蒙圣恩赐我住宅,必须近西湖一带,方称下怀。”此时刘八太尉在贵妃面上,巴不得奉承贾似道。只拣湖上大宅院,自赔钱钞,倍价买来,与他做第宅。奴仆器用,色色皆备。次日,宫中发出美女十名,贵妃又私赠金银宝玩器皿,共十余车。似道一朝富贵,将百金赏了陈二郎,谢了报信之故。又将百金赏赐典铺中,偿其赁衣。典铺中那里敢受?反备盛礼来贺喜。自此贾贵妃不时宣召似道入宫相会,圣驾游湖,也时常幸其私第。或同饮博游戏,相待如家人一般,恩幸无比。似道恃着椒房之宠,全然不惜体面,每日或轿或马,出入诸名妓家。遇着中意时,不拘一五一十,总拉到西湖上与宾客乘舟游玩。若宾客众多,分船并进。另有小艇往来,载酒肴不绝。你说贾似道起自寒微,有甚宾客?有句古诗说得好,道是:“贫贱亲戚离,富贵他人合。”贾似道做了国戚,朝廷恩宠日隆,那一个不趋奉他?只要一人进身,转相荐引,自然其门如市了。文人如廖莹中、翁应龙、赵分如等,武臣如夏贵、孙虎臣等,这都是门客中出色有名的,其余不可尽述也。

一日,理宗皇帝游苑,登凤皇山,至夜望见西湖内灯火辉煌,一片光明。向左右说道:“此必贾似道也。”命飞骑探听,果然是似道游湖。天子对贵妃说了,又将金帛一车,赠为酒资。以此似道愈加肆恣,全无忌惮。诗曰:

天子偷安无远猷,纵容贵戚恣遨游。
问他无赛① 西湖景,可是安边第一筹?

那时宋朝仗蒙古兵力,灭了金人。又听了赵范、赵葵之计,与蒙古构难,要守河据关,收复三京。蒙古引兵入寇,责我败盟,淮汉骚动,天子忧惶。贾似道自思无功受宠,怎能够超官进爵?又恐被人弹议;要立个盖世功名,以取大位,除非是安边荡寇,方是目前第一个大题目。乃自荐素谙韬略,愿往淮扬招兵破贼,为天子保障东南。理宗大喜,遂封为两淮制置大使,建节淮扬。贾似道谢恩辞朝,携了妻妾宾客,来淮扬赴任。

三日后,密差门下心腹访问生母胡氏,果然跟个石匠,在广陵驿东首住居。访得亲切,回复了似道,似道即差轿马人夫摆着仪从去迎接。本衙门听事官率领人夫,向胡氏磕头,到把胡氏险些唬倒。听事官致了制使之

① 无赛——无可比拟。

命，方才心下安稳。胡氏道："身既从夫，不可自专。"急教人去寻石匠回家，对他说了。石匠也要跟去，胡氏不能阻挡，只得同行。胡氏乘轿在前，石匠骑马在后，前呼后拥，来到制使府。似道请母亲进私衙相见，抱头而哭。算来母子分散时，似道止三岁，胡氏二十余岁，到今又三十多年了，方才会面相识，岂不伤感？似道闻得石匠也跟随到来，不好相见。即将白金三百两，差个心腹人伴他往江上兴贩。暗地授计，半途中将石匠灌醉，推坠江中，只将病死回报。胡氏也感伤了一场。自此母子团圆，永无牵带。

似道镇守淮扬六年，侥幸东南无事。天子因贵妃思想兄弟，乃钦取似道还朝，加同枢密院事。此时丁大全罢相，吴潜代之。那吴潜号履斋，为人豪隽自喜，引进兄弟，俱为显职。贾似道忌他位居己上，乃造成飞谣，教宫中小内侍于天子面前歌之。谣云：

大蜈公，小蜈公，尽是人间业毒虫。夤缘攀附百虫丛，若使飞天便食龙。

天子闻得，乃问似道云："闻街坊小儿尽歌此谣，主何凶吉？"似道奏道："谣言皆荧惑星[①]化为小儿，教人间童子歌之。此乃天意，不可不察。'蜈'与'吴'同，以臣愚见推之，'大蜈公，小蜈公'，乃指吴潜兄弟，专权乱国。若使养成其志，必为朝廷之害。陛下飞龙在天，故天意以食龙示警。为今之计，不若罢其相位，另择贤者居之，可以免咎。"天子听信了，即命翰林草制[②]，贬吴潜循州安置[③]，弟兄都削去官职。似道即代吴潜为右丞相，又差心腹人命循州知州刘宗申，日夜拾摭其短。吴潜被逼不过，服毒而死。此乃似道狠毒处。

却说蒙古主蒙哥屯合州城下，遣太弟忽必烈，分兵围鄂州、襄阳一带，人情汹惧。枢密院一日间连接了三道告急文书，朝廷大惊，乃以贾似道兼枢密使京湖宣抚大使[④]，进师汉阳，以救鄂州之围。似道不敢推辞，只得

---

① 荧惑星——火星。

② 草制——即起草圣旨。

③ 安置——宋代大臣贬谪，或称某州居住，或称某州安置。安置的责罚，比居住重。

④ 宣抚大使——宋代随事而设的官。执政大臣率师征讨，称宣抚大使。

拜命。闻得大学生[①] 郑隆文武兼全,遣人招致于门下。郑隆素知似道奸邪,怕他难与共事,乃具名刺,先献一诗云:

收拾乾坤一担担,上肩容易下肩难。
劝君高着擎天手,多少旁人冷眼看。

这首诗明说似道位高望重,要他虚己下贤,小心做事。他若见了诗欣然听纳,不枉在他门下走动一番。谁知似道见诗中有规谏之意,骂为狂生,把诗扯得粉碎。不在话下。

再说贾似道同了门下宾客,文有廖莹中、赵分如等,武有夏贵、孙虎臣等,精选羽林军二十万,器仗铠甲,任意取办,择日辞朝出师。真个是威风凛凛,杀气腾腾。不一日,来到汉阳驻扎。此时蒙古攻城甚急,鄂州将破,似道心胆俱裂,那敢上前?乃与廖莹中诸人商议,修书一封,密遣心腹人宋京诣蒙古营中,求其退师,情愿称臣纳币。忽必烈不许,似道遣人往复三四次。适值蒙古主蒙哥死于合州钓鱼山下,太弟忽必烈一心要篡大位,无心恋战,遂从似道请和,每年纳币称臣奉贡。两下约誓已定,遂拔寨北去,奔丧即位。贾似道打听得蒙古有事北归,鄂州围解,遂将议和称臣纳币之事瞒过不提,上表夸张己功。只说蒙古惧己威名,闻风远遁,使廖莹中撰为露布[②],又撰《福华编》,以记鄂州之功。蒙古差使人来议岁币,似道怕他破坏己事,命软监于真州地方。只要蒙蔽朝廷,那顾失信夷虏?理宗皇帝谓似道有再造之功,下诏褒美,加似道少师,赐予金帛无算;又赐葛岭周围田地,以广其居;母胡氏封两国夫人。

似道偃然以中兴功臣自任,居之不疑。日夕引歌姬舞妾,于湖上取乐。四方贡献,络绎不绝。凡门客都布置显要,或为大郡,掌握兵权。真个是:一人之下,万人之上。每年八月八日,似道生辰,作词颂美者,以数千计。似道一一亲览,第其高下。一时传诵誊写,为之纸贵。时陆景思《八声甘州》一词,称为绝唱。词云:

满清平世界,庆秋成,看斗米三钱。论从来,活国抡功第一,无过丰年。办得民间安饱,余事笑谈间。若问平戎策,微妙难传。　　玉帝要留公住,把西湖一曲,分开入林园。有茶炉丹灶,更有钓鱼船。觉秋风

---

① 大学生——大,同太。太学,即国子监。大学生,即国子监生。

② 露布——用帛写成的报捷文书。

未曾吹着，但砌兰长倚北堂萱。千千岁，上天将相，平地神仙。

其他谄谀之词，不可尽述。

一日，似道同诸姬在湖上倚楼闲玩，见有二书生，鲜衣羽扇，丰致翩翩，乘小舟游湖登岸。旁一姬低声赞道："美哉，二少年！"似道听得了，便道："汝愿嫁彼二人，当使彼聘汝。"此姬惶恐谢罪。不多时，似道唤集诸姬，令一婢捧盒至前。似道说道："适间某姬爱湖上书生，我已为彼受聘矣。"众姬不信，启盒视之，乃某姬之首也，众姬无不股栗。其待姬妾惨毒，悉如此类。

又常差人贩盐百般[①]，至临安发卖。太学生有诗云：

昨夜江头长碧波，满船都载相公鹾[②]。

虽然要作调羹[③]用，未必调羹用许多。

似道又欲行富国强兵之策，御史陈尧道献计，要措办军饷，便国便民，无如限田之法。怎叫做限田之法？如今大户田连阡陌，小民无立锥之地，有田者不耕，欲耕者无田；宜以官品大小，限其田数。某等官户止该田若干，其民户止该田若干。余在限外者，或回买，或派买，或官买。回买者：原系其人所卖，不拘年远，许其回赎。派买者：拣殷实人户，不满限者派去，要他用价买之。官买者：官出价买之，名为"公田"，雇人耕种，收租以为军饷之费。先行之浙右，候有端绪，然后各路照式举行。大率回买、派买的都是下等之田，又要照价抽税入官；其上等好田，官府自买，又未免亏损原价。浙中大扰，无不破家者，其时怨声载道。太学生又诗云：

胡尘暗日鼓鼙鸣，高卧湖山不出征。

不识咽喉形势地，公田枉自害苍生。

贾似道恐其法不行，先将自己浙田万余亩入官为公田。朝中官员要奉承宰相，人人闻风献产。翰林院学士徐经孙条具公田之害，似道讽御史舒有开劾奏罢官。又有著作郎陈著亦上疏论似道欺君瘠民之罪，似道亦寻事黜之于外。公田官陈茂濂目击其非，弃官而去。又有钱塘人叶李者，字太白，素与似道相知，上书切谏。似道大怒，黥其面流之于漳州。自此满朝

---

① 百般——般，疑是"船"字之讹。

② 鹾(cuó)——盐。

③ 调羹——古人常用调羹比喻宰相治理国家，这里的调羹，是双关的意思。

箝口，谁敢道个不字？

似道又立推排打量之法。何为推排打量之法？假如一人有田若干，要他契书查勘买卖来历，及质对四址明白。若对不来时，即系欺诳，没入其田。这便是推排。又去丈量尺寸，若是有余，即名隐匿田数，也要没入，这便是打量。行了这法，白白的没入人产，不知其数。太学生又有诗云：

三分天下二分亡，犹把山河寸寸量。
纵使一坵① 添一亩，也应不似旧封疆。

又有人作《沁园春》词云：

道过江南，泥墙粉壁②，右具在前。述何县何乡里，住何人地，佃何人田。气象萧条，生灵憔悴，经界从来未必然。惟何甚？为官为己，不把人怜。　　思量几许山川，况土地分张又百年。西蜀巉岩，云迷鸟道；两淮清野，日警狼烟。宰相弄权，奸人罔上，谁念干戈未息肩？掌大地，何须经理，万取千焉。

似道屡闻太学生讥讪，心中大怒，与御史陈伯大商议，奏立士籍。凡科场应举，及免举人，州县给历一道，亲书年貌世系，及所肄业于历首，执以赴举。过省参对笔迹异同，以防伪滥。乃密令人四下查访，凡有词华文采，能诗善词者，便疑心他造言生谤，就于参对时寻其过误，故意黜罢。由是谄谀进身，文人丧气。时人有诗云：

戎马掀天动地来，荆襄一路哭声哀。
平章③ 束手全无策，却把科场恼秀才。

又有人作《沁园春》词云：

士籍令行，条件分明，逐一排连。问子孙何习？父兄何业？明经词赋④？右具如前。最是中间，娶妻某氏，试问于妻何与焉？乡保举，那堪着押，开口论钱。　　祖宗立法于前，又何必更张万万千？算行关改

---

① 坵——即丘。

② 泥墙粉壁——官府在农村中所设置的供写告示用的红泥粉墙。

③ 平章——唐宋制度，同中书门下平章事为宰相，所以平章是对宰相的称呼。

④ 明经词赋——明经，科目名，专试经义。词赋，指进士科。

会①，限田放粜。生民凋瘁，膏血俱朘；只有士心，仅存一脉，今又艰难最可怜。谁作俑？陈伯大附势专权！

陈伯大收得此词，献与似道。似道密访其人不得，知是秀才辈所为，乘理宗皇帝晏驾，奏停是年科举。自此太学、武学②、宗学③ 三处秀才，恨入骨髓。其中又有一班无耻的，倡率众人，称功颂德，似道欲结好学校，一一厚酬，一般也有感激贾平章之恩，愿为之用的。此见秀才中人心不一，所以公论不伸，也不在话下。

却说理宗皇帝传位度宗，改元咸淳。那度宗在东宫时，似道曾为讲官，兼有援立之恩。及即位，加似道太师，封魏国公。每朝见，天子必答拜，称为师相而不名。又诏他十日一朝，赴都堂议事，其余听从自便。大小朝政，皆就私第取决。当时传下两句口号，道是：

朝中无宰相，湖上有平章。

一日，似道招右丞相马廷鸾，枢密使叶梦鼎，于湖中饮酒。似道行令，要举一物，送与一个古人，那人还诗一联。似道首令④ 云：

我有一局棋，送与古人弈秋⑤。弈秋得之，予我一联诗："自出洞来无敌手，得饶人处且饶人。"

马廷鸾云：

我有一竿竹，送与古人吕望。吕望得之，予我一联诗："夜静水寒鱼不食，满船空载月明归。"

叶梦鼎云：

我有一张犁，送与古人伊尹。伊尹得之，予我一联诗："但存方寸地，留与子孙耕。"

似道见二人所言，俱有讥讽之意，明日寻事，奏知天子，将二人罢官而去。

那时蒙古强盛，改国号曰元，遣兵围襄阳、樊城，已三年了，满朝尽知，

---

① 行关改会——关子和会子，都是宋代的纸币的名称。贾似道因当时纸币不值钱，另作银关，以一抵十八界会子之三，结果纸币益贱，物价也更加腾涨。

② 武学——国家所设立的武学校，创始于宋神宗时。选文武官中懂军事的人充教授，教学生学习诸家兵法。

③ 宗学——专门教育宗室的学校，始置于宋高宗时。

④ 首令——第一个人开头行令。

⑤ 弈秋——古代一个善下围棋的人，名叫秋。

只瞒着天子一人而已。似道心知国势将危,乃汲汲为行乐之计。尝于清明日游湖,作绝句云:

寒食家家插柳枝,留春春亦不多时。

人生有酒须当醉,青冢儿孙几个悲?

于葛岭起建楼台亭榭,穷工极巧。凡民间美色,不拘娼尼,都取来充实其中。闻得宫人叶氏色美,勾通了穿宫太监,径取出为妾,昼夜淫乐无度。又造多宝阁,凡珍奇宝玩,百方购求,充积如山。每日登阁一遍,任意取玩,以此为常。有人言及边事者,即加罪责。忽一日,度宗天子问道:"闻得襄阳久困,奈何?"似道对云:"北兵久已退去,陛下安得此语?"天子道:"适有女嫔言及,料师相必知其实。"似道奏云:"此讹言,陛下不必信之。万一有事,臣当亲率大军,为陛下诛尽此虏耳。"说罢退朝。似道乃令穿宫太监,密查女嫔名姓,将他事诬陷他,赐死宫中。正是:

是非只为多开口,烦恼皆因强出头。

堪笑当时众台谏,不如女嫔肯分忧。

自宫嫔死后,内外相戒,无言及边事者。养成虏患,非一朝一夕之故也。

似道又造半闲堂,命巧匠塑已像于其中。旁室数百间,招致方术之士及云水道人①,在内停宿②。似道暇日,到中堂打坐,与术士道人谈讲。门客中献词,颂那半闲堂的极多。只有一篇名《糖多令》,最为似道所称赏,词云:

天上摘星班,青牛度关③。幻出蓬莱新院宇,花外竹,竹边山。轩冕傥来间,人生闲最难,算真闲不到人间。一半神仙先占取,留一半,与公闲。

有一术士,号富春子,善风角鸟占④,贾似道招之,欲试其术,问以来日之事。富春子乃密写一纸,封固嘱道:"至晚方开。"次日,似道宴客湖山,晚间于船头送客,偶见明月当头,口中歌曹孟德"月明星稀,乌鹊南飞"

---

① 云水道人——游方道士。

② 停宿——长时间的住宿。

③ 青牛度关——老子西游,乘青牛过函谷关(一作散关)。

④ 风角鸟占——古代的占卜术。风角,以风声来占验凶吉;鸟占,也叫鸟情占,以鸟的飞鸣卜休咎。

二句，时廖莹中在旁说道："此际可拆书观之矣。"纸中更无他事，惟写"月明星稀，乌鹊南飞"八个字。似道大惊，方知其术神验，遂叩以终身祸福。富春子道："师相富贵，古今莫及，但与姓郑人不相宜，当远避之。"原来似道少时，曾梦自己乘龙上天，却被一勇士打落，堕于坑堑之中，那勇士背心上绣成"荥阳"二字。"荥阳"却是姓郑的郡名，与富春子所言相合，怎敢不信？似道自此检阅朝籍，凡姓郑之人，极力挤排，不容他在位，宦籍中竟无一姓郑者。有门客揣摩似道之意，说道："太学生郑隆惯作诗词，讥讪朝政，此人不可不除。"似道想起昔日献诗规谏之恨，吩咐太学博士，寻他没影的罪过，将他黥配恩州。郑隆在路上呕气而死。又有一人善能拆字，决断如神。似道富贵已极，渐蓄不臣之志，又恐虏信渐迫，瞒不到头，朝廷必须见责，于是欲行董卓、曹操之事。召拆字者，以杖画地，作"奇"字，使决休咎。拆字的相了一回，说道："相公之事不谐矣；道是'立'，又不'可'；道是'可'，又不'立'。"似道默然无语，厚赠金帛而遣之；恐他泄漏机关，使人于中途谋害。自此反谋遂沮。富春子见似道举动非常，惧祸而逃，可谓见机而作者矣。

却说两国夫人胡氏，受似道奉养，将四十年，直到咸淳十年三月某日，寿八十余方死。衣衾棺椁，穷极华侈，斋醮追荐，自不必说。过了七七四十九日，扶柩到台州，与贾涉合葬。举襄之日，朝廷以卤簿送之。自皇太后以下，凡贵戚朝臣，一路摆设祭馔，争高竞胜。有累高至数丈者，装祭之次，至擫死数人。百官俱戴孝，追送百里之外，天子为之罢朝。那时天降大雨，平地水深三尺。送丧者，都冒雨踏水而行，水没及腰膝，泥淖满面，无一人敢退后者。葬毕，又饭僧三万口，以资冥福。有一僧饭罢，将钵盂覆地而去。众人揭不起来，报与似道。似道不信，亲自来看，将手轻轻揭起，见钵盂内覆着两行细字，乃白土写成，字画端楷。似道大惊，看时却是两句诗，道是：

得好休时便好休，开花结子在绵州。

正惊讶间，字迹忽然灭没不见。似道遍召门客，问其诗意，都不能解。直到后来，死于木绵庵，方应其语。大凡大富贵的人，前世来历必奇，非比等闲之辈。今日圣僧来点化似道，要他回头免祸；谁知他富贵薰心，迷而不悟。从来有权有势的，多不得善终，都是如此。

闲话休提。再说似道葬母事毕，写表谢恩。天子下诏，起复似道入朝。似道假意乞许终丧，却又讽御史们上疏，虚相位以待己。诏书连连下来，催促起程。七月初，似道应命，入朝面君，复居旧职。其月下旬，度宗晏驾，皇太子显即位，是为恭宗。此时元左丞相史天泽，右丞相伯颜，分兵南下，襄、邓、淮、扬，处处告急。贾似道料定恭宗年少胆怯，故意将元兵消息，张惶其事，奏闻天子，自请统军行边。却又私下吩咐御史们上疏留己，说道："今日所恃，只师臣一人。若统军行边，顾了襄汉一路，顾不得淮扬；若顾了淮扬一路，顾不得襄汉。不如居中以运天下，运筹帷幄之中，方能决胜于千里之外。倘师臣出外，陛下有事商量，与何人议之？"恭宗准奏道："师相岂可一日离吾左右耶？"

不隔几月，樊城陷了，鄂州破了。吕文焕死守襄阳五年，声援不通，城中粮尽，力不能支，只得以城降元。元师乘胜南下，贾似道遮瞒不过，只得奏闻。恭宗闻报，大惊，对似道说道："元兵如此逼近，非师相亲行不可。"似道奏道："臣始初便请行边，陛下不许；若早听臣言，岂容胡人得志若此？"恭宗于是下诏，以贾似道都督诸路军马。似道荐吕师夔参赞都督府军事。其明年为恭宗皇帝德祐元年，似道上表出师，旌旗蔽天，舳舻[①] 千里，水陆并进。领着两个儿子，并妻妾辎重，凡百余舟。门客俱带家小而行。参赞吕师夔先到江州以城降元，元兵乘势破了池州。似道闻此信，不敢进前，遂次于鲁港。步军招讨使孙虎臣，水军招讨使夏贵，都是贾似道门客，平昔间谈天说地，似道倚之为重，其实原没有张、韩、刘、岳的本事；今日遇了大战阵，如何侥幸得去？

却说孙虎臣屯兵于丁家洲，元将阿术来攻，孙虎臣抵敌不过，先自跨马逃命，步军都四散奔溃。阿术遣人绕宋舟大呼道："宋家步军已败，你水军不降，更待何时？"水军见说，人人丧胆，个个心惊，不想厮杀，只想逃命。一时乱将起来，舳舻簸荡，乍分乍合，溺死者不可胜数。似道禁押不住，急召夏贵议事，夏贵道："诸军已溃，战守俱难。为师相计，宜入扬州，招溃兵，迎驾海上。贵不才，当为师相死守淮西一路。"说罢自去。少顷，孙虎臣下船，抚膺恸哭道："吾非不欲血战，奈手下无一人用命者，奈何？"似道尚未及对，哨船[②] 来报道："夏招讨舟已解缆先行，不知去向。"时军中更

---

① 舳舻(zhúlú)——首尾相接的船只。

② 哨船——水军中巡哨的船只。

鼓正打四更，似道茫然无策，又见哨船报道："元兵四围杀将来也。"急得似道面如土色，慌忙击锣退师，诸军大溃。孙虎臣扶着似道，乘单舸奔扬州。堂吏翁应龙抢得都督府印信，奔还临安。到次日，溃兵蔽江而下。似道使孙虎臣登岸，扬旗招之，无人肯应者。只听得骂声嘈杂，都道："贾似道奸贼，欺蔽朝廷，养成贼势，误国蠹民，害得我们今日好苦！"又听得说道："今日先杀了那伙奸贼，与万民出气。"说声未绝，船上乱箭射来，孙虎臣中箭而倒。似道看见人心已变，急催船躲避，走入扬州城中，托病不出。

话分两头。却说右丞相陈宜中，平昔谄事似道，无所不至，似道扶持他做到相位。宜中见翁应龙奔还，问道："师相何在？"应龙回言不知。宜中只道已死于乱军之中，首上疏论似道丧师误国之罪，乞族诛以谢天下。于是御史们又趋奉宜中，交章劾奏。恭宗天子方悟似道奸邪误国，乃下诏暴其罪，略云：

大臣具四海之瞻，罪莫大于误国；都督专阃外之寄①，律尤重于丧师。具官贾似道，小才无取，大道未闻。历相两朝，曾无一善：变田制以伤国本，立士籍以阻人才，匿边信而不闻，旷战功而不举。至于寇逼，方议师征，谓当缨冠② 而疾趋，何为抱头而鼠窜？遂致三军解体，百将离心，社稷之势缀旒③，臣民之言切齿。姑示薄罚，俾尔奉祠④。呜呼！膺狄惩荆⑤，无复周公之望；放兜殛鲧⑥，尚宽《虞典》⑦ 之诛。可罢平章军马重事⑧ 及都督诸路军马。

廖莹中举家亦在扬州，闻似道褫职，特造府中问慰。相见时一言不能

---

① 阃(kǔn)外之寄——阃，国都的城门。阃外之寄，是委以军职的意思。

② 缨冠——这里指戴上帽子，系好帽带。

③ 缀旒——比喻大权旁落。

④ 奉祠——官员无职事，只领奉禄。

⑤ 膺狄惩荆——膺，伐击的意思；惩，惩责的意思。狄，指北狄；荆，也是古代国名。《诗经》有"戎狄是膺，荆舒是惩"的话，本是歌颂鲁僖公的武功，《孟子》引作周公，这里是根据《孟子》的说法。

⑥ 放兜殛鲧——兜，指欢兜；鲧，是禹的父亲。舜放欢兜于崇山，殛(诛)鲧于羽山。

⑦ 《虞典》——指《尚书》《虞书》的《舜典》。

⑧ 平章军马重事——官名，宋哲宗元祐年间置，授予有重望的老臣，表示宠命。

发，但索酒与似道相对痛饮，悲歌雨泣，直到五鼓方罢。莹中回至寓所，遂不复寝，命爱姬煎茶，茶到，又遣爱姬取酒去，私服冰脑① 一握。那冰脑是最毒之物，服之无不死者。药力未行，莹中只怕不死，急催热酒到来，袖中取出冰脑，连进数握，爱姬方知吃的是毒药，向前夺救，已不及了，乃抱莹中而哭。莹中含着双泪，说道："休哭，休哭！我从丞相二十年，安享富贵，今日事败，得死于家中，也算做善终了。"说犹未毕，九窍流血而死。可怜廖莹中聪明才学，诗字皆精，做了权门犬马，今日死于非命。诗云：

不作无求蚓，甘为逐臭蝇。

试看风树倒，谁复有荣藤？

再说贾似道罢相，朝中议论纷纷，谓其罪不止此。台臣复交章劾奏，请加斧钺之诛。天子念他是三朝元老，不忍加刑，谪为高州团练副使②，仍命于循州安置。其田产园宅，尽数籍没，以充军饷。谪命下日，正是八月初八日，值似道生辰建醮，乃自撰青词③ 祈祐，略云：

老臣无罪，何众议之不容？上帝好生，奈死期之已迫。适当悬弧④之旦，预陈易箦⑤ 之词。窃念臣似道际遇三朝，始终一节，为国任怨，遭世多艰。属丑虏之不恭，驱孱兵而往御。士不用命，功竟无成。众口皆诋其非，百喙难明此谤。四十年劳悴，悔不效留侯之保身⑥；三千里流离，犹恐置霍光于赤族⑦。仰惭覆载⑧，俯愧劬劳。伏望皇天后土之鉴临，理考⑨ 度宗之昭格。三宫霁怒，收瘴骨于江边；九庙阐灵，扫妖

① 冰脑——冰片。

② 团练副使——官名。

③ 青词——道教中祭神的祷词，用朱笔写在青藤纸上。

④ 悬弧——古代风俗，家生了男孩，在门外挂弓。

⑤ 易箦(zé)——春秋时，曾参将死，叫人易其床箦。所以后世称人将死为易箦。

⑥ 留侯保身——汉代张良，封留侯，晚年弃绝世事，学神仙辟谷导引之术，全身远害，得以善终。

⑦ 霍光赤族——汉代霍光，历辅昭帝、宣帝，为大司马大将军，亲党满朝，权倾中外。霍光死后，霍氏以谋反灭族。

⑧ 覆载——指天地。

⑨ 理考——宋理宗。

氛于境外。

故宋时立法，凡大臣安置远州，定有个监押官，名为护送，实则看守，如押送犯人相似。今日似道安置循州，朝议斟酌个监押官，须得有力量的，有手段的，又要平日有怨隙的，方才用得。只因循州路远，人人怕去。独有一位官员，慨然请行，那官员是谁？姓郑名虎臣，官为会稽尉，任满到京。此人乃是太学生郑隆之子，郑隆被似道黥配而死，虎臣衔恨在心，无门可报，所以今日愿去。朝中察知其情，遂用为监押官。似道虽然不知虎臣是郑隆之子，却记得幼年之梦，和那富春子的说话，今日正遇了姓郑的人，如何不慌。临行时，备下盛筵，款待虎臣。虎臣巍然上坐，似道称他是天使，自称为罪人，将上等宝玩，约值数万金献上，为进见之礼，含着两眼珠泪，凄凄惶惶的哀诉，述其幼时所梦，"愿天使大发菩萨之心，保全蝼蚁之命，生生世世，不敢忘报。"说罢，屈膝跪下。郑虎臣微微冷笑，答应道："团练且起，这宝玩是殃身之物，下官如何好受？有话途中再讲。"似道再三哀求，虎臣只是微笑，似道心中愈加恐惧。

次日，虎臣催促似道起程。金银财宝，尚十余车，婢妾童仆，约近百人。虎臣初时并不阻挡，行了数日，嫌他行李太重，担误行期，将他童仆辈日渐赶逐，其金宝之类，一路遇着寺院，逼他布施。似道不敢不依。约行半月，止剩下三个车子，老年童仆数人，又被虎臣终日打骂，不敢亲近。似道所坐车子，插个竹竿，扯帛为旗，上写着十五个大字，道是"奉旨监押安置循州误国奸臣贾似道"。似道羞愧，每日以袖掩面而行。一路受郑虎臣凌辱，不可尽言。

又行了多日，到泉州洛阳桥① 上，只见对面一个客官，匆匆而至，见了旗上题字，大呼："平章久违了。一别二十余年，何期在此相会。"似道只道是个相厚的故人，放下衣袖看时，却是谁来？那客官姓叶，名李，字太白，钱唐人氏，因为上书切谏似道，被他黥面流于漳州。似道事败，凡被其贬窜者，都赦回原籍。叶李得赦还乡，路从泉州经过，正与似道相遇，故意叫他。似道羞惭满面，下车施礼，口称得罪。叶李问郑虎臣，讨纸笔来，作词一首相赠，词云：

---

① 洛阳桥——在泉州(今福建晋江)东洛阳江上，本名万安桥，宋蔡襄重修，改名洛阳桥。

君来路，吾归路，来来去去何曾住？公田关子竟何如？国事当时谁与误？　　雷州户，厓州户，人生会有相逢处。客中颇恨乏蒸羊，聊赠一篇长短句。

当初北宋仁宗皇帝时节，宰相寇准有澶渊退虏[①]之功，却被奸臣丁谓所谮，贬为雷州司户。未几，丁谓奸谋败露，亦贬于厓州。路从雷州经过，寇准遣人送蒸羊一只，聊表地主之礼。丁谓惭愧，连夜偷行过去，不敢停留。今日叶李词中，正用这个故事，以见天道反覆，冤家不可做尽也。似道得词，惭愧无地，手捧金珠一包，赠与叶李，聊助路资，叶李不受而去。郑虎臣喝道："这不义之财，犬豕不顾，谁人要你的！"就似道手中夺来，抛散于地，喝教车仗快走，口内骂声不绝。似道流泪不止。

郑虎臣的主意，只教贾似道受辱不过，自寻死路，其如似道贪恋余生。比及到得漳州，童仆逃走俱尽，单单似道父子三人，真个是身无鲜衣，口无甘味，贱如奴隶，穷比乞儿，苦楚不可尽说。漳州太守赵分如，正是贾似道旧时门客，闻得似道到来，出城迎接，看见光景凄凉，好生伤感。又见郑虎臣颜色不善，不敢十分殷勤。是日，赵分如设宴馆驿，管待郑虎臣，意欲请似道同坐。虎臣不许，似道也谦让道："天使在此，罪人安敢与席？"到教赵分如过意不去，只得另设一席于别室，使通判陪侍似道，自己陪虎臣。饮酒中间，分如察虎臣口气，衔恨颇深，乃假意问道："天使今日押团练至此，想无生理，何不教他速死，免受蒿恼，却不干净？"虎臣笑道："便是这恶物事，偏受得许多苦恼，要他好死却不肯死。"赵分如不敢再言。次日五鼓，不等太守来送，便催趱起程。

离城五里，天尚未大明，到个庵院。虎臣教歇脚，且进庵梳洗早膳。似道看这庵中扁额写着"木绵庵"三字，大惊道："二年前，神僧钵盂中赠诗，有'开花结子在绵州'句，莫非应在今日？我死必矣！"进庵，急呼二子吩咐说话，已被虎臣拘囚于别室。似道自分必死，身边藏有冰脑一包，因洗脸，就掬水吞之。觉腹中痛极，讨个虎子[②]坐下，看看命绝。虎臣料他

① 澶渊退虏——宋真宗景德元年，辽兵南侵，寇准请真宗亲征，北进至澶州（河南濮阳），杀辽大将挞览。但在投降派的活动下，终于议和，历史上称为"澶渊之盟"。

② 虎子——类似马桶的便器。

服毒,乃骂道:"奸贼,奸贼!百万生灵死于汝手,汝延捱许多路程,却要自死,到今日老爷偏不容你!"将大槌连头连脑打下二三十,打得稀烂,呜呼死了。却教人报他两个儿子说道:"你父亲中恶,快来看视。"儿子见老子身死,放声大哭。虎臣奋怒,一槌一个,都打死了。却教手下人拖去一边,只说逃走去了。虎臣投槌于地,叹道:"吾今日上报父仇,下为万民除害,虽死不恨矣。"就用随身衣服,将草荐卷之,埋于木绵庵之侧。埋得定当,方将病状关白① 太守赵分如。赵分如明知是虎臣手脚,见他凶狠,那敢盘问?只得依他开病状,申报各司去讫。直待虎臣动身去后,方才备下棺木,掘起似道尸骸,重新殡殓,埋葬成坟,为文祭之,辞曰:

呜呼!履斋死蜀,死于宗申;先生死闽,死于虎臣。哀哉,尚飨!

那履斋是谁?姓吴名潜,是理宗朝的丞相。因贾似道谋代其位,造下谣言,诬之以罪,害他循州安置,却教循州知州刘宗申逼他服毒而死。今日似道下贬循州,未及到彼,先死于木绵庵,比吴潜之祸更惨。这四句祭文,隐隐说天理报应。赵分如虽然出于似道门下,也见他良心不泯处。

闲话休提。再说似道既贬之后,家私田产,虽说入官,那葛岭大宅,谁人管业?高台曲池,日就荒落,墙颓壁倒,游人来观者,无不感叹。多有人题诗于门壁,今录得二首,诗云:

深院无人草已荒,漆屏金字尚辉煌。
底知事去身宜去?岂料人亡国亦亡?
理考发身端有自,郑人应梦果何祥?
卧龙不肯留渠住,空使晴光满画墙。

又诗云:

事到穷时计亦穷,此行难倚鄂州功。
木绵庵里千年恨,秋壑亭② 中一梦空。
石砌苔稠猿步月,松亭叶落鸟呼风。
客来不用多惆怅,试向吴山望故宫。

---

① 关白——报告;告知。

② 秋壑亭——宋贾似道所建亭名,在临安葛岭集芳园中。

第二十三卷　张舜美灯宵得丽女

太平时节元宵夜，千里灯毬[1] 映月轮。

多少王孙并仕女，绮罗丛里尽怀春。

话说东京汴梁，宋天子徽宗放灯买市，十分富盛。且说在京一个贵官公子，姓张名生，年方十八，生得十分聪俊，未娶妻室。因元宵到乾明寺[2]看灯，忽于殿上拾得一红绡帕子，帕角系一个香囊。细看帕上，有诗一首云：

囊里真香心事封，鲛绡一幅泪流红。

殷勤聊作江妃佩[3]，赠与多情置袖中。

诗尾后又有细字一行云："有情者拾得此帕，不可相忘。请待来年正月十五夜，于相蓝[4] 后门一会，车前有鸳鸯灯是也。"张生吟讽数次，叹赏久之，乃和其诗曰：

浓麝因知玉手封，轻绡料比杏腮红。

虽然未近来春约，已胜襄王魂梦中。

自此之后，张生以时挨日，以日挨月，以月挨年。倏忽间乌飞电走，又换新正。将近元宵，思赴去年之约，乃于十四日晚，候于相蓝后门。果见车一辆，灯挂双鸳鸯，呵卫[5] 甚众。张生惊喜无措，无因问答，乃诵诗一首，或先或后，近车吟咏，云：

何人遗下一红绡？暗遣吟怀意气饶。

料想佳人初失去，几回纤手摸裙腰。

---

① 灯毬——圆灯笼。

② 乾明寺——北宋寺院名，在汴京东城安业坊席箔巷西，后被金兵焚毁。

③ 江妃佩——江妃，江水的女神。古代传说，江妃二女游于江边，逢郑交甫，解佩相赠。郑交甫受佩而去，行数十步，佩与二女都不见。

④ 相蓝——即大相国寺，为北宋汴京著名大寺。

⑤ 呵卫——喝导护卫。

车中女子闻生吟讽,默念昔日遗香囊之事谐矣,遂启帘窥生,见生容貌皎洁,仪度闲雅,愈觉动情。遂令侍女金花者,通达情款,生亦会意。须臾,香车远去,已失所在。

次夜,生复伺于旧处。俄有青盖旧车,迤逦而来,更无人从,车前挂双鸳鸯灯。生睹车中,非昨夜相遇之女,乃一尼耳。车夫连称:"送师归院去。"生迟疑间,见尼转手而招生。生潜随之,至乾明寺,老尼迎门谓曰:"何归迟也?"尼入院,生随入小轩,轩中已张灯列宴。尼乃卸去道装,忽见绿鬓堆云,红裳映月。生女联坐,老尼侍旁。酒行之后,女曰:"愿见去年相约之媒。"生取香囊红绡,付女视之。女方笑曰:"京都往来人众,偏落君手,岂非天赐尔我姻缘耶?"生曰:"当时得之,亦曾奉和。"因举其诗。女喜曰:"真我夫也。"于是与生就枕,极尽欢娱。顷刻鸡声四起,谓生曰:"妾乃霍员外家第八房之妾。员外老病,经年不到妾房。妾每夜焚香祝天,愿遇一良人,成其夫妇。幸得见君子,足慰平生。妾今用计脱身,不可复入。此身已属之君,情愿生死相随;不然,将置妾于何地也?"生曰:"我非木石,岂忍分离?但寻思无计。若事发相连,不若与你悬梁同死,双双做风流之鬼耳。"说罢,相抱悲泣。老尼从外来,曰:"你等要成夫妇,但恨无心耳,何必做没下梢事!"生女双双跪拜求计。老尼曰:"汝能远涉江湖,变更姓名于千里之外,可得尽终世之情也。"女与生俯首受计。老尼遂取出黄白一包,付生曰:"此乃小娘子平日所寄,今送还官人,以为路资。"生亦回家,收拾细软,打做一包。是夜,拜别了老尼,双双出门,走到通津邸① 中借宿。次早雇舟,自汴涉淮,直至苏州平江,创第而居。两情好合,谐老百年。正是:

意似鸳鸯飞比翼,情同鸾凤舞和鸣。

今日为甚说这段话?却有个波俏② 的女子,也因灯夜游玩,撞着个狂荡的小秀才,惹出一场奇奇怪怪的事来。未知久后成得夫妇也否?且听下回分解。正是:

灯初放夜人初会,梅正开时月正圆。

且道那女子遇着甚人?那人是越州人氏,姓张,双名舜美,年方弱冠,

---

① 通津邸——即通津门的客店。

② 波俏——漂亮;风姿优美。

是一个轻俊标致的秀士，风流未遇的才人。偶因乡试来杭，不能中选，遂淹留邸舍中，半年有余。正逢着上元佳节，舜美不免关闭房门，游玩则个。况杭州是个热闹去处，怎见得杭州好景？柳耆卿有首《望海潮》词，单道杭州好处，词云：

东南形胜，三吴都会，钱塘自古繁华。烟柳画桥，风帘翠幕，参差十万人家。云树绕堤沙，怒涛卷霜雪，天堑无涯。市列珠玑，户盈罗绮，竞奢华。　重湖叠巘清佳，有三秋桂子、十里荷花。弦管弄晴，菱歌泛夜，嬉嬉的钓叟莲娃。千骑拥高牙①，乘时听箫鼓，吟赏烟霞。异日图将好景，归到凤池②赊。

舜美观看之际，勃然兴发，遂口占《如梦令》一词以解怀，云：

明月娟娟筛柳，春色溶溶如酒。今夕试华灯，约伴六桥③行走。回首，回首，楼上玉人知否？

且诵且行之次④，遥见灯影中，一个丫鬟，肩上斜挑一盏彩鸾灯，后面一女子，冉冉而来。那女子生得凤髻铺云，峨眉扫月，生成媚态，出色娇姿。舜美一见了那女子，沉醉顿醒，竦然整冠，汤瓶⑤样摇摆过来。为甚的做如此模样？原来调光⑥的人，只在初见之时，就便使个手段。凡萍水相逢，有几般讨探⑦之法。做子弟⑧的，听我把调光经表白几句：

雅容卖俏，鲜服夸豪。远觑近观，只在双眸传递；捱肩擦背，全凭健足跟随。我既有意，自当送情；他肯留心，必然答笑。点头须会⑨，咳嗽

---

① 高牙——牙，是牙旗。高牙，军中高大的旗帜。

② 凤池——中书省，称为凤凰池。

③ 六桥——临安西湖苏堤上的六座桥，宋苏轼所建。六座桥的名称是：映波、锁澜、望山、压堤、东浦、跨虹。

④ 次——这里的意思是中间；当儿。

⑤ 汤瓶——一种煮茶水用的水瓶，以铁或瓷制成，富豪人家也有用金银制成的。

⑥ 调光——调情。

⑦ 讨探——引诱；试探；勾引。

⑧ 子弟——嫖客；浪子。

⑨ 会——明白；懂得。

便知。紧处不可放迟，闲中偏宜着闹。讪语① 时，口要紧；刮涎处，脸须皮。冷面撇清，还察其中真假；回头揽事，定知就里应承。说不尽百计讨探，凑成来十分机巧。假饶心似铁，弄得意如糖。

说那女子被舜美撩弄，禁持② 不住，眼也花了，心也乱了，腿也苏了，脚也麻了。痴呆了半晌，四目相睃，面面有情。那女子走得紧，舜美也跟得紧；走得慢，也跟得慢；但不能交接一语。不觉又到众安桥③，桥上做卖做买，东来西去的，挨挤不过。过得众安桥，失却了女子所在，只得闷闷而回。开了房门，风儿又吹，灯儿又暗，枕儿又寒，被儿又冷，怎生睡得？心里丢不下那个女子，思量再得与他一会也好。你看世间有这等的痴心汉子，实是好笑。正是：

半窗花影模糊月，一段春愁着摸④ 人。

舜美甫能⑤ 够捱到天明，起来梳裹了，三餐已毕，只见街市上人，又早收拾看灯。舜美身心按捺不下，急忙关闭房门，径往夜来相遇之处。立了一会，转了一会，寻了一会，靠了一会，呆了一会，只是等不见那女子来。遂调《如梦令》一词消遣，云：

燕赏良宵无寐，笑倚东风残醉。未审那人儿，今夕玩游何地？留意，留意，几度欲归还滞。

吟毕，又等了多时，正尔要回，忽见小鬟挑着彩鸾灯，同那女子从人丛中挨将出来。那女子瞥见舜美，笑容可掬，况舜美也约摸着有五六分上手⑥。那女子径往盐桥⑦，进广福庙⑧ 中拈香。礼拜已毕，转入后殿。舜美随于后，那女子偶尔回头，不觉失笑一声。舜美呆着老脸，赔笑起来。他两个

---

① 讪语——调笑；搭讪。
② 禁持——忍受；熬不住。
③ 众安桥——南宋临安桥名，为临安城中热闹的地区。
④ 着摸——撩惹；沾惹。
⑤ 甫能——刚刚。
⑥ 上手——此指得手。
⑦ 盐桥——即惠济桥，在临安东青门内大河上。宋时盐船停泊于此，故名盐桥。
⑧ 广福庙——即蒋相公祠，在盐桥上。

挨挨擦擦，前前后后，不复顾忌。那女子回身捽①袖中，遗下一个同心方胜儿②。舜美会意，俯而拾之，就于灯下拆开一看，乃是一幅花笺纸。不看万事全休，只因看了，直教一个秀才，害了一二年鬼病相思，险些送了一条性命。你道花笺上写的甚么文字？原来也是个《如梦令》，词云：

邂逅相逢如故，引起春心追慕。高挂彩鸾灯，正是儿家庭户。那步③，那步，千万来宵垂顾。

词后复书云："女之敝居，十官子巷④中，朝南第八家。明日父母兄嫂赶江干舅家灯会，十七日方归，止妾与侍儿小英在家。敢邀仙郎惠然枉驾，少慰鄙怀，妾当焚香扫门迎候翘望。妾刘素香拜柬。"舜美看了多时，喜出望外。那女子已去了，舜美步归邸舍，一夜无眠。

次早又是十五日。舜美捱至天晚，便至其处，不敢造次突入。乃成《如梦令》一词，来往歌云：

漏滴铜壶声唱咽，风送金猊⑤香烈。一见彩鸾灯，顿使狂心烦热。应说，应说，昨夜相逢时节。

女子听得歌声，掀帘而出，果是灯前相见可意人儿。遂迎迓到于房中，吹灭银灯，解衣就枕。他两个正是旷夫怨女，相见如饿虎逢羊，苍蝇见血，那有工夫问名叙礼？且做一班半点儿事。

两个讲欢已罢，舜美曰："仆乃途路之人，荷承垂盼，以凡遇仙。自思白面书生，愧无纤毫奉报。"素香抚舜美背曰："我因爱子胸中锦绣，非图你囊里金珠。"舜美称谢不已。素香忽然长叹，流泪而言曰："今日已过，明日父母回家，不能复相聚矣，如之奈何？"两个沉吟半晌，计上心来，素香曰："你我莫若私奔他所，免使两地永抱相思之苦，未知郎意何如？"舜美大喜曰："我有远族，见在镇江五条街⑥开个招商客店，可往依焉。"素香应允。

是夜素香收拾了一包金珠，也妆做一个男儿打扮，与舜美携手迤逦而

---

① 捽——揪；扯。

② 同心方胜儿——两个菱形压角相叠组成的图案，比喻双方相互爱慕，结为一心。

③ 那步——移步。

④ 十官子巷——临安巷名，在城北众安桥南，御街之西。

⑤ 金猊——上面铸有狻猊的香炉。

⑥ 五条街——镇江府城内一条大街的名称。

行。将及二鼓，方才行到北关门[①] 下。你道因何三四里路，走了许多时光？只为那女子小小一双脚儿，只好在屧廊[②] 缓步，芳径轻移，擎抬绣阁之中，出没湘裙之下，脚又穿着一双大靴，教他跋长途，登远道，心中又慌，怎地的拖得动？且又城中人要出城，城外人要入城，两下不免撒手。前后随行，出得第二重门，被人一涌，各不相顾。那女子径出城门，从半塘横[③]去了。舜美虑他是妇人，身体柔弱，挨挤不出去，还在城里，也不见得，急回身寻问把门军士。军士说道："适间有个少年秀才，寻问同辈，回未半里多地。"舜美自思：一条路往钱塘门，一条路往师姑桥[④]，一条路往褚家堂[⑤]，三四条叉路，往那一条好？踌躇半晌，只得依旧路赶去。至十官子巷，那女子家中，门已闭了，悄无人声。急急回至北关门，门又闭了。整整寻了一夜。

巴到天明，挨门而出。至新马头[⑥]，见一伙人围得紧紧的，看一只绣鞋儿。舜美认得是女子脱下之鞋，不敢开声。众人说："不知何人家女孩儿，为何事来，溺水而死，遗鞋在此？"舜美听罢，惊得浑身冷汗。复到城中探信，满城人喧嚷，皆说十官子巷内刘家女儿，被人拐去，又说投水死了，随处做公的缉访。这舜美自因受了一昼夜辛苦，不曾吃些饭食，况又痛伤那女子死于非命，回至店中，一卧不起，寒热交作，病势沉重将危。正是：

相思相见知何日？多病多愁损少年。

且不说舜美卧病在床，却说刘素香自北关门失散了舜美，从二更直走到五更，方至新马头。自念舜美寻我不见，必然先往镇江一路去了，遂暗暗地脱下一只绣花鞋在地。为甚的？他惟恐家中有人追赶，故托此相示，以绝父母之念。素香乘天未明，赁舟沿流而去。数日之间，虽水火[⑦] 之事，亦自谨慎，梢人[⑧] 亦不知其为女人也。比至镇江，打发舟钱登岸，随

---

① 北关门——临安城北余杭门。
② 屧(xiè)廊——春秋时代吴王宫中一条走廊的名称。
③ 半塘横——地名，在临安北关门外。
④ 师姑桥——临安桥名。
⑤ 褚家堂——地名，为唐褚遂良故里。
⑥ 新马头——地名，在临安北关门外湖墅。
⑦ 水火——解溲；大小便。
⑧ 梢人——船家。

路物色，访张舜美亲族。又忘其姓名居止，问来问去，看看日落山腰，又无宿处。偶至江亭，少憩之次，此时乃是正月二十二日，况是月出较迟，是夜夜色苍然，渔灯隐映，不能辨认咫尺。素香自思，为他抛离乡井父母兄弟，又无消息，不若从浣纱女① 游于江中。哭了多时，只恨那人不知妾之死所。不觉半夜光景，亭隙中射下月光来。遂移步凭栏，四顾澄江，渺茫千里。正是：

一江流水三更月，两岸青山六代都。

素香呜呜咽咽，自言自语，自悲自叹，不觉亭角暗中，走出一个尼师，向前问曰："人耶？鬼耶？何自苦如此？"素香听罢，答曰："荷承垂问，敢不实告。妾乃浙江人也，因随良人之任，前往新丰。却不思慢藏诲盗，梢子因瞰良人囊金、贱妾容貌，辄起不仁之心。良人、婢仆皆被杀害，独留妾一身。梢子欲淫污妾，妾誓死不从。次日梢子饮酒大醉，妾遂着先夫衣冠，脱身奔逃，偶然至此。"素香难以私奔相告，假托此一段说话。尼师闻之，愀然曰："老身在施主家，渡江归迟，天遣到此亭中与娘子相遇，真是前缘。娘子肯从我否？"素香曰："妾身回视家乡，千山万水，得蒙提挈，乃再生之赐。"尼师曰："出家人以慈悲方便为本，此分内事，不必虑也。"素香拜谢。

天明，随至大慈庵。摒去俗衣，束发簪冠，独处一室。诸品经咒，目过辄能成诵。旦夕参礼神佛，拜告白衣大士，并持大士经文，哀求再会。尼师见其贞顺，自谓得人，不在话下。

再说舜美在那店中，延医调治，日渐平复。不肯回乡，只在邸舍中温习经史。光阴荏苒，又逢着上元灯夕。舜美追思去年之事，仍往十官子巷中一看，可怜景物依然，只是少个人在目前。闷闷归房，因诵秦少游② 学士所作《生查子》词云：

去年元夜时，花市灯如昼。月在柳梢头，人约黄昏后。　　今年元夜时，月与灯依旧；不见去年人，泪湿春衫袖。

舜美无情无绪，洒泪而归。惭愧物是人非，怅然绝望，立誓终身不娶，以答素香之情。

---

① 浣纱女——春秋时楚国伍子胥逃奔到吴国去，路上逢一浣纱（一作绵）女子，伍向她求食，临去请她不要泄露，浣纱女便自投于水中而死。

② 秦少游——宋秦观，字少游，善诗文，著有《淮海集》、《淮海词》。

在杭州倏忽三年，又逢大比，舜美得中首选解元[①]。赴鹿鸣宴[②] 罢，驰书归报父母，亲友贺者填门。数日后，将带琴剑书箱，上京会试。一路风行露宿，舟次镇江江口，将欲渡江，忽狂风大作。移舟傍岸，少待风息。其风数日不止，只得停泊在彼。

且说刘素香在大慈庵中，荏苒首尾三载。是夜，忽梦白衣大士报云："尔夫明日来也。"恍然惊觉，汗流如雨。自思：平素未尝如此，真是奇怪！不言与师知道。

舜美等了一日又是一日，心中好生不快，遂散步独行，沿江闲看。行至一松竹林中，中有小庵，题曰"大慈之庵"，清雅可爱。趋身入内，庵主出迎，拉至中堂供茶。也是天使其然，刘素香向窗楞中一看，諕得目睁口呆，宛如酒醒梦觉。尼师忽入换茶，素香乃具道其由。尼师出问曰："相公莫非越州张秀才乎？"舜美骇然曰："仆与吾师素昧平生，何缘垂识？"尼师又问曰："曾娶妻否？"舜美簌簌泪下，乃应曰："曾有妻刘氏素香，因三载前元宵夜观灯失去，未知存亡下落。今仆虽不才，得中解元，便到京得进士，终身亦誓不再娶也。"师遂呼女子出见，两个抱头恸哭，多时，收泪而言曰："不意今生再得相见！"悲喜交集，拜谢老尼。乃沐浴更衣，诣大士前，焚香百拜。次以白金百两，段绢二端，奉尼师为寿。两下相别，双双下舟。真个似缺月重圆，断弦再续，大喜不胜。

一路至京，连科进士，除授福建兴化府莆田县尹。谢恩回乡，路经镇江，二人复访大慈庵，赠尼师金一笏[③]。回至杭州，径到十官子巷，投帖拜望。刘公看见车马临门，大红帖子上写着"小婿张舜美"，只道误投了。正待推辞，只见少年夫妇，都穿着朝廷命服，双双拜于庭下。父母兄嫂见之大惊，悲喜交集。丈母道："因元宵失却我儿，闻知投水身死，我们苦得死而复生。不意今日再得相会，况得此佳婿，刘门之幸。"乃大排筵会，作贺数日，令小英随去。二人别了丈人、丈母，到家见了父母。舜美告知前事，令妻出拜公姑。张公、张母大喜过望，作宴庆贺。不数日，同妻别父母，上

---

① 解元——乡试第一名。

② 鹿鸣宴——乡试发榜后，州县长官为新举子举行庆祝宴会。因会上要歌《鹿鸣》诗，故称。

③ 一笏(hù)——银五十两为一笏。

任去讫。久后,舜美官至天官侍郎[1],子孙贵盛。有诗为证:

间别三年死复生,润州[2]城下念多情。
今宵然烛频频照,笑眼相看分外明。

① 天官侍郎——唐代曾改吏部为天官。天官侍郎,即吏部侍郎。

② 润州——今江苏镇江市。

第二十四卷　杨思温燕山逢故人

一夜东风，不见柳梢残雪。御楼烟暖，对鳌山彩结。箫鼓向晚，凤辇初回宫阙。千门灯火，九衢风月。　绣阁人人，乍嬉游困又歇。艳妆初试，把珠帘半揭。娇羞向人，手捻玉梅①低说。相逢长是，上元时节。

这一首词，名《传言玉女》。乃胡浩然②先生所作。道君③皇帝朝宣和年间，元宵最盛。每年上元：正月十四日，车驾幸五岳观凝祥池④，每常驾出，有红纱贴金烛笼二百对；元夕加以琉璃玉柱掌扇，快行客⑤各执红纱珠珞灯笼。至晚还内，驾入灯山⑥。御辇院⑦人员，辇前唱《随竿媚》来。御辇旋转一遭，倒行观灯山，谓之"鹁鸽旋"，又谓"踏五花儿"，则辇官有赏赐矣。驾登宣德楼⑧，游人奔赴露台⑨下。十五日，驾幸上清宫⑩，至晚还内。上元后一日，进早膳讫，车驾登门卷帘，御座临轩，宣百姓，先到门下者，得瞻天表。小帽红袍独坐，左右侍近，帘外金扇执事之人。须臾下帘，则乐作，纵万姓游赏。华灯宝烛，月色光辉，霏霏融融，照耀远迩。至三鼓，楼上以小红纱灯缘索而至半，都人皆知车驾还内。当时御制《夹

---

① 玉梅——一种用绢、纸制的假花。

② 胡浩然——宋代词人。

③ 道君——宋徽宗赵佶，自号"教主道君皇帝"。

④ 五岳观凝祥地——五岳观，在宋汴京南薰门（外城正南门）内东北；凝祥池，在五岳观后面，普济水门之西。

⑤ 快行客——快行家；御前急足使。

⑥ 灯山——北宋东京，每逢元宵节，开封府于宣德楼前扎缚灯棚，绘画结彩，作各种神仙故事及瀑布、飞龙之状，号为彩山，也叫鳌山或灯山。

⑦ 御辇院——即车辂院，掌管统治者的车舆。

⑧ 宣德楼——北宋东京宫城的正门。

⑨ 露台——这里是指用木材搭在空地上的戏台。

⑩ 上清宫——道观名，在北宋东京外城里。

钟宫·小重山》词,道:

罗绮生香娇艳呈,金莲开陆海,绕都城。宝舆四望翠峰青。东风急,吹下半天星。　　万井贺升平。行歌花满路,月随人,纱笼一点御灯明。箫韶远,高宴在蓬瀛。

今日说一个官人,从来只在东京看这元宵;谁知时移事变,流寓在燕山看元宵。那燕山① 元宵却如何?

虽居北地,也重元宵。未闻鼓乐喧天,只听胡笳聒耳。家家点起,应无陆地金莲;处处安排,那得玉梅雪柳②?小番③ 鬓边挑大蒜,岐婆④ 头上带生葱。汉儿谁负一张琴,女们尽敲三棒鼓。

每年燕山市井,如东京制造,到己酉岁⑤ 方成次第。当年那燕山装那鳌山,也赏元宵,士大夫百姓皆得观看。这个官人,本身是肃王⑥ 府使臣,在贵妃位⑦ 掌笺奏,姓杨,双名思温,排行第五,呼为杨五官人。因靖康年间,流寓在燕山;犹幸相逢姨夫张二官人,在燕山开客店,遂寓居焉。杨思温无可活计,每日肆前与人写文字,得些胡乱度日。忽值元宵,见街上的人皆去看灯,姨夫也来邀思温看灯,同去消遣旅况。思温情绪索然,辞姨夫道:"看了东京的元宵,如何看得此间元宵?姨夫自稳便先去,思温少刻追陪。"张二官人先去了。

杨思温挨到黄昏,听得街上喧闹,静坐不过,只得也出门来看燕山元宵。但见:

莲灯灿烂,只疑吹下半天星;士女骈阗,便是列成王母队。一轮明月婵娟照,半是京华流寓人。

见街上往来游人无数。思温行至昊天寺⑧ 前,只见真金身铸五十三参⑨;

---

① 燕山——今北京。
② 雪柳——一种绢或纸制的花草。
③ 小番——番兵。
④ 岐婆——番婆。宋时常称女真妇女为岐婆。
⑤ 己酉岁——即南宋高宗建炎三年,金太宗天会七年。
⑥ 肃王——即宋徽宗赵佶第五子赵枢。
⑦ 贵妃位——即贵妃属下。
⑧ 昊天寺——金代燕京著名大寺。故址在今北京西便门大街之西。
⑨ 五十三参——指文殊、佛母、比丘等五十三尊菩萨。

铜打成幡竿十丈，上有金书“敕赐昊天悯忠禅寺”。思温入寺看时，佛殿两廊，尽皆点照。信步行到罗汉堂，乃浑金铸成五百尊阿罗汉。入这罗汉堂，有一行者，立在佛座前化香油钱，道：“诸位看灯檀越，布施灯油之资，祝延福寿。”思温听其语音，类东京人，问行者道：“参头①，仙乡何处？”行者答言：“某乃大相国寺河沙院行者，今在此间复为行者，请官人坐于凳上，闲话则个。”思温坐凳上，正看来往游人，睹一簇妇人，前遮后拥，入罗汉堂来。内中一个妇人与思温四目相盼，思温睹这妇人打扮，好似东京人。但见：

轻盈体态，秋水精神。四珠环胜内家妆②，一字冠成宫里样。未改宣和妆束，犹存帝里风流。

思温认得是故乡之人，感慨情怀，闷闷不已，因而困倦，假寐片时。那行者叫得醒来，开眼看时，不见那妇人。杨思温嗟呀道：“我却待等他出来，恐有亲戚在其间，相认则个，又挫过了。”对行者道：“适来③ 入院妇女何在？”行者道：“妇女们施些钱去了，临行道：‘今夜且归，明日再来做些功德④，追荐亲戚则个。’官人莫闷，明日却来相候不妨。”思温见说，也施些油钱，与行者相辞了，离罗汉院。绕寺寻遍，忽见僧堂壁上，留题小词一首，名《浪淘沙》：

尽日倚危栏，触目凄然，乘高望处是居延。忽听楼头吹画角，雪满长川。　　荏苒又经年，暗想南园，与民同乐午门前。僧院犹存宣政字，不见鳌山。

杨思温看罢留题，情绪不乐。归来店中，一夜睡不着。巴到天明起来，当日无话得说。

至晚，吩咐姨夫，欲往昊天寺，寻昨夜的妇人。走到大街上，人稠物攘，正是热闹。正行之间，忽然起一阵雷声，思温恐下雨，惊而欲回。抬头看时，只见：

银汉现一轮明月，天街点万盏华灯。宝烛烧空，香风拂地。

---

① 参头——寺院中一种僧职的名称。

② 内家妆——宫中妆束。

③ 适来——适才；刚才。

④ 功德——凡为死者做佛事，道士打醮，都称为功德。

仔细看时，却见四围人从，拥着一轮大车，从西而来。车声动地，跟随番官，有数十人。但见：

呵殿[1] 喧天，仪仗塞路。前面列十五对红纱照道，烛焰争辉；两下摆二十柄画杆金枪，宝光交际。香车似箭，侍从如云。

车后有侍女数人，其中有一妇女穿紫者，腰佩银鱼，手持净巾，以帛拥项。思温于月光之下，仔细看时，好似哥哥国信所掌仪[2] 韩思厚妻，嫂嫂郑夫人意娘。这郑夫人，原是乔贵妃[3] 养女，嫁得韩掌仪，与思温都是同里人，遂结拜为表兄弟，思温呼意娘为嫂嫂。自后睽离，不复相问。著紫的妇人见思温，四目相睹，不敢公然招呼。思温随从车子到燕市秦楼住下，车尽入其中。贵人上楼去，番官人从楼下坐。原来秦楼最广大，便似东京白樊楼一般；楼上有六十个阁儿[4]，下面散铺七八十副卓凳。当夜卖酒，合堂热闹。

杨思温等那贵家人酒肆，去秦楼里面坐地，叫过卖至前。那人见了思温便拜，思温扶起道："休拜。"打一认[5] 时，却是东京白樊楼过卖陈三儿。思温甚喜，就教三儿坐，三儿再三不敢，思温道："彼此都是京师人，就是他乡遇故知，同坐不妨。"唱喏了方坐。思温取出五两银子与过卖，吩咐收了银子，好好供奉数品荤素酒菜上来，与三儿一面吃酒说话。三儿道："自丁未年[6] 至此，拘在金吾宅作奴仆。后来鼎建秦楼，为思旧日樊楼过卖，乃日纳买工钱八十，故在此做过卖。幸与官人会面。"正说话间，忽听得一派乐声。思温道："何处动乐？"三儿道："便是适来贵人上楼饮酒的韩国夫人宅眷。"思温问韩国夫人事体，三儿道："这夫人极是照顾人，常常夜间将带宅眷来此饮酒，和养娘各坐。三儿常上楼供过伏侍，常得夫人赏赐钱钞使用。"思温又问三儿："适间路边遇韩国夫人，车后宅眷丛里，有一妇人，似我嫂嫂郑夫人，不知是否？"三儿道："即要复官人，三儿每上楼，供过众宅

---

① 呵殿——随从人喝道殿后。

② 国信所掌仪——往来国信所，为宋代鸿胪寺属官，专管辽国使者来往交聘的事务。南渡后，国信所专主对金外交。掌仪，官名，主管礼仪。

③ 乔贵妃——宋徽宗妃，靖康之役，被金人所掳，北去不还。

④ 阁儿——即酒阁子，酒店中设有客座的小房间。

⑤ 打一认——认一认。

⑥ 丁未年——即宋钦宗靖康二年。

眷时，常见夫人，又恐不是，不敢斯认。”思温遂告三儿道：“我有件事相烦你，你如今上楼供过韩国夫人宅眷时，就寻郑夫人。做我传语道：‘我在楼下专候夫人下来，问哥哥详细。’”三儿应命上楼去，思温就座上等。一时，只见三儿下楼，以指住下唇，思温晓得京师人市语①，恁地乃了事也。思温问：“事如何？”三儿道：“上楼得见郑夫人，说道：‘五官人在下面等夫人下来，问哥哥消息。’夫人听得，便垂泪道：‘叔叔原来也在这里。传与五官人，少刻便下楼，自与叔叔说话。’”思温谢了三儿，打发酒钱，乃出秦楼门前，伫立悬望。不多时，只见祗候人从入去，少刻番官人从簇拥一辆车子出来。思温候车子过，后面宅眷也出来，见紫衣佩银鱼、项缠罗帕妇女，便是嫂嫂。思温进前，共嫂嫂叙礼毕，遂问道：“嫂嫂因何与哥哥相别在此？”郑夫人揾泪道：“妾自靖康之冬，与兄赁舟下淮楚，将至盱眙，不幸箭穿驾手，刀中梢公，妾有乐昌破镜② 之忧，汝兄被缧绁缠身之苦，为虏所掠，其酋撒八太尉相逼，我义不受辱，为其执虏至燕山。撒八太尉恨妾不从，见妾骨瘦如柴，遂鬻妾身于祖氏之家。后知是娼户。自思是品官妻，命官女，生如苏小卿③ 何荣？死如孟姜女何辱？暗抽裙带自缢梁间。被人得知，将妾救了。撒八太尉妻韩夫人闻而怜我，亟令救命，留我随侍。项上疮痕，至今未愈，是故项缠罗帕。仓皇别良人，不知安往？新得良人音耗：当时更衣遁走，今在金陵，复还旧职，至今四载，未忍重婚。妾燃香炼顶④，问卜求神，望金陵之有路，脱生计以无门。今从韩国夫人至此游宴，既为奴仆之躯，不敢久语。叔叔叮咛，蓦遇江南人，倩教传个音信。”杨思温欲待再问其详，俄有番官手持八棱抽攮，向思温道：“我家奴婢，更夜之间，怎敢引诱？”拏起抽攮，迎脸便打。思温一见来打，连忙急走。那番官脚𨅹⑤ 行迟，赶不上。走得脱，一身冷汗。慌忙归到姨夫客店。张二官见思温走回喘吁吁地，问道：“做甚么直恁慌张？”思温将前事一一告诉。

---

① 市语——隐语；行话；暗号。

② 乐昌破镜——陈后主妹乐昌公主，嫁给徐德言。陈将亡，两人把一面镜子分成两半，各执其一。陈亡，夫妇分散。后来靠着破镜，终于重新会合。

③ 苏小卿——宋代庐州妓女。

④ 燃香炼顶——古代迷信的佛教徒，常在自己的身上燃灯焚香表示虔诚。在头顶心燃香。烧灼，称为炼顶。

⑤ 𨅹(kuàng)——距离远。

张二官见说，嗟呀不已。安排三杯与思温嚯索[1]。思温想起哥哥韩忠翊[2]嫂嫂郑夫人，那里吃得酒下。

愁闷中过了元宵，又是三月，张二官向思温道："我出去两三日即归，你与我照管店里则个。"思温问："出去何干？"张二官人道："今两国通和，奉使至维扬，买些货物便回。"杨思温见姨夫张二官出去，独自无聊，昼长春困，散步大街至秦楼。入楼闲望一晌，乃见一过卖至前唱喏，便叫："杨五官！"思温看时，好生面熟，却又不是陈三，是谁？过卖道："男女东京寓仙酒楼[3] 过卖小王。前时陈三儿被左金吾叫去，不令出来。"思温不见三儿在秦楼，心下越闷，胡乱买些点心吃，便问小王道："前次上元夜韩国夫人来此饮酒，不知你识韩国夫人住处么？"小王道："男女也曾问他府中来，道是天王寺后。"说犹未了，思温抬头一看，壁上留题墨迹未干。仔细读之，题道："昌黎韩思厚舟发金陵，过黄天荡，因感亡妻郑氏，船中作相吊之词"，名《御阶行》：

合和朱粉千余两，捻一个，观音样。大都却似两三分，少付玲珑五脏。等待黄昏，寻好梦底，终夜空劳壤。　香魂媚魄知何往？料只在，船儿上。无言倚定小门儿，独对滔滔雪浪。若将愁泪，还做水算，几个黄天荡。

杨思温读罢，骇然魂不附体。"题笔正是哥哥韩思厚，恁地是嫂嫂没了。我正月十五日秦楼亲见，共我说话，道在韩国夫人宅为侍妾，今却没了。这事难明。"惊疑未决，遂问小王道："墨迹未干，题笔人何在？"小王道："不知。如今两国通和，奉使至此，在本道馆驿安歇。适来四五人来此饮酒，遂写于此。"说话的，错说了！使命入国，岂有出来闲走买酒吃之理？按《夷坚志》[4] 载：那时法禁未立，奉使官听从与外人往来。当日是三月十五日，杨思温问本道馆在何处，小王道："在城南。"思温还了酒钱下楼，急去本道馆，寻韩思厚。到得馆道，只见苏许二掌仪在馆门前闲看。二人都

---

① 嚯(huò)索——作乐；消遣。

② 忠翊——即忠翊郎，宋代武官散阶，正九品。

③ 寓仙酒楼——北宋东京的一座大酒楼。

④ 《夷坚志》——宋洪迈所著志怪小说集，本篇即根据"夷坚丁志"卷九"太原意娘"一则改编而成。

是旧日相识，认得思温，近前唱喏，还礼毕。问道："杨兄何来？"思温道："特来寻哥哥韩掌仪。"二人道："在里面会文字①，容入去唤他出来。"二人遂入去，叫韩掌仪出到馆前。思温一见韩掌仪，连忙下拜，一悲一喜，便是他乡遇契友，燕山逢故人。思温问思厚："嫂嫂安乐？"思厚听得说，两行泪下，告诉道："自靖康之冬，与汝嫂顾船，将下淮楚，路至盱眙，不幸箭穿篙手，刀中梢公，尔嫂嫂有乐昌破镜之忧，兄被缧绁② 缠身之苦。我被虏执于野寨，夜至三鼓，以苦告得脱，然亦不知尔嫂嫂存亡。后有仆人周义，伏在草中，见尔嫂被虏撒八太尉所逼，尔嫂义不受辱，以刀自刎而死。我后奔走行在，复还旧职。"思温问道："此事还是哥哥目击否？"思厚道："此事周义亲自报我。"思温道："只恐不死。今岁元宵，我亲见嫂嫂同韩国夫人出游，宴于秦楼。思温使陈三儿上楼寄信，下楼与思温相见。所说事体，前面与哥哥一同，也说道：哥哥复还旧职，到今四载，未忍重婚。"思厚听得说，理会不下。思温道："容易决其死生。何不同往天王寺后韩国夫人宅前打听，问个明白？"思厚道："也说得是。"乃入馆中，吩咐同事，带当直③随后，二人同行。

倏忽之间，走至天王寺后。一路上悄无人迹，只见一所空宅，门生蛛网，户积尘埃，荒草盈阶，绿苔满地，锁着大门。杨思温道："多是后门。"沿墙且行数十步，墙边只有一家，见一个老儿在里面打丝线，向前唱喏道："老丈，借问韩国夫人宅那里进去？"老儿禀性躁暴，举止粗疏，全不睬人。二人再四问他，只推不知。顷间，忽有一老妪提着饭篮，口中喃喃埋怨，怨畅那大伯。二人遂与婆婆唱喏，婆子还个万福，语音类东京人。二人问韩国夫人宅在那里，婆子正待说，大伯又埋怨多口。婆子不管大伯，向二人道："媳妇是东京人，大伯是山东拗蛮④，老媳妇没兴嫁得此畜生，全不晓事；逐日送些茶饭，嫌好道歹，且是得人憎。便做到⑤ 官人问句话，就说何妨？"那大伯口中又哓哓的不住，婆子不管他，向二人道："韩国夫人宅前

---

① 会文字——几个人会聚一起，讨论文章或文书。

② 缧绁(léixiè)——捆绑犯人的绳索。

③ 当直——本来是值班的意思，这里指值班的仆役。

④ 拗蛮——固执；粗野。

⑤ 便做到——即便；就使。

面锁着空宅便是。”二人吃一惊，问：“韩夫人何在？”婆子道：“韩夫人前年化去了，他家搬移别处，韩夫人埋在花园内。官人不信时，媳妇同去看一看，好么？”大伯又说：“莫得入去，官府知道，引惹事端带累我。”婆子不采，同二人便行。路上就问：“韩国夫人宅内有郑义娘，今在否？”婆子便道：“官人不是国信所韩掌仪，名思厚？这官人不是杨五官，名思温么？”二人大惊，问：“婆婆如何得知？”婆子道：“媳妇见郑夫人说。”思厚又问：“婆婆如何认得？拙妻今在甚处？”婆婆道：“二年前时，有撒八太尉，曾于此宅安下。其妻韩国夫人崔氏，仁慈恤物，极不可得。常唤媳妇入宅，见夫人说：撒八太尉自盱眙掠得一妇人，姓郑，小字义娘，甚为太尉所喜。义娘誓不受辱，自刎而死。夫人悯其贞节，与火化，收骨盛匣。以后韩夫人死，因随葬在此园内。虽死者与活人无异，媳妇入园内去，常见郑夫人出来。初时也有些怕，夫人道：‘婆婆莫怕，不来损害婆婆，有些衷曲间告诉则个。’夫人说道是京师人，姓郑，名义娘。幼年进入乔贵妃位做养女，后出嫁忠翊郎韩思厚。有结义叔叔杨五官，名思温，一一与老媳妇说。又说盱眙事迹，‘丈夫见在金陵为官，我为他守节而亡。’寻常阴雨时，我多入园中，与夫人相见闲话。官人要问仔细，见了自知。”

三人走到适来锁着的大宅，婆婆逾墙而入；二人随后，也入里面去，只见打鬼净净的一座败落花园。三人行步间，满地残英芳草；寻访妇人，全没踪迹。正面三间大堂，堂上有个屏风，上面山水，乃郭熙① 所作。思厚正看之间，忽然见壁上有数行字。思厚细看字体柔弱，全似郑义娘夫人所作。看了大喜道：“五弟，嫂嫂只在此间。”思温问：“如何见得？”思厚打一看，看其笔迹，乃一词，词名《好事近》。

往事与谁论？无语暗弹泪血。何处最堪怜？肠断黄昏时节。倚楼凝望又徘徊，谁解此情切？何计可同归雁？趁江南春色。

后写道：“季春望后一日作。”二人读罢道：“嫂嫂只今日写来，可煞惊人。”行至侧首，有一座楼，二人共婆婆扶着栏杆登楼。至楼上，又有巨屏一座，字体如前，写着《忆良人》一篇，歌曰：

孤云落日春云低，良人窅窅② 羁天涯。东风蝴蝶相交飞，对景令

① 郭熙——宋代著名山水画家。

② 窅(yǎo)——形容深远。

人益惨凄。尽日望郎郎不至,素质香肌转憔悴。满眼韶华似酒浓,花落庭前鸟声碎。孤帏悄悄夜迢迢,漏尽灯残香已销。秋千院落久停戏,双悬彩索空摇摇。眉兮眉兮春黛蹙,泪兮泪兮常满掬。无言独步上危楼,倚遍栏杆十二曲。荏苒流光疾似梭,滔滔逝水无回波;良人一去不复返,红颜欲老将如何?

韩思厚读罢,以手拊壁而言:"我妻不幸为人驱虏。"正看之间,忽听杨思温急道:"嫂嫂来也!"思厚回头看时,见一妇人,项拥香罗而来。思温仔细认时,正是秦楼见的嫂嫂。那婆婆也道:"夫人来了!"三人大惊,急走下楼来寻,早转身入后堂左廊下,趋入一阁子内去。二人惊惧,婆婆道:"既已到此,可同去阁子里看一看。"婆子引二人到阁前,只见关着阁子门,门上有牌面写道:"韩国夫人影堂①。"婆子推开槅子②,三人入阁子中看时,却是安排供养着一个牌位,上写着:"亡室韩国夫人之位。"侧边有一轴画,是义娘也;牌位上写着:"侍妾郑义娘之位。"面前供卓,尘埃尺满。韩思厚看见影神③上衣服容貌,与思温元夜所见的无二,韩思厚泪下如雨。婆子道:"夫人骨匣,只在卓下,夫人常提起,教媳妇看,是个黑漆匣,有两个鍮石④环儿。每遍提起,夫人须哭一番,和我道:'我与丈夫守节丧身,死而无怨。'"思厚听得说,乃恳婆子同揭起砖,取骨匣归葬金陵,当得厚谢。婆婆道:"不妨。"三人同掇起供卓,揭起花砖,去掇匣子。用力掇之,不能得起,越掇越牢。思温急止二人:"莫掇,莫掇!哥哥须晓得嫂嫂通灵,今既取去,也要成礼。且出此间,备些祭仪,作文以白嫂嫂,取之方可。"韩思厚道:"也说得是。"三人再逾墙而去,到打线婆婆家,令仆人张谨买下酒脯、香烛之物,就婆婆家做祭文。等至天明,一同婆婆、仆人搬挈祭物,逾墙而入。在韩国夫人影堂内,铺排供养讫。

等至三更前后,香残烛尽,杯盘零落,星宿渡河汉之候,酌酒奠飨,三奠已毕。思厚当灵筵下披读祭文,读罢流泪如倾;把祭文同纸钱烧化,忽然起一阵狂风。这风吹得烛有光以无光,灯欲灭而不灭,三人浑身汗颤。

---

① 影堂——悬挂遗像的灵堂。

② 槅子——即槅子门,上半部装有槅眼的落地长窗。

③ 影神——遗像。

④ 鍮(tōu)石——即黄铜。

风过处，听得一阵哭声，风定烛明，三人看时，烛光之下，见一妇女，媚脸如花，香肌似玉，项缠罗帕，步蹙金莲，敛袂向前，道声："叔叔万福。"二人大惊，叙礼。韩思厚执手向前，哽咽流泪。哭罢，郑夫人向着思厚道："昨者盱眙之事，我夫今已明矣。只今元夜秦楼，与叔叔相逢，不得尽诉衷曲。当时妾若贪生，必须玷辱我夫。幸而全君清德若瑾瑜，弃妾性命如土芥；致有今日，生死之隔，终天之恨。"说罢，又哭一次。婆婆劝道："休哭，且理会迁骨之事。"郑夫人收哭而坐，三人进些饮馔，夫人略飨些气味。思温问："元夜秦楼下相逢，嫂嫂为韩国夫人宅眷，车后许多人，是人是鬼？"郑夫人道："太平之世，人鬼相分；今日之世，人鬼相杂。当时随车，皆非人也。"思厚道："贤妻为吾守节而亡，我当终身不娶，以报贤妻之德。今愿迁贤妻之香骨，共归金陵可乎？"夫人不从道："婆婆与叔叔在此，听奴说。今蒙贤夫念妾孤魂在此，岂不愿归从夫？然须得常常看我，庶几此情不隔冥漠。倘若再娶，必不我顾，则不如不去为强。"三人再三力劝，夫人只是不肯，向思温道："叔叔岂不知你哥哥心性，我在生之时，他风流性格，难以拘管。今妾已作故人，若随他去，怜新弃旧，必然之理。"思温再劝道："嫂嫂听思温说，哥哥今来不比往日，感嫂嫂贞节而亡，决不再娶。今哥哥来取，安忍不随回去？愿从思温之言。"夫人向二人道："谢叔叔如此苦苦相劝，若我夫果不昧心，愿以一言为誓，即当从命。"说罢，思厚以酒沥地为誓："若负前言，在路盗贼杀戮，在水巨浪覆舟。"夫人急止思厚："且住，且住，不必如此发誓。我夫既不重娶，愿叔叔为证见。"道罢，忽地又起一阵香风，香过遂不见了夫人。三人大惊讶，复添上灯烛，去供卓底下揭起花砖，款款掇起匣子，全不费力。收拾逾墙而出，至打绦婆婆家。次晚，以白银三两，谢了婆婆；又以黄金十两，赠与思温，思温再辞方受。思厚别了思温，同仆人张谨带骨匣归本驿。俟月余，方得回书，令奉使归。思温将酒饯别，再三叮咛："哥哥无忘嫂嫂之言。"

思厚同一行人从，负夫人骨匣，出燕山丰宜门①，取路而归，月余方抵盱眙。思厚到驿中歇泊，忽一人唱喏便拜。思厚看时，乃是旧仆人周义，今来谢天地，在此做个驿子。遂引思厚入房，只见挂一幅影神，画着个妇人；又有牌位儿上写着："亡主母郑夫人之位。"思厚怪而问之，周义道："夫

① 燕山丰宜门——金燕京城正南门。

人贞节，为官人而死，周义亲见，怎的不供奉夫人？”思厚因把燕山韩夫人宅中事，从头说与周义；取出匣子，教周义看了，周义展拜啼哭。思厚是夜与周义抵足而卧。

至次日天晓，周义与思厚道：“旧日二十余口，今则惟影是伴，情愿伏侍官人去金陵。”思厚从其请，将带周义归金陵。思厚至本所，将回文呈纳。周义随着思厚，卜地于燕山之侧，备礼埋葬夫人骨匣毕。思厚不胜悲感，三日一诣坟所飨祭，至暮方归，遂令周义守坟茔。

忽一日，苏掌仪、许掌仪说：“金陵土星观观主刘金坛，虽是个女道士，德行清高，何不同往观中，做些功德，追荐令政？”思厚依从，选日，同苏、许二人到土星观来访刘金坛时，你说怎生打扮？但见：

顶天青巾[1]，执象牙简，穿白罗袍，著翡翠履。不施朱粉，分明是梅萼凝霜；淡伫精神，仿佛如莲花出水。仪容绝世，标致非凡。

思厚一见，神魂散乱，目睁口呆。叙礼毕，金坛吩咐一面安排做九幽醮[2]，且请众官到里面看灵芝。三人同入去，过二清殿、翠华轩，从八卦坛房内，转入绛绡馆，原来灵芝在绛绡馆。众人去看灵芝，惟思厚独入金坛房内闲看。但见明窗净几，铺陈玩物。书案上文房四宝，压纸界方[3]下露出些纸，信手取看时，是一幅词，上写着《浣溪沙》：

“标致清高不染尘，星冠云氅紫霞裙，门掩斜阳无一事，抚瑶琴。虚馆幽花偏惹恨，小窗闲月最消魂。此际得教还俗去，谢天尊！”

韩思厚初观金坛之貌，已动私情；后观纸上之词，尤增爱念。乃作一词，名《西江月》，词道：

“玉貌何劳朱粉？江梅岂类群花？终朝隐几论黄芽[4]，不顾花前月下。　冠上星簪北斗，杖头经挂《南华》[5]。不知何日到仙家，曾许彩鸾同跨。”

拍手高唱此词。金坛变色焦躁说：“是何道理？欺我孤弱，乱我观宇！命

---

① 天青——颜色名。

② 九幽醮——道士作醮，遍召鬼神，忏悔罪孽，冀求超升，称为九幽大醮。

③ 界方——界尺。

④ 黄芽——道家炼丹，称铅精为黄芽。

⑤ 《南华》——《南华真经》，即《庄子》。

人取轿来,我自去见恩官,与你理会。”苏、许二人再四劝住,金坛不允。韩思厚就怀中取出金坛所作之词,教众人看,说:“观主不必焦躁,这个词儿是谁做的?”谎得金坛安身无地,把怒色都变做笑容,安排筵席,请众官共坐,饮酒作乐,都不管做功德追荐之事。酒阑,二人各有其情,甚相爱慕,尽醉而散。这刘金坛原是东京人,丈夫是枢密院冯六承旨①。因靖康年间同妻刘氏雇舟避难,来金陵,去淮水上,冯六承旨被冷箭落水身亡。其妻刘氏发愿,就土星观出家,追荐丈夫,朝野知名,差做观主。此后韩思厚时常往来刘金坛处。

忽一日,苏、许二掌仪醵金② 备礼,在观中请刘金坛、韩思厚。酒至数巡,苏、许二人把盏劝思厚与金坛道:“哥哥既与金坛相爱,乃是宿世姻缘。今外议藉藉,不当稳便。何不还了俗,用礼通媒,娶为嫂嫂,岂不美哉!”思厚、金坛从其言。金坛以钱买人告还俗,思厚选日下定,娶归成亲。一个也不追荐丈夫,一个也不看顾坟墓。倚窗携手,惆怅论心。

成亲数日,看坟周义不见韩官人来上坟,自诣宅前探听消息。见当直在门前,问道:“官人因甚这几日不来坟上?”当直道:“官人娶了土星观刘金坛做了孺人,无工夫上坟。”周义是北人,性直,听说气忿忿地。恰好撞见思厚出来,周义唱喏毕,便有言语道:“官人,你好负义!郑夫人为你守节丧身,你怎下得别娶孺人?”一头骂,一头哭夫人。韩思厚与刘金坛新婚,恐不好看,喝教当值们打出周义。周义闷闷不已,先归坟所。当日是清明,周义去夫人坟前哭着告诉许多。是夜睡至三更,郑夫人叫周义道:“你韩掌仪在那里住?”周义把思厚辜恩负义娶刘氏事,一一告诉他一番:“如今在三十六丈街住,夫人自去寻他理会。”夫人道:“我去寻他。”周义梦中惊觉,一身冷汗。

且说那思厚共刘氏新婚欢爱,月下置酒赏玩。正饮酒间,只见刘氏柳眉剔竖,星眼圆睁,以手捽③ 住思厚不放,道:“你忒煞亏我,还我命来!”身是刘氏,语音是郑夫人的声气。谎得思厚无计可施,道:“告贤妻饶恕。”

---

① 承旨——官名,负责承宣皇帝旨意及处理院务。

② 醵(jù)金——大家凑钱。

③ 捽(zuó)——揪。

那里肯放。正摆拨[①] 不下，忽报苏、许二掌仪步月而来望思厚，见刘氏捽住思厚不放。二人解脱得手，思厚急走出，与苏、许二人商议，请笪桥[②]铁索观朱法官来救治。即时遣张谨请到朱法官，法官见了刘氏道：“此冤抑不可治之，只好劝谕。”刘氏自用手打掴其口与脸上，哭着告诉法官以燕山踪迹。又道：“望法官慈悲做主。”朱法官再三劝道：“当做功德追荐超生，如坚执不听，冒犯天条。”刘氏见说，哭谢法官：“奴奴且退。”少刻刘氏方苏。法官书符与刘氏吃，又贴符房门上，法官辞去。当夜无事。

次日，思厚赍香纸请笪桥谢法官，方坐下，家中人来报，说孺人又中恶。思厚再告法官同往家中救治，法官云：“若要除根好时，须将燕山坟发掘，取其骨匣，弃于长江，方可无事。”思厚只得依从所说，募土工人等，同往掘开坟墓，取出郑夫人骨匣，到扬子江边，抛放水中。自此刘氏安然。恁地时，负心的无天理报应，岂有此理！

思厚负了郑义娘，刘金坛负了冯六承旨。至绍兴十一年，车驾幸钱塘，官民百姓皆从。思厚亦挈家离金陵，到于镇江。思厚因想金山胜景，乃赁舟同妻刘氏江岸下船，行到江心，忽听得舟人唱《好事近》词，道是：

“往事与谁论？无语暗弹泪血。何处最堪怜？肠断黄昏时节。

倚门凝望又徘徊，谁解此情切？何计可同归雁？趁江南春色。”

思厚审听所歌之词，乃燕山韩国夫人郑氏义娘题屏风者，大惊，遂问梢公：“此曲得自何人？”梢公答曰：“近有使命入国至燕山，满城皆唱此词，乃一打线婆婆自韩国夫人宅中屏上录出来的。说是江南一官人浑家，姓郑名义娘，因贞节而死，后来郑夫人丈夫私挈其骨归江南，此词传播中外。”思厚听得说，如万刃攒心，眼中泪下。须臾之间，忽见江中风浪俱生，烟涛并起，异鱼出没，怪兽掀波，见水上一人波心涌出，顶万字巾[③]，把手揪刘氏云鬓，掷入水中。侍妾高声喊叫：“孺人落水！”急唤思厚求救，那里救得！俄顷，又见一妇人，项缠罗帕，双眼圆睁，以手捽思厚，拽入波心而死。舟人欲救不能，遂惆怅而归。叹古今负义人皆如此，乃传之于人。诗曰：

一负冯君罹水厄，一亏郑氏丧深渊。

---

① 摆拨——摆脱；解决。

② 笪(dá)桥——金陵(今南京)城内桥道。

③ 万字巾——一种头巾，上阔下狭，形如万字。

宛如孝女寻尸[①]死，不若三闾为主愆[②]。

① 孝女寻尸——汉代传说，上虞女子曹娥，其父淹死，曹娥自投于江，抱父尸而出。

② 三闾为主愆——屈原为楚三闾大夫，楚亡，自沉于汨罗江而死。

第二十五卷　晏平仲二桃杀三士

大禹涂山御座开，诸侯玉帛走如雷。

防风谩有专车骨，何事兹辰最后来？

此篇言语，乃胡曾诗。昔三皇禅位，五帝相传：舜之时，洪水滔天，民不聊生。舜使鲧治水，鲧无能，其水横流。舜怒，将鲧殛于羽山。后使其子禹治水，禹疏通九河，皆流入海。三过其门而不入。会天下诸侯于会稽涂山，迟到误期者斩。惟有防风氏后至，禹怒而斩之，弃其尸于原野。后至春秋时，越国于野外掘得一骨专车，——言一车只载得一骨节，——诸人不识，问于孔子。孔子曰："此防风氏骨也。"被禹王斩之，其骨尚存，有如此之大人也，当时防风氏正不知长大多少。古人长者最多，其性极淳，丑陋如兽者亦多，神农氏顶生肉角。岂不闻昔人有云："古人形似兽，却有大圣德；今人形似人，兽心不可测。"

今日说三个好汉，被一个身不满三尺之人，聊用微物，都断送了性命。昔春秋列国时，齐景公朝有三个大汉，一人姓田，名开疆，身长一丈五尺。其人生得面如噀血①，目若朗星，雕嘴鱼腮，板牙无缝。比时② 曾随景公猎于桐山，忽然于西山之中，赶起一只猛虎来。其虎奔走，径扑景公之马。马见虎来，惊倒景公在地。田开疆在侧，不用刀枪，双拳直取猛虎。左手揪住项毛，右手挥拳而打，用脚望面门上踢，一顿打死那只猛虎，救了景公。文武百官，无不畏惧。景公回朝，封为寿宁君，是齐国第一个行霸道的。却说第二个，姓顾名冶子，身长一丈三尺，面如泼墨，腮吐黄须，手似铜钩，牙如锯齿。此人曾随景公渡黄河，忽大雨骤至，波浪汹涌，舟船将覆。景公大惊，见云雾中火块闪烁，戏于水面。顾冶子在侧，言曰："此必是黄河之蛟也。"景公曰："如之奈何？"顾冶子曰："主公勿虑，容臣斩之。"拔剑裸衣下水。少刻风浪俱息，见顾冶子手提蛟头，跃水而出。景公大

---

① 噀(xùn)血——比喻殷红色。

② 比时——往日；以前。

骇，封为武安君，这是齐国第二个行霸道的。第三个姓公孙名接，身长一丈二尺，头如累塔，眼生三角，板肋猿背，力举千斤。一日秦兵犯界，景公引军马出迎，被秦兵杀败，引军赶来，围住在凤鸣山。公孙接用铁阌一条，约至一百五十斤，杀人秦兵之内。秦兵十万，措手不及，救出景公。封为威远君，这是齐国第三个行霸道的。这三个结为兄弟，誓说生死相托。三个不知文墨礼让，在朝廷横行，视君臣如同草木。景公见三人上殿，如芒刺在背。

一日，楚国使中大夫靳尚前来本国求和。原来齐、楚二邦乃是邻国，二国交兵二十余年，不曾解和。楚王乃命靳尚为使，入见景公，奏曰："齐、楚不和，交兵岁久，民有倒悬之患。今特命臣入国讲和，永息刀兵。俺楚国襟三江而带五湖，地方千里，粟支数年，足食足兵，可为上国①。王可裁之，得名获利。"却说田、顾、公孙三人大怒，叱靳尚曰："量汝楚国，何足道哉！吾三人亲提雄兵，将楚国践为平地，人人皆死，个个不留。"喝靳尚下殿，教金瓜② 武士斩讫报来。阶下转过一人，身长三尺八寸，眉浓目秀，齿白唇红，乃齐国丞相，姓晏名婴，字平仲，前来喝住武士，备问其详。靳尚说了，晏子便教放了靳尚，先回本国，吾当亲至讲和。乃上殿奏知景公。三人大怒曰："吾欲斩之，汝何故放还本国？" 晏子曰："岂不闻'两国战争，不斩来使'？他独自到这里，擒住斩之，邻国知道，万世笑端。晏婴不才，凭三寸舌，亲到楚国，令彼君臣，皆顿首谢罪于阶下，尊齐为上国，并不用刀兵士马，此计若何？"三士怒发冲冠，皆叱曰："汝乃黄口侏儒小儿，国人无眼，命汝为相，擅敢乱开大口！吾三人有诛龙斩虎之威，力敌万夫之勇，亲提精兵，平吞楚国，要汝何用？"景公曰："丞相既出大言，必有广学。且待入楚之后，若果获利，胜似典兵。"三士曰："且看侏儒小儿这回为使，若折了我国家气概，回来时砍为肉泥！"三士出朝。景公曰："丞相此行，不可轻忽。"晏子曰："主上放心，至楚邦，视彼君臣如土壤耳。"遂辞而行，从者十余人跟随。

车马已至郢都，楚国臣宰奏知，君臣商议曰："齐晏子乃舌辨之士，可定下计策，先塞其口，令不敢来下说词。"君臣定计了，宣晏子入朝。晏子

---

① 上国——汉代诸侯称帝室为上国，后来多指国都京城。

② 金瓜——俗称仪仗中的立瓜为金瓜。

到朝门,见金门不开,下面闸板止留半段,意欲令晏子低头钻入,以显他矮小辱之。晏子望见下面便钻,从人急止之曰:“彼见丞相矮小,故以辱之,何中其计?”晏子大笑曰:“汝等岂知之耶?吾闻人有人门,狗有狗窦。使于人,即当进人门;使于狗,即当进狗窦。有何疑焉?”楚臣听之,火急开金门而接。晏子旁若无人,昂然而入。

至殿下,礼毕,楚王问曰:“汝齐国地狭人稀乎?”晏子曰:“臣齐国东连海岛,西跨魏秦,北拒赵燕,南吞吴楚,鸡鸣犬吠相闻,数千里不绝,安得为地狭耶?”楚王曰:“地土虽阔,人物却少。”晏子曰:“臣国中人呵气如云,沸汗如雨,行者摩肩,立者并迹,金银珠玉,堆积如山,安得人物稀少耶?”楚王曰:“既然地广人稠,何故使一小儿来吾国中为使耶?”晏子答曰:“使于大国者,则用大人;使于小国者,则当用小儿。因此特命晏婴到此。”楚王视臣下,无言可答。请晏婴上殿,命座。侍臣进酒,晏子欣然畅饮,不以为意。

少刻,金瓜簇拥一人至筵前,其人口称冤屈。晏子视之,乃齐国带来从者。问得何罪,楚臣对曰:“来筵前作贼,盗酒器而出,被户尉所获,乃真赃正犯也。”其人曰:“实不曾盗,乃户尉图赖。”晏子曰:“真赃正犯,尚敢抵赖,速与吾牵出市曹斩之。”楚臣曰:“丞相远来,何不带诚实之人?令从者作贼,其主岂不羞颜?”晏子曰:“此人自幼跟随,极知心腹,今日为盗,有何难见?昔在齐国是个君子,今到楚国,却为小人,乃风俗之所变也。吾闻江南洞庭有一树,生一等果,其名曰橘,其色黄而香,其味甜而美;若将此树移于北方,结成果木,乃名枳实,其色青而臭,其味酸而苦。名谓南橘北枳,便分两等,乃风俗之不等也。以此推之,在齐不为盗,在楚为盗,更复何疑?”

楚王大惭,急离御座,拱手于晏子曰:“真乃贤士也。吾国中大小公卿,万不及一。愿赐见教,一听严命。”晏子曰:“王上安坐,听臣一言。齐国中有三士,皆万夫不挡之勇,久欲起兵来吞楚国。吾力言不可:齐楚不睦,苍生受害,心何忍焉?今臣特来讲和,王上可亲诣齐国和亲,结为唇齿之邦,歃血[①] 为盟。若邻国加兵,互相救应,永无侵扰,可保万年之基业。若不听臣,祸不远矣。非臣相诡,愿王裁之。”王曰:“闻公之才,寡人情愿

---

① 歃血——古代结盟时的一种仪式,盟者把血涂在口旁,称为歃血。

和亲。但所患者，齐三士皆无仁义之人，吾不敢去。”晏子曰：“王上放心，臣愿保驾，聊施小计，教三士死于大王之前，以绝两国之患。”楚王曰：“若三士俱亡，吾宁为小邦，年朝岁贡而无怨。”晏子许之。楚王乃大设筵席，送令先去，随后收拾进献礼物而至。

晏子先使人归报，齐景公闻之大喜，令大小公卿，尽随吾出郭迎接丞相。三士闻之，转怒。晏子至，景公下车而迎，慰劳已毕，同载而回，齐国之人看者塞途。晏子辞景公回府。次日入宫，见三士在阁下博戏。晏子进前施礼，三士亦不回顾，傲忽之气，旁若无人。晏子侍立久之，方自退，入见景公，说三士如此无礼。景公曰：“此三人如常带剑上殿，视吾如小儿，久必篡位矣。素欲除之，恨力不及耳。”晏子曰：“主上宽心，来朝楚国君臣皆至，可大张御宴。待臣于筵间，略施小计，令三士皆自杀何如？”景公曰：“计将安出？”晏子曰：“此三人者皆一勇匹夫，并无谋略，若……如此如此，祸必除矣。”景公喜。

次日，楚王引文武官僚百余员，车载金珠玩好之物，亲至朝门。景公请入，楚王先下拜，景公忙答礼罢，二君分宾主而坐。楚王令群臣罗拜阶下。楚王拱手伏罪曰：“二十年间，多有凶犯。今因丞相之言，特来请罪。薄礼上贡，望乞恕纳。”齐景公谢讫，大设筵宴，二国君臣相庆。三士带剑立于殿下，昂昂自若。晏子进退揖让，并不谄于三士。

酒至半酣，景公曰：“御园金桃已熟，可采来筵间食之。”须臾，一宫监金盘内捧出五枚。齐王曰：“园中桃树，今岁止收五枚，味甜气香，与他树不同。丞相捧杯进酒以庆此桃。”上古之时，桃树难得，今园中有此五枚，为希罕之物。晏子捧玉爵行酒，先进楚王。饮毕，食其一桃。又进齐王，饮毕，食其一桃。齐王曰：“此桃非易得之物，丞相合二国和好，如此大功，可食一桃。”晏子跪而食之，赐酒一爵。齐王曰：“齐、楚二国，公卿之中，言其功勋大者，当食此桃。”田开疆挺身而出，立于筵上而言曰：“昔从主公猎于桐山，力诛猛虎，其功若何？”齐王曰：“擎王① 保驾，功莫大焉。”晏子慌忙进酒一爵，食桃一枚，归于班部。顾冶子奋然便出，曰：“诛虎者未为奇，吾曾斩长蛟于黄河，救主上回故国，觑洪波巨浪，如登平地，此功若何？”王曰：“此概世之功也，进酒赐桃，又何疑哉？”晏子慌忙进酒赐桃。公孙接撩

---

① 擎王——擎，应为勤。勤王，即起兵救援王室。

衣破步而出，曰："吾曾于十万军中，手挥铁阕，救主公出，军中无敢近者，此功若何？"齐王曰："据卿之功，极天际地，无可比者；争奈无桃可赐，赐酒一杯，以待来年。"晏子曰："将军之功最大，可惜言之太迟，以此无桃，掩其大功。"公孙接按剑而言曰："诛龙斩虎，小可事耳。吾纵横于十万军中，如入无人之境，力救主上，建立大功，反不能食桃，受辱于两国君臣之前，为万代之耻笑，安有面目立于朝廷耶？"言讫，遂拔剑自刎而死。田开疆大惊，亦拔剑而言曰："我等微功而食桃，兄弟功大反不得食，吾之羞耻，何日可脱？"言讫，自刎而死。顾冶子奋气大呼曰："吾三人义同骨肉，誓同生死；二人既亡，吾安能自活？"言讫，亦自刎而亡。晏子笑曰："非二桃不能杀三士，今已绝虑，吾计若何？"楚王下坐，拜伏而叹曰："丞相神机妙策，安敢不伏耶？自今以后，永尊上国，誓无侵犯。"齐王将三士敕葬于东门外。

自此齐、楚连和，绝其士马①。齐为霸国。晏子名扬万世，宣圣② 亦称其善。后来诸葛孔明曾为《梁父吟》，单道此事。吟曰：

步出齐城门，遥望汤阴里；里中有三坟，累累正相似。问是谁家冢？田疆顾冶氏。力能排南山，文能绝地理；一朝被谗言，二桃杀三士。谁能为此谋？相国齐晏子。

又《满江红》词一篇，古人单道此事，词云：

齐景雄风，因习战海滨畋③ 猎。正驱驰忽逢猛兽，众皆惊绝。壮士开疆能奋勇，双拳杀虎身流血。救君危拜爵宠恩荣，真豪杰！　　顾冶子，除妖孽；强秦战，公孙接。笑三人恃勇，在齐猖獗。只被晏婴施小巧，二桃中计皆身灭。齐东门累累有三坟，荒郊月。

---

① 绝士马——没有战争。

② 宣圣——指孔子。

③ 畋(tián)——打猎。

第二十六卷　沈小官一鸟害七命

飞禽惹起祸根芽，七命相残事可嗟。

奉劝世人须鉴戒，莫教儿女不当家。

话说大宋徽宗朝，宣和三年，海宁郡① 武林门外北新桥② 下，有一机户，姓沈名昱，字必显。家中颇为丰足，娶妻严氏，夫妇恩爱。单生一子，取名沈秀，年长一十八岁，未曾婚娶。其父专靠织造段匹为活，不想这沈秀不务本分生理，专好风流闲耍，养画眉过日。父母因惜他一子，以此教训他不下。街坊邻里取他一个浑名，叫做"沈鸟儿"。每日五更，提了画眉，奔入城中柳林里来拖画眉，不只一日。忽至春末夏初，天气不暖不寒，花红柳绿之时。当日沈秀侵晨起来，梳洗罢，吃了些点心，打点笼儿，盛着个无比赛的画眉。这畜生只除天上有，果系世间无，将他各处去斗，俱斗他不过，成百十贯赢得。因此十分爱惜他，如性命一般，做一个金漆笼儿，黄铜钩子，哥窑③ 的水食罐儿，绿纱罩儿。提了在手，摇摇摆摆，径奔入城，往柳林里去拖画眉。不想这沈秀一去，死于非命。好似：

猪羊进入宰生家，一步步来寻死路。

当时沈秀提了画眉，径到柳林里来。不意来得迟了些，众拖画眉的俱已散了，净荡荡黑阴阴，没一个人往来。沈秀独自一个，把画眉挂在柳树上，叫了一回。沈秀自觉没情没绪，除了笼儿，正要回去，不想小肚子一阵疼，滚将上来，一块儿蹲到在地上。原来沈秀有一件病在身上，叫做"主心馄饨"，一名"小肠疝气"，每常一发一个小死。其日想必起得早些，况又来迟，众人散了，没些情绪，闷上心来，这一次甚是发得凶。一跤倒在柳树边，有两个时辰不醒人事。

---

① 海宁郡——当是宁海军之误。宋代宁海军，即今杭州。

② 北新桥——在杭州武林门外香积寺之北。

③ 哥窑——宋代龙泉县有章姓兄弟，都造窑，兄长造的称为哥窑，弟弟造的称为章窑。哥窑釉色青，多裂纹。

你道事有凑巧,物有偶然,这日有个箍桶的,叫做张公,挑着担儿,径往柳林里,穿过褚家堂做生活。远远看见一个人,倒在树边,三步那做两步,近前歇下担儿。看那沈秀脸色蜡查黄的,昏迷不醒,身边并无财物,止有一个画眉笼儿,这畜生此时越叫得好听。所以一时见财起意,穷极计生,心中想道:"终日括得这两分银子,怎地得快活?"只是这沈秀当死,这画眉见了张公,分外叫得好。张公道:"别的不打紧,只这个画眉,少也值二三两银子。"便提在手,却待要走。不意沈秀正苏醒,开眼见张公提着笼儿,要阐① 身子不起,只口里骂道:"老忘八,将我画眉那里去?"张公听骂,"这小狗入的,忒也嘴尖!我便拿去,他倘爬起赶来,我倒反吃他亏。一不做,二不休,左右是歹了。"却去那桶里取出一把削桶的刀来,把沈秀按住一勒,那湾刀又快,力又使得猛,那头早滚在一边。张公也慌张了,东观西望,恐怕有人撞见。却抬头见一株空心杨柳树,连忙将头提起,丢在树中。将刀放在桶内,笼儿挂在担上,也不去褚家堂做生活,一道烟径走。穿街过巷,投一个去处,你道只因这个画眉,生生的害了几条性命。正是:

人间私语,天闻若雷。暗室亏心,神目如电。

当时张公一头走,一头心里想道:"我见湖州墅② 里客店内,有个客人,时常要买虫蚁③,何不将去卖与他?"一径望武林门外来。也是前生注定的劫数,却好见三个客人,两个后生跟着,共是五人,正要收拾货物回去,却从门外进来客人,俱是东京汴梁人,内中有个姓李名吉,贩卖生药。此人平昔也好养画眉,见这箍桶担上,好个画眉,便叫张公,借看一看。张公歇下担子,那客人看那画眉毛衣并眼,生得极好,声音又叫得好,心里爱他,便问张公:"你肯卖么?"此时张公巴不得脱祸,便道:"客官,你出多少钱?"李吉转看转好,便道:"与你一两银子。"张公自道着手④ 了,便道:"本不当计较,只是爱者如宝,添些便罢。"那李吉取出三块银子,秤秤看到有一两二钱,道:"也罢。"递与张公。张公接过银子,看一看,将来放在荷包里,将画眉与了客人,别了便走。口里道:"发脱得这祸根,也是好事

① 阐——同挣。

② 湖州墅——地名,在杭州北武林门外。

③ 虫蚁——宋明间对小动物的一种通称。

④ 着手——此为得手。

了。”不上街做生理，一直奔回家去，心中也自有些不爽利[1]。正是：

作恶恐遭天地责，欺心犹怕鬼神知。

原来张公正在涌金门[2]城脚下住，止婆老[3]两口儿，又无儿子。婆儿见张公回来，便道：“篾子一条也不动，缘何又回来得早？有甚事干？”张公只不答应，挑着担子，径入门歇下，转身关上大门，道：“阿婆，你来，我与你说话。恰才……”如此如此，“谋得这一两二钱银子，与你权且快活使用。”两口儿欢天喜地，不在话下。

却说柳林里无人来往，直至巳牌[4]时分，两个挑粪庄家，打从那里过，见了这没头尸首，挡在地上，吃了一惊，声张起来。当坊里甲邻佑，一时嚷动。本坊申呈本县，本县申府。次日，差官吏仵作人等，前来柳阴里，检验得浑身无些伤痕，只是无头，又无苦主[5]。官吏回覆本府，本府差应捕[6]挨获[7]凶身。城里城外，纷纷乱嚷。

却说沈秀家到晚不见他回来，使人去各处寻不见。天明，央人入城寻时，只见湖州墅嚷道：“柳林里杀死无头尸首。”沈秀的娘听得说，想道：“我的儿子昨日入城拖画眉，至今无寻他处，莫不得是他？”连叫丈夫：“你必须自进城打听。”沈昱听了一惊，慌忙自奔到柳林里。看了无头尸首，仔细定睛上下看了衣服，却认得是儿子，大哭起来。本坊里甲道：“苦主有了，只无凶身。”其时沈昱径到临安府告说：“是我的儿子，昨日五更入城拖画眉，不知怎的被人杀了？望老爷做主！”本府发放各处应捕及巡捕官，限十日内要捕凶身着。

沈昱具棺木盛了尸首，放在柳林里，一径回家，对妻说道：“是我儿子，被人杀了，只不知将头何处去了。我已告过本府，本府着捕人各处捉获凶身。我且自买棺木盛了，此事如何是好？”严氏听说，大哭起来，一交跌倒。不知五脏何如，先见四肢不举。正是：

---

① 不爽利——不爽快；不痛快；不自在。

② 涌金门——杭州西面城门。

③ 婆老——老婆子和老头子。

④ 巳牌——古制太史以牙牌报时。巳牌，就是巳时、巳刻。

⑤ 苦主——被害人的家属。

⑥ 应捕——负责缉捕的官兵，叫应捕人。

⑦ 挨获——访拿；搜捕。

身如五鼓衔山月，气似三更油尽灯。

当时众人灌汤，救得苏醒，哭道："我儿日常不听好人之言，今日死无葬身之地。我的少年的儿，死得好苦！谁想我老来无靠！"说了又哭，哭了又说，茶饭不吃。丈夫再三苦劝，只得勉强。过了半月，并无消息。沈昱夫妻二人商议，儿子平昔不依教训，致有今日祸事，吃人杀了，没捉获处，也只得没奈何，但得全尸也好。不若写个帖子，告禀四方之人，倘得见头，全了尸首，待后又作计较。二人商议已定，连忙便写了几张帖子，满城去贴，上写："告知四方君子，如有寻获得沈秀头者，情愿赏钱一千贯；捉得凶身者，愿赏钱二千贯。"将此情告知本府，本府亦限捕人寻获，亦出告示道："如有人寻得沈秀头者，官给赏钱五百贯；如捉获凶身者，赏钱一千贯。"告示一出，满城哄动不提。

且说南高峰① 脚下，有一个极贫老儿，姓黄，浑名叫做黄老狗，一生为人鲁拙，抬轿营生②。老来双目不明，止靠两个儿子度日，大的叫做大保，小的叫做小保。父子三人，正是衣不遮身，食不充口，巴巴急急，口食不敷。一日，黄老狗叫大保、小保到来，"我听得人说，甚么财主沈秀吃人杀了，没寻头处。今出赏钱，说有人寻得头者，本家赏钱一千贯，本府又给赏五百贯。我今叫你两个别无话说，我今左右老了，又无用处，又不看见，又没趁钱③。做我着④，教你两个发迹快活。你两个今夜将我的头割了，埋在西湖水边。过了数日，待没了认色⑤，却将去本府告赏，共得一千五百贯钱，却强似今日在此受苦。此计大妙，不宜迟，倘被别人先做了，空折了性命。"只因这老狗失志⑥，说了这几句言语，况兼两个儿子又是愚蠢之人，不省法度的。正是：

口是祸之门，舌是斩身刀。

闭口深藏舌，安身处处牢。

---

① 南高峰——山名，在杭州城西南。

② 营生——谋生；做生意。

③ 趁钱——赚钱。

④ 做我着——拚着我；把我豁出去；牺牲了我。

⑤ 认色——记认、辨认的标记。

⑥ 失志——心地糊涂；疏忽。

当时两个出到外面商议，小保道："我爷设这一计大妙，便是做主将元帅，也没这计策。好便好了，只是可惜没了一个爷。"大保做人，又狠又呆，道："看他左右只在早晚要死，不若趁这机会杀了，去山下掘个坑埋了，又无踪迹，那里查考？这个叫做'趁汤推'，又唤做'一抹光'。天理人心，又不是我们逼他，他自叫我们如此如此。"小保道："好倒好，只除等睡熟了，方可动手。"

二人计较已定，却去东奔西走，赊得两瓶酒来，父子三人吃得大醉，东倒西歪。一觉直到三更，两人爬将起来，看那老子① 正齁齁睡着。大保去灶前摸了一把厨刀，去爷的项上一勒，早把这颗头割下了。连忙将破衣包了，放在床边。便去山脚下掘个深坑，扛去埋了。也不等天明，将头去南屏山藕花居② 湖边浅水处埋了。

过半月入城，看了告示，先走到沈昱家报说道："我二人昨日因捉虾鱼，在藕花居边，看见一个人头，想必是你儿子头。"沈昱见说道："若果是，便赏你一千贯钱，一分不少。"便去安排酒饭吃了，同他两个径到南屏山藕花居湖边。浅土隐隐盖着一头，提起看时，水浸多日，澎涨了，也难辨别。想必是了，若不是时，那里又有这个人头在此？沈昱便把手帕包了，一同两个径到府厅告说："沈秀的头有了。"知府再三审问，二人答道："因捉虾鱼，故此看见，并不晓别项情由。"本府准信，给赏五百贯，二人领了，便同沈昱将头到柳林里，打开棺木，将头凑在项上，依旧钉了，就同二人回家。严氏见说儿子头有了，心中欢喜，随即安排酒饭，管待二人，与了一千贯赏钱。二人收了，作别回家，便造房屋，买农具家生。二人道："如今不要似前抬轿，我们勤力耕种，挑卖山柴，也可度日。"不在话下。正是光阴似箭，日月如梭，不觉过了数月，官府也懈了，日远日疏，俱不提了。

却说沈昱是东京机户，轮该③ 解段匹到京。待各机户段匹完日，到府领了解批④，回家吩咐了家中事务起身。此一去，只因沈昱看见了自家虫蚁，又屈害了一条性命。正是：

---

① 老子——此指老头子、老家伙。

② 南屏山藕花居——南屏山，在杭州城外西南；藕花居，在南屏山净慈寺前。

③ 轮该——轮值；轮流承当。

④ 解批——解送犯人或货物的公文。

非理之财莫取，非理之事莫为。

明有刑法相系，暗有鬼神相随。

却说沈昱在路，饥餐渴饮，夜住晓行，不只一日，来到东京。把段匹一一交纳过了，取了批回，心下思量："我闻京师景致，比别处不同，何不闲看一遭，也是难逢难遇之事。"其名山胜概，庵观寺院，出名的所在，都走了一遭。偶然打从御用监禽鸟房① 门前经过，那沈昱心中是爱虫蚁的，意欲进去一看。因门上用了十数个钱，得放进去闲看。只听得一个画眉，十分叫得巧好，仔细看时，正是儿子不见的画眉。那画眉见了沈昱眼熟，越发叫得好听，又叫又跳，将头颠沈昱数次。沈昱见了，想起儿子，千行泪下，心中痛苦，不觉失声，叫起屈来，口中只叫得："有这等事！"那掌管禽鸟的校尉喝道："这厮好不知法度，这是甚么所在，如此大惊小怪起来！"沈昱痛苦难伸，越叫得响了。

那校尉恐怕连累自己，只得把沈昱拿了，送到大理寺②。大理寺官便喝道："你是那里人，敢进内御用之处，大惊小怪？有何冤屈之事？好好直说，便饶你罢。"沈昱就把儿子拖画眉被杀情由，从头诉说了一遍。大理寺官听说，呆了半晌，想这禽鸟是京民李吉进贡在此，缘何有如此一节隐情。便差人火速捉拿李吉到官，审问道："你为何在海宁郡将他儿子谋杀了，却将他的画眉来此进贡？一一明白供招，免受刑罚。"李吉道："先因往杭州买卖，行至武林门里，撞见一个箍桶的担上，挂着这个画眉，是吉因见他叫得巧，又生得好，用价一两二钱，买将回来。因他好巧，不敢自用，以此进贡上用。并不知人命情由。"勘官问道："你却赖与何人！这画眉就是实迹了，实招了罢。"李吉再三哀告道："委的是问个箍桶的老儿买的，并不知杀人情由，难以屈招。"勘官又问："你既是问老儿买的，那老儿姓甚名谁？那里人氏？供得明白，我这里行文拿来，问理得实，即便放你。"李吉道："小人是路上逢着买的，实不知姓名，那里人氏。"勘官骂道："这便是含糊了，将此人命推与谁偿？据这画眉，便是实迹，这厮不打不招！"再三拷打，打得皮开肉绽。李吉痛苦不过，只得招做"因见画眉生得好巧，一时杀了沈

① 御用监禽鸟房——御用监，明代宦官十二监之一。禽鸟房，专司饲养各种飞禽。

② 大理寺——官署名，掌刑狱。

秀，将头抛弃"情由。遂将李吉送下大牢监候，大理寺官具本奏上朝廷，圣旨道：李吉委的杀死沈秀，画眉见存，依律处斩。将画眉给还沈昱，又给了批回[1]，放还原籍，将李吉押发[2] 市曹斩首。正是：

老龟煮不烂，移祸于枯桑。

当时恰有两个同与李吉到海宁郡来做买卖的客人，蹀躞(diéxiè)不下[3]，"有这等冤屈事！明明是买的画眉，我欲待替他申诉，争奈卖画眉的人虽认得，我亦不知其姓名，况且又在杭州。冤倒不辩得，和我连累了，如何出豁[4]？只因一个畜生，明明屈杀了一条性命。除我们不到杭州，若到，定要与他讨个明白。"也不在话下。

却说沈昱收拾了行李，带了画眉，星夜奔回。到得家中，对妻说道："我在东京替儿讨了命了。"严氏问道："怎生得来？"沈昱把在内监见画眉一节，从头至尾，说了一遍。严氏见了画眉，大哭了一场，睹物伤情，不在话下。

次日沈昱提了画眉，本府来销批，将前项事情，告诉了一遍。知府大喜道："有这等巧事。"正是：

劝君莫作亏心事，古往今来放过谁。

休说人命关天，岂同儿戏。知府发放[5] 道："既是凶身获着斩首，可将棺木烧化。"沈昱叫人将棺木烧了，就撒了骨殖[6]，不在话下。

却说当时同李吉来杭州卖生药的两个客人，一姓贺，一姓朱，有些药材，径到杭州湖墅客店内歇下，将药材一一发卖讫。当为心下不平，二人径入城来，探听这个箍桶的人。寻了一日，不见消耗。二人闷闷不已，回归店中歇了。次日，又进城来，却好遇见一个箍桶的担儿。二人便叫住道："大哥，请问你，这里有一个箍桶的老儿，……"这般这般模样，"不知他姓甚名谁，大哥你可认得么？"那人便道："客官，我这箍桶行里，止有两个

---

① 批回——官府答覆下级的批示公文。

② 押发——押送。

③ 蹀躞不下——往来徘徊；心里不安；放心不下。

④ 出豁——解决；出脱。

⑤ 发放——处理；分发。

⑥ 撒了骨殖——尸体焚化，骨灰则抛撒在水池中。

老儿:一个姓李,住在石榴园巷[①] 内;一个姓张,住在西城脚下。不知那一个是?"二人谢了,径到石榴园来寻,只见李公正在那里劈篾。二人看了,却不是他。又寻他到西城脚下,二人来到门首,便问:"张公在么?"张婆道:"不在,出去做生活去了。"二人也不打话,一径且回。正是未牌时分,二人走不上半里之地,远远望见一个箍桶担儿来。有分直教此人偿了沈秀的命,明白了李吉的事。正是:

恩义广施,人生何处不相逢?冤仇莫结,路逢狭处难回避。

其时张公望南回来,二人朝北而去,却好劈面撞见。张公不认得二人,二人却认得张公,便拦住问道:"阿公高姓?"张公道:"小人姓张。"又问道:"莫非是在西城脚下住的?"张公道:"便是,问小人有何事干?"二人便道:"我店中有许多生活要箍,要寻个老成的做,因此问你。你如今那里去?"张公道:"回去。"三人一头走,一头说,直走到张公门首。张公道:"二位请坐吃茶。"二人道:"今日晚了,明日再来。"张公道:"明日我不出去了,专等专等。"

二人作别,不回店去,径投本府首告。正是本府晚堂[②],直入堂前跪下。把沈昱认画眉一节,李吉被杀一节,撞见张公买画眉一节,一一诉明。"小人两个不平,特与李吉讨命,望老爷细审张公。不知恁地得画眉?"府官道:"沈秀的事,俱已明白了,凶身已斩了,再有何事?"二人告道:"大理寺官不明,只以画眉为实,更不推详[③] 来历,将李吉明白屈杀了。小人路见不平,特与李吉讨命。如不是实,怎敢告扰?望乞怜悯做主。"知府见二人告得苦切,随即差捕人连夜去捉张公。好似:

数只皂雕追紫燕,一群猛虎啖羊羔。

其夜众公人奔到西城脚下,把张公背剪绑了,解上府去,送大牢内监了。次日,知府升堂,公人于牢中取出张公跪下。知府道:"你缘何杀了沈秀,反将李吉偿命?今日事露,天理不容。"喝令好生打着。直落打了三十下,打得皮开肉绽,鲜血淋漓。再三拷打,不肯招承。两个客人,并两个伴

---

① 石榴园巷——杭州城内巷名。

② 晚堂——官府每日两次视事,傍晚申时升厅理事,属吏差役参见唱喏,称为晚衙,也叫晚堂。

③ 推详——推究。

当齐说:“李吉便死了,我四人见在,眼同将一两二钱银子,买你的画眉。你今推却何人?你若说不是你,你便说这画眉从何来?实的虚不得,支吾有何用处?”张公犹自抵赖,知府大喝道:“画眉是真赃物,这四人是真证见,若再不招,取夹棍来夹起。”张公惊慌了,只得将前项盗取画眉,勒死沈秀一节,一一供招了。知府道:“那头彼时放在那里?”张公道:“小人一时心慌,见侧边一株空心柳树,将头丢在中间。随提了画眉,径出武林门来,偶撞见三个客人,两个伴当,问小人买了画眉,得银一两二钱,归家用度。所供是实。”知府令张公画了供,又差人去拘沈昱,一同押着张公,到于柳林里寻头。哄动街市上之人无数,一齐都到柳林里来看寻头。只见果有一株空心柳树,众人将锯放倒,众人发一声喊,果有一个人头在内。提起看时,端然不动。沈昱见了这头,定睛一看,认得是儿子的头,大哭起来,昏迷倒地,半晌方醒。遂将帕子包了,押着张公,径上府去。知府道:“既有了头,情真罪当。”取具大枷枷了,脚镣手杻钉了,押送死囚牢里,牢固监候。

知府又问沈昱道:“当时那两个黄大保、小保,又那里得这人头来请赏?事有可疑。今沈秀头又有了,那头却是谁人的?”随即差捕人去拿黄大保兄弟二人,前来审问来历。沈昱眼同公人,径到南山黄家,捉了弟兄两个,押到府厅,当厅跪下。知府道:“杀了沈秀的凶身,已自捉了,沈秀的头见已追出。你弟兄二人谋死何人,将头请赏?一一承招,免得吃苦。”大保、小保被问,口隔心慌,答应不出。知府大怒,喝令吊起拷打半日,不肯招承,又将烧红烙铁烫他,二人熬不过死去,将水喷醒,只得口吐真情,说道:“因见父亲年老,有病伶仃,一时不合将酒灌醉,割下头来,埋在西湖藕花居水边,含糊请赏。”知府道:“你父亲尸骸埋在何处?”两个道:“就埋在南高峰脚下。”当时押发二人到彼,掘开看时,果有没头尸骸一副,埋藏在彼。依先押二人到于府厅回话,道:“南山脚下,浅土之中,果有没头尸骸一副。”知府道:“有这等事,真乃逆天之事,世间有这等恶人!口不欲说,耳不欲闻,笔不欲书,就一顿打死他倒干净,此恨怎的消得!”喝令手下不要计数,先打一会,打得二人死而复醒者数次。讨两面大枷枷了,送入死囚牢里,牢固监候。沈昱并原告人,宁家听候。

随即具表申奏,将李吉屈死情由奏闻。奉圣旨,着刑部及都察院,将原问李吉大理寺官好生勘问,随贬为庶人,发岭南安置。李吉平人屈死,情实可矜,着官给赏钱一千贯,除子孙差役。张公谋财故杀,屈害平人,依律处斩,加罪凌迟,剐割二百四十刀,分尸五段。黄大保、小保,贪财杀父,不分首从,俱各凌迟处死,剐二百四十刀,分尸五段,枭首示众。正是:

湛湛青天不可欺,未曾举意早先知。

劝君莫作亏心事,古往今来放过谁?

一日文书到府,差官吏仵作人等,将三人押赴木驴[①]上,满城号令三日,律例凌迟分尸,枭首示众。其时张婆听得老儿要剐,来到市曹上,指望见一面。谁想仵作见了行刑牌,各人动手碎剐,其实凶险,惊得婆儿魂不附体,折身便走。不想被一绊,跌得重了,伤了五脏,回家身死。正是:

积善逢善,积恶逢恶。仔细思量,天地不错。

---

① 木驴——一种古代的刑具。凡处决凌迟犯时,必先将犯人钉在木驴上,游街示众,然后执行。

第二十七卷　金玉奴棒打薄情郎

枝在墙东花在西，自从落地任风吹。

枝无花时还再发；花若离枝难上枝。

这四句，乃昔人所作《弃妇词》，言妇人之随夫，如花之附于枝；枝若无花，逢春再发；花若离枝，不可复合。劝世上妇人，事夫尽道，同甘同苦，从一而终；休得慕富嫌贫，两意三心，自贻后悔。

且说汉朝一个名臣，当初未遇时节，其妻有眼不识泰山，弃之而去，到后来，悔之无及。你说那名臣何方人氏？姓甚名谁？那名臣姓朱，名买臣，表字翁子，会稽郡人氏。家贫未遇，夫妻二口，住于陋巷蓬门。每日买臣向山中砍柴，挑至市中，卖钱度日。性好读书，手不释卷，肩上虽挑却①柴担，手里兀自擒②着书本，朗诵咀嚼，且歌且行。市人听惯了，但闻读书之声，便知买臣挑柴担来了，可怜他是个儒生，都与他买。更兼买臣不争价钱，凭人估值，所以他的柴比别人容易出脱。一般③也有轻薄少年，及儿童之辈，见他又挑柴，又读书，三五成群，把他嘲笑戏侮，买臣全不为意。一日其妻出门汲水，见群儿随着买臣柴担，拍手共笑，深以为耻。买臣卖柴回来，其妻劝道："你要读书，便休卖柴；要卖柴，便休读书。许大年纪，不痴不颠，却做出恁般行径，被儿童笑话，岂不羞死！"买臣答道："我卖柴以救贫贱，读书以取富贵，各不相妨，由他笑话便了。"其妻笑道："你若取得富贵时，不去卖柴了。自古及今，那见卖柴的人做了官？却说这没把鼻的话！"买臣道："富贵贫贱，各有其时。有人算我八字，到五十岁上，必然发迹。常言'海水不可斗量'，你休料我。"其妻道："那算命先生，见你痴颠模样，故意耍笑你，你休听信。到五十岁时，连柴担也挑不动，饿死是有分的，还想做官！除是阎罗王殿上，少个判官，等你去做！"买臣道："姜

---

① 挑却——挑着；挑得。

② 擒——拿；抓。

③ 一般——照例；一样。

太公八十岁，尚在渭水钓鱼，遇了周文王，以后车载之，拜为尚父。本朝公孙弘丞相，五十九岁上还在东海牧豕，整整六十岁，方才际遇今上，拜将封侯。我五十岁上发迹，比甘罗① 虽迟，比那两个还早，你须耐心等去。”其妻道：“你休得攀今吊古，那钓鱼牧豕的，胸中都有才学；你如今读这几句死书，便读到一百岁，只是这个嘴脸，有甚出息？晦气做了你老婆！你被儿童耻笑，连累我也没脸皮。你不听我言抛却书本，我决不跟你终身，各人自去走路，休得两相耽误了。”买臣道：“我今年四十三岁了，再七年，便是五十。前长后短，你就等耐，也不多时。直恁薄情，舍我而去，后来须要懊悔！”其妻道：“世上少甚挑柴担的汉子，懊悔甚么来？我若再守你七年，连我这骨头不知饿死于何地了。你倒放我出门，做个方便，活了我这条性命。”买臣见其妻决意要去，留他不住，叹口气道：“罢，罢，只愿你嫁得丈夫，强似② 朱买臣的便好。”其妻道：“好歹强似一分儿。”说罢，拜了两拜，欣然出门而去，头也不回。买臣感慨不已，题诗四句于壁上云：

嫁犬逐犬，嫁鸡逐鸡。妻自弃我，我不弃妻。

买臣到五十岁时，值汉武帝下诏求贤，买臣到西京上书，待诏公车③。同邑人严助荐买臣之才，天子知买臣是会稽人，必知本土民情利弊，即拜为会稽太守，驰驿赴任。会稽长吏闻新太守将到，大发人夫，修治道路。买臣妻的后夫亦在役中，其妻蓬头跣足，随伴送饭，见太守前呼后拥而来，从旁窥之，乃故夫朱买臣也。买臣在车中，一眼瞧见，还认得是故妻，遂使人招之，载于后车。到府第中，故妻羞惭无地，叩头谢罪。买臣教请他后夫相见。不多时，后夫唤到，拜伏于地，不敢仰视。买臣大笑，对其妻道：“似此人，未见得强似我朱买臣也。”其妻再三叩谢，自悔有眼无珠，愿降为婢妾，伏侍终身。买臣命取水一桶，泼于阶下，向其妻说道：“若泼水可复收，则汝亦可复合。念你少年结发之情，判后园隙地，与汝夫妇耕种自食。”其妻随后夫走出府第，路人都指着说道：“此即新太守夫人也。”于是羞极无颜，到于后园，遂投河而死。有诗为证：

---

① 甘罗——战国时秦国人，年十二岁，封为上卿。

② 强似——胜于；胜过。

③ 待诏公车——公车，汉代官署名，掌管官车。凡应征的人，都由官府用车接引，居此署中，等待诏命。

漂母尚知怜饿士，亲妻忍得弃贫儒。

早知覆水难收取，悔不当初任读书。

又有一诗，说欺贫重富，世情皆然，不止一买臣之妻也。诗曰：

尽看成败说高低，谁识蛟龙在污泥？

莫怪妇人无法眼，普天几个负羁妻①？

这个故事，是妻弃夫的。如今再说一个夫弃妻的，一般是欺贫重富，背义忘恩，后来徒落得个薄幸之名，被人讲论。

话说故宋绍兴年间，临安虽然是个建都之地，富庶之乡，其中乞丐的依然不少。那丐户中有个为头的，名曰"团头"②，管着众丐。众丐叫化得东西来时，团头要收他日头钱。若是雨雪时，没处叫化，团头却熬些稀粥，养活这伙丐户，破衣破袄，也是团头照管。所以这伙丐户，小心低气，服着团头，如奴一般，不敢触犯。那团头见成收些常例钱，一般在众丐户中放债盘利，若不嫖不赌，依然做起大家事来。他靠此为生，一时也不想改业。只是一件："团头"的名儿不好。随你挣得有田有地，几代发迹，终是个叫化头儿，比不得平等百姓人家。出外没人恭敬，只好闭着门，自屋里做大。虽然如此，若数着"良贱"二字，只说娼、优、隶、卒，四般为贱流，到数不着那乞丐。看来乞丐只是没钱，身上却无疤瘢。假如③ 春秋时伍子胥逃难，也曾吹箫于吴市中乞食；唐时郑元和④ 做歌郎⑤，唱《莲花落》；后来富贵发达，一床锦被遮盖，这都是叫化中出色的。可见此辈虽然被人轻贱，到不比娼、优、隶、卒。

闲话休提，如今且说杭州城中一个团头，姓金，名老大。祖上到他，做了七代团头了，挣得个完完全全的家事。住的有好房子，种的有好田园，

---

① 负羁妻——僖负羁，春秋时曹国大夫。晋公子重耳出奔，经曹国，僖负羁的妻子预知重耳将来必然回国得志，劝僖负羁结纳他。后来重耳立为晋文公，侵入曹国，僖负羁一族得以免死。

② 团头——宋时各行业都有小组织叫做团行。行的首领叫"行老"；团的首领称"团头"。

③ 假如——譬如。

④ 郑元和——唐朝白行简著《李娃传》中的郑生，末登第时，曾沦为挽歌郎和乞丐。

⑤ 歌郎——即挽歌郎，替出丧的人家唱挽歌的人。

穿的有好衣,吃的有好食;真个廒[①]多积粟,囊有余钱,放债使婢。虽不是顶富,也是数得着的富家了。那金老大有志气,把这团头让与族人金癞子做了,自己见成受用,不与这伙丐户歪缠。然虽如此,里中口顺,还只叫他是团头家,其名不改。金老大年五十余,丧妻无子,止存一女名唤玉奴。那玉奴生得十分美貌,怎见得?有诗为证:

无瑕堪比玉,有态欲羞花。

只少宫妆扮,分明张丽华[②]。

金老大爱此女如同珍宝,从小教他读书识字。到十五六岁时,诗赋俱通,一写一作,信手而成。更兼女工精巧,亦能调筝弄管,事事伶俐。金老大倚着女儿才貌,立心要将他嫁个士人。论来就名门旧族中,急切要这一个女子也是少的,可恨生于团头之家,没人相求。若是平常经纪人家,没前程的,金老大又不肯扳他了。因此高低不就,把女儿直捱到一十八岁,尚未许人。

偶然有个邻翁来说:"太平桥[③]下有个书生,姓莫名稽,年二十岁,一表人才,读书饱学。只为父母双亡,家穷未娶。近日考中,补上太学生,情愿入赘人家。此人正与令爱相宜,何不招之为婿?"金老大道:"就烦老翁作伐何如?"邻翁领命,径到太平桥下,寻那莫秀才,对他说了:"实不相瞒,祖宗曾做个团头的,如今久不做了。只贪他好个女儿,又且家道富足。秀才若不弃嫌,老汉即当玉成其事。"莫稽口虽不语,心下想道:"我今衣食不周,无力婚娶,何不俯就他家,一举两得?也顾不得耻笑。"乃对邻翁说道:"大伯所言虽妙,但我家贫乏聘,如何是好?"邻翁道:"秀才但是允从,纸也不费一张,都在老汉身上。"邻翁回覆了金老大,择个吉日,金家倒送一套新衣穿着,莫秀才过门成亲。莫稽见玉奴才貌,喜出望外,不费一钱,白白的得了个美妻,又且丰衣足食,事事称怀。就是朋友辈中,晓得莫稽贫苦,无不相谅,倒也没人去笑他。

到了满月,金老大备下盛席,教女婿请他同学会友饮酒,荣耀自家门户,一连吃了六七日酒,何期恼了族人金癞子。那癞子也是一班正理,他

---

① 廒——粮仓。

② 张丽华——陈后主的妃子,容貌很美丽。

③ 太平桥——在宋代临安东青门外。

道："你也是团头，我也是团头，只你多做了几代，挣得钱钞在手，论起祖宗一脉，彼此无二。侄女玉奴招婿，也该请我吃杯喜酒。如今请人做满月，开宴六七日，并无三寸长一寸阔的请帖儿到我。你女婿做秀才，难道就做尚书、宰相，我就不是亲叔公？坐不起凳头？直恁① 不觑人在眼里！我且去蒿恼他一场，教他大家没趣！"叫起五六十个丐户，一齐奔到金老大家里来。但见：

开花帽子，打结衫儿。旧席片对着破毡条，短竹根配着缺糙碗。叫爹叫娘叫财主，门前只见喧哗；弄蛇弄狗弄猢狲，口内各呈伎俩。敲板唱杨花，恶声聒耳；打砖搽粉脸，丑态逼人。一班泼鬼聚成群，便是钟馗收不得。

金老大听得闹吵，开门看时，那金癞子领着众丐户，一拥而入，嚷做一堂。癞子径奔席上，拣好酒好食只顾吃，口里叫道："快教侄婿夫妻来拜见叔公！"唬得众秀才站脚不住，都逃席去了，连莫稽也随着众朋友躲避。金老大无可奈何，只得再三央告道："今日是我女婿请客，不干我事。改日专治一杯，与你陪话。"又将许多钱钞分赏众丐户，又抬出两瓮好酒和些活鸡、活鹅之类，教众丐户送去癞子家，当个折席②。直乱到黑夜，方才散去。玉奴在房中气得两泪交流。这一夜，莫稽在朋友家借宿，次早方回。金老大见了女婿，自觉出丑，满面含羞，莫稽心中未免也有三分不乐，只是大家不说出来。正是：

哑子尝黄柏，苦味自家知。

却说金玉奴只恨自己门风不好，要挣个出头，乃劝丈夫刻苦读书。凡古今书籍，不惜价钱，买来与丈夫看；又不吝供给之费，请人会文会讲；又出资财，教丈夫结交延誉。莫稽由此才学日进，名誉日起，二十三岁发解连科及第。这日琼林宴罢，乌帽宫袍，马上迎归。将到丈人家里，只见街坊上一群小儿争先来看，指道："金团头家女婿做了官也。"莫稽在马上听得此言，又不好揽事，只得忍耐。见了丈人，虽然外面尽礼，却包着一肚子忿气，想道："早知有今日富贵，怕没王侯贵戚招赘成婚？却拜个团头做岳

---

① 直恁——竟然如此。

② 折席——客人未能赴席，按一定的价值折成银钱，或将相当的食品送于客人。

丈,可不是终身之玷！养出儿女来,还是团头的外孙,被人传作话柄。如今事已如此,妻又贤慧,不犯七出之条,不好决绝得。正是事不三思,终有后悔。"为此心中怏怏,只是不乐。玉奴几遍问而不答,正不知甚么意故。好笑那莫稽,只想着今日富贵,却忘了贫贱的时节,把老婆资助成名一段功劳,化为春水,这是他心术不端处。

不一日,莫稽谒选①,得授无为军② 司户,丈人治酒送行。此时众丐户,料也不敢登门闹吵了。喜得临安到无为军,是一水之地,莫稽领了妻子,登舟赴任。行了数日,到了采石江边,维舟北岸。其夜月明如昼,莫稽睡不能寐,穿衣而起,坐于船头玩月。四顾无人,又想起团头之事,闷闷不悦。忽然动一个恶念,除非此妇身死,另娶一人,方免得终身之耻。心生一计,走进船舱,哄玉奴起来看月华。玉奴已睡了,莫稽再三逼他起身。玉奴难逆丈夫之意,只得披衣,走至马门③ 口,舒头④ 望月,被莫稽出其不意,牵出船头,推堕江中。悄悄唤起舟人,吩咐快开船前去,重重有赏,不可迟慢。舟子不知明白,慌忙撑篙荡桨,移舟于十里之外,住泊⑤ 停当,方才说:"适间奶奶因玩月坠水,捞救不及了。"却将三两银子赏与舟人为酒钱。舟人会意,谁敢开口？船中虽跟得有几个蠢婢子,只道主母真个坠水,悲泣了一场,丢开了手,不在话下。有诗为证：

只为"团头"号不香,忍因得意弃糟糠⑥。
天缘结发终难解,赢得人呼薄幸郎。

你说事有凑巧,莫稽移船去后,刚刚有个淮西转运使许德厚,也是新上任的,泊舟于采石北岸,正是莫稽先前推妻坠水处。许德厚和夫人推窗看月,开怀饮酒,尚未曾睡。忽闻岸上啼哭,乃是妇人声音,其声哀怨,好生不忍。忙呼水手打看,果然是个单身妇人,坐于江岸。便教唤上船来,审其来历。原来此妇正是无为军司户之妻金玉奴,初坠水时,魂飞魄荡,

---

① 谒选——官吏到吏部去应选。
② 无为军——地名,今安徽省无为县。
③ 马门——船舱门。
④ 舒头——伸头;探头。
⑤ 住泊——停泊;停歇。
⑥ 糟糠——亦指妻子。

已拚着必死。忽觉水中有物，托起两足，随波而行，近于江岸。玉奴挣扎上岸，举目看时，江水茫茫，已不见了司户之船，才悟道丈夫贵而忘贱，故意欲溺死故妻，别图良配。如今虽得了性命，无处依栖，转思苦楚，以此痛哭。见许公盘问，不免从头至尾，细说一遍。说罢，哭之不已，连许公夫妇都感伤堕泪，劝道："汝休得悲啼，肯为我义女，再作道理。"玉奴拜谢。许公吩咐夫人取干衣替他通身换了，安排他后舱独宿。教手下男女都称他小姐，又吩咐舟人，不许泄漏其事。

不一日，到淮西上任。那无为军正是他所属地方，许公是莫司户的上司，未免随班参谒。许公见了莫司户，心中想道："可惜一表人才，干恁般薄幸之事。"约过数月，许公对僚属说道："下官有一女，颇有才貌，年已及笄①，欲择一佳婿赘之。诸君意中，有其人否？"众僚属都闻得莫司户青年丧偶，齐声荐他才品非凡，堪作东床之选。许公道："此子吾亦属意久矣，但少年登第，心高望厚，未必肯赘吾家。"众僚属道："彼出身寒门，得公收拔，如蒹葭倚玉树②，何幸如之，岂以入赘为嫌乎？"许公道："诸君既酌量可行，可与莫司户言之。但云出自诸君之意，以探其情，莫说下官，恐有妨碍。"众人领命，遂与莫稽说知此事，要替他做媒。莫稽正要攀高，况且联姻上司，求之不得，便欣然应道："此事全仗玉成，当效衔结之报。"众人道："当得，当得。"随即将言回复许公。许公道："虽承司户不弃，但下官夫妇，钟爱此女，娇养成性，所以不舍得出嫁。只怕司户少年气概，不相饶让，或致小有嫌隙，有伤下官夫妇之心。须是预先讲过，凡事容耐些，方敢赘入。"众人领命，又到司户处传话，司户无不依允。此时司户不比做秀才时节，一般用金花彩币为纳聘之仪，选了吉期，皮松骨痒，整备做转运使的女婿。

却说许公先教夫人与玉奴说，老相公怜你寡居，欲重赘一少年进士，你不可推阻。玉奴答道："奴家虽出寒门，颇知礼数。既与莫郎结发，从一而终。虽然莫郎嫌贫弃贱，忍心害理，奴家各尽其道，岂肯改嫁，以伤妇节？"言毕，泪如雨下。夫人察他志诚，乃实说道："老相公所说少年进士，就是莫郎。老相公恨其薄幸，务要你夫妻再合，只说有个亲生女儿，要招

---

① 及笄(jī)——古代女子到15岁，用簪子把头发簪起来，表示成年。

② 蒹葭(jiānjiā)倚玉树——比喻身份低下者，倚托有权位者。

赘一婿，却教众僚属与莫郎议亲，莫郎欣然听命，只今晚入赘吾家。等他进房之时，须是……”如此如此，“与你出这口呕气。”玉奴方才收泪，重匀粉面，再整新妆，打点结亲之事。

到晚，莫司户冠带齐整，帽插金花，身披红锦，跨着雕鞍骏马，两班鼓乐前导，众僚属都来送亲。一路行来，谁不喝采！正是：

鼓乐喧阗白马来，风流佳婿实奇哉。

团头喜换高门眷，采石江边未足哀。

是夜，转运司铺毡结彩，大吹大擂，等候新女婿上门。莫司户到门下马，许公冠带出迎，众官僚都别去。莫司户直入私宅，新人用红帕覆首，两个养娘扶将出来。掌礼人在槛外喝礼，双双拜了天地，又拜了丈人、丈母，然后交拜礼毕，送归洞房做花烛筵席。莫司户此时心中，如登九霄云里，欢喜不可形容，仰着脸，昂然而入。才跨进房门，忽然两边门侧里走出七八个老妪、丫鬟，一个个手执篱竹细棒，劈头劈脑打将下来，把纱帽都打脱了，肩背上棒如雨下，打得叫喊不迭，正没想一头处。莫司户被打，慌做一堆蹭倒，只得叫声：“丈人，丈母，救命！”只听房中娇声宛转吩咐道：“休打杀薄情郎，且唤来相见。”众人方才住手，七八个老妪、丫鬟，扯耳朵，拽胳膊，好似六贼戏弥陀① 一般，脚不点地，拥到新人面前。司户口中还说道：“下官何罪？”开眼看时，画烛辉煌，照见上边端端正正坐着个新人，不是别人，正是故妻金玉奴。莫稽此时魂不附体，乱嚷道：“有鬼！有鬼！”众人都笑起来。只见许公自外而入，叫道：“贤婿休疑，此乃吾采石江头所认之义女，非鬼也。”莫稽心头方才住了跳，慌忙跪下，拱手道：“我莫稽知罪了，望大人包容之。”许公道：“此事与下官无干，只吾女没说话就罢了。”玉奴唾其面，骂道：“薄幸贼！你不记宋弘有言：‘贫贱之交不可忘，糟糠之妻不下堂。’当初你空手赘入吾门，亏得我家资财，读书延誉，以致成名，侥幸今日。奴家亦望夫荣妻贵，何期你忘恩负本，就不念结发之情，恩将仇报，将奴推堕江心。幸然天天可怜，得遇恩爹提救，收为义女。倘然葬江鱼之腹，你别娶新人，于心何忍？今日有何颜面，再与你完聚？”说罢，放声而哭，千薄幸，万薄幸，骂不住口。莫稽满面羞惭，闭口无言，只顾磕头求恕。

---

① 六贼戏弥陀——一种百戏的名称。佛经称色、声、香、味、触、法为六贼。

许公见骂得够了，方才把莫稽扶起，劝玉奴道："我儿息怒，如今贤婿悔罪，料然不敢轻慢你了。你两个虽然旧日夫妻，在我家只算新婚花烛，凡事看我之面，闲言闲语，一笔都勾罢。"又对莫稽说道："贤婿，你自家不是，休怪别人。今宵只索忍耐，我教你丈母来解劝。"说罢，出房去。少刻夫人来到，又调停了许多说话，两个方才和睦。

次日许公设宴，管待新女婿，将前日所下金花彩币，依旧送还，道："一女不受二聘，贤婿前番在金家已费过了，今番下官不敢重叠收受。"莫稽低头无语，许公又道："贤婿常恨令岳翁卑贱，以致夫妇失爱，几乎不终。今下官备员如何？只怕爵位不高，尚未满贤婿之意。"莫稽涨得面皮红紫，只是离席谢罪。有诗为证：

痴心指望缔高姻，谁料新人是旧人？

打骂一场羞满面，问他何取岳翁新？

自此莫稽与玉奴夫妇和好，比前加倍。许公共夫人待玉奴如真女，待莫稽如真婿，玉奴待许公夫妇，亦与真爹妈无异。连莫稽都感动了，迎接团头金老大在任所，奉养送终。后来许公夫妇之死，金玉奴皆制重服，以报其恩。莫氏与许氏世世为通家兄弟，往来不绝。诗云：

宋弘守义① 称高节，黄允休妻② 骂薄情。

试看莫生婚再合，姻缘前定枉劳争。

---

① 宋弘守义——宋弘，后汉时人。光武帝想把自己的姊姊嫁给他，宋弘说："贫贱之交不可忘，糟糠之妻不下堂。"拒绝了这头亲事。

② 黄允休妻——后汉袁隗替他的侄女择婿，看见黄允，说："如果能找到这样的女婿就满意了。"黄允知道了，便马上把自己的妻子休掉。

第二十八卷　李秀卿义结黄贞女

暇日攀今吊古，从来几个男儿，履危临难有神机，不被他人算计？

男子尽多慌错，妇人反有权奇。若还智量① 胜蛾眉，便带头巾何愧？

常言有智妇人，赛过男子，古来妇人赛男子的也尽多。除着吕太后、武则天，这一班大手段② 的歹人不论；再除却卫庄姜③、曹令女④，这一班大贤德、大贞烈的好人也不论；再除却曹大家⑤、班婕妤⑥、苏若兰⑦、沈满愿⑧、李易安⑨、朱淑真，这一班大学问、大才华的文人也不论；再除却锦车

---

① 智量——智谋；计策。

② 手段——本领；能耐。

③ 卫庄姜——春秋时卫庄公的夫人，庄姜起初没有操行，后来听从傅母的规劝，努力修身。

④ 曹令女——指魏代曹文叔的妻子夏侯令女。曹文叔死后，家中要她再嫁，她用截耳断鼻来抗拒。在封建时代，她被看成一个了不起的“节女”。

⑤ 曹大家——家，读如姑字。汉班彪女班昭，嫁曹世叔为妻，博学多才，汉和帝召她入宫，命皇后贵人等师事之，称为曹大家。

⑥ 班婕妤——汉成帝宫人，能作诗歌。后来赵飞燕得宠，班婕妤被谗，改为太后侍女。婕妤，汉代女官名。

⑦ 苏若兰——晋窦滔妻，名蕙。窦滔为秦州刺史，纳妾，与蕙疏离，苏蕙用锦织成回文诗寄滔，文词十分凄惋。

⑧ 沈满愿——南朝梁时人，沈约之孙女，嫁征西记室范靖为妻，善作诗，有集五卷，不传。

⑨ 李易安——宋赵明诚妻，名清照，号易安居士，工诗文，尤擅填词，有《漱玉词》。

夫人冯氏①、浣花夫人任氏②、锦伞夫人洗氏③ 和那军中娘子④、绣旗女将⑤，这一班大智谋、大勇略的奇人也不论。如今单说那一种奇奇怪怪、蹊蹊跷跷，没阳道的假男子，带头巾的真女人，可钦可爱，可笑可歌。正是：

说处裙钗添喜色，话时男子减精神。

据唐人小说，有个木兰女子，是河南睢阳人氏。因父亲被有司点做边庭戍卒，木兰可怜父亲多病，扮女为男，代替其役，头顶兜鍪，身披铁铠，手执戈矛，腰悬弓矢，击柝提铃⑥，餐风宿草，受了百般辛苦。如此十年，役满而归，依旧是个童身。边廷上万千军士，没一人看得出他是女子。后人有诗赞云：

缇萦救父⑦ 古今稀，代父从戎事更奇。

全孝全忠又全节，男儿几个不亏移？

又有个女子，叫做祝英台，常州义兴人氏，自小通书好学，闻余杭文风最盛，欲往游学。其哥嫂止之曰："古者男女七岁不同席，不共食，你今一十六岁，却出外游学，男女不分，岂不笑话！"英台道："奴家自有良策。"乃裹巾束带，扮作男子模样，走到哥嫂面前，哥嫂亦不能辨认。英台临行时，正是夏初天气，榴花盛开，乃手摘一枝，插于花台之上，对天祷告道："奴家祝英台出外游学，若完名全节，此枝生根长叶，年年花发；若有不肖之事，

---

① 锦车夫人冯氏——西汉冯嫽，嫁给乌孙国右大将军，号为冯夫人。汉宣帝曾徵冯嫽，锦车持节，出使乌孙国。

② 浣花夫人任氏——唐西川节度使崔宁之妾。崔宁入朝，阳子琳乘虚入成都，任氏出家财募得兵士数千人，亲自率领，击败阳子琳。

③ 锦伞夫人洗氏——南北朝时高凉太守冯宝之妻。冯宝死后，洗氏统治岭南一带。隋文帝册封为宋康郡失人，洗氏披甲骑马，张着锦伞，巡抚诸州。

④ 军中娘子——指唐高祖李渊的女儿平阳公主，嫁柴绍。柴绍随李渊起兵，平阳公主也募兵起来响应，一时威振关中，与柴绍对置幕府，分定京师，当时号为娘子军。

⑤ 绣旗女将——金代人，姓刘氏。宋宁宗嘉定十三年李全围东平，追金兵抵山谷，忽有一绣旗女将驰出，持枪突斗，李全大败。

⑥ 击柝提铃——指巡更。宋明间，凡巡卒打更，都击柝摇铃。

⑦ 缇萦救父——汉淳于意有罪当受肉刑，其女缇萦随父至长安，上书愿为官婢以赎父罪，汉文帝终于赦免了淳于意，并下诏废除肉刑。

玷辱门风,此枝枯萎。"祷毕出门,自称祝九舍人。遇个朋友,是个苏州人氏,叫做梁山伯,与他同馆读书,甚相爱重,结为兄弟。日则同食,夜则同卧,如此三年,英台衣不解带,山伯屡次疑惑盘问,都被英台将言语支吾过了。读了三年书,学问成就,相别回家,约梁山伯二个月内,可来见访。英台归时,仍是初夏,那花台上所插榴枝,花叶并茂,哥嫂方信了。同乡三十里外,有个安乐村,那村中有个马氏,大富之家。闻得祝九娘贤慧,寻媒与他哥哥议亲。哥哥一口许下,纳彩问名都过了,约定来年二月娶亲。原来英台有心于山伯,要等他来访时,露其机括①;谁知山伯有事,稽迟在家。英台只恐哥嫂疑心,不敢推阻。山伯直到十月,方才动身,过了六个月了。到得祝家庄,问祝九舍人时,庄客说道:"本庄只有祝九娘,并没有祝九舍人。"山伯心疑,传了名刺进去,只见丫鬟出来,请梁兄到中堂相见。山伯走进中堂,那祝英台红妆翠袖,别是一般妆束了。山伯大惊,方知假扮男子,自愧愚鲁,不能辨识。寒温已罢,便谈及婚姻之事。英台将哥嫂做主,已许马氏为辞。山伯自恨来迟,懊悔不迭。分别回去,遂成相思之病,奄奄不起,至岁底身亡。嘱咐父母,可葬我于安乐村路口,父母依言葬之。明年,英台出嫁马家,行至安乐村路口,忽然狂风四起,天昏地暗,舆人都不能行。英台举眼观看,但见梁山伯飘然而来,说道:"吾为思贤妹,一病而亡,今葬于此地。贤妹不忘旧谊,可出轿一顾。"英台果然走出轿来,忽然一声响亮,地下裂开丈余,英台从裂中跳下。众人扯其衣服,如蝉脱一般,其衣片片而飞。顷刻天清地明,那地裂处,只如一线之细。歇轿处,正是梁山伯坟墓。乃知生为兄弟,死作夫妻。再看那飞的衣服碎片,变成两般花蝴蝶,传说是二人精灵所化,红者为梁山伯,黑者为祝英台。其种到处有之,至今犹呼其名为梁山伯、祝英台也。后人有诗赞云:

三载书帏共起眠,活姻缘作死姻缘。
非关山伯无分晓,还是英台志节坚。

又有一个女子,姓黄名崇嘏②,是西蜀临邛人氏。生成聪明俊雅,诗赋俱通,父母双亡,亦无亲族。时宰相周庠镇蜀,崇嘏假扮做秀才,将平日

① 机括——心思;用心。

② 嘏(jiǎ 或 gǔ)。

所作诗卷呈上。周庠一见，篇篇道好，字字称奇，乃荐为郡掾[①]。吏事精敏，地方凡有疑狱，累年不决者，一经崇嘏剖断，无不洞然。屡摄府县之事，到处便有声名，胥徒畏服，士民感仰。周庠首荐于朝，言其才可大用，欲妻之以女，央太守作媒，崇嘏只微笑不答。周庠乘他进见，自述其意，崇嘏索纸笔，作诗一首献上。诗曰：

一辞拾翠[②] 碧江湄，贫守蓬茅但赋诗；
自服蓝袍居郡掾，永抛鸾镜画蛾眉。
立身卓尔青松操，挺志坚然白璧姿。
幕府若教为坦腹，愿天速变作男儿。

庠见诗，大惊，叩其本末，方知果然是女子。因将女作男，事关风化，不好声张其事，教他辞去郡掾，隐于郭外，乃于郡中择士人嫁之。后来士人亦举进士及第，位致通显，崇嘏累封夫人。据如今搬演《春桃记》[③] 传奇，说黄崇嘏中过女状元，此是增藻之词。后人亦有诗赞云：

珠玑满腹彩生毫，更服烹鲜[④] 手段高。
若使生时逢武后，君臣一对女中豪。

那几个女子，都是前朝人，如今再说个近代的，是大明朝弘治年间的故事。南京应天府上元县有个黄公，以贩线香为业，兼带卖些杂货，惯走江北一带地方。江北人见他买卖公道，都唤他做“黄老实”。家中止一妻二女，长女名道聪，幼女名善聪。道聪年长，嫁与本京青溪桥张二哥为妻去了。止有幼女善聪在家，方年一十二岁。母亲一病而亡，殡葬已毕。黄老实又要往江北卖香生理，思想：“女儿在家，孤身无伴，况且年幼未曾许人，怎生放心得下？待寄在姐夫家，又不是个道理。若不做买卖，撇了这走熟的道路，又那里寻几贯钱钞养家度日？”左思右想，去住两难。香货俱已定下，只有这女儿没安顿处。一连想了数日，忽然想着道：“有计了，我在客边没人作伴，何不将女假充男子，带将出去？且待年长，再作区处。只是一件，江北主顾人家，都晓得我没儿，今番带着孩子去，倘然被他盘

① 郡掾——州郡的属官。
② 拾翠——古代妇女，于春天采撷百草，作为娱乐。
③ 《春桃记》——即院本《女状元春桃记》，金人撰，一说元人撰，已佚。
④ 烹鲜——《老子》说：“治大国，若烹小鲜。”所以后人常用烹鲜比喻治理国家。

问，露出破绽，却不是个笑话？我如今只说是张家外甥，带出来学做生理，使人不疑。”计较已定，与女儿说通了，制副道袍净袜，教女儿穿着，头上裹个包巾，妆扮起来，好一个清秀孩子。正是：

眉目生成清气，资性那更伶俐。

若还伯道相逢，十个九个过继。

黄老实爹女两人，贩着香货，趁船来到江北庐州府，下了主人家。主人家见善聪生得清秀，无不夸奖，问黄老实道：“这个孩子，是你什么人？”黄老实答道：“是我家外甥，叫做张胜。老汉没有儿子，带他出来走走，认了这起主顾人家，后来好接管老汉的生意。”众人听说，并不疑惑。黄老实下个单身客房，每日出去发货讨帐，留下善聪看房。善聪目不妄视，足不乱移。众人都道这张小官比外公愈加老实，个个欢喜。

自古道：“天有不测风云，人有旦夕祸福。”黄老实在庐州，不上两年，害个病症，医药不痊，呜呼哀哉。善聪哭了一场，买棺盛殓，权寄于城外古寺之中；思想年幼孤女，往来江湖不便。间壁客房中下着的，也是个贩香客人，又同是应天府人氏，平昔间看他少年诚实，问其姓名来历，那客人答道：“小生姓李，名英，字秀卿，从幼跟随父亲出外经纪。今父亲年老，受不得风霜辛苦，因此把本钱与小生，在此行贩。”善聪道：“我张胜跟随外祖在此，不幸外祖身故，孤寡无依。足下若不弃，愿结为异姓兄弟，合伙生理，彼此有靠。”李英道：“如此最好。”李英年十八岁，长张胜四年，张胜因拜李英为兄，甚相友爱。过了几日，弟兄两个商议，轮流一人往南京贩货，一人住在庐州发货讨帐；一来一去，不致耽误了生理，甚为两便。善聪道：“兄弟年幼，况外祖灵柩无力奔回，何颜归于故乡？让哥哥去贩货罢。”于是收拾资本，都交付与李英。李英剩下的货物，和那帐目，也交付与张胜。但是两边买卖，毫厘不欺。从此李英、张胜两家行李，并在一房。李英到庐州时，只在张胜房住，日则同食，夜则同眠。但每夜张胜只是和衣而睡，不脱衫裤，亦不去鞋袜，李英甚以为怪。张胜答道：“兄弟自幼得了个寒疾，才解动里衣，这病就发作，所以如此睡惯了。”李英又问道：“你耳朵子上，怎的有个环眼？”张胜道：“幼年间爹娘与我算命，说有关煞① 难养，为此穿破两耳。”李英是个诚实君子，这句话便被他瞒过，更不疑惑。张胜也十

① 关煞——即星命家称命中注定的灾厄。

分小心在意，虽泄溺亦必等到黑晚，私自去方便，不令人瞧见。以此客居虽久，并不露一些些马脚。有诗为证：

女相男形虽不同，全凭心细谨包笼[①]。

只憎一件难遮掩，行步跷蹊三寸弓。

黄善聪假称张胜，在庐州府做生理，初到时止十二岁，光阴似箭，不觉一住九年，如今二十岁了。这几年勤苦营运，手中颇颇活动，比前不同。思想父亲灵柩暴露他乡，亲姐姐数年不会，况且自己终身也不是个了当，乃与李英哥哥商议，只说要搬外公灵柩，回家安葬。李英道："此乃孝顺之事，只灵柩不比他件，你一人如何担带？做哥的相帮你同走，心中也放得下。待你安葬事毕，再同来就是。"张胜道："多谢哥哥厚意。"当晚定议，择个吉日，顾下船只，唤几个僧人，做个起灵功德[②]，抬了黄老实的灵柩下船。一路上风顺则行，风逆则止，不一日到了南京，在朝阳门外，觅个空闲房子，将柩寄顿，俟吉下葬。

闲话休叙。再说李英同张胜进了城门，东西分路。李英问道："兄弟高居何处？做哥的好来拜望。"张胜道："家下旁着秦淮河清溪桥[③]居住，来日专候哥哥降临茶话。"两下分别。张胜本是黄家女子，那认得途径？喜得秦淮河是个有名的所在，不是个僻地，还好寻问。张胜行至清溪桥下，问着了张家，敲门而入。其日姐夫不在家，望着内里便走。姐姐道聪骂将起来，道："是人家各有内外，甚么花子，一些体面不存，直入内室，是何道理？男子汉在家时，瞧见了，好歹一百孤拐[④]奉承你，还不快走！"张胜不慌不忙，笑嘻嘻的作一个揖下去，口中叫道："姐姐，你自家嫡亲兄弟，如何不认得了？"姐姐骂道："油嘴光棍！我从来那有兄弟？"张胜道："姐姐九年前之事，你可思量得出？"姐姐道："思量甚么？前九年我还记得。我爹爹并没儿子，止生下我姊妹二人，我妹子小名善聪，九年前爹爹带往江北贩香，一去不回。至今音问不通，未审死活存亡。你是何处光棍，却来冒认别人做姐姐！"张胜道："你要问善聪妹子，我即是也。"说罢，放声大

---

① 包笼——包藏。

② 起灵功德——撤除灵位前所做的佛事。

③ 清溪桥——即淮清桥，桥址在南京城东南青溪与秦淮河会合处。

④ 孤拐——踝骨。

哭。姐姐还不信是真，问道："你既是善聪妹子，缘何如此妆扮？"张胜道："父亲临行时，将我改扮为男，只说是外甥张胜，带出来学做生理。不期两年上父亲一病而亡，你妹子虽然殡殓，却恨孤贫，不能扶柩而归。有个同乡人李秀卿，志诚君子，你妹子万不得已，只得与他八拜为交，合伙营生。淹留江北，不觉又六七年，今岁始办归计。适才到此，便来拜见姐姐，别无他故。"姐姐道："原来如此，你同个男子合伙营生，男女相处许多年，一定配为夫妇了。自古明人不做暗事，何不带顶鬏儿①？还好看相。恁般乔打扮回来，不雌不雄，好不羞耻人！"张胜道："不欺姐姐，奴家至今，还是童身，岂敢行苟且之事，玷辱门风。"道聪不信，引入密室验之。你说怎么验法？用细细干灰铺放余桶② 之内，却教女子解了下衣，坐于桶上。用绵纸条栖入鼻中，要他打喷嚏。若是破身的，上气泄，下气亦泄，干灰必然吹动；若是童身，其灰如旧。朝廷选妃，都用此法，道聪生长京师，岂有不知？当时试那妹子，果是未破的童身。于是姊妹两人，抱头而哭。道聪慌忙开箱，取出自家裙袄，安排妹子香汤沐浴，教他更换衣服。妹子道："不欺姐姐，我自从出去，未曾解衣露体。今日见了姐姐，方才放心耳。"那一晚，张二哥回家，老婆打发在外厢安歇。姊妹二人，同被而卧，各诉衷肠，整整的叙了一夜说话，眼也不曾合缝。

次日起身，黄善聪梳妆打扮起来，别自一个模样。与姐夫姐姐重新叙礼。道聪在丈夫面前，夸奖妹子贞节，连李秀卿也称赞了几句："若不是个真诚君子，怎与他相处得许多时？"话犹未绝，只听得门外咳嗽一声，问道："里面有人么？"黄善聪认得是李秀卿声音，对姐姐说："教姐夫出去迎他，我今番不好相见了。"道聪道："你既与他结义过来，又且是个好人，就相见也不妨。"善聪颠倒怕羞起来，不肯出去。道聪只得先教丈夫出去迎接，看他口气，觉也不觉。张二哥连忙趋出，见了李秀卿，叙礼已毕，分宾而坐。秀卿开言道："小生是李英，特到此访张胜兄弟，不知阁下是他何人？"张二哥笑道："是在下至亲，只怕他今日不肯与足下相会，枉劳尊驾。"李秀卿道："说那里话？我与他是异姓骨肉，最相爱契，约定我今日到此。特特而来，那有不会之理？"张二哥道："其中有个缘故，容从容奉告。"秀卿性急，

① 鬏儿——即鬏髻，一种妇女戴的束发冠，一般用银丝编织而成。

② 余桶——便桶。

连连的催促，迟一刻只待发作出来了。慌得张二哥便往内跑，教老婆苦劝姨姐[①]，与李秀卿相见，善聪只是不肯出房。他夫妻两口躲过一边，倒教人将李秀卿请进内宅。秀卿一见了黄善聪，看不仔细，倒退下七八步。善聪叫道："哥哥不须疑虑，请来叙话。"秀卿听得声音，方才晓得就是张胜，重走上前作揖道："兄弟，如何恁般打扮？"善聪道："一言难尽，请哥哥坐了，容妹子从容告诉。"两人对坐了，善聪将十二岁随父出门始末根由，细细述了一遍，又道："一向承哥哥带挈提携，感谢不尽。但在先有兄弟之好，今后有男女之嫌，相见只此一次，不复能再聚矣。"秀卿听说，呆[②]了半晌，自思五六年和他同行同卧，竟不晓得他是女子，好生懵懵！便道："妹子听我一言，我与你相契许久，你知我知，往事不必说了。如今你既青年无主，我亦壮而未娶，何不推八拜之情，合二姓之好？白年谐老，永远团圆，岂不美哉！"善聪羞得满面通红，便起身道："妾以兄长高义，今日不避形迹，厚颜请见。兄乃言及于乱，非妾所以待兄之意也。"说罢，一头走进去，一头说道："兄宜速出，勿得停滞，以招物议。"

秀卿被发作一场，好生没趣。回到家中，如痴如醉，颠倒割舍不下起来。乃央媒妪去张家求亲说合。张二哥夫妇，倒也欣然。无奈善聪立意不肯，道："嫌疑之际，不可不谨。今日若与配合，无私有私，把七年贞节，一旦付之东流，岂不惹人嘲笑？"媒妪与姐姐两口交劝，只是不允。那边李秀卿执意定要娶善聪为妻，每日缠着媒妪，要他奔走传话。三回五转，徒惹得善聪焦燥，并不见松了半分口气。似恁般说，难道这头亲事就不成了？且看下回分解。正是：

七年兄弟意殷勤，今日重逢局面新。
欲表从前清白操，故甘薄幸拒姻亲。

天下只有三般口嘴，极是利害：秀才口，骂遍四方；和尚口，吃遍四方；媒婆口，传遍四方。且说媒婆口，怎地传遍四方？那做媒的有几句口号：

东家走，西家走，两脚奔波气常吼。牵三带四有商量，走进人家不怕狗。前街某，后街某，家家户户皆朋友。相逢先把笑颜开，惯报新闻不待叩。说也有，话也有，指长话短舒开手。一家有事百家知，何曾留

① 姨姐——小姨，妻子的妹妹。
② 呆——傻；呆。

下隔宿口？要骗茶，要吃酒，脸皮三寸三分厚。若还羡他说作高，拌干涎沫七八斗。

那黄善聪女扮男妆，千古奇事，又且恁地贞节，世世罕有，这些媒妪，走一遍，说一遍，一传十，十传百，霎时间满京城通知道了。人人夸美，个个称奇，虽缙绅之中，谈及此事，都道："难得，难得。"有守备太监李公，不信其事，差人缉访，果然不谬。乃唤李秀卿来盘问，一一符合。因问秀卿天下美妇人尽多，何必黄家之女？秀卿道："七年契爱，意不能舍，除却此女，皆非所愿。"李公意甚悯之，乃藏秀卿于衙门中。次日唤前媒妪来，吩咐道："闻知黄家女贞节可敬，我有个侄儿欲求他为妇，汝去说合，成则有赏。"那时守备太监，正有权势，谁敢不依？媒妪回覆，亲事已谐了。李公自出己财，替秀卿行聘；又赁下一所空房，密地先送秀卿住下。李公亲身到彼，主张花烛，笙箫鼓乐，娶那黄善聪进门成亲。交拜之后，夫妻相见，一场好笑。善聪明知落了李公圈套，事到其间，推阻不得。李公就认秀卿为侄，大出资财，替善聪备办妆奁。又对合城官府说了，五府六部及府尹县官，各有所助。一来看李公面上，二来都道是一桩奇事，人人要玉成其美。秀卿自此遂为京城中富室，夫妻相爱，连育二子，后来读书显达。有好事者，将此事编成唱本说唱，其名曰《贩香记》。有诗为证，诗曰：

七载男妆不露针，归来独守岁寒心。
编成小说垂闺训，一洗桑间濮上音①。

又有一首诗，单道太监李公的好处，诗曰：

节操恩情两得全，宦官谁似李公贤？
虽然没有风流分，种得来生一段缘。

① 桑间濮上音——指亡国的音乐，一种淫靡的音乐。

第二十九卷　月明和尚度柳翠

万里新坟尽少年，修行莫待鬓毛斑。

前程黑暗路头险；十二时中自著研。

这四句诗，单道著禅和子[①] 打坐参禅，得成正果，非同容易，有多少先作后修、先修后作的和尚。自家今日说这南渡宋高宗皇帝在位，绍兴年间，有个官人，姓柳，双名宣教，祖贯温州府永嘉县崇阳镇人氏。年方二十五岁，胸藏千古史，腹蕴五车书。自幼父母双亡，早年孤苦，宗族又无所依，只身笃学，赘于高判使家。后一举及第，御笔授得宁海军[②] 临安府府尹。恭人高氏，年方二十岁，生得聪明智慧，容貌端严。新赘柳府尹在家，未及一年，欲去上任。遂带一仆，名赛儿，一日辞别了丈人、丈母，前往临安府上任。饥餐渴饮，夜住晓行，不则一日，已到临安府接官亭。早有所属官吏师生，粮里耆老，住持僧道，行首人等，弓兵隶卒，轿马人夫，俱在彼处，迎接入城。到府中，搬移行李什物，安顿已完，这柳府尹出厅到任。厅下一应人等，参拜已毕。柳府尹遂将参见人员花名手本，逐一点过不缺，止有城南水月寺竹林峰住持玉通禅师，乃四川人氏，点不到。府尹大怒道："此秃无礼！"遂问五山十刹禅师："何故此僧不来参接？拿来问罪！"当有各寺住持禀覆相公："此僧乃古佛出世，在竹林峰修行已五十二年，不曾出来。每遇迎送，自有徒弟。望相公方便。"柳府尹虽依僧言不拿，心中不忿。各人自散。

当日府堂公宴，承应歌妓，年方二八，花容娇媚，唱韵悠扬。府尹听罢，大喜，问妓者何名，答言："贱人姓吴，小字红莲，专一在上厅祗应。"当日酒筵将散，柳府尹唤吴红莲，低声吩咐："你明日用心去水月寺内，哄那玉通和尚云雨之事。如了事，就将所用之物前来照证，我这里重赏，判你

---

① 禅和子——禅僧。

② 宁海军——宋太宗淳化五年，改杭州为宁海军节度。高宗建炎三年，升为临安府。

从良；如不了事，定当记罪。”红莲答言：“领相公钧旨。”出府一路自思，如何是好？眉头一蹙，计上心来。回家将柳府尹之事，一一说与娘知，娘儿两个商议一夜。

至次日午时，天阴无雨，正是十二月冬尽天气。吴红莲一身重孝，手提羹饭，出清波门①。走了数里，将及近寺，已是申牌时分，风雨大作。吴红莲到水月寺山门下，倚门而立，进寺，又无人出。直等到天晚，只见个老道人出来关山门。红莲向前道个万福，那老道人回礼道：“天色晚了，娘子请回，我要关山门。”红莲双眼泪下，拜那老道人：“望公公可怜，妾在城住，夫死百日，家中无人，自将羹饭祭奠。哭了一回，不觉天晚雨下，关了城门，回家不得，只得投宿寺中。望公公慈悲，告知长老，容妾寺中过夜，明早入城，免虎伤命。”言罢两泪交流，拜倒于山门地下，不肯走起。那老道人乃言：“娘子请起，我与你裁处。”红莲见他如此说，便立起来。那老道人关了山门，领著红莲到僧房侧首一间小屋，乃是老道人卧房，教红莲坐在房内。那老道人连忙走去长老禅房里法座下，禀覆长老道：“山门下有个年少妇人，一身重孝，说道丈夫死了，今日到坟上做羹饭，风雨大作，关了城门，进城不得，要在寺中权歇，明早入城，特来禀知长老。”长老见说，乃言：“此是方便之事，天色已晚，你可教他在你房中过夜，明日五更打发他去。”道人领了言语，来说与红莲知道，红莲又拜谢：“公公救命之恩，生死不忘大德。”言罢，坐在老道人房中板凳上。那老道人自去收拾，关门闭户已了，来房中土榻上和衣而睡。这老道人日间辛苦，一觉便睡著。

原来水月寺在桑菜园里，四边又无人家，寺里有两个小和尚都去化缘，因此寺中冷静，无人走动。这红莲听得更鼓已是二更，心中想道：“如何事了？”心乱如麻，遂乃轻移莲步，走至长老房边。那间禅房关著门，一派是大槅窗子，房中挂著一碗琉璃灯，明明亮亮。长老在禅椅之上打坐，也看见红莲在门外。红莲看著长老，遂乃低声叫道：“长老慈悲为念，救度妾身则个。”长老道：“你可去道人房中权宿，来早入城，不可在此搅扰我禅房，快去，快去！”红莲在窗外深深拜了十数拜道：“长老慈悲为本，方便为门，妾身衣服单薄，夜寒难熬，望长老开门，借与一两件衣服，遮盖身体。

① 清波门——宋临安城西壁靠南第二座城门，俗称闇门。水月寺即在清波门外西南。

救得性命，自当拜谢。”道罢，哽哽咽咽哭将起来。这长老是个慈悲善人，心中思忖道：“倘若寒禁，身死在我禅房门首，不当稳便[1]。自古道：‘救人一命，胜造七级浮屠。’”从禅床上走下来，开了槅子门，放红莲进去。长老取一领破旧禅衣把与他，自己依旧上禅床上坐了。红莲走到禅床边深深拜了十数拜，哭哭啼啼道：“肚疼死也。”这长老并不睬他，自己瞑目而坐。怎当红莲哽咽悲哀，将身靠在长老身边，哀声叫疼叫痛，就睡倒在长老身上，或坐在身边，或立起叫唤不止。约莫也是三更，长老忍口不住，乃问红莲曰：“小娘子，你如何只顾哭泣？那里疼痛？”红莲告长老道：“妾丈夫在日，有此肚疼之病，我夫脱衣将妾搂于怀内，将热肚皮贴著妾冷肚皮，便不疼了。不想今夜疼起来，又值寒冷，妾死必矣。怎地得长老肯救妾命，将热肚皮贴在妾身上，便得痊可。若救得妾命，实乃再生之恩。”长老见他苦告不过，只得解开衲衣，抱那红莲在怀内。这红莲赚得长老肯时，便慌忙解了自的衣服，赤了下截身体，倒在怀内道：“望长老一发去了小衣，将热肚皮贴一贴，救妾性命。”长老初时不肯，次后三回五次。此时不由长老禅心不动。这长老看了红莲如花如玉的身体，春心荡漾起来，两个就在禅床上两相欢洽。长老搂著红莲问道：“娘子高姓何名？那里居住？因何到此？”红莲曰：“不敢隐讳，妾乃上厅行首，姓吴，小字红莲，在于城中南新桥居住。”长老此时被魔障缠害，心欢意喜，吩咐道：“此事只可你知我知，不可泄于外人。”少刻，云收雨散，被红莲将口扯下白布衫袖一只，抹了，收入袖中，这长老困倦不知。长老虽然如此，心中疑惑，乃问红莲曰：“姐姐此来，必有缘故，你可实说。”再三逼迫，要问明白。红莲被长老催逼不过，只得实说：“临安府新任柳府尹，怪长老不出寺迎接，心中大恼，因此使妾来与长老成其云雨之事。”长老听罢大惊，悔之不及，道：“我的魔障到了，吾被你赚骗，使我破了色戒，堕于地狱。”此时东方已白，长老教道人开了寺门，红莲别了长老，急急出寺回去了。

却说这玉通禅师教老道人烧汤：“我要洗浴。”老道人自去厨下烧汤，长老磨墨捻笔，便写下八句《辞世颂》[2]，曰：

　　自入禅门无挂碍，五十二年心自在；

---

① 不当稳便——不妥当。

② 《辞世颂》——佛教徒临死时所作的偈语。

只因一点念头差，犯了如来淫色戒。

你使红莲破我戒，我欠红莲一宿债；

我身德行被你亏，你家门风还我坏。

写毕摺了，放在香炉足下压著。道人将汤入房中，伏侍长老洗浴罢，换了一身新禅衣，叫老道人吩咐道："临安府柳府尹差人来请我时，你可将香炉下简帖把与来人，教他回覆，不可有误。"道罢，老道人自去殿上烧香扫地，不知玉通禅师已在禅椅上圆寂① 了。

话分两头。却说红莲回到家中，吃了早饭，换了色衣，将著布衫袖，径来临安府见柳府尹。府尹正坐厅，见了红莲，连忙退入书院中，唤红莲至面前，问和尚事了得否。红莲将夜来事备细说了一遍，袖中取出衫袖递与看了。柳府尹大喜，教人去堂中取小小墨漆盒儿一个，将白布衫袖子放在盒内，上面用封皮封了。捻起笔来，写一简子，乃诗四句，其诗云：

水月禅师号玉通，多时不下竹林峰；

可怜数点菩提水，倾入红莲两瓣中。

写罢，封了简子，差一个承局②，送与水月寺玉通和尚，要讨回字，不可迟误。承局去了。柳府尹赏红莲钱五百贯，免他一年官唱。红莲拜谢，将了钱自回去了，不在话下。

却说承局赍著小盒儿并简子，来到水月寺中，只见老道人在殿上烧香。承局问长老在何处，老道人遂领了承局，径到禅房中时，只见长老已在禅椅上圆寂去了。老道人言："长老曾吩咐道：'若柳相公差人来请我，将香炉下简子去回覆。'"承局大惊道："真是古佛，预先已知此事。"当下承局将了回简并小盒儿，再回府堂，呈上回简并原简，说长老圆寂一事。柳宣教打开回简一看，乃是八句《辞世颂》，看罢吃了一惊，道："此和尚乃真僧也，是我坏了他德行。"懊悔不及。差人去叫匠人合一个龛子③，将玉通和尚盛了，教南山净慈寺④ 长老法空禅师，与玉通和尚下火⑤。

---

① 圆寂——指佛或僧侣之死。

② 承局——官差；差人。

③ 龛子——这里是指佛教中的塔状盛尸器。

④ 南山净慈寺——宋代临安著名的一座大寺，在南屏山麓。

⑤ 下火——佛教徒火葬时举行燃火的仪式。

却说法空径到柳府尹厅上，取覆相公，要问备细。柳府尹将红莲事情说了一遍，法空禅师道："可惜，可惜，此僧差了念头，堕落恶道矣。此事相公坏了他德行，贫僧去与他下火，指点教他归于正道，不堕畜生之中。"言罢，别了府尹，径到水月寺，吩咐抬龛子出寺后空地。法空长老手捻火把，打个圆相①，口中道：

自到川中数十年，曾在毗卢② 顶上眠。
欲透赵州③ 关捩子④，好姻缘做恶姻缘。
桃红柳绿还依旧，石边流水冷溪溪。
今朝指引菩提路，再休错意念红莲。

恭惟圆寂玉通大和尚之觉灵曰：惟灵五十年来古拙，心中皎如明月，有时照耀当空，大地乾坤清白。可惜法名玉通，今朝作事不通：不去灵山⑤ 参佛祖，却向红莲贪淫欲。本是色即是空，谁想空即是色！无福向狮子光⑥ 中，享天上之逍遥；有分去驹儿隙⑦ 内，受人间之劳碌。虽然路径不迷，争奈去之太速。大众莫要笑他，山僧指引不俗。咦！

一点灵光透碧霄，兰堂画阁添澡浴。

法空长老道罢，掷下火把，焚龛将尽。当日，看的人不知其数，只见火焰之中，一道金光冲天而去了。法空长老与他拾骨入塔，各自散去。

却说柳宣教夫人高氏，于当夜得一梦，梦见一个和尚，面如满月，身材肥壮，走入卧房。夫人吃了一惊，一身香汗惊醒。自此不觉身怀六甲。光阴似箭，看看十月满足。夫人临盆分娩，生下一个女儿。当时侍妾报与柳宣教，且喜夫人生得一个小姐。三朝满月，取名唤做翠翠。百日周岁，做了多少筵席。正是：

---

① 圆相——佛家参禅时，在空中或地上划的一个圆圈。

② 毗卢——毘卢舍那的略语。法身佛，佛的真身的尊称。

③ 赵州——即唐代高僧从谂，居于赵州观音院，世称赵州和尚。

④ 关捩(liè)子——机关；机括。

⑤ 灵山——即灵鹫山，印度山名，释迦如来曾于此山讲说《法华经》。

⑥ 狮子光——狮子能降伏一切野兽，佛能降伏一切外道，所以佛经中称佛为人狮子。狮子光，就是佛光。

⑦ 驹儿隙——比喻人生的迅速短暂。汉代吕后对张良说：人生一世间，好似白驹过隙。

窗外日光弹指过，席前花影座间移。

这柳翠翠长成八岁，柳宣教官满将及，收拾还乡。端的是：

世间好物不坚牢，彩云易散琉璃脆。

柳宣教感天行① 时疫病，无旬日而故。这柳府尹做官清如水，明似镜，不贪贿赂，囊箧淡薄。夫人具棺木盛贮，挂孝看经，将灵柩寄在柳州寺内。夫人与仆赛儿并女翠翠欲回温州去，路途遥远，又无亲族投奔，身边些小钱财，难供路费。乃于在城白马庙② 前，赁一间房屋，三口儿搬来住下。又无生理，一住八年，囊箧消疏，那仆人逃走。这柳翠翠长成，年纪一十六岁，生得十分容貌。这柳妈妈家中娘儿两个，日不料生，口食不敷，乃央间壁王妈妈，问人借钱。借得羊坝头③ 杨孔目④ 课钱⑤，借了三千贯钱，过了半年，债主索取要紧。这柳妈妈被讨不过，出于无奈，只得央王妈妈做媒，情愿把女儿与杨孔目为妾，言过我要他养老。不数日，杨孔目入赘在柳妈妈家，说："我养你母子二人，丰衣足食，做个外宅。"

不觉过了两月，这杨孔目因早晚不便，又两边家火⑥，忽一日回家，与妻商议，欲搬回家。其妻之父，告女婿停妻取妾，临安府差人捉柳妈妈并女儿一干人到官，要追原聘财礼。柳妈妈诉说贫乏无措，因此将柳翠翠官卖。却说有个工部邹主事，闻知柳翠翠丰姿貌美，聪明秀丽，去问本府讨了，另买一间房子，在抱剑营街⑦，搬那柳妈妈并女儿去住下，养做外宅。又讨个嫁子并小厮，伏侍走动。这柳翠翠改名柳翠。

原来南渡时，临安府最盛。只这通和坊⑧ 这条街，金波桥⑨ 下，有座

---

① 天行——传染病。

② 白马庙——即白马神祠，在临安城南寿域坊。

③ 羊坝头——临安城内市西坊，俗称羊坝头。今杭州羊坝头，即其故址。

④ 孔目——官名，专管稽核文牍、簿籍。

⑤ 课钱——税钱。

⑥ 家火——此指火食开销。

⑦ 抱剑营街：宋代临安城东街坊名。

⑧ 通和坊——在临安城中心，御街东首。

⑨ 金波桥——在通和坊东小河上。

花月楼[1]，又东去为熙春楼、南瓦子[2]，又南去为抱剑营、漆器墙、沙皮巷、融和坊，其西为太平坊、巾子巷、狮子巷，这几个去处都是瓦子。这柳翠是玉通和尚转世，天生聪明，识字知书。诗词歌赋，无所不通；女工针指，无有不会。这邹主事十日半月，来得一遭，千不合，万不合，住在抱剑营，是个行首窟里。这柳翠每日清闲自在，学不出好样儿，见邻妓家有孤老来往，他心中欢喜，也去门首卖俏，引惹子弟们来观看。眉来眼去，渐渐来家宿歇。柳妈妈说他不下，只得随女儿做了行首。多有豪门子弟爱慕他，饮酒作乐，殆无虚日。邹主事看见这般行径，好不雅相，索性与他个决绝，再不往来。这边柳翠落得无人管束，公然大做起来。只因柳宣教不行阴骘，折了女儿，此乃一报还一报，天理昭然。后人观此，不可不戒。有诗为证，诗曰：

用巧计时伤巧计，爱便宜处落便宜[3]。
莫道自身侥幸免，子孙必定受人欺。

后来直使得一尊古佛，来度柳翠，归依正道，返本还原，成佛作祖。你道这尊古佛是谁？正是月明和尚。他从小出家，真个是五戒[4]具足，一尘不染，在皋亭山显孝寺[5]住持。当先与玉通禅师，俱是法门契友。闻知玉通圆寂之事，呵呵大笑道："阿婆立脚跟不牢，不免又去做媳妇也。"后来闻柳翠在抱剑营，色艺擅名，心知是玉通禅师转世，意甚怜之。一日，净慈寺法空长老到显孝寺来看月明和尚，坐谈之次，月明和尚谓法空曰："老通堕落风尘已久，恐积渐沉迷，遂失本性，可以相机度他出世，不可迟矣。"

原来柳翠虽堕娼流，却也有一种好处，从小好的是佛法。所得缠头金

---

① 花月楼——宋代临安酒楼名。

② 熙春楼、南瓦子——熙春楼，为南宋临安著名酒楼。南瓦子，临安城内瓦舍名，在熙春楼下。

③ 落便宜——吃亏。

④ 五戒——佛教戒律：一不杀生，二不偷盗，三不邪淫，四不妄语，五不饮酒食肉。

⑤ 皋亭山显孝寺——皋亭山，在临安东北。显孝寺，在皋亭山上，南宋高宗绍兴十九年建，二十八年赐额"崇先显孝寺"。

帛之资,尽情布施,毫不吝惜。况兼柳妈妈亲生之女,谁敢阻挡?在万松岭① 下,造石桥一座,名曰柳翠桥;凿一井于抱剑营中,名曰柳翠井。其他方便济人之事,不可尽说。又制下布衣一袭,每逢月朔月望,卸下铅华,穿著布素,闭门念佛;虽宾客如云,此日断不接见,以此为常。那月明和尚只为这节上,识透他根器不坏,所以立心要度他。正是:

"悭贪"二字能除却,终是西方路上人。

却说法空长老,当日领了月明和尚言语,到次日,假以化缘为因,直到抱剑营柳行首门前,敲著木鱼,高声念道:

欲海轮回,沉迷万劫。眼底荣华,空花易灭。

一旦无常,四大消歇。及早回头,出家念佛。

这日正值柳翠西湖上游耍刚回,听得化缘和尚声口不俗,便教丫鬟唤入中堂,问道:"师父,你有何本事,来此化缘?"法空长老道:"贫僧没甚本事,只会说些因果。"柳翠问道:"何为因果?"法空长老道:"前为因,后为果;作者为因,受者为果。假如种瓜得瓜,种豆得豆,种是因,得是果。不因种下,怎得收成?好因得好果,恶因得恶果。所以说:要知前世因,今生受者是;要知后世因,今生作者是。"柳翠见说得明白,心中欢喜,留他吃了斋饭。又问道:"自来佛门广大,也有我辈风尘中人成佛作祖否?"法空长老道:"当初观音大士,见尘世欲根深重,化为美色之女,投身妓馆,一般接客。凡王孙公子,见其容貌,无不倾倒。一与之交接,欲心顿淡。因彼有大法力故,自然能破除邪网。后来无疾而死,里人买棺埋葬。有胡僧见其冢墓,合掌作礼,口称:'善哉,善哉!'里人说道:'此乃娼妓之墓,师父错认了。'胡僧说道:'此非娼妓,乃观世音菩萨化身,来度世上淫欲之辈,归于正道。如若不信,破土观之,其形骸必有奇异。'里人果然不信,忙斸② 土破棺,见骨节联络,交锁不断,色如黄金,方始惊异。因就冢立庙,名为黄金锁子骨菩萨。这叫做清净莲花,污泥不染。小娘子今日混于风尘之中,也因前生种了欲根,所以今生堕落。若今日仍复执迷不悔,把倚门献笑认作本等生涯,将生生世世,浮沉欲海,永无超脱轮回之日矣。"这席话,说得

① 万松岭——在临安清波门(西南城门)外东南方,夹道都是巨松,所以称为万松岭。

② 斸(zhǔ)——砍;斫。

柳翠心中变喜为愁，翻热作冷，顿然起追前悔后之意，便道："奴家闻师父因果之说，心中如触。倘师父不弃贱流，情愿供养在寒家，朝夕听讲，不知允否？"法空长老道："贫僧道微德薄，不堪为师；此间皋亭山显孝寺，有个月明禅师，是活佛度世，能知人过去未来之事，小娘子若坚心求道，贫僧当引拜月明禅师。小娘子听其讲解，必能洞了夙因，立地明心见性。"柳翠道："奴家素闻月明禅师之名，明日便当专访，有烦师父引进。"法空长老道："贫僧当得。明日侵晨，在显孝寺前相候，小娘子休得失言。"柳翠舒出尖尖玉手，向乌云鬓边拔下一对赤金凤头钗，递与长老道："些须小物，权表微忱，乞师父笑纳。"法空长老道："贫僧虽则募化，一饱之外，别无所需，出家人要此首饰何用？"柳翠道："虽然师父用不著，留作山门修理之费，也见奴家一点诚心。"法空长老那里肯受，合掌辞谢而去。有诗为证：

追欢卖笑作生涯，抱剑营中第一家。
终是法缘前世在，立谈因果倍嗟呀。

再说柳翠自和尚去后，转展寻思，一夜不睡。次早起身，梳洗已毕，浑身上下换了一套新衣。只说要往大竺进香，妈妈谁敢阻挡？教丫鬟唤个小轿，一径抬到皋亭山显孝寺来。那法空长老早在寺前相候，见柳翠下轿，引入山门，到大雄宝殿，拜了如来，便同到方丈，参谒月明和尚。正值和尚在禅床上打坐，柳翠一见，不觉拜倒在地，口称："弟子柳翠参谒。"月明和尚也不回礼，大喝道："你二十八年烟花债，还偿不够，待要怎么？"吓得柳翠一身冷汗，心中恍惚，如有所悟。再要开言问时，月明和尚又大喝道："恩爱无多，冤仇有尽，只有佛性，常明不灭。你与柳府尹打了平火①，该收拾自己本钱回去了。"说得柳翠肚里恍恍惚惚，连忙磕头道："闻知吾师大智慧、大光明，能知三生因果；弟子至愚无识，望吾师明言指示则个。"月明和尚又大喝道："你要识本来面目，可去水月寺中，寻玉通禅师，与你证明。快走，快走！走迟时，老僧禅杖无情，打破你这粉骷髅。"这一回话，唤做"显孝寺堂头② 三喝"。正是：

欲知因果三生事，只在高僧棒喝中。

柳翠被月明师父连喝三遍，再不敢开言，慌忙起身。依先出了寺门，上了

---

① 打了平火——众人凑钱聚餐。此比喻彼此都不吃亏。

② 堂头——方丈。

小轿，吩咐轿夫，径抬到水月寺中，要寻玉通禅师证明。

却说水月寺中行者，见一乘女轿远远而来，内中坐个妇人。看看抬入山门，急忙唤集火工道人①，不容他下轿。柳翠问其缘故，行者道："当初被一个妇人，断送了我寺中老师父性命，至今师父们吩咐，不容妇人入寺。"柳翠又问道："甚么妇人？如何有恁样做作？"行者道："二十八年前，有个妇人，夜来寺中投宿，十分哀求，老师父发起慈心，容他过夜。原来这妇人不是良家，是个娼妓，叫做吴红莲，奉柳府尹钧旨，特地前来，哄诱俺老师父。当夜假装肚疼，要老师父替他偎贴，因而破其色戒。老师父惭愧，题了八句偈语，就圆寂去了。"柳翠又问道："你可记得他偈语么？"行者道："还记得。"遂将偈语八句，念了一遍。柳翠听得念到"我身德行被你亏，你家门风还我坏。"心中豁然明白，恰像自家平日做下的一般。又问道："那位老师父唤甚么法名？"行者道："是玉通禅师。"柳翠点头会意，急唤轿夫抬回抱剑营家里，吩咐丫鬟："烧起香汤，我要洗澡。"当时丫鬟伏侍，沐浴已毕。柳翠挽就乌云，取出布衣穿了，掩上房门。卓上见列著文房四宝，拂开素纸，题下偈语二首。偈云：

本因色戒翻招色，红裙生把缁衣革。
今朝脱得赤条条，柳叶莲花总无迹。

又云：

坏你门风我亦羞，冤冤相报甚时休？
今朝卸却恩仇担，廿八年前水月游。

后面又写道："我去后随身衣服入殓，送到皋亭山下，求月明师父一把无情火烧却。"写毕，掷笔而逝。丫鬟推门进去，不见声息。向前看时，见柳翠盘膝坐于椅上。叫呼不应，已坐化去了。慌忙报知柳妈妈。柳妈妈吃了一惊，呼儿叫肉，啼哭将来。乱了一回，念了二首偈词，看了后面写的遗嘱，细问丫鬟天竺进香之事，方晓得在显孝寺参师，及水月寺行者一段说话。分明是丈夫柳宣教不行好事，破坏了玉通禅师法体，以致玉通投胎柳家，败其门风。冤冤相报，理之自然。今日被月明和尚指点破了，他就脱然而去。他要送皋亭山下，不可违之。但遗言火厝②，心中不忍。所遗衣

① 火工道人——寺院中的杂役。

② 火厝(cuò)——火葬。

饰尽多,可为造坟之费,当下买棺盛殓,果然只用随身衣服,不用锦绣金帛之用。入殓已毕,合城公子王孙平昔往来之辈,都来探丧吊孝。闻知坐化之事,无不嗟叹。柳妈妈先遣人到显孝寺,报与月明和尚知道,就与他商量埋骨一事。月明和尚将皋亭山下隙地一块,助与柳妈妈,择日安葬。合城百姓,闻得柳翠死得奇异,都道活佛显化,尽来送葬。造坟已毕,月明和尚向坟合掌作礼,说偈四句。偈云:

二十八年花柳债,一朝脱卸无拘碍。
红莲柳翠总虚空,从此老通长自在。

至今皋亭山下,有个柳翠墓古迹。有诗为证:

柳宣教害人自害,通和尚因色堕色。
显孝寺三喝机锋,皋亭山青天白日。

第三十卷 明悟禅师赶五戒

昔为东土寰中客，今作菩提会① 上人。

手把杨枝临净土，寻思往事是前身。

话说昔日唐太祖，姓李名渊，承隋天下，建都陕西长安，法令一新。仗着次子世民，扫清七十二处狼烟，收伏一十八处蛮洞，改号武德，建文学馆以延一十八学士，造凌烟阁以绘二十三功臣，相魏徵、杜如晦、房玄龄等辈，以治天下。贞观、治平、开元，这几个年号，都是治世。只因玄宗末年，宠任奸臣李林甫、卢杞、杨国忠等，以召安禄山之乱。后来虽然平定，外有藩镇专制，内有宦官弄权，君子退，小人进，终唐之世，不得太平。

且说洛阳有一人，姓李名源，字子澄，乃饱学之士，腹中记诵五车书，胸内包藏千古史。因见朝政颠倒，退居不仕，与本处慧林寺② 首僧③ 圆泽为友，交游甚密。泽亦诗名遍洛，德行满野，乃宿世古佛，一时豪杰皆敬慕之。每与源游山玩水，吊古寻幽，赏月吟风，怡情遣兴，诗赋文词，山川殆遍。忽一日，相约同舟往瞿塘三峡，游天开图画寺。源带一仆人，泽携一弟子，共四人发舟。不半月间，至三峡，舟泊于岸，振衣而起。忽见一妇人，年约三旬，外服旧衣，内穿锦裆，身怀六甲，背负瓦罂而汲清泉。圆泽一见，愀然不悦，指谓李源曰："此孕妇乃某托身之所也，明早吾即西行矣。"源愕然曰："吾师此言，是何所主也？"圆泽曰："吾今圆寂，自有相别言语。"四人乃入寺，寺僧接入。茶毕，圆泽备道所由，众皆惊异。泽乃香汤沐浴，吩咐弟子已毕，乃与源决别。说道："泽今幸生四旬，与君交游甚密；今大限到来，只得分别。后三日，乞到伊家相访，乃某托身之所。三日浴儿，以一笑为验，此晚吾亦卒矣。再后十二年，到杭州天竺寺④ 相见。"乃

① 菩提会——佛家参究菩提佛法的集会。

② 慧林寺——慧，应写作惠。惠林寺，唐代洛阳寺院名，在洛阳城北。

③ 首僧——当家和尚；住持。

④ 天竺寺——杭州寺名，有三天竺，此处指下天竺寺，在飞来峰南，隋朝创建。

取纸笔，作《辞世颂》曰：

四十年来体性空，多于诗酒乐心胸。

今朝别却故人去，日后相逢下竺峰①。

咦！

幻身复入红尘内，赢得君家再与逢。

偈毕，跏趺② 而化。本寺僧众具衣龛，送入后山岩中，请本寺月峰长老下火。僧众诵经已毕，月峰坐在轿上，手执火把，打个问讯，念云：

三教从来本一宗，吾师全具得灵通。

今朝觉化归西去，且听山僧道本风。

恭惟圆寂圆泽禅师堂头大和尚之觉灵曰：惟灵生于河南，长在洛阳。自入空门，心无挂碍。酒吞江海，诗泣鬼神。惟思玩水寻山，不厌粗衣藜食。交至契之李源，游瞿塘之三峡。因见孕妇而负罂，乃思托身而更出。再世杭州相见，重会今日交契。如今送入离宫，听取山僧指秘。咄！

三生共会下竺峰，葛洪井③ 畔寻踪迹。

颂毕，荼毗④ 之次，见火中一道青烟，直透云端，烟中显出圆泽全身本相，合掌向空而去。少焉，舍利⑤ 如雨。众僧收骨入塔，李源不胜悲怆。

首僧留源在寺，闲住数日。至第三日，源乃至寺前，访于居民。去寺不半里，有一人家，姓张，已于三日前生一子。今正三朝，在家浴儿。源乃恳求一见，其人不许。源告以始末，贿以金帛，乃令源至中堂。妇人抱子正浴，小儿见源，果然一笑，源大喜而返。是晚，小儿果卒。源乃别长老回家不提。

日往月来，星移斗换，不觉又十载有余。时唐十六帝僖宗乾符三年，黄巢作乱，天下骚动，万姓流离。君王幸蜀，民舍宫室悉遭兵火，一无所

---

① 下竺峰——杭州有天竺峰，在灵隐山飞来峰南，有上、中、下三竺。

② 跏趺(jiāfú)——佛教中修禅者的坐法，即双足交迭而坐。

③ 葛洪井——在杭州下天竺，相传三国吴赤乌二年，葛洪得道于此，井即其遗迹。

④ 荼毗——梵文的音译，即焚烧。

⑤ 舍利——梵文的音译，佛身火化以后所结成的珠状物。

存。亏着晋王李克用,兴兵灭巢,僖宗龙归旧都,天下稍定,道路始通。源因货殖,来至江浙路杭州地方。时当清明,正是良辰美景,西湖北山,游人如蚁。源思十二年前圆泽所言:下天竺相会。乃信步随众而行,见两山夹川,清流可爱,赏心不倦。不觉行入下竺寺西廊,看葛洪炼丹井。转入寺后,见一大石临溪,泉流其畔。源心大喜,少坐片时。

忽闻隔川歌声,源见一牧童,年约十二三岁,身骑牛背,隔水高歌。源心异之,侧耳听其歌云:

三生石上旧精魂,赏月吟风不要论。
惭愧情人远相访,此身虽异性常存。

又云:

身前身后事茫茫,欲话当时恐断肠。
吴越山川游已遍,却寻烟棹上瞿塘。

歌毕,只见小童远远的看着李源,拍手大笑。源惊异之,急欲过川相问而不可得。遥望牧童,度柳穿林,不知去向。李源不胜惆怅,坐于石上久之。问于僧人,答道:"此乃葛稚川石也。"源深详其诗,乃十二年圆泽之语,并月峰下火文记。至此在下竺相会,恰好正是三生。访问小儿住处,并言无有,源心怏怏而返。后人因呼源所坐葛稚川之石为"三生石",至今古迹犹存。后来瞿宗吉① 有诗云:

清波下映紫裆鲜,邂逅相逢峡口船。
身后身前多少事?三生石上说姻缘。

王元瀚② 又有诗云:

处世分明一梦魂,身前身后孰能论?
夕阳山下三生石,遗得荒唐迹尚存。

这段话文,叫做"三生相会"。如今再说个两世相逢的故事,乃是"明悟禅师赶五戒"。又说是"佛印长老度东坡"。

话说大宋英宗治平年间,去那浙江路宁海军钱塘门外,南山净慈孝光禅寺,乃名山古刹。本寺有两个得道高僧,是师兄师弟,一个唤做五戒禅

---

① 瞿宗吉——瞿佑,字宗吉,明钱塘人。著有《存斋诗集》、《翦灯新话》等。

② 王元瀚——"瀚",当作"翰"。王元翰,字伯举,明云南宁州人,万历进士,曾任庶吉士、工科给事中等官。

师，一个唤作明悟禅师。这五戒禅师，年三十一岁，形容古怪，左边瞽①一目，身不满五尺。本贯西京洛阳人，自幼聪明，举笔成文，琴棋书画，无所不通。长成出家，禅宗释教，如法了得，参禅访道。俗姓金，法名五戒。且问何谓之“五戒”？

第一戒者，不杀生命；
第二戒者，不偷盗财物；
第三戒者，不听淫声美色；
第四戒者，不饮酒茹荤；
第五戒者，不妄言造语。

此谓之“五戒”。忽日云游至本寺，访大行禅师。禅师见五戒佛法晓得，留在寺中，做了上色徒弟②。不数年，大行禅师圆寂，本寺僧众立他做住持，每日打坐参禅。那第二个唤做明悟禅师，年二十九岁，生得头圆耳大，面阔口方，眉清目秀，丰彩精神，身长七尺，貌类罗汉。本贯河南太原府人氏，俗姓王，自幼聪明，笔走龙蛇，参禅访道，出家在本处沙陀寺，法名明悟。后亦云游至宁海军，到净慈寺来访五戒禅师。禅师见他聪明了得，就留于本寺做师弟。二人如一母所生，且是好。但遇着说法，二人同升法座，讲说佛教，不在话下。

忽一日冬尽春初，天道严寒，阴云作雪，下了两日。第三日雪霁天晴，五戒禅师清早在方丈禅椅上坐，耳内远远的听得小孩儿啼哭声，当时便叫身边一个知心腹的道人，唤做清一，吩咐道：“你可去山门外各处看，有甚事来与我说。”清一道：“长老，落了两日雪，今日方晴，料无甚事。”长老道：“你可快去看了来回话。”清一推托不过，只得走到山门边。那时天未明，山门也不曾开。叫门公开了山门，清一打一看时，吃了一惊，道：“善哉，善哉！”正所谓：

日日行方便，时时发道心。
但行平等事，不用问前程。

当时清一见山门外松树根雪地上，一块破席，放一个小孩儿在那里，口里道：“苦哉，苦哉！甚人家将这个孩儿丢在此间？不是冻死，便是饿死。”走

---

① 瞽(gǔ)——盲。

② 上色徒弟——上首徒弟；首座弟子。

向前仔细一看，却是五六个月一个女儿，将一个破衲头[①]包着，怀内揣着个纸条儿，上写生年月日时辰。清一口里不说，心下思量："古人有云：'救人一命，胜造七级浮屠。'"连忙走回方丈，禀复长老道："不知甚人家，将个五七个月女孩儿，破衣包着，撇在山门外松树根头。这等寒天，又无人来往，怎的做个方便，救他则个！"长老道："善哉，善哉！清一，难得你善心。你如今抱了回房，早晚把些粥饭与他，喂养长大，把与人家，救他性命，胜做出家人。"

当时清一急急出门去，抱了女儿到方丈中，回复长老。长老看道："清一，你将那纸条儿我看。"清一递与长老，长老看时，却写道："今年六月十五日午时生，小名红莲。"长老吩咐清一，好生抱去房里，养到五七岁，把与人家去，也是好事。清一依言，抱到千佛殿后，一带三间四椽平屋房中，放些火，在火囤内烘他，取些粥喂了。似此日往月来，藏在空房中，无人知觉，一向长老也忘了。不觉红莲已经十岁，清一见他生得清秀，诸事见便[②]，藏匿在房里。出门锁了，入门关了，且是谨慎。

光阴似箭，日月如梭，倏忽这红莲女长成一十六岁，这清一如自生的女儿一般看待。虽然女子，却只打扮如男子，衣服鞋袜，头上头发，前齐眉，后齐项，一似个小头陀，且是生得清楚，在房内茶饭针线。清一指望寻个女婿，要他养老送终。

一日时遇六月炎天，五戒禅师忽想十数年前之事，洗了浴，吃了晚粥，径走到千佛阁后来。清一道："长老希行[③]。"长老道："我问你：那年抱的红莲，如今在那里？"清一不敢隐匿，引长老到房中一见，吃了一惊，却似：

分开八块顶阳骨[④]，倾下半桶冰雪来。

长老一见红莲，一时差讹了念头，邪心遂起，嘻嘻笑道："清一，你今晚可送红莲到我卧房中来，不可有误。你若依我，我自抬举你。此事切不可泄漏，只教他做个小头陀，不要使人识破他是女子。"清一口中应允，心内想道："欲待不依长老又难，依了长老，今夜去到房中，必坏了女身，千难万

① 衲头——用破布补缀而成的布片子；补丁很多的衣服。

② 见便——机灵；聪敏。

③ 希行——希，即稀。稀行，即少走动；不常来。

④ 顶阳骨——头盖骨。

难。”长老见清一应不爽利，便道：“清一，你锁了房门跟我到房里去。”清一跟了长老，径到房中。长老去衣箱里，取出十两银子，把与清一道：“你且将这些去用，我明日与你讨道度牒，剃你做徒弟，你心下如何？”清一道：“多谢长老抬举。”只得收了银子，别了长老，回到房中，低低说与红莲道：“我儿，却才来的，是本寺长老。他见你，心中喜爱。你今等夜静，我送你去伏侍长老。你可小心仔细，不可有误。”红莲见父亲如此说，便应允了。

到晚，两个吃了晚饭。约莫二更天气，清一领了红莲，径到长老房中，门窗无些阻挡。原来长老有两个行者在身边伏侍，当晚吩咐：“我要出外闲走乘凉，门窗且未要关。”因此无阻。长老自在房中等清一送红莲来。候至二更，只见清一送小头陀来房中。长老接入房内，吩咐清一：“你到明日此时来领他回房去。”清一自回房中去了。

且说长老关了房门，灭了琉璃灯，携住红莲手，一将将到床前，教红莲脱了衣服，长老向前一搂，搂在怀中，抱上床去。当日长老与红莲云收雨散，却好五更，天色将明。长老思量一计，怎生藏他在房中。房中有口大衣橱，长老开了锁，将橱内物件都收拾了，却教红莲坐在橱中，吩咐道：“饭食我自将来与你吃，可放心宁耐[①] 则个。”红莲是女孩儿家，初被长老淫勾，心中也喜，躲在衣橱内，把锁锁了。少间，长老上殿诵经毕，入房，闭了房门，将橱开了锁，放出红莲，把饮食与他吃了，又放些果子在橱内，依先锁了。至晚，清一来房中领红莲回房去了。

却说明悟禅师，当夜在禅椅上入定回来，慧眼已知五戒禅师差了念头，犯了色戒，淫了红莲，把多年清行，付之东流。“我今劝省他，不可如此，也不说出。”至次日，正是六月尽，门外撇骨池[②] 内，红白莲花盛开。明悟长老令行者采一朵白莲花，将回自己房中，取一花瓶插了，教道人备杯清茶在房中，却教行者去请五戒禅师：“我与他赏莲花，吟诗谈话则个。”不多时，行者请到五戒禅师。两个长老坐下，明悟道：“师兄，我今日见莲花盛开，对此美景，折一朵在瓶中，特请师兄吟诗清话。”五戒道：“多蒙清爱。”行者捧茶至，茶罢，明悟禅师道：“行者，取文房四宝来。”行者取至面前，五戒道：“将何物为题？”明悟道：“便将莲花为题。”五戒捻起笔来，便写

---

① 宁耐——忍耐；安心。

② 撇骨池——旧时寺院内供人抛撇骨灰用的池子。

四句诗道：

一枝菡萏瓣初张，相伴葵榴花正芳。

似火石榴虽可爱，争如翠盖芰荷香？

五戒诗罢，明悟道："师兄有诗，小僧岂得无语乎？"落笔便写四句诗曰：

春来桃杏尽舒张，万蕊千花斗艳芳。

夏赏芰荷真可爱，红莲争似白莲香？

明悟长老依韵诗罢，呵呵大笑。

五戒听了此言，心中一时解悟，面皮红一回、青一回，便转身辞回卧房，对行者道："快与我烧桶汤来洗浴。"行者连忙烧汤与长老洗浴罢，换了一身新衣服，取张禅椅到房中，将笔在手，拂开一张素纸，便写八句《辞世颂》曰：

吾年四十七，万法本归一；

只为念头差，今朝去得急。

传与悟和尚，何劳苦相逼？

幻身如雷电，依旧苍天碧。

写罢《辞世颂》，教焚一炉香在面前，长老上禅椅上，左脚压右脚，右脚压左脚，合掌坐化。

行者忙去报与明悟禅师。禅师听得大惊，走到房中看时，见五戒师兄已自坐化去了。看了面前《辞世颂》，道："你好却好了，只可惜差了这一着。你如今虽得个男子身，长成不信佛、法、僧三宝，必然灭佛谤僧，后世却堕落苦海，不得皈依佛道，深可痛哉！真可惜哉！你道你走得快，我赶你不着不信！"当时也教道人烧汤洗浴，换了衣服，到方丈中，上禅椅跏趺而坐，吩咐徒众道："我今去赶五戒和尚，汝等可将两个龛子盛了，放三日一同焚化。"嘱罢圆寂而去。众僧皆惊，有如此异事！城内城外听得本寺两个禅师同日坐化，各皆惊讶，来烧香礼拜，布施者，人山人海，男子妇人不计其数。嚷了三日，抬去金牛寺[①] 焚化，拾骨撇了。

这清一遂浼人说议亲事，将红莲女嫁与一个做扇子的刘待诏为妻，养了清一在家，过了下半世，不在话下。

且说明悟一灵真性，直赶至四川眉州眉山县城中，五戒已自托生在一

---

① 金牛寺——南宋临安寺名，即金牛护法院。

个人家。这个人家,姓苏名洵,字明允,号老泉居士,诗礼之人。院君王氏,夜梦一瞽目和尚,走入房中,吃了一惊。明旦分娩一子,生得眉清目秀,父母皆喜。三朝满月,百日一周,不在话下。

却说明悟一灵,也托生在本处,姓谢名原,字道清。妻章氏,亦梦一罗汉,手持一印,来家抄化①。因惊醒,遂生一子。年长,取名谢瑞卿。自幼不吃荤酒,一心只爱出家。父母是世宦之家,怎么肯?勉强送他学堂攻书,资性聪明,过目不忘,吟诗作赋,无不出人头地。喜看的是诸经内典,一览辄能解会。随你高僧讲论,都不如他。可惜一肚子学问,不屑应举求官,但说着功名之事,笑而不答。这也不在话下。

却说苏老泉的孩儿,年长七岁,教他读书写字,十分聪明,目视五行书。行至② 十岁来,五经三史,无所不通,取名苏轼,字子瞻。此人文章冠世,举笔珠玑,从幼与谢瑞卿同窗相厚,只是志趣不同。那东坡志在功名,偏不信佛法,最恼的是和尚,常言:"不秃不毒,不毒不秃;转毒转秃,转秃转毒。我若一朝管了军民,定要灭了这和尚们,方遂吾愿。"见谢瑞卿不用荤酒,便大笑道:"酒肉乃养生之物,依你不杀生,不吃肉,羊、豕、鸡、鹅,填街塞巷,人也没处安身了。况酒是米做的,又不害性命,吃些何伤?"每常二人相会,瑞卿便劝子瞻学佛,子瞻便劝瑞卿做官。瑞卿道:"你那做官,是不了之事,不如学佛三生结果。"子瞻道:"你那学佛,是无影之谈,不如做官,实在事业。"终日议论,各不相胜。

仁宗天子嘉祐改元,子瞻往东京应举,要拉谢瑞卿同去,瑞卿不从。子瞻一举成名,御笔除翰林学士,锦衣玉食,前呼后拥,富贵非常。思念窗友谢瑞卿,不肯出仕。"吾今接他到东京,他见我如此富贵,必然动了功名之念。"于是修书一封,差人到眉山县接谢瑞卿到来。谢瑞卿也恐怕子瞻一旦富贵,果然谤佛灭僧,也要劝化他回心改念,遂随着差人到东京,与子瞻相见。两人终日谈论,依旧各执己见,不相上下。

你说事有凑巧,物有偶然。适值东京大旱,赤地千里。仁宗天子降旨,特于内庭修建七日黄罗大醮③,为万民祈雨。仁宗一日亲自行香二

---

① 抄化——募化。

② 行至——长到。

③ 黄罗大醮——设醮遍召天神、地祇、鬼魂,忏悔罪过,祈求超升。

次,百官皆素服奔走执事。翰林官专管撰青词,子瞻奉旨修撰,要拉瑞卿同去,共观胜会,瑞卿心中却不愿行。子瞻道:“你平昔最喜佛事,今日朝廷请下三十六处名僧,建下祈场,诵经设醮,你不去随喜,却不错过?”瑞卿道:“朝廷设醮,虽然仪文好看,都是套数①,那有什么高僧谈经说法,使人倾听?”看起来也是子瞻法缘该到,自然生出机会来。当日子瞻定要瑞卿作伴同往,瑞卿拗他不过,只得从命。二人到了佛场②,子瞻随班效劳。瑞卿打扮个道人模样,往来观看法事。

忽然仁宗天子驾到,众官迎入,在佛前拈香下拜。瑞卿上前一步,偷看圣容,被仁宗龙目观见。瑞卿生得面方耳大,丰仪出众,仁宗金口玉言,问道:“这汉子何人?”苏轼一时着了忙,使个急智,跪下奏道:“此乃大相国寺新来一个道人,为他深通经典,在此供香火之役。”仁宗道:“好个相貌,既然深通经典,赐你度牒一道,钦度为僧。”谢瑞卿自小便要出家做和尚,恰好圣旨吩咐,正中其意,当下谢恩已毕,奏道:“既蒙圣恩剃度,愿求御定法名。”仁宗天子问礼部取一道度牒,御笔判定“佛印”二字。瑞卿领了度牒,重又叩谢。候圣驾退了,瑞卿就于醮坛佛前祝发,自此只叫佛印,不叫谢瑞卿了。那大相国寺众僧,见佛印参透佛法,又且圣旨剃度,苏学士的乡亲好友,谁敢怠慢?都称他做“禅师”,不在话下。

且说苏子瞻特地接谢瑞卿来东京,指望劝他出仕,谁知带他到醮坛行走,累他落发改名为僧,心上好不过意。谢瑞卿向来劝子瞻信心学佛,子瞻不从,今日倒是子瞻作成他落发,岂非天数,前缘注定?那佛印虽然心爱出家,故意埋怨子瞻许多言语,子瞻惶恐无任,只是谢罪,再不敢说做和尚的半个字儿不好。任凭佛印谈经说法,只得悉心听受;若不听受时,佛印就发恼起来。听了多遍,渐渐相习,也觉佛经讲得有理,不似向来水火不投的光景了。朔望日,佛印定要子瞻到相国寺中礼佛奉斋,子瞻只得依他。又子瞻素爱佛印谈论,日常无事,便到寺中与佛印闲讲,或分韵吟诗。佛印不动荤酒,子瞻也随着吃素,把个毁僧谤佛的苏学士,变做了护法敬僧的苏子瞻了。佛印乘机又劝子瞻弃官修行。子瞻道:“待我宦成名就,筑室寺东,与师同隐。”因此别号东坡居士,人都称为苏东坡。

---

① 套数——套子;俗套。

② 佛场——做佛事的地方。

那苏东坡在翰林数年，到神宗皇帝熙宁改元，差他知贡举，出策题内讥诮了当朝宰相王安石，安石在天子面前谮他恃才轻薄，不宜在史馆，遂出为杭州通判。与佛印相别，自去杭州赴任。一日，在府中闲坐，忽见门吏报说，有一和尚说是本处灵隐寺住持，要见学士相公。东坡教门吏出问何事要见相公，佛印见问，于门吏处借纸笔墨来，便写四字送入府去。东坡看其四字："诗僧谒见。"东坡取笔来批一笔云："诗僧焉敢谒王侯？"教门吏把与和尚，和尚又写四句诗道：

大海尚容蛟龙隐，高山也许凤皇游；
笑却小人无度量，"诗僧焉敢谒王侯"！

东坡见此诗，方才认出字迹，惊讶道："他为何也到此处？快请相见。"你道那和尚是谁？正是佛印禅师，因为苏学士谪官杭州，他辞下大相国寺，行脚[①] 到杭州灵隐寺住持，又与东坡朝夕往来。后来东坡自杭州迁任徐州，又自徐州迁任湖州，佛印到处相随。

神宗天子元丰二年，东坡在湖州做知府，偶感触时事，做了几首诗，诗中未免含着讥讽之意。御史李定、王珪等交章劾奏苏轼诽谤朝政，天子震怒，遣校尉拿苏轼来京，下御史台狱，就命李定勘问。李定是王安石门生，正是苏家对头，坐他大逆不道，问成死罪。东坡在狱中，思想着甚来由，读书做官，今日为几句诗上，便丧了性命？乃吟诗一首自叹，诗曰：

人家生子愿聪明，我为聪明丧了生；
但愿养儿皆愚鲁，无灾无祸到公卿。

吟罢，凄然泪下，想道："我今日所处之地，分明似鸡鸭到了庖人手里，有死无活。想鸡鸭得何罪，时常烹宰他来吃？只为他不会说话，有屈莫伸。今日我苏轼枉了能言快语，又向那处伸冤？岂不苦哉！记得佛印时常劝我戒杀持斋，又劝我弃官修行，今日看来，他的说话，句句都是，悔不从其言也。"

叹声未绝，忽听得数珠索落一声，念句"阿弥陀佛"。东坡大惊，睁眼看时，乃是佛印禅师。东坡忘其身在狱中，急起身迎接，问道："师兄何来？"佛印道："南山净慈孝光禅寺，红莲花盛开，同学士去玩赏。"东坡不觉相随而行，到于孝光禅寺。进了山门，一路僧房曲折，分明是熟游之地；法

---

① 行脚——游方。

堂中摆设钟磬经典之类,件件认得,好似自家家里一般,心下好生惊怪。寺前寺后,走了一回,并不见有莲花,乃问佛印禅师道:"红莲在那里?"佛印向后一指道:"这不是红莲来也?"东坡回头看时,只见一个少年女子,从千佛殿后,冉冉而来,走到面前,深深道个万福。东坡看那女子,如旧日相识。那女子向袖中摸出花笺一幅,求学士题诗。佛印早取到笔砚,东坡遂信手写出四句,道是:

四十七年一念错,贪却红莲甘堕却。
孝光禅寺晓钟鸣,这回抱定如来脚。

那女子看了诗,扯得粉碎,一把抱定东坡,说道:"学士休得忘恩负义!"东坡正没奈何,却得佛印劈手拍开,惊出一身冷汗。醒将转来,乃是南柯一梦,狱中更鼓正打五更。东坡寻思,此梦非常,四句诗一字不忘,正不知甚么缘故。忽听得远远晓钟声响,心中顿然开悟:"分明前世在孝光寺出家,为色欲堕落,今生受此苦楚。若得佛力覆庇,重见天日,当一心护法,学佛修行。"

少顷天明,只见狱官进来称贺,说圣旨赦学士之罪,贬为黄州团练副使。东坡得赦,才出狱门,只见佛印禅师在于门首,上前问讯,道:"学士无恙?贫僧相候久矣!"原来被逮之日,佛印也离了湖州,重来东京大相国寺住持,看取东坡下落。闻他问成死罪,各处与他分诉[①] 求救,却得吴充[②]、王安礼[③] 两个正人,在天子面前竭力保奏。太皇太后曹氏,自仁宗朝便闻苏轼才名,今日也在宫中劝解。天子回心转意,方有这道赦书。东坡见了佛印,分明是再世相逢,倍加欢喜。东坡到五凤楼下,谢恩过了,便来大相国寺,寻佛印说其夜来之梦。说到中间,佛印道:"住了,贫僧昨夜亦梦如此。"也将所梦说出后一段,与东坡梦中无二,二人互相叹异。

次日,圣旨下,苏轼谪守黄州。东坡与佛印相约,且不上任,迂路先到宁海军钱塘门外来访孝光禅寺。比及到时,路径门户,一如梦中熟识。访问僧众,备言五戒私污红莲之事。那五戒临化去时,所写《辞世颂》,寺僧兀自藏着。东坡索来看了,与自己梦中所题四句诗相合,方知佛法轮回,

---

① 分诉——辩解。

② 吴充——宋代人,宋神宗熙宁中,代王安石为相,请召返司马光等十余人。后蔡确执政,充罢为宫观使。

③ 王安礼——宋代人,王安石之弟。

并非诳语，佛印乃明悟转生无疑。此时东坡便要削发披缁，跟随佛印出家。佛印倒不允从，说道："学士宦缘未断，二十年后，方能脱离尘俗。但愿坚持道心，休得改变。"东坡听了佛印言语，复来黄州上任。自此不杀生，不多饮酒，浑身内外，皆穿布衣，每日看经礼佛。在黄州三年，佛印仍朝夕相随，无日不会。

哲宗皇帝元祐改元，取东坡回京，升做翰林学士，经筵讲官。不数年，升做礼部尚书，端明殿大学士。佛印又在大相国寺相依，往来不绝。

到绍圣年间，章惇做了宰相，复行王安石之政，将东坡贬出定州安置。东坡到相国寺相辞佛印，佛印道："学士宿业[①] 未除，合有几番劳苦。"东坡问道："何时得脱？"佛印说出八个字来，道是：

逢永而返，逢玉而终。

又道："学士牢记此八字者[②]！学士今番跋涉忒大，贫僧不得相随，只在东京等候。"东坡怏怏而别。到定州未及半年，再贬英州；不多时，又贬惠州安置；在惠州年余，又徙儋州；又自儋州移廉州；自廉州移永州；踪迹无定，方悟佛印"跋涉忒大"之语。

在永州不多时，赦书又到，召还提举玉局观[③]。想着："'逢永而返'，此句已应了；'逢玉而终'，此乃我终身结局矣。"乃急急登程，重到东京，再与佛印禅师相会。佛印道："贫僧久欲回家，只等学士同行。"东坡此时大通佛理，便晓得了。当夜两个在相国寺，一同沐浴了毕，讲论到五更，分别而去。这里佛印在相国寺圆寂，东坡回到寓中，亦无疾而逝。

至道君皇帝时，有方士道："东坡已作大罗仙。亏了佛印相随一生，所以不致堕落。佛印是古佛出世。"这两世相逢，古今罕有，至今流传做话本。有诗为证：

禅宗法教岂非凡，佛祖流传在世间。
铁树开花千载易，坠落阿鼻[④] 要出难。

---

① 宿业——前世所造的恶因。

② 者——句尾词。相当于吧、呀、呵。

③ 玉局观——宋代成都道观名。

④ 阿鼻——指阿鼻地狱。佛教名词。也称"无间地狱"。佛教认为堕入此地狱的人，将受无穷的苦难。

第三十一卷　闹阴司司马貌断狱

扰扰劳生，待足何时是足？据见定，随家丰俭，便堪龟缩。得意浓时休进步，须防世事多番覆。枉教人白了少年头，空碌碌。　谁不愿，黄金屋？谁不愿，千钟粟？算五行，不是这般题目。枉使心机闲计较，儿孙自有儿孙福。又何须采药访蓬莱？但寡欲。

这篇词，名《满江红》，是晦庵和尚所作，劝人乐天知命之意。凡人万事莫逃乎命，假如命中所有，自然不求而至；若命里没有，枉自劳神，只索罢休。你又不是司马重湘秀才，难道与阎罗王寻闹不成？说话的，就是司马重湘，怎地与阎罗王寻闹。毕竟那个理长，那个理短？请看下回便见。诗曰：

世间屈事万千千，欲觅长梯问老天。
休怪老天公道少，生生世世宿因缘。

话说东汉灵帝时，蜀郡益州，有一秀才，复姓司马，名貌，表字重湘。资性聪明，一目十行俱下。八岁纵笔成文，本郡举他应神童，起送至京。因出言不逊，冲突了试官，打落下去。及年长，深悔轻薄之非，更修端谨之行，闭户读书，不问外事。双亲死，庐墓六年，人称其孝。乡里中屡次举他孝廉①、有道② 及博学宏词③，都为有势力者夺去，悒悒不得志。自光和元年，灵帝始开西邸，卖官鬻爵，视官职尊卑，入钱多少，各有定价：欲为三公者，价千万；欲为卿者，价五百万。崔烈讨了傅母④ 的人情，入钱五百万，得为司徒。后受职谢恩之日，灵帝顿足懊悔道："好个官，可惜贱卖了。若小小作难，千万必可得也。"又置鸿都门学，敕州、郡、三公，举用富家郎

---

① 孝廉——选举科目名。汉代制度，郡国每年荐举孝廉各一人。

② 有道——东汉时设置的选举科目之一。

③ 博学宏词——选举科目名。唐代设博学宏词科，以考拔博学能文之士。南宋时也曾设置此科。

④ 傅母——保姆。此指汉灵帝刘宏的保姆。

为诸生。若入得钱多者,出为刺史,入为尚书,士君子耻与其列。司马重湘家贫,因此无人提挈,淹滞至五十岁,空负一腔才学,不得出身,屈埋于众人之中,心中怏怏不平。乃因酒醉,取文房四宝,且吟且写,遂成《怨词》一篇,词曰:

天生我才兮,岂无用之?豪杰自期兮,奈此数奇。五十不遇兮,困迹蓬虆①。纷纷金紫兮,彼何人斯?胸无一物兮,囊有余赀。富者乘云兮,贫者堕泥。贤愚颠倒兮,题雄为雌。世运沦夷兮,俾我嵚崎。天道何知兮,将无有私?欲叩末曲兮,悲涕淋漓。

写毕,讽咏再四。余情不尽,又题八句:

得失与穷通,前生都注定;
问彼注定时,何不判忠佞?
善士叹沉埋,凶人得暴横;
我若作阎罗,世事皆更正。

不觉天晚,点上灯来,重湘于灯下,将前诗吟哦了数遍,猛然怒起,把诗稿向灯焚了,叫道:"老天,老天!你若还有知,将何言抵对?我司马貌一生鲠直②,并无奸佞,便提我到阎罗殿前,我也理直气壮,不怕甚的!"说罢,自觉身子困倦,倚卓而卧。

只见七八个鬼卒,青面獠牙,一般的三尺多长,从卓底下钻出,向重湘戏侮了回,说道:"你这秀才,有何才学,辄敢怨天忧地,毁谤阴司!如今我们来拿你去见阎罗王,只教你有口难开。"重湘道:"你阎罗王自不公正,反怪他人谤毁,是何道理!"众鬼不由分说,一齐上前,或扯手,或扯脚,把重湘拖下坐来,便将黑索子望他颈上套去。重湘大叫一声,醒将转来,满身冷汗。但见短灯一盏,半明半灭,好生凄惨。

重湘连打几个寒噤,自觉身子不快,叫妻房汪氏点盏热茶来吃。汪氏点茶来,重湘吃了,转觉神昏体倦,头重脚轻。汪氏扶他上床,次日昏迷不醒,叫唤也不答应,正不知什么病症。捱至黄昏,口中无气,直挺挺的死了。汪氏大哭一场,见他手脚尚软,心头还有些微热,不敢移动他,只守在他头边,哭天哭地。

---

① 虆(léi)——土筐。
② 鲠直——同耿直。

话分两头。原来重湘写了《怨词》，焚于灯下，被夜游神体察，奏知玉帝。玉帝见了大怒，道："世人爵禄深沉，关系气运。依你说，贤者居上，不肖者居下；有才显荣，无才者黜落；天下世世太平，江山也永不更变了，岂有此理！小儒见识不广，反说天道有私。速宜治罪，以儆妄言之辈。"时有太白金星启奏道："司马貌虽然出言无忌，但此人因才高运蹇，抑郁不平，致有此论。若据福善祸淫的常理，他所言未为无当，可谅情而恕之。"玉帝道："他欲作阎罗，把世事更正，甚是狂妄。阎罗岂凡夫可做？阴司案牍如山，十殿阎君食不暇给；偏他有甚本事，一一更正来？"金星又奏道："司马貌口出大言，必有大才。若论阴司，果有不平之事，几百年滞狱，未经判断的，往往地狱中怨气上冲天庭。以臣愚见，不若押司马貌到阴司，权替阎罗王半日之位，凡阴司有冤枉事情，着他剖断。若断得公明，将功恕罪；倘若不公不明，即时行罚，他心始服也。"玉帝准奏，即差金星奉旨，到阴司森罗殿，命阎君即勾司马貌到来，权借王位与坐。只限一晚六个时辰，容他放告理狱。若断得公明，来生注他极富极贵，以酬其今生抑郁之苦；倘无才判问，把他打落酆都地狱，永不得转人身。阎君得旨，便差无常小鬼，将重湘勾到地府。

重湘见了小鬼，全然无惧，随之而行。到森罗殿前，小鬼喝教下跪，重湘问道："上面坐者何人？我去跪他！"小鬼道："此乃阎罗天子。"重湘闻说，心中大喜，叫道："阎君，阎君，我司马貌久欲见你，吐露胸中不平之气，今日幸得相遇。你贵居王位，有左右判官，又有千万鬼卒，牛头、马面，帮扶者甚众；我司马貌只是个穷秀才，孑然一身，生死出你之手。你休得把势力相压，须是平心论理，理胜者为强。"阎君道："寡人忝[①]为阴司之主，凡事皆依天道而行，你有何德能，便要代我之位？所更正者何事？"重湘道："阎君，你说奉天行道，天道以爱人为心，以劝善惩恶为公。如今世人有等悭吝的，偏教他财积如山；有等肯做好事的，偏教他手中空乏；有等刻薄害人的，偏教他处富贵之位，得肆其恶；有等忠厚肯扶持人的，偏教他吃亏受辱，不遂其愿。作善者常被作恶者欺瞒，有才者反为无才者凌压。有冤无诉，有屈无伸，皆由你阎君判断不公之故。即如我马司貌，一生苦志读书，力行孝弟，有甚不合天心处，却教我终身蹭蹬，屈于庸流之下？似此

---

① 忝(tiǎn)——有愧于。

颠倒贤愚,要你阎君何用？若让我马司貌坐于森罗殿上,怎得有此不平之事?”阎君笑道:“天道报应,或迟或早,若明若暗;或食报于前生,或留报于后代。假如富人悭吝,其富乃前生行苦所致;今生悭吝,不种福田,来生必受饿鬼之报矣。贫人亦由前生作业,或横用非财,受享太过,以致今生穷苦;若随缘作善,来生依然丰衣足食。由此而推,刻薄者虽今生富贵,难免堕落;忠厚者虽暂时亏辱,定注显达。此乃一定之理,又何疑焉？人见目前,天见久远。人每不能测天,致汝纷纭议论,皆由浅见薄识之故也。”重湘道:“既说阴司报应不爽,阴间岂无冤鬼？你敢取从前案卷,与我一一稽查么？若果事事公平,人人心服,我司马貌甘服妄言之罪。”阎君道:“上帝有旨,将阎罗王位权借你六个时辰,容放告理狱。若断得公明,还你来生之富贵;倘无才判问,永堕酆都地狱,不得人身。”重湘道:“玉帝果有此旨,是吾之愿也。”

当下阎君在御座起身,唤重湘入后殿,戴平天冠①,穿蟒衣,束玉带,装扮出阎罗天子气象。鬼卒打起升堂鼓,报道:“新阎君升殿!”善恶诸司,六曹② 法吏,判官小鬼,齐齐整整,分立两边。重湘手执玉简,昂然而出,升于法座。诸司吏卒,参拜已毕,禀问要抬出放告牌③。重湘想道:“五岳四海,多少生灵？上帝只限我六个时辰管事,倘然判问不结,只道我无才了,取罪不便。”心生一计,便教判官吩咐;“寡人奉帝旨管事,只六个时辰,不及放告。你可取从前案卷来查,若有天大疑难事情,累百年不决者,寡人判断几件,与你阴司问事的做个榜样。”判官禀道:“只有汉初四宗文卷,至今三百五十余年,未曾断结,乞我王拘审。”重湘道:“取卷上来看。”判官捧卷呈上,重湘揭开看时:

一宗屈杀忠臣事,

原告:韩信、彭越、英布。

被告:刘邦、吕氏。

一宗恩将仇报事,

原告:丁公。

① 平天冠——古代皇帝祭祀时戴的平冕。

② 六曹——功曹、仓曹、户曹、兵曹、法曹、士曹,合称六曹。

③ 放告牌——官府接纳诉讼时所出的告示牌。

被告：刘邦。

一宗专权夺位事，

原告：戚氏。

被告：吕氏。

一宗乘危逼命事，

原告：项羽。

被告：王翳、杨喜、夏广、吕马童、吕胜、杨武。

重湘览毕，呵呵大笑道："恁样大事，如何反不问决？你们六曹吏司，都该究罪。这都是向来阎君因循担搁之故，寡人今夜都与你判断明白。"随叫直日鬼吏，照单开四宗文卷原被告姓名，一齐唤到，挨次听审。那时振动了地府，闹遍了阴司。有诗为证：

每逢疑狱便因循，地府阳间事体均。

今日重湘新气象，千年怨气一朝伸。

鬼吏禀道："人犯已拘齐了，请爷发落。"重湘道："带第一起上来。"判官高声叫道："第一起犯人听点！"原被共五名，逐一点过，答应：

原告：韩信有，彭越有，英布有。

被告：刘邦有，吕氏有。

重湘先唤韩信上来，问道："你先事项羽，位不过郎中，言不听，计不从；一遇汉祖，筑坛拜将，捧毂推轮，后封王爵以酬其功。如何又起谋叛之心，自取罪戮？今日反告其主！"韩信道："阎君在上，韩信一一告诉。某受汉王筑坛拜将之恩，使尽心机，明修栈道，暗度陈仓，与汉王定了三秦；又救汉皇于荥阳，虏魏王豹，破代兵，擒赵王歇；北定燕，东定齐，下七十余城；南败楚兵二十万，杀了名将龙且；九里山排下十面埋伏，杀尽楚兵；又遣六将，逼死项王于乌江渡口。造下十大功劳，指望子子孙孙世享富贵。谁知汉祖得了天下，不念前功，将某贬爵。吕后又与萧何定计，哄某长乐宫，不由分说，叫武士缚某斩之；诬以反叛，夷某三族。某自思无罪，受此惨祸，今三百五十余年，衔冤未报，伏乞阎君明断。"重湘道："你既为元帅，有勇无谋，岂无商量帮助之人？被人哄诱，如缚小儿，今日却怨谁来？"韩信道："曾有一个军师，姓蒯，名通，奈何有始无终，半途而去。"

重湘叫鬼吏，快拘蒯通来审。霎时间，蒯通唤到。重湘道："韩信说你有始无终，半途而逃，不尽军师之职，是何道理？"蒯通道："非我有始无终，是韩信不听忠言，以致于此。当初韩信破走了齐王田广，是我进表洛阳，与他讨个假王名号，以镇齐人之心。汉王骂道：'胯下夫，楚尚未灭，便想王位！'其时张子房在背后，轻轻蹑汉皇之足，附耳低言：'用人之际，休得为小失大。'汉皇便改口道：'大丈夫要便为真王，何用假也？'乃命某赍印封信为三齐王。某察汉王，终有疑信之心，后来必定负信，劝他反汉，与楚连和，三分天下，以观其变。韩信道：'筑坛拜将之时，曾设下大誓：汉不负信，信不负汉。今日我岂可失信于汉皇？'某反复陈说利害，只是不从，反怪某教唆谋叛。某那时惧罪，假装风魔，逃回田里。后来助汉灭楚，果有长乐宫之祸，悔之晚矣。"重湘问韩信道："你当初不听蒯通之言，是何主意？"韩信道："有一算命先生许复，算我有七十二岁之寿，功名善终，所以不忍背汉。谁知殀亡，只有三十二岁。"

重湘叫鬼吏，再拘许复来审问，道："韩信只有三十二岁，你如何许他七十二岁？你做术士的，妄言祸福，只图哄人钱钞，不顾误人终身，可恨，可恨！"许复道："阎君听禀：常言'人有可延之寿，亦有可折之寿'。所以星家偏有寿命难定。韩信应该七十二岁，是据理推算。何期他杀机太深，亏损阴骘，以致短折，非某推算无准也。"重湘问道："他那几处阴骘亏损？可一一说来。"许复道："当初韩信弃楚归汉时，迷踪失路，亏遇两个樵夫，指引他一条径路，往南郑而走。韩信恐楚王遣人来追，被樵夫走漏消息，拔剑回步，将两个樵夫都杀了。虽然樵夫不打紧，却是有恩之人；天条负恩忘义，其罚最重。诗曰：

亡命心如箭离弦，迷津指引始能前。
有恩不报翻加害，折堕青春一十年。

重湘道："还有三十年呢？"许复道："萧何丞相三荐韩信，汉皇欲重其权，筑了三丈高坛，教韩信上坐，汉皇手捧金印，拜为大将，韩信安然受之。诗曰：

大将登坛阃外专，一声军令赛皇宣。
微臣受却君皇拜，又折青春一十年。

重湘道："臣受君拜，果然折福。还有二十年呢？"许复道："辩士郦生，说齐王田广降汉。田广听了，日日与郦生饮酒为乐。韩信乘其无备，袭击破之。田广只道郦生卖己，烹杀郦生。韩信得了大功劳，辜负了齐王降汉之意，掩夺了郦生下齐之功。诗曰：

说下三齐功在先，乘机掩击势无前。
夺他功绩伤他命，又折青春一十年。

重湘道："这也说得有理。还有十年?"许复道："又有折寿之处。汉兵追项王于固陵，其时楚兵多，汉兵少，又项王有拔山举鼎之力，寡不敌众，弱不敌强。韩信九里山排下绝机阵，十面埋伏，杀尽楚兵百万，战将千员，逼得项王匹马单枪，逃至乌江口，自刎而亡。诗曰：

九里山前怨气缠，雄兵百万命难延。
阴谋多杀伤天理，共折青春四十年。

韩信听罢许复之言，无言可答。重湘问道："韩信，你还有辩么?"韩信道："当初是萧何荐某为将，后来又是萧何设计，哄某入长乐宫害命；成也萧何，败也萧何，某心上至今不平。"重湘道："也罢，一发唤萧何来与你审个明白。"少顷，萧何当面，重湘问道："萧何，你如何反覆无常，又荐他，又害他?"萧何答道："有个缘故。当初韩信怀才未遇，汉皇缺少大将，两得其便。谁知汉皇心变，忌韩信了得①，后因陈豨造反，御驾亲征，临行时，嘱咐娘娘，用心防范。汉皇行后，娘娘有旨，宣某商议，说韩信谋反，欲行诛戮。某奏道：'韩信是第一个功臣，谋反未露，臣不敢奉命。'娘娘大怒道：'卿与韩信敢是同谋么？卿若没诛韩信之计，待圣驾回时，一同治罪。'其时某惧怕娘娘威令，只得画下计策，假说陈豨已破灭了，赚韩信入宫称贺，喝教武士拿下斩讫。某并无害信之心。"重湘道："韩信之死，看来都是刘邦之过。"吩咐判官，将众人口词录出。"审得汉家天下，大半皆韩信之力；功高不赏，千古无此冤苦，转世报冤明矣。"立案且退一边。

再唤大梁王彭越听审："你有何罪，吕氏杀你?"彭越道："某有功无罪。只为高祖征边去了，吕后素性淫乱，问太监道：'汉家臣子，谁人美貌?'太监奏道：'只有陈平美貌。'娘娘道：'陈平在那里?'太监道：'随驾出征。'吕后道：'还有谁来?'太监道：'大梁王彭越，英雄美貌。'吕后听说，即发密旨，宣大梁王入朝。某到金銮殿前，不见娘娘。太监道：'娘娘有旨，宣入长信宫议机密事。'某进得宫时，宫门落锁，只见吕后降阶相迎，邀某入宫赐宴。三杯酒罢，吕后淫心顿起，要与某讲枕席之欢。某惧怕礼法，执意不从。吕后大怒，喝教铜锤乱下打死，煮肉作酱，枭首悬街，不许收葬。汉

① 了得——有本领。

皇归来，只说某谋反，好不冤枉！”吕后在旁听得，叫起屈来，哭告道：“阎君，休听彭越一面之词，世间只有男戏女，那有女戏男？那时妾唤彭越入宫议事，彭越见妾宫中富贵，辄起调戏之心。臣戏君妻，理该处斩。”彭越道：“吕后在楚军中，惯与审食其私通；我彭越一生刚直，那有淫邪之念！”重湘道：“彭越所言是真，吕氏是假饰之词，不必多言。审得彭越，乃大功臣，正直不淫，忠节无比，来生仍作忠正之士，与韩信一同报仇。”存案。

再唤九江王英布听审。英布上前诉道：“某与韩信、彭越三人，同功一体，汉家江山，都是我三人挣下的，并无半点叛心。一日某在江边玩赏，忽传天使到来，吕娘娘懿旨，赐某肉酱一瓶。某谢恩已毕，正席尝之，觉其味美。偶吃出人指一个，心中疑惑，盘问来使，只推不知。某当时发怒，将来使拷打，说出真情，乃大梁王彭越之肉也。某闻言凄惨，便把手指插入喉中，向江中吐出肉来，变成小小螃蟹。至今江中有此一种，名为‘蟚蚏’①，乃怨气所化。某其时无处泄怒，即将使臣斩讫。吕后知道，差人将三般朝典，宝剑、药酒、红罗三尺，取某首级回朝。某屈死无申，伏望阎君明断。”重湘道：“三贤果是死得可怜，寡人做主，把汉家天下三分与你三人，各掌一国，报你生前汗马功劳，不许再言。”画招而去。

第一起人犯权时退下，唤第二起听审。第二起恩将仇报事，

原告：丁公有。　　　　被告：刘邦有。

丁公诉道：“某在战场上围住汉皇，汉皇许我平分天下，因此开放。何期立帝之后，反加杀害。某心中不甘，求阎爷作主。”重湘道：“刘邦怎么说？”汉皇道：“丁公为项羽爱将，见仇不取，有背主之心，朕故诛之，为后人为臣不忠者之戒，非枉杀无辜也。”丁公辨道：“你说我不忠，那纪信在荥阳替死，是忠臣了，你却无一爵之赠，可见你忘恩无义。那项伯是项羽亲族，鸿门宴上，通同樊哙，拔剑救你，是第一个不忠于项氏，如何不加杀戮，反得赐姓封侯？还有个雍齿，也是项家爱将，你平日最怒者，后封为什方侯；偏与我做冤家，是何意故？”汉皇顿口无言。重湘道：“此事我已有处分了，可唤项伯、雍齿与丁公做一起，听候发落。暂且退下。”

再带第三起上来。第三起专权夺位事，

原告：戚氏有。　　　　被告：吕氏有。

---

① 蟚蚏(péng yuè)——一种穴沙而居的小蟹。

重湘道:“戚氏,那吕氏是正宫,你不过是宠妃,天下应该归于吕氏之子,你如何告他专权夺位,如何背理?”戚氏诉道:“昔日汉皇在睢水大战,被丁公、雍齿赶得无路可逃,单骑走到我戚家庄,吾父藏之。其时妾在房鼓瑟,汉皇闻而求见,悦妾之貌,要妾衾枕,妾意不从。汉皇道:‘若如我意时,后来得了天下,将你所生之子立为太子。’扯下战袍一幅,与妾为记,奴家方才依允。后生一子,因名如意。汉皇原许万岁之后,传位如意为君。因满朝大臣,都惧怕吕后,其事不行。未几汉皇驾崩,吕后自立己子,封如意为赵王,妾母子不敢争。谁知吕后心犹不足,哄妾母子入宫饮宴,将酖酒赐与如意,如意九窍流血,登时身死。吕后假推酒醉,只做不知。妾心怀怨恨,又不敢啼哭,斜看了他一看。他说我一双凤眼,迷了汉皇,即叫宫娥,将金针刺瞎双眼;又将红铜熔水,灌入喉中,断妾四肢,抛于坑厕。妾母子何罪,枉受非刑?至今含冤未报,乞阎爷做主。”说罢,哀哀大哭。重湘道:“你不须伤情,寡人还你个公道,教你母子来生为后为君,团圞① 到老。”画招而去。

再唤第四起乘危逼命事,人犯到齐,唱名② 已毕。重湘问项羽道:“灭项兴刘,都是韩信,你如何不告他,反告六将?”项羽道:“是我空有重瞳之目,不识英雄,以致韩信弃我而去,实难怪他。我兵败垓下,溃围逃命,遇了个田夫,问他左右两条路,那一条是大路,田夫回言:‘左边是大路。’某信其言,望左路而走,不期走了死路,被汉兵追及。那田夫乃汉将夏广,装成计策。某那时仗生平本事,杀透重围,来到乌江渡口,遇了故人吕马童,指望他念故旧之情,放我一路。他同着四将,逼我自刎,分裂支体,各去请功。以此心中不服。”重湘点头道是。“审得六将原无斗战之功,止乘项羽兵败力竭,逼之自刎,袭取封侯,侥幸甚矣。来生当发六将,仍使项羽斩首,以报其怨。”立案讫,且退一边。

唤判官将册过来,一一与他判断明白:恩将恩报,仇将仇报,分毫不错。重湘口里发落③,判官在旁用笔填注,何州何县何乡,姓甚名谁,几时生,几时死,细细开载。将人犯逐一唤过,发去投胎出世:“韩信,你尽忠报

---

① 团圞(luán)——团聚。

② 唱名——呼名;点名。

③ 发落——处理;判决。

国，替汉家夺下大半江山，可惜衔冤而死，发你在谯乡曹嵩家托生，姓曹，名操，表字孟德。先为汉相，后为魏王，坐镇许都，享有汉家山河之半。那时威权盖世，任从你谋报前世之仇。当身不得称帝，明你无叛汉之心。子受汉禅，追尊你为武帝，偿十大功劳也。”又唤过汉祖刘邦发落：“你来生仍投入汉家，立为献帝，一生被曹操欺侮，胆战魂惊，坐卧不安，度日如年。因前世君负其臣，来生臣欺其君以相报。”唤吕后发落：“你在伏家投胎，后日仍做献帝之后，被曹操千磨百难，将红罗勒死宫中，以报长乐宫杀信之仇。”韩信问道：“萧何发落何处？”重湘道：“萧何有恩于你，又有怨于你。”叫萧何发落：“你在杨家投胎，姓杨，名修，表字德祖。当初沛公入关之时，诸将争取金帛，偏你只取图籍，许你来生聪明盖世，悟性绝人，官为曹操主簿，大俸大禄，以报三荐之恩。不合参破曹操兵机，为操所杀，前生你哄韩信入长乐宫，来生偿其命也。”判官写得明白。又唤九江王英布上来，“发你在江东孙坚家投胎，姓孙，名权，表字仲谋。先为吴王，后为吴帝，坐镇江东，享一国之富贵。”又唤彭越上来，“你是个正直之人，发你在涿郡楼桑村刘弘家为男，姓刘，名备，字玄德。千人称仁，万人称义。后为蜀帝，抚有蜀中之地，与曹操、孙权三分鼎足。曹氏灭汉，你续汉家之后，乃表汝之忠心也。”彭越道：“三分天下，是大乱之时，西蜀一隅之地，怎能敌得吴、魏？”重湘道：“我判几个人扶助你就是。”乃唤蒯通上来：“你足智多谋，发你在南阳托生，覆姓诸葛，名亮，表字孔明，号为卧龙。为刘备军师，共立江山。”又唤许复上来，“你算韩信七十二岁之寿，只有三十二岁，虽然阴骘折堕，也是命中该载的。如今发你在襄阳投胎，姓庞，名统，表字士元，号为凤雏，帮刘备取西川。注定三十二岁，死于落凤坡之下，与韩信同寿，以为算命不准之报。今后算命之人，胡言哄人，如此折寿，必然警醒了。”彭越道：“军师虽有，必须良将帮扶。”重湘道：“有了。”唤过樊哙，“发你范阳涿州张家投胎，名飞，字翼德。”又唤项羽上来，“发你在蒲州解良关家投胎，只改姓不改名，姓关，名羽，字云长。你二人都有万夫不挡之勇，与刘备桃园结义，共立基业。樊哙不合纵妻吕须帮助吕后为虐，妻罪坐夫。项羽不合杀害秦王子婴，火烧咸阳，二人都注定凶死。但樊哙生前忠勇，并无谄媚；项羽不杀太公，不污吕后；不于酒席上暗算人；有此三德，注定来生俱义勇刚直，死而为神。”再唤纪信过来，“你前生尽忠刘家，未得享受一日富贵，发你来生在常山赵家出世，名云，表字子龙，为西蜀名将。当阳长坂百万军中救主，大显威名。寿年八十二，无病而终。”又唤戚氏夫人，“发你在甘家出世，配刘备为正宫。吕氏当初慕彭王美貌，求淫不遂，又妒忌汉皇爱你，今断你与彭越为夫妇，使他妒不得也。赵王如意，仍与你为子，改名刘禅，小字阿斗，嗣位为后主，安享四十二年之富贵，以偿前世之苦。”又唤丁公上来，“你去周家投胎，名瑜，字公瑾。发你孙权手下为将，被孔明气死，寿止三十五而卒。原你事项羽不了，来生事孙权亦不了也。”再唤项伯、雍齿过来，“项伯背亲向疏，贪图富贵，雍齿受仇人之封爵，你两人皆项羽之罪人；发你来生一个改名颜良，一个改名文丑，皆为关羽所斩，以泄前世之恨。”项羽问道：“六将如何发落？”重湘发六将于曹操部下，守把关隘。杨喜改名卞喜，王翳改名王植，夏广改名孔秀，吕胜改名韩福，杨武改名秦琪，吕马童改名蔡阳，关羽过五关，斩六将，以泄前生乌江逼命之恨。重湘判断明白已毕，众人无不心服。

重湘又问楚、汉争天下之时，有兵将屈死不甘者，怀才未尽者，有恩欲报、有怨欲伸者，一齐许他自诉，都发在三国时投胎出世。其刻薄害人，阴谋惨毒，负恩不报者，变作战马，与将帅骑坐。如此之类，不可细述。判官一一细注明白，不觉五更鸡叫。

重湘退殿，卸了冠服，依旧是个秀才。将所断簿籍，送与阎罗王看了。阎罗王叹服，替他转呈上界，取旨定夺。玉帝见了，赞道：“三百余年久滞之狱，亏他六个时辰断明，方见天地无私，果报不爽，真乃天下之奇才也。众人报冤之事，一一依拟。司马貌有经天纬地之才，今生屈抑不遇，来生宜赐王侯之位，改名不改姓，仍托生司马之家，名懿，表字仲达。一生出将入相，传位子孙，并吞三国，国号曰晋。曹操虽系韩信报冤，所断欺君弑后等事，不可为训。只怕后人不悟前因，学了歹样，就教司马懿欺凌曹氏子孙，一如曹操欺凌献帝故事，显其花报①，以警后人，劝他为善不为恶。”玉帝颁下御旨，阎王开读罢，备下筵席，与重湘送行。重湘启告阎王：“荆妻汪氏，自幼跟随穷儒，受了一世辛苦，有烦转乞天恩，来生仍判为夫妻，同享荣华。”阎王依允。

那重湘在阴司与阎王作别，这边床上忽然翻身，睁开双眼，见其妻汪氏，兀自坐在头边啼哭。司马貌连叫怪事，便将大闹阴司之事，细说一遍：

---

① 花报——报应。

"我今已奉帝旨,不敢久延,喜得来生复得与你完聚。"说罢,瞑目而逝。汪氏已知去向,心上到也不苦了,急忙收拾后事。殡殓方毕,汪氏亦死。到三国时,司马懿夫妻,即重湘夫妇转生。至今这段奇闻,传留世间。后人有诗为证:

半日阎罗判断明,冤冤相报气皆平。
劝人莫作亏心事,祸福昭然人自迎。

第三十二卷　游酆都胡母迪吟诗

自古机深祸亦深，休贪富贵昧良心。
檐前滴水毫无错，报应昭昭自古今。

话说宋朝第一个奸臣，姓秦名桧，字会之，江宁人氏。生来有一异相，脚面连指长一尺四寸，在太学时，都唤他做“长脚秀才”。后来登科及第，靖康年间，累官至御史中丞。其时金兵陷汴，徽、钦二帝北迁，秦桧亦陷在虏中，与金酋挞懒郎君相善，对挞懒说道：“若放我南归，愿为金邦细作①。侥幸一朝得志，必当主持和议，使南朝割地称臣，以报大金之恩。”挞懒奏知金主，金主教四太子兀术与他私立了约誓，然后纵之南还。

秦桧同妻王氏，航海奔至临安行在②，只说道杀了金家监守之人，私逃归宋。高宗皇帝信以为真，因而访问他北朝之事。秦桧盛称金家兵强将勇，非南朝所能抵敌。高宗果然惧怯，求其良策，秦桧奏道：“自石晋臣事夷敌，中原至今丧气，一时不能振作。靖康之变，宗社几绝，此殆天意，非独人力也。今行在草创，人心惶惶，而诸将皆握重兵在外，倘一人有变，陛下大事去矣。为今之计，莫若息兵讲和，以南北分界，各不侵犯，罢诸将之兵权，陛下高枕而享富贵，生民不致涂炭，岂不美哉。”高宗道：“朕欲讲和，只恐金人不肯。”秦桧道：“臣在虏中，颇为金酋所信服。陛下若以此事专委之臣，臣自有道理，保为陛下成此和议，可必万全不失。”高宗大喜，即拜秦桧为尚书仆射。未几，遂为左丞相。桧乃专主和议，用勾龙如渊为御史中丞，凡朝臣谏沮和议者，上疏击去之。赵鼎、张浚、胡铨、晏敦复、刘大中、尹焞③、王居正、吴师古、张九成、喻樗④ 等，皆被贬逐。

其时岳飞累败金兵，杀得兀术四太子奔走无路。兀术情急了，遣心腹

---

① 细作——间谍；奸细；暗探。

② 行在——皇帝巡行时临时驻居、办公的地方。

③ 焞(tūn)。

④ 樗(chū)。

王进,蜡丸内藏着书信,送与秦桧。书中写道:“既要讲和,如何边将却又用兵?此乃丞相之不信也。必须杀了岳飞,和议可成。”秦桧写了回书,许以杀飞为信,打发王进去讫。一日发十二道金牌,召岳飞班师。军中皆愤怒,河南父老百姓无不痛哭。飞既还,罢为万寿观使。秦桧必欲置飞于死地,与心腹张俊商议,访得飞部下统制王俊,与副都统制张宪有隙,将厚赏诱致王俊,教他妄告张宪谋据襄阳,还飞兵权。王俊依言出首,桧将张宪执付大理狱,矫诏遣使召岳飞父子,与张宪对理。御史中丞何铸,鞫审无实,将冤情白知秦桧。桧大怒,罢去何铸不用,改命万俟卨①。那万俟卨素与岳飞有隙,遂将无作有,构成其狱,说岳飞、岳云父子,与部将张宪、王贵通谋造反。大理寺卿薛仁辅等讼飞之冤;判宗正寺② 士㒟③,请以家属百口,保飞不反;枢密使韩世忠愤愤不平,亲诣桧府争论:俱各罢斥。狱既成,秦桧独坐于东窗之下,踌躇此事:“欲待不杀岳飞,恐他阻挠和议,失信金邦,后来朝廷觉悟,罪归于我;欲待杀之,奈众人公论有碍。”心中委决不下。其妻长舌夫人王氏适至,问道:“相公有何事迟疑?”秦桧将此事与之商议,王氏向袖中,摸出黄柑一只,双手劈开,将一半奉与丈夫,说道:“此柑一劈两开,有何难决?岂不闻古语云‘擒虎易,纵虎难’乎?”只因这句话,提醒了秦桧,其意遂决。将片纸写几个密字封固,送大理寺狱官,是晚就狱中缢死了岳飞。其子岳云与张宪、王贵,皆押赴市曹处斩。

金人闻飞之死,无不置酒相贺,从此和议遂定。以淮水中流,及唐、邓二州为界。北朝为大邦,称伯父;南朝为小邦,称侄。秦桧加封太师魏国公,又改封益国公,赐第于望仙桥,壮丽比于皇居。其子秦熺,十六岁上状元及第,除授翰林学士,专领史馆。熺生子名埙,襁褓中便注下翰林之职。熺女方生,即封崇国夫人。一时权势,古今无比。

且说崇国夫人六七岁时,爱弄一个狮猫。一日偶然走失,责令临安府府尹,立限挨访。府尹曹泳差人遍访,数日间拿到狮猫数百,带累猫主吃苦使钱,不可尽述。押送到相府,检验都非。乃图形千百幅,张挂茶坊酒

---

① 万俟卨(mòqíxiè)——宋朝人。

② 宗正寺——官署名,掌皇室亲属谱籍。

③ 士㒟(niǎo)——指宋朝宗室赵士㒟。赵士㒟,字立之,宋高宗时官至开府仪同三司。判大宗正寺。因力保岳飞不反,迕秦桧,被贬逐而死。

肆,官给赏钱一千贯。此时闹动了临安府,乱了一月有余,那猫儿竟无踪影。相府遣官督责,曹泳心慌,乃将黄金铸成金猫,重赂妳娘,送与崇国夫人,方才罢手。只这一节,桧贼之威权,大概可知。

晚年谋篡大位,为朝中诸旧臣未尽,心怀疑忌,欲兴大狱,诬陷赵鼎、张浚、胡铨等五十三家,谋反大逆。吏写奏牍已成,只待秦桧署名进御。是日,桧适游西湖,正饮酒间,忽见一人披发而至,视之乃岳飞也。厉声说道:"汝残害忠良,殃民误国,吾已诉闻上帝,来取汝命。"桧大惊,问左右都说不见。桧因此得病归府。次日,吏将奏牍送览。众人扶桧坐于格天阁① 下,桧索笔署名,手颤不止,落墨污坏了奏牍。立刻教重换来,又复污坏,究竟写不得一字。长舌妻王夫人在屏后摇手道:"勿劳太师!"须臾桧仆于几上,扶进内室,已昏愦了,一语不能发,遂死。此乃五十三家不该遭在桧贼手中,亦见天理昭然也。有诗为证:

忠简② 流亡武穆③ 诛,又将善类肆阴图。

格天阁下名难署,始信忠良有嘿扶④。

桧死不多时,秦熺亦死。长舌王夫人设醮追荐,方士伏坛奏章,见秦熺在阴府荷铁枷而立。方士问:"太师何在?"秦熺答道:"在酆都。"方士径至酆都,见秦桧、万俟卨、王俊披发垢面,各荷铁枷,众鬼卒持巨梃驱之而行,其状甚苦。桧向方士说道:"烦君传语夫人,东窗事发矣。"方士不知何语,述与王氏知道。王氏心下明白,吃了一惊:果然是人间私语,天闻若雷,暗室亏心,神目如电。因这一惊,王氏亦得病而死。未几,秦埙亦死。不够数年,秦氏遂衰。后因朝廷开浚运河,畚土堆积府门。有人从望仙桥行走,看见丞相府前,纵横堆着乱土,题诗一首于墙上,诗曰:

格天阁在人何在?偃月堂⑤ 深恨亦深。

---

① 格天阁——即一德格天阁,秦桧任宰相时所建。

② 忠简——宋赵鼎谥。赵鼎,字元镇,官至尚书左仆射,同中书门下平章事,兼枢密使。因与秦桧不合,被流谪,绝食而死。宋孝宗时追谥忠简。

③ 武穆——指岳飞,宋孝宗时追谥武穆。

④ 嘿扶——暗中扶助保佑。

⑤ 偃月堂——唐李林甫堂名。李林甫每次要陷害大臣,必居此堂中,思考办法。

不向洛阳图白发，却于郿邬贮黄金[1]。

笑谈便解兴罗织，咫尺那知有照临？

寂寞九原今已矣，空余泥泞积墙阴。

宋朝自秦桧主和，误了大计，反面事仇，君臣贪于佚乐；元太祖铁木真起自沙漠，传至世祖忽必烈灭金及宋。宋丞相文天祥，号文山，天性忠义，召兵勤王。有志不遂，为元将张弘范所执，百计说他投降不得。至元十九年，斩于燕京之柴市。子道生、佛生、环生，皆先丞相而死。其弟名璧，号文溪，以其子升嗣天祥之后，璧、升父子俱附元贵显。当时有诗云：

江南见说好溪山，兄也难时弟也难。

可惜梅花各心事，南枝向暖北枝寒。

元仁宗皇帝皇庆年间，文升仕至集贤阁大学士。

话分两头。且说元顺宗至元初年间，锦城有一秀才，复姓胡母，名迪。为人刚直无私，常说："我若一朝际会风云，定要扶持善类，驱尽奸邪，使朝政清明，方遂其愿。"何期时运未利，一气走了十科[2]不中，乃隐居威凤山[3]中，读书治圃，为养生计。然感愤不平之意，时时发露，不能自禁于怀也。

一日，独酌小轩之中。饮至半酣，启囊探书而读，偶得《秦桧东窗传》，读未毕，不觉赫然大怒，气涌如山，大骂奸臣不绝。再抽一书观看，乃《文文山丞相遗稿》，朗诵了一遍，心上愈加不平，拍案大叫道："如此忠义之人，偏教他杀身绝嗣，皇天，皇天，好没分晓！"闷上心来，再取酒痛饮，至于大醉。磨起墨来，取笔题诗四句于《东窗传》上，诗云：

长脚邪臣长舌妻，忍将忠孝苦诛夷。

愚生若得阎罗做，剥此奸雄万劫皮！

吟了数遍，撇开一边。再将文丞相集上，也题四句：

只手擎天志已违，带间遗赞日争辉。

---

① 郿邬贮黄金——邬，应写作坞。郿坞，地名，在陕西郿县北。东汉董卓筑坞于郿，号称万岁坞。坞中珍藏有金二三万斤，银八九万斤，锦帛奇玩，积如山丘。

② 走了十科——应了十次考选。

③ 威凤山——在四川成都县北。

独怜血胤同时尽，漂泊忠魂何处归？

吟罢，余兴未尽，再题四句于后：

桧贼奸邪得善终，美他孙子显荣同；

文山酷死兼无后，天道何曾识佞忠！

写罢掷笔，再吟数过，觉得酒力涌上，和衣就寝。

俄见皂衣二吏，至前揖道："阎君命仆等相邀，君宜速往。"胡母迪正在醉中，不知阎君为谁，答道："吾与阎君素昧平生，今见召，何也？"皂衣吏笑道："君到彼自知，不劳详问。"胡母迪方欲再拒，被二吏挟之而行。离城约行数里，乃荒郊之地，烟雨霏微，如深秋景象。再行数里，望见城郭，居人亦稠密，往来贸易不绝，如市廛之状。行到城门，见榜额乃"酆都"二字，迪才省得是阴府。业已至此，无可奈何。既入城，则有殿宇峥嵘，朱门高敞，题曰"曜灵之府"，门外守者甚严。皂衣吏令一人为伴，一人先入。少顷复出，招迪曰："阎君召子。"迪乃随吏入门，行至殿前，榜曰"森罗殿"。殿上王者，衮衣冕旒，类人间神庙中绘塑神像。左右列神吏六人，绿袍皂履，高幞① 广带，各执文簿。阶下侍立百余人，有牛头马面，长喙朱发，狰狞可畏。胡母迪稽颡② 于阶下，冥王问道："子即胡母迪耶？"迪应道："然也。"冥王大怒道："子为儒流，读书习礼，何为怨天怒地，谤鬼侮神乎？"胡母迪答道："迪乃后进之流，早习先圣先贤之道，安贫守分，循理修身，并无怨天尤人之事。"冥王喝道："你说'天道何曾识佞忠'，岂非怨谤之谈乎？"迪方悟醉中题诗之事，再拜谢罪道："贱子酒酣，罔能持性，偶读忠奸之传，致吟忿憾之辞。颙望③ 神君，特垂宽宥。"冥王道："子试自述其意，怎见得天道不辨忠佞？"胡母迪道："秦桧卖国和番，杀害忠良，一生富贵善终，其子秦熺，状元及第，孙秦埙，翰林学士，三代俱在史馆；岳飞精忠报国，父子就戮；文天祥宋末第一个忠臣，三子俱死于流离，遂至绝嗣；其弟降虏，父子贵显。福善祸淫，天道何在？贱子所以拊心致疑，愿神君开示其故。"冥王呵呵大笑："子乃下土腐儒，天意微渺，岂能知之？那宋高宗原系钱镠王第三子转生，当初钱镠独霸吴越，传世百年，并无失德。后因钱俶入朝，被宋

① 高幞——高幞头。

② 稽颡(qǐ sǎng)——行礼；叩头。

③ 颙(yóng)望——乞望；期望。

太宗留住，逼之献土。到徽宗时，显仁皇后有孕，梦见一金甲贵人，怒目言曰：‘我吴越王也。汝家无故夺我之国，吾今遣第三子托生，要还我疆土。’醒后遂生皇子构，是为高宗。他原索取旧疆，所以偏安南渡，无志中原，秦桧会逢其适，力主和议，亦天数当然也；但不该诬陷忠良，故上帝斩其血胤。秦熺非桧所出，乃其妻兄王焕之子，长舌妻冒认为儿，虽子孙贵显，秦氏魂魄，岂得享异姓之祭哉？岳飞系三国张飞转生，忠心正气，千古不磨。一次托生为张巡，改名不改姓；二次托生为岳飞，改姓不改名。虽然父子屈死，子孙世代贵盛，血食万年。文天祥父子夫妻，一门忠孝节义，传扬千古。文升嫡侄为嗣，延其宗祀，居官清正，不替家风，岂得为无后耶？夫天道报应，或在生前，或在死后；或福之而反祸，或祸之而反福。须合幽明古今而观之，方知毫厘不爽。子但据目前，譬如以管窥天，多见其不知量矣。”胡母迪顿首道：“承神君指教，开示愚蒙，如拨云见日，不胜快幸。但愚民但据生前之苦乐，安知身后之果报哉？以此冥冥不可见之事，欲人趋善而避恶，如风声水月，无所忌惮。宜乎恶人之多，而善人之少也。贱子不才，愿得遍游地狱，尽观恶报，传语人间，使知儆惧自修，未审允否？”冥王点头道是，即呼绿衣吏，以一白简书云：“右仰普掠狱官，即启狴牢①，引此儒生，遍观泉扃②报应，毋得违错。”

吏领命，引胡母迪从西廊而进。过殿后三里许，有石垣高数仞，以生铁为门，题曰“普掠之狱”。吏将门环叩三下，俄顷门开，夜叉数辈突出，将欲擒迪。吏叱道：“此儒生也，无罪。”便将阎君所书白简，教他看了。夜叉道：“吾辈只道罪鬼入狱，不知公是书生，幸勿见怪。”乃揖迪而入。其中广袤五十余里，日光惨淡，风气萧然。四围门牌，皆榜名额：东曰“风雷之狱”，南曰“火车之狱”，西曰“金刚之狱”，北曰“溟泠之狱”。男女荷铁枷者千余人。又至一小门，则见男子二十余人，皆被发裸体，以巨钉钉其手足于铁床之上，项荷铁枷，举身皆刀杖痕，脓血腥秽不可近。旁一妇人，裳而无衣，罩于铁笼中。一夜叉以沸汤浇之，皮肉溃烂，号呼之声不绝。绿衣吏指铁床上三人，对胡母迪说道：“此即秦桧、万俟卨、王俊。这铁笼中妇

---

① 狴牢——监牢。

② 泉扃——黄泉；冥界。

人，即桧妻长舌王氏也。其他数人，乃章惇①、蔡京父子、王黼②、朱勔③、耿南仲④、丁大全⑤、韩侂胄⑥、史弥远、贾似道，皆其同奸党恶之徒。王遣施刑，令君观之。”即驱桧等至风雷之狱，缚于铜柱，一卒以鞭扣其环，即有风刀乱至，绕刺其身。桧等体如筛底。良久，震雷一声，击其身如齑粉，血流凝地。少顷，恶风盘旋，吹其骨肉，复聚为人形。吏向迪道：“此震击者阴雷也，吹者业风也。”又呼卒驱至金刚、火车、溟泠等狱，将桧等受刑尤甚，饥则食以铁丸，渴则饮以铜汁。吏说道：“此曹凡三日，则遍历诸狱，受诸苦楚。三年之后，变为牛、羊、犬、豕，生于世间，为人宰杀，剥皮食肉。其妻亦为牝豕，食人不洁，临终亦不免刀烹之苦。今此众已为畜类于世五十余次了。”迪问道：“其罪何时可脱？”吏答道：“除是天地重复混沌，方得开除耳。”复引迪到西垣一小门，题曰“奸回之狱”。荷桎梏者百余人，举身插刃，浑类蝟形。迪问此辈皆何等人，吏答道：“是皆历代将相，奸回党恶，欺君罔上，蠹国害民，如梁冀⑦、董卓、卢杞⑧、李林甫之流，皆在其中。每三日，亦与秦桧等同受其刑。三年后，变为畜类，皆同桧也。”复至南垣一

---

① 章惇——北宋时人。哲宗初年，知枢密院事。高太后死，起为尚书左仆射兼门下侍郎，恢复新法，引用蔡京、蔡卞等，排斥元祐党人。徽宗时，贬睦州死。

② 王黼——北宋末人，多智善佞，与蔡京、梁师成相勾结。宣和元年，拜特进少宰。置应奉局，竭力搜括。当时朝廷欲与女真联合图燕，王黼括所有壮丁，计口出钱，以六千二百万缗买五六座空城而凯旋。进太傅，封楚国公。钦宗即位，被诛。

③ 朱勔(miǎn)——北宋末人，谄事蔡京。宋徽宗好花石，朱勔搜括江浙奇花异石，运送东京，号为“花石纲”。豪夺渔取，流毒于东南。钦宗时，诛死。

④ 耿南仲——宋代人。宋钦宗时，官尚书左丞。金人南侵，耿南仲力主割地议和。宋高宗即位，降为别驾，安置南雄，死于道上。

⑤ 丁大全——南宋人，谄事宦官，贪纵淫恶。宋理宗宝祐年间为右丞相。景定中流窜海岛，死于半路。

⑥ 韩侂(tuō)胄——南宋人。宋宁宗即位，韩侂胄以传导诏旨而得宠幸，排斥宰相赵汝愚，专横擅权。后欲立功以巩固地位，出兵伐金，溃败被诛。

⑦ 梁冀——东汉顺帝梁皇后兄，代父为大将军，鸩杀质帝，立桓帝。执政二十余年，骄横专恣。后桓帝与宦官单超等谋，领兵收捕，冀自杀。

⑧ 卢杞——唐代人。唐德宗用以为相，专权恣肆，毒害忠良。创间架税、除陌钱，进行聚敛。后被贬死。

小门,题曰“不忠内臣[①]之狱”。内有牝牛数百,皆以铁索贯鼻,系于铁柱,四围以火炙之。迪问道:“牛畜类也,何罪而致是耶?”吏摇手道:“君勿言,姑俟观之。”即呼狱卒,以巨扇拂火,须臾烈焰亘天,皆不胜其苦,哮吼踯躅,皮肉焦烂。良久,大震一声,皮忽绽裂,其中突出个人来。视之俱无须髯,寺人[②]也。吏呼夜叉掷于镬汤中烹之,但见皮肉消融,止存白骨。少顷,复以冷水沃之,白骨相聚,仍复人形。吏指道:“此皆历代宦官,秦之赵高,汉之十常侍[③],唐之李辅国[④]、仇士良[⑤]、王守澄[⑥]、田令孜[⑦],宋童贯之徒,从小长养禁中,锦衣玉食,欺诱人主,妒害忠良,浊乱海内。今受此报,累劫无已。”复至东壁,男女数千人,皆裸体跣足,或烹剥刳心,或剉烧舂磨,哀呼之声,彻闻数里。吏指道:“此皆在生时为官为吏,贪财枉法,刻薄害人,及不孝不友,悖负师长,不仁不义,故受此报。”迪见之大喜,叹曰:“今日方知天地无私,鬼神明察,吾一生不平之气始出矣。”吏指北面云:“此去一狱,皆僧尼哄骗人财,奸淫作恶者。又一狱,皆淫妇、妒妇、逆妇、狠妇等辈。”迪答道:“果报之事,吾已悉知,不消去看了。”吏笑携迪手偕出,仍入森罗殿。迪再拜,叩首称谢,呈诗四句。诗曰:

权奸当道任恣睢,果报原来总不虚。
冥狱试看刑法惨,应知今日悔当初。

---

① 内臣——宦官。

② 寺人——太监。

③ 十常寺——汉灵帝时,宦官张让、赵忠、夏恽、郭胜、孙璋、毕岚、栗嵩、段珪、高望、张恭、韩悝、宋典等十二人,都为中常侍。举成数,所以称“十常侍”。十常侍以亲戚宾客,任州郡大官,侵掠百姓,终于激发农民起义。

④ 李辅国——唐代宦官。唐代宗时尊为“尚父”,进司空,封博陆郡王,擅权跋扈。后被代宗遣人刺死。

⑤ 仇士良——唐代宦官。唐文宗时,为左神策军中尉,李训谋诛宦官,事露,仇士良、鱼弘志以神策军作乱,杀李训等。文宗死,仇士良援立武宗,官至观军容使,兼统左右军。以疾辞罢,未几死。曾杀二王、一妃、四宰相,贪酷二十余年。

⑥ 王守澄——唐代宦官。曾与陈弘志杀死唐宪宗,拥立穆宗。唐文宗时赐死。

⑦ 田令孜——唐代宦官。唐僖宗时,为左神策军中尉,僖宗委以政事,呼之为父。贩卖官爵,专权作恶。黄巢起义,田令孜挟僖宗出奔成都。事定,王重荣、李克用、朱玫等请诛令孜,诏以为剑南监军使。唐昭宗时,被缢死。

迪又道："奸回受报，仆已目击，信不诬矣。其他忠臣义士，在于何所？愿希一见，以适鄙怀，不胜欣幸。"冥王俯首而思，良久，乃曰："诸公皆生人道，为王公大人，享受天禄。寿满天年，仍还原所，以俟缘会，又复托生。子既求见，吾躬导之。"于是登舆而前，吩咐从者，引迪后随。行五里许，但见琼楼玉殿，碧瓦参横，朱牌金字，题曰"天爵之府"。既入，有仙童数百，皆衣紫绡之衣，悬丹霞玉珮，执彩幢绛节，持羽葆花旌，云气缤纷，天花飞舞，龙吟凤吹，仙乐铿锵，异香馥郁，袭人不散。殿上坐者百余人，头带通天之冠①，身穿云锦之衣，足蹑朱霓之履，玉珂琼珮，光彩射人。绛绡玉女五百余人，或执五明之扇②，或捧八宝之盂，环侍左右。见冥王来，各各降阶迎迓，宾主礼毕，分东西而坐。仙童献茶已毕，冥王述胡母迪来意，命迪致拜，诸公皆答之尽礼，同声赞道："先生可谓'仁者，能好人，能恶人矣'。"乃别具席于下，命迪坐，迪谦让再三不敢。王曰："诸公以子斯文，能持正论，故加优礼，何用苦辞？"迪乃揖谢而坐。冥王拱手道："座上皆历代忠良之臣，节义之士，在阳则流芳史册，在阴则享受天乐。每遇明君治世，则生为王侯将相，扶持江山，功施社稷。今天运将转，不过数十年，真人当出，拨乱反正。诸公行且先后出世，为创功立业之名臣矣。"迪即席又呈诗四句。诗曰：

时从窗下阅遗编，每恨忠良福不全；
目击冥司天爵贵，皇天端不负名贤。

诸公皆举手称谢。冥王道："子观善恶报应，忠佞分别不爽。假令子为阎罗，恐不能复有所加耳。"迪离席下拜谢罪。诸公齐声道："此生好善嫉恶，出于至性，不觉见之吟咏，不足深怪。"冥王大笑道："诸公之言是也。"迪又拜问道："仆尚有所疑，求神君剖示。仆自小苦志读书，并无大过，何一生无科第之分？岂非前生有罪业乎？"冥王道："方今胡元世界，天地反覆。子秉性刚直，命中无夷狄之缘，不应为其臣子。某冥任将满，想子善善恶

① 通天冠——一种王冠，始于秦朝，此后历代都有，但形制不尽相同。宋代制度，通天冠二十四梁（冠上横脊），加金博山，附蝉十二，青面朱里，饰以珠翠，黑帻，黑缨翠緌，用犀玉簪导。

② 五明扇——一种掌扇，最初一般官僚士大夫都可用，魏晋以后只限皇帝使用。

恶，正堪此职。某当奏知天廷，荐子以自代。于暂回阳世，以享余龄，更十余年后，耑当奉迎耳。”言毕，即命朱衣二吏送迪还家。迪大悦，再拜称谢。及辞诸公而出，约行十余里，只见天色渐明。朱衣吏指向迪道：“日出之处，即君家也。”迪挽住二吏之衣，欲延归谢之，二吏坚却不允。迪再三挽留，不觉失手，二吏已不见了。迪即展臂而寤，残灯未灭，日光已射窗纸矣。

迪自此绝意干进，修身乐道。再二十三年，寿六十六，一日午后，忽见冥吏持牒来，迎迪赴任。车马仪从，俨若王者。是夜迪遂卒。又十年，元祚遂倾，天下仍归于中国，天爵府诸公已知出世为卿相矣。后人有诗云：

王法昭昭犹有漏，冥司隐隐更无私。

不须亲见酆都景，但请时吟胡母诗。

第三十三卷　张古老种瓜娶文女

长空万里彤云作，迤逦祥光遍斋阁。
未教柳絮舞千毬，先使梅花开数萼。
入帘有韵自飕飕，点水无声空漠漠。
夜来阁向古松梢，向晚朔风吹不落。

这八句诗题雪，那雪下相似三件物事：似盐，似柳絮，似梨花。雪怎地似盐？谢灵运曾有一句诗咏雪道："撒盐空中差可疑①。"苏东坡先生有一词，名《江神子》：

黄昏犹自雨纤纤，晓开帘，玉平檐。江阔天低，无处认青帘②。独坐闲吟谁伴我？呵冻手，捻衰髯。　　使君留客醉恹恹，水晶盐③，为谁甜？手把梅花，东望忆陶潜。雪似古人人似雪，虽可爱，有人嫌。

这雪又怎似柳絮？谢道韫④ 曾有一句咏雪道："未若柳絮因风起。"黄鲁直⑤ 有一词，名《踏莎行》：

堆积琼花，铺陈柳絮，晓来已没行人路。长空尤未绽彤云，飘飖尚逐回风舞。　　对景衔杯，迎风索句，回头却笑无言语。为何终日未成吟？前山尚有青青处。

又怎见得雪似梨花？李易安夫人曾道："行人舞袖拂梨花。"晁叔用⑥ 有一词，名《临江仙》：

---

① 疑——当作拟字。

② 青帘——酒店所挂的青布幌子。

③ 水晶盐——即石盐，又名饴盐，一种带甜味的岩盐。

④ 谢道韫——晋谢安侄女。有一次天下雪，谢安问子侄们："象什么？"谢朗答云："撒盐空中差可拟。"谢道韫说："未若柳絮因风起。"谢安大悦。

⑤ 黄鲁直——黄庭坚，字鲁直，北宋诗人，著有《山谷内外集》、《别集》、《山谷词》等。

⑥ 晁叔用——晁冲之，字叔用，北宋诗人。有《具茨集》及近人所辑《晁叔用词》。

万里彤云密布，长空琼色交加。飞如柳絮落泥沙。前村归去路，舞袖拂梨花。　　此际堪描何处景？江湖小艇渔家。旋斟香酝过年华。披蓑乘远兴，顶笠过溪沙。

雪似三件物事，又有三个神人掌管。那三个神人？姑射真人、周琼姬、董双成。周琼姬掌管芙蓉城；董双成掌管贮雪琉璃净瓶，瓶内盛着数片雪；每遇彤云密布，姑射真人用黄金箸敲出一片雪来，下一尺瑞雪。当日紫府真人安排筵会，请姑射真人、董双成，饮得都醉。把金箸敲着琉璃净瓶，待要唱只曲儿。错敲破了琉璃净瓶，倾出雪来，当年便好大雪。曾有只曲儿，名做《忆瑶姬》：

姑射真人，宴紫府，双成击破琼苞。零珠碎玉，被蕊宫仙子，撒向空抛。乾坤皓彩中宵，海月流光色共交。向晓来，银压琅玕，数枝斜坠玉鞭梢。　　荆山隈，碧水曲，际晚飞禽，冒寒归去无巢。檐前为爱成簪箸，不许儿童使杖敲。待效他当日袁安① 谢女②，才词咏嘲。

姑射真人是掌雪之神。又有雪之精，是一匹白骡子，身上抖下一根毛，下一丈雪。却有个神仙是洪崖先生管着，用葫芦儿盛着白骡子。赴罢紫府真人会，饮得酒醉，把葫芦塞得不牢，走了白骡子，却在番人界里退毛。洪崖先生因走了白骡子，下了一阵大雪。

且说一个官人，因雪中走了一匹白马，变成一件蹊跷神仙的事，举家白日上升，至今古迹尚存。萧梁武帝普通六年，冬十二月，有个谏议大夫姓韦名恕，因谏萧梁武帝奉持释教得罪，贬在滋生驷马监③ 做判院。这官人：

中心正直，秉气刚强。有回天转日之言，怀逐佞去邪之见。

这韦官人受得滋生驷马监判院，这座监在真州六合县界上。萧梁武帝有一匹白马，名作"照殿玉狮子"：

蹄如玉削，体若琼妆。荡胸一片粉铺成，摆尾万条银缕散。能驰能

---

① 袁安——东汉人。贫时，逢洛阳大雪，僵卧不起。所以后来有"袁安卧雪"之称。

② 谢女——指谢道韫。

③ 滋生驷马监——就是御马监，掌牧养统治者所用的马匹。

载，走得千里程途；不喘不嘶，跳过三重阔涧。浑似狻猊① 生世上，恰如白泽② 下人间。

这匹白马，因为萧梁武帝追赶达摩禅师，到今时长芦界上有失，罚下在滋生驷马监，教牧养。当日大雪下，早晨起来，只见押槽来禀覆韦谏议道："有件祸事，——昨夜就槽头不见了那照殿玉狮子。"唬得韦谏议慌忙叫将一监养马人来，却是如何计结③？就中一个押槽出来道："这匹马容易寻。只看他雪中脚迹，便知着落。"韦谏议道："说得是。"即时差人随着押槽，寻马脚迹。迤逦间行了数里田地，雪中见一座花园，但见：

粉妆台榭，琼锁亭轩。两边斜压玉栏杆，一径平钩银绶带。太湖石陷，恍疑盐虎深埋；松柏枝盘，好似玉龙高耸。径里草枯难辨色，亭前梅绽只闻香。

却是一座篱园。押槽看着众人道："这匹马在这庄里。"即时敲庄门，见一个老儿出来。押槽相揖道："借问则个。昨夜雪中滋生驷马监里，走了一匹白马。这匹白马是梁皇帝骑的御马，名唤做'照殿玉狮子'。看这脚迹时，却正跳入篱园内来。老丈若还收得之时，却教谏议自备钱酒相谢。"老儿听得道："不妨，马在家里。众人且坐，老夫请你们食件物事了去。"众人坐定，只见大伯子去到篱园根中，去那雪里面，用手取出一个甜瓜来。看这瓜时，真个是：

绿叶和根嫩，黄花向顶开。

香从辛里得，甜向苦中来。

那甜瓜藤蔓枝叶都在上面。众人心中道："莫是大伯子收下的？"看那瓜颜色又新鲜。大伯取一把刀儿，削了瓜皮，打开瓜顶，一阵异气喷人。请众人吃了一个瓜，又再去雪中取出三个瓜来，道："你们做④ 老拙传话谏议，道张公教送这瓜来。"众人接了甜瓜。大伯从篱园后地，牵出这匹白马来，还了押槽。押槽拢了马儿，谢了公公，众人都回滋生驷马监。见韦谏议，

---

① 狻猊(suānní)——传说中的一种猛兽。

② 白泽——古代传说的一种神兽。

③ 计结——解决；了结。

④ 做——替；为。

道："可煞作怪！大雪中如何种得这甜瓜？"即时请出恭人① 来，和这十八岁的小娘子都出来，打开这瓜，合家大小都食了。恭人道："却罪过这老儿，与我收得马，又送瓜来，着个甚道理谢他？"

捻指过了两月，至次年春半，景色清明。恭人道："今日天色晴和，好去谢那送瓜的张公，谢他收得马。"谏议即时教安排酒樽食垒②，暖盪撩锅③，办几件食次④。叫出十八岁女儿来，道："我今日去谢张公，一就带你母子去游玩闲走则个。"谏议乘着马，随两乘轿子，来到张公门前，使人请出张公来。大伯连忙出来唱喏。恭人道："前日相劳你收下马，今日谏议置酒，特来相谢。"就草堂上铺陈酒器，摆列杯盘，请张公同坐。大伯再三推辞，掇条凳子，横头坐地。酒至三杯，恭人问张公道："公公贵寿？"大伯言："老拙年已八十岁。"恭人又问："公公几口？"大伯道："孑然一身。"恭人说："公公也少不得个婆婆相伴。"大伯应道："便是没恁么巧头脑⑤。"恭人道："也是说个七十来岁的婆婆。"大伯道："年纪须老，道不得个：

百岁光阴如捻指，人生七十古来稀。"

恭人道："也是说一个六十来岁的。"大伯道："老也，

月过十五光明少，人到中年万事休。"

恭人道："也是说一个五十来岁的。"大伯又道："老也，

三十不荣，四十不富，五十看看寻死路。"

恭人忍不得，自道，看我取笑他："公公说个三十来岁的。"大伯道："老也。"恭人说："公公，如今要说几岁的？"大伯抬起身来，指定十八岁小娘子道："若得此女以为匹配，足矣。"韦谏议当时听得说，怒从心上起，恶向胆边生，却不听他说话，叫那当直的都来要打那大伯。恭人道："使不得，特地来谢他，却如何打他？这大伯年纪老，说话颠狂，只莫管他。"收拾了酒器自归去。

---

① 恭人——对官员妻子的封号。

② 食垒——一种有几层屉的食盒。

③ 暖盪撩锅——暖酒，叫做盪。撩锅，一种汤锅。

④ 食次——此指食物；食品。

⑤ 巧头脑——合适的对象。

话里却说张公,一并三日不开门,六合县里有两个扑花的[①],一个唤做王三,一个唤做赵四,各把着大蒲篓来,寻张公打花[②]。见他不开门,敲门叫他,见大伯一行[③]说话,一行咳嗽,一似害痨病相思,气丝丝地。怎见得?曾有一《夜游宫》词:

四百四病人皆有,只有相思难受。不疼不痛在心头,魆魆地[④]教人瘦。　　愁逢花前月下,最怕黄昏时候。心头一阵痒将来,一两声咳嗽咳嗽。

看那大伯时,喉咙哑飒飒地出来道:"罪过你们来,这两日不欢,要花时打些个去,不要你钱。有件事相烦你两个:与我去寻两个媒人婆子,若寻得来时,相赠二百足钱,自买一角[⑤]酒吃。"二人打花了自去,一时之间,寻得两个媒人来。这两个媒人:

开言成匹配,举口合和谐。掌人间凤只鸾孤,管宇宙孤眠独宿。折莫[⑥]三重门户,选甚[⑦]十二楼中?男儿下惠也生心,女子麻姑须动意。传言玉女,用机关把手拖来;侍香金童,下说辞拦腰抱住。引得巫山[⑧]偷汉子,唆教织女害相思。

叫得两个媒婆来,和公公厮叫。张公道:"有头亲相烦说则个。这头亲曾相见,则是难说。先各与你三两银子,若讨得回报,各人又与你五两银子。说得成时,教你两人撰个小小富贵。"张媒、李媒便问:"公公,要说谁家小娘子?"张公道:"滋生驷马监里韦谏议有个女儿,年纪一十八岁,相烦你们去与我说则个。"两个媒婆含着笑笑,接了三两银子出去,行半里田地[⑨],到一个土坡上。张媒看着李媒道:"怎地去韦谏议宅里说?"张媒道:"容

---

① 扑花的——扑卖鲜花的人。
② 打花——采花。
③ 一行——一面;一头。
④ 魆魆地——暗暗地。
⑤ 一角——一份。角为宋、元间沽酒单位。
⑥ 折莫——同遮莫,尽教、就使的意思。
⑦ 选甚——管什么、论什么,不论、不问。
⑧ 巫山——宋玉的《高唐赋》中说,楚王游高唐,梦见了巫山的神女。这里的巫山,就是指巫山神女。
⑨ 田地——路程。

易,我两人先买一角酒吃,教脸上红拂拂地,走去韦谏议门前旋一遭,回去说与大伯,只道说了,还未有回报。"道犹未了,则听得叫道:"且不得去!"回头看时,却是那张公赶来。说道:"我猜你两个买一角酒,吃得脸上红拂拂地,韦谏议门前旋一遭回来,说与我道未有回报,还是恁地么?你如今要得好,急速便去,千万讨回报。"两个媒人见张公恁地说道,做着只得去。

两人同到滋生驷马监,倩人传报与韦谏议,谏议道:"教入来。"张媒、李媒见了,谏议道:"你两人莫是来说亲么?"两个媒人笑嘻嘻的,怕得开口。韦谏议道:"我有个大的儿子,二十二岁,见随王僧辩[①] 征北,不在家中;有个女儿,一十八岁,清官家贫,无钱嫁人。"两个媒人则在阶下拜,不敢说。韦谏议道:"不须多拜,有事但说。"张媒道:"有件事,欲待不说,为他六两银;欲待说,恐激恼谏议,又有些个好笑。"韦谏议问如何。张媒道:"种瓜的张老,没来历[②],今日使人来叫老媳妇两人,要说谏议的小娘子。得他六两银子,见在这里。"怀中取出那银子,教谏议看,道:"谏议周全时,得这银;若不周全,只得还他。"谏议道:"大伯子莫是疯?我女儿才十八岁,不曾要说亲。如今要我如何周全你这六两银子?"张媒道:"他说来,只问谏议觅得回报,便得六两银子。"谏议听得说,用指头指着媒人婆道:"做我传话那没见识的老子:要得成亲,来日办十万贯见钱为定礼,并要一色小钱,不要金钱准折。"教讨酒来劝了媒人,发付他去。

两个媒人拜谢了出来,到张公家,见大伯伸着脖项,一似望风宿鹅。等得两个媒人回来道:"且坐,生受不易!"且取出十两银子来,安在卓上,道:"起动[③] 你们,亲事圆备。"张媒问道:"如何了?"大伯道:"我丈人说,要我十万贯钱为定礼,并要小钱,方可成亲。"两个媒人道:"猜着了,果是谏议恁地说。公公,你却如何对付?"那大伯取出一掇酒来开了,安在卓子上,请两个媒人各吃了四盏。将这媒人转屋山头[④] 边来,指着道:"你

---

① 王僧辩——南朝梁时人,为江州刺史,平侯景之乱,官至大司马。后被陈霸先所袭杀。

② 没来历——没来由;无缘无故;毫无道理。

③ 起动——烦劳;扰动。

④ 屋山头——堂屋两头的房檐。

看!”两个媒人用五轮八光左右两点瞳仁,打一看时,只见屋山头堆垛[1]着一便价十万贯小钱儿。道:“你们看,先准备在此了。”只就当日,教那两个媒人先去回报谏议,然后发这钱来。媒人自去了。

这里安排车仗,从里面叫出几个人来,都着紫衫,尽戴花红[2]银揲子[3],推数辆太平车:

平川如雷吼,旷野似潮奔。猜疑地震天摇,仿佛星移日转。初观形象,似秦皇塞海鬼驱山[4];乍见威仪,若夏奡行舟临陆地[5]。满川寒雁叫,一队锦鸡鸣。

车子上旗儿插着,写道:“张公纳韦谏议宅财礼。”众人推着车子,来到谏议宅前,喝起三声喏来,排着两行车子,使人入去,报与韦谏议。谏议出来看了车子,开着口则合不得。使人入去,说与恭人,却怎地对付?恭人道:“你不合勒他讨十万贯见钱,不知这大伯如今那里擘划[6]将来?待不成亲,是言而无信;待与他成亲,岂有衣冠女子,嫁一园叟乎?”夫妻二人倒断不下,恭人道:“且叫将十八岁女儿前来,问这事却是如何。”女孩儿怀中取出一个锦囊来。原来这女子七岁时,不会说话。一日,忽然间道出四句言语来:

天意岂人知?应于南楚畿。

寒灰热如火,枯杨再生稊。

自此后便会行文,改名文女。当时着锦囊盛了这首诗,收十二年。今日将来教爹爹看道:“虽然张公年纪老,恐是天意,却也不见得。”恭人见女儿肯,又见他果有十万贯钱,此必是奇异之人,无计奈何,只得成亲。拣吉日良辰,做起亲来。张公喜欢。正是:

旱莲得雨重生藕,枯木无芽再遇春。

---

① 堆垛——堆积。

② 花红——此指喜庆人家装饰披挂用的红绸。

③ 银揲子——揲,应作楪。银铸碗碟,宋代做喜事的人家常用以犒赏从人。

④ 秦皇塞海鬼驱山——古代传说,秦始皇要造石桥,渡海观看日出的地方,当时有一神人,能够驱石入海。石头走得慢,神人便鞭打它,石头被打得流血。

⑤ 夏奡(ào)行舟临陆地——夏代人,寒浞的儿子,力气很大,能够陆地行舟。

⑥ 擘(bò)划——筹划。

做成了亲事，卷帐回，带那儿女归去了。韦谏议戒约[①]家人，不许一人去张公家去。

普通七年，夏六月间，谏议的儿子，姓韦名义方，文武双全，因随王僧辩北征回归，到六合县。当日天气热，怎见得？

万里无云驾六龙，千林不放鸟飞空。

地燃石裂江湖沸，不见南来一点风。

相次[②]到家中。只见路旁篱园里，有个妇女。头发蓬松，腰系青布裙儿，脚下拖双靸鞋[③]，在门前卖瓜。这瓜：

西园摘处香和露，洗尽南轩暑。莫嫌坐上适无蝇，只恐怕寒难近玉壶冰。　　井花浮翠金盆小，午梦初回了。诗翁自是不归来，不是青门[④]无地可移栽。

韦义方觉走得渴，向前要买个瓜吃。抬头一觑，猛叫一声道："文女，你如何在这里？"文女叫："哥哥，我爹爹嫁我在这里。"韦义方道："我路上听得人说道，爹爹得十万贯钱，把你卖与卖瓜人张公，却是为何？"那文女把那前面的来历，对着韦义方从头说一遍。韦义方道："我如今要与他相见如何？"文女道："哥哥要见张公，你且少待。我先去说一声，却相见。"文女移身，已挺脚步入去房里，说与张公。复身出来道："张公道你性如烈火，意若飘风，不肯教你相见。哥哥，如今要相见却不妨，只是勿生恶意。"说罢，文女引义方入去相见。大伯即时抹着腰[⑤]出来。韦义方见了，道："却不叵耐！恁么模样，却有十万贯钱娶我妹子，必是妖人。"一会子掣出太阿宝剑，觑着张公，劈头便剁将下去。只见剑靶掿在手里，剑却折做数段。张公道："可惜又减了一个神仙！"文女推那哥哥出来，道："教你勿生恶意，如何把剑剁他？"韦义方归到家中，参拜了爹爹妈妈，便问如何将文女嫁与张公。韦谏议道："这大伯是个作怪人。"韦义方道："我也疑他：把剑剁他不

---

① 戒约——禁止。

② 相次——将近。

③ 靸(sǎ)鞋——一种没有后跟的草鞋。

④ 青门——汉长安城东靠南第一座门。原名霸城门，因门青色，所以俗称青城门，或青门。门外产瓜很有名。秦东陵侯召平，秦亡以后种瓜于青门外，当时称为东陵瓜。

⑤ 抹着腰——弯着腰。

着,到坏了我一把剑。”

次日早,韦义方起来,洗漱罢,系裹停当,向爹爹妈妈道:“我今日定要取这妹子归来;若取不得这妹子,定不归来见爹爹妈妈。”相辞了,带着两个当直,行到张公住处,但见平原旷□,踪迹荒凉。问那当方住的人,道:“是有个张公,在这里种瓜。住二十来年,昨夜一阵乌风猛雨,今日不知所在。”韦义方大惊抬头,只见树上削起树皮,写着四句诗道:

两枚篋袋世间无,盛尽瓜园及草庐。

要识老夫居止处,桃花庄上乐天居。

韦义方读罢了书,教当直四下搜寻。当直回来报道:“张公骑着匹蹇驴,小娘子也骑着匹蹇驴儿,带着两枚篋袋,取真州路上而去。”韦义方和当直三人,一路赶上,则见路上人都道:“见大伯骑着蹇驴,女孩儿也骑驴儿。那小娘子不肯去,哭告大伯道:‘教我归去相辞爹妈。’那大伯把一条杖儿在手中,一路上打将这女孩儿去。好恓惶人!令人不忍见。”韦义方听得说,两条忿气,从脚板灌到顶门;心上一把无明火,高三千丈,按捺不下。带着当直,迤逦去赶。约莫去不得数十里,则是赶不上。直赶到瓜洲渡口,人道见他方过江去,韦义方教讨船渡江。直赶到茅山脚下,问人时,道他两个上茅山去。韦义方吩咐了当直,寄下行李,放客店中了,自赶上山去。

行了半日,那里得见桃花庄?正行之次,见一条大溪拦路,但见:

寒溪湛湛,流水泠泠。照人清影澈冰壶,极目浪花番瑞雪。垂杨掩映长堤岸,世俗行人绝往来。

韦义方到溪边,自思量道:“赶了许多路,取不得妹子归去,怎地见得爹爹妈妈?不如跳在溪水里死休。”迟疑之间,着眼看时,则见溪边石壁上,一道瀑布泉流将下来,有数片桃花,浮在水面上。韦义方道:“如今是六月,怎得桃花片来?上面莫是桃花庄,我那妹夫张公住处?”则听得溪对岸一声哨笛儿① 响,看时,见一个牧童骑着蹇驴,在那里吹这哨笛儿,但见:

浓绿成阴古渡头,牧童横笛倒骑牛。

笛中一曲《升平乐》,唤起离人万种愁。

牧童近溪边来,叫一声:“来者莫是韦义方?”义方应道:“某便是。”牧童说:“奉张真人法旨,教请舅舅过来。”牧童教蹇驴渡水,令韦官人坐在驴背上

---

① 哨笛儿——一种笛子,或用笛吹奏的一种民间俗乐。

渡过溪去。牧童引路，到一所庄院。怎见得？有《临江仙》为证：

快活无过庄家好，竹篱茅舍清幽。春耕夏种及秋收，冬间观瑞雪，醉倒被蒙头。　　门外多栽榆柳树，杨花落满溪头。绝无闲闷与闲愁，笑他名利客，役役市廛游。

到得庄前，小童人去，从篱园里走出两个朱衣吏人来，接见这韦义方，道："张真人方治公事，未暇相待，令某等相款。"遂引到一个大四望亭子上，看这牌上写着"翠竹亭"，但见：

茂林郁郁，修竹森森。翠阴遮断屏山，密叶深藏轩槛。烟锁幽亭仙鹤唳，云迷深谷野猿啼。

亭子上铺陈酒器，四下里都种夭桃艳杏，异卉奇葩，簇着这座亭子。朱衣吏人与义方就席饮宴，义方欲待问张公是何等人，被朱衣吏人连劝数杯，则问不得。及至筵散，朱衣相辞自去，独留韦义方在翠竹轩，只教少待。

韦义方等待多时无信，移步下亭子来。正行之间，在花木之外，见一座殿屋，里面有人说话声。韦义方把舌头舔开朱红毬路①亭隔②看时，但见：

朱栏玉砌，峻宇雕墙。云屏与珠箔齐开，宝殿共琼楼对峙。灵芝丛畔，青鸾彩凤交飞；琪树阴中，白鹿玄猿并立。玉女金童排左右，祥烟瑞气散氤氲。

见这张公顶冠穿履，佩剑执圭，如王者之服，坐于殿上。殿下列两行朱衣吏人，或神或鬼。两面铁枷：上手枷着一个紫袍金带的人，称是某州城隍，因境内虎狼伤人，有失检举；下手枷着一个顶盔贯甲，称是某州某县山神，虎狼损害平人，部辖不前。看这张公书断，各有罪名。韦义方就窗眼内望见，失声叫道："怪哉，怪哉！"殿上官吏听得，即时差两个黄巾力士，捉将韦义方来，驱至阶下。官吏称韦义方不合漏泄天机，合当有罪，急得韦义方叩头告罪。真人正恁么说，只见屏风后一个妇人，凤冠霞帔，珠履长裙，转屏风背后出来，正是义方妹子文女，跪告张公道："告真人，念是妾亲兄之面，可饶恕他。"张公道："韦义方本合为仙，不合以剑剁吾，吾以亲戚之故，不见罪。今又窥觑吾之殿宇，欲泄天机，看你妹妹面，饶你性命。我与你十万钱，把件物事与你为照去支讨。"张公移身，已挺脚步入殿里。去不多

① 毬路——窗户雕镂的格子眼。

② 亭隔——这里的亭，疑是亮的讹字。亮隔，透光的槅子门。

时，取出一个旧席帽儿①，付与韦义方，教往扬州开明桥② 下，寻开生药铺申公，凭此为照，取钱十万贯。张公道："仙凡异路，不可久留。"令吹哨笛的小童，送韦舅乘蹇驴，出这桃花庄去。到溪边，小童就驴背上把韦义方一推，头掉脚掀，攧将下去。义方如醉醒梦觉，却在溪岸上坐地。看那怀中，有个帽儿。似梦非梦，迟疑未决。且只得携着席帽儿，取路下山来。

回到昨所寄行李店中，寻两个当值不见。只见店二哥出来，说道："二十年前有个韦官，寄下行李，上茅山去担搁，两个当值等不得，自归去了。如今恰好二十年，是隋炀帝大业二年。"韦义方道："昨日才过一日，却是二十年。我且归去六合县滋生驷马监，寻我二亲。"便别了店主人。来到六合县，问人时，都道二十年前滋生驷马监里，有个韦谏议，一十三口白日上升，至今升仙台古迹尚存；道是有个直阁③，去了不归。韦义方听得说，仰面大哭：二十年则一日过了，父母俱不见，一身无所归。如今没计奈何，且去寻申公讨这十万贯钱。

当时从六合县取路，迤逦直到扬州，问人寻到开明桥下，果然有个申公，开生药铺。韦义方来到生药铺前，见一个老儿：

生得形容古怪，装束清奇。领边银剪苍髯，头上雪堆白发。鸢肩龟背，有如天降明星；鹤骨松形，好似化胡老子④。多疑商岭逃秦客⑤，料是磻溪执钓人⑥。

在生药铺里坐。韦义方道："老丈拜揖！这里莫是申公生药铺？"公公道："便是。"韦义方着眼看生药铺厨里：

四个茖荖⑦ 三个空，一个盛着西北风。

韦义方肚里思量道："却那里讨十万贯钱支与我？"且问大伯，买三文薄荷。

---

① 席帽儿——一种用藤、席做成骨架，外面鞔以绢的帽子。女人所戴的席帽，则四周垂下丝网，遮住面部。

② 开明桥——在扬州城东北大街上，跨市河。

③ 直阁——官名。宋元之间也用作对于豪门子弟的一种称呼。

④ 化胡老子——道家传说，老子出函谷关，西入流沙，化胡成佛。

⑤ 商岭逃秦客——指"四皓"，即东园公、绮里季、夏黄公、角里先生。秦始皇时，他们逃隐于商山中。

⑥ 磻溪执钓人——指吕尚。吕尚七十多岁，垂钓于磻溪，遇到周文王。

⑦ 茖荖(gè lǎo)——用竹条或柳条编成的盛物器具。

公公道："好薄荷！《本草》上说凉头明目，要买几文？"韦义方道："回[1] 三钱。"公公道："恰恨缺。"韦义方道："回些个百药煎[2]。"公公道："百药煎能消酒面，善润咽喉，要买几文？"韦义方道："回三钱。"公公道："恰恨卖尽。"韦义方道："回些甘草。"公公道："好甘草！性平无毒，能随诸药之性，解金石草木之毒，市语叫做'国老'，要买几文？"韦义方道："问公公回五钱。"公公道："好教官人知，恰恨也缺。"韦义方对着公公道："我不来买生药，一个人传语，是种瓜的张公。"申公道："张公却没事，传语我做甚么？"韦义方道："教我来讨十万贯钱。"申公道："钱却有，何以为照[3]？"韦义方去怀里摸索一和[4]，把出席帽儿来。申公看着青布帘里，叫浑家出来看。青布帘起处，见个十七八岁的女孩儿出来，道："丈夫叫则甚？"韦义方心中道："却和那张公一般，爱娶后生老婆。"申公教浑家看这席帽儿，是也不是？女孩儿道："前日张公骑着蹇驴儿，打门前过，席帽儿绽了，教我缝。当时没皂线，我把红线缝着顶上。"翻过来看时，果然红线缝着顶。申公即时引韦义方入去家里，交还十万贯钱。韦义方得这项钱，把来修桥作路，散与贫人。

忽一日，打一个酒店前过。见个小童，骑只驴儿。韦义方认得是当日载他过溪的，问小童道："张公在那里？"小童道："见在酒店楼上，共申公饮酒。"苇义方上酒店楼上来，见申公与张公对坐，义方便拜。张公道："我本上仙长兴张古老，文女乃上天玉女，只因思凡，上帝恐被凡人点污，故令吾托此态取归上天。韦义方本合为仙，不合杀心太重，止可受扬州城隍都土地。"道罢，用手一招，叫两只仙鹤。申公与张古老各乘白鹤，腾空而去。则见半空遗下一幅纸来，拂开看时，只见纸上题着八句诗，道是：

一别长兴二十年，锄瓜隐迹暂居廛。
因嗟世上凡夫眼，谁识尘中未遇仙？
授职义方封土地，乘鸾文女得升天。
从今跨鹤楼[5] 前景，壮观维扬尚俨然。

---

① 回——买；掉换。

② 百药煎——药名，为一种褐色味苦的液体，相传端午日采百草煎汁制成，可以治疗瘰疬。

③ 照——凭据；证明。

④ 一和——一会儿。

⑤ 跨鹤楼——即骑鹤楼，楼址在扬州城东北大街上。现无存。

第三十四卷　李公子救蛇获称心

劝人休诵经，念甚消灾咒？
经咒总慈悲，冤业如何救？
种麻还得麻，种豆还得豆；
报应本无私，作了还自受。

这八句言语，乃徐神翁① 所作，言人在世，积善逢善，积恶逢恶。古人有云：积金以遗子孙，子孙未必能守；积书以遗子孙，子孙未必能读；不如积阴德于冥冥之中，以为子孙长久之计。昔日孙叔敖② 晓出，见两头蛇一条，横截其路。孙叔敖用砖打死而埋之，归家告其母曰："儿必死矣。"母曰："何以知之？"敖曰："尝闻人见两头蛇者必死，儿今日见之。"母曰："何不杀乎？"叔敖曰："儿已杀而埋之，免使后人再见，以伤其命，儿宁一身受死。"母曰："儿有救人之心，此乃阴骘，必然不死。"后来叔敖官拜楚相。今日说一个秀才，救一条蛇，亦得后报。

南宋神宗朝熙宁年间，汴梁有个官人，姓李，名懿，由杞县知县，除佥杭州判官。本官世本陈州人氏，有妻韩氏。子李元，字伯元，学习儒业。李懿到家收拾行李，不将妻子，只带两个仆人，到杭州赴任。在任倏忽一年，猛思子李元在家攻书，不知近日学业如何？写封家书，使王安往陈州，取孩儿李元来杭州，早晚作伴，就买书籍。王安辞了本官，不一日，至陈州，参见恭人，呈上家书。书院中唤出李元，令读了父亲家书，收拾行李。李元在前曾应举不第，近日琴书意懒，止游山玩水，以自娱乐。闻父命呼召，收拾琴剑书箱，拜辞母亲，与王安登程。沿路觅船，不一日，到扬子江。李元看了江山景物，观之不足，乃赋诗曰：

西出昆仑东到海，惊涛拍岸浪掀天。
月明满耳风雷吼，一派江声送客船。

---

① 徐神翁——宋哲宗时泰州天庆观道士。
② 孙叔敖——春秋楚国人，也叫蒍敖。

渡江至润州，迤逦到常州，过苏州，至吴江。

是日申牌时分，李元舟中看见吴江风景，不减潇湘图画①，心中大喜，令梢公泊舟近长桥② 之侧。元登岸上桥，来垂虹亭③ 上，凭栏而坐，望太湖晚景。李元观之不足，忽见桥东一带粉墙中有殿堂，不知何所。却值渔翁卷网而来，揖而问之，桥东粉墙，乃是何家。渔人曰："此三高士祠④。"李元问曰："三高何人也？"渔人曰："乃范蠡、张翰⑤、陆龟蒙⑥ 三个高士。"元喜，寻路渡一横桥，至三高士祠。入侧门，观石碑。上堂，见三人列坐，中范蠡，左张翰，右陆龟蒙。李元寻思间，一老人策杖而来，问之，乃看祠堂之人。李元曰："此祠堂几年矣？"老人曰："近千余年矣。"元曰："吾闻张翰在朝，曾为显官，因思鲈鱼莼菜之美，弃官归乡，彻老不仕，乃是急流中勇退之人，世之高士也。陆龟蒙绝代诗人，隐居吴淞江上，惟以养鸭为乐，亦世之高士。此二人立祠，正当其理。范蠡乃越国之上卿，因献西施于吴王夫差，就中取事，破了吴国。后见越王义薄，扁舟遨游五湖，自号鸱夷子。此人虽贤，乃吴国之仇人，如何于此受人享祭？"老人曰："前人所建，不知何意。"李元于老人处借笔砚，题诗一绝于壁间，以明鸱夷子不可于此受享。诗曰：

地灵人杰夸张、陆，共预清祠事可宜；
千载难消亡国恨，不应此地着鸱夷。

题罢，还了老人笔砚，相辞出门。见数个小孩儿，用竹杖于深草中戏打小蛇。李元近前视之，见小蛇生得奇异，金眼黄口，赭身锦鳞，体如珊瑚之状，腮下有绿毛，可长寸余。其蛇长尺余，如瘦竹之形，元见尚有游气，慌忙止住小童休打，"我与你铜钱百文，可将小蛇放了，卖与我。"小童簇定⑦

---

① 潇湘图画——指宋代画家宋迪，所作《平沙落雁》、《远浦归帆》、《山市晴岚》、《江天春雪》、《洞庭秋月》、《潇湘夜雨》、《烟寺晓钟》、《渔村夕阳》，号为"潇湘八景"。

② 长桥——即垂虹桥，在江苏吴江县东，共七十二孔。

③ 垂虹亭——在垂虹桥（即长桥）上，北宋仁宗庆历年间所建。

④ 三高士祠——在吴江县东门外，宋时建。

⑤ 张翰——晋代吴郡人，曾入洛，仕齐王冏为大司马。

⑥ 陆龟蒙——唐代长洲人，居松江甫里，善诗文。有《笠泽丛书》、《甫里集》等。

⑦ 簇定——簇拥着。

要钱,李元将朱蛇用衫袖包裹,引小童到船边,与了铜钱自去。唤王安开书箱取艾叶煎汤,少等温贮于盘中,将小蛇洗去污血。命梢公开船,远望岸上草木茂盛之处,急无人到,就那里将朱蛇放了。蛇乃回头数次,看着李元。元曰:"李元今日放了你,可于僻静去处躲避,休再教人见。"朱蛇游入水中,穿波底而去。李元令移舟望杭州而行。

三日已到,拜见父亲,言讫家中之事,父问其学业,李元一一对答,父心甚喜。在衙中住了数日,李元告父曰:"母亲在家,早晚无人侍奉,儿欲归家,就赴春选[①]。"父乃收拾俸余之资,买些土物,令元回乡,又令王安送归。行李已搬下船,拜辞父亲,与王安二人离了杭州。出东新桥官塘大路,过长安坝,至嘉禾,近吴江。从旧岁所观山色湖光,意中不舍。到长桥时,日已平西,李元教暂住行舟,且观景物,宿一宵来早去。就桥下湾[②]住船,上岸独步。上桥,登垂虹亭,凭阑伫目。遥望湖光潋滟[③],山色空濛;风定渔歌聚,波摇雁影分。

正观玩间,忽见一青衣小童,进前作揖,手执名榜[④]一纸曰:"东人有名榜在此,欲见解元,未敢擅便。"李元曰:"汝东人何在?"青衣曰:"在此桥左,拱听呼唤。"李元看名榜纸上一行书云:"学生朱伟谨谒。"元曰:"汝东人莫非误认我乎?"青衣曰:"正欲见解元,安得误耶!"李元曰:"我自来江左,并无相识,亦无姓朱者来往为友,多敢同姓者乎?"青衣曰:"正欲见通判相公李衙内李伯元,岂有误耶!"李元曰:"既然如此,必是斯文,请来相见何碍。"青衣去不多时,引一秀才至,眉清目秀,齿白唇红,飘飘然有凌云之气。那秀才见李元先拜,元慌忙答礼。朱秀才曰:"家尊与令祖相识甚厚,闻先生自杭而回,特命学生伺候已久。倘蒙不弃,少屈文旆,至舍下与家尊略叙旧谊,可乎?"李元曰:"元年幼,不知先祖与君家有旧,失于拜望,幸乞恕察。"朱秀才曰:"蜗居只在咫尺,幸勿见却。"李元见朱秀才坚意叩请,乃随秀才出垂虹亭,至长桥尽处,柳阴之中,泊一画舫,上有数人,容貌

---

① 春选——指乡试后第二年春天(二月)在礼部举行的"会试"。

② 湾——停泊的意思。

③ 潋滟(liànyàn)——形容水波流动。

④ 名榜——名帖。

魁梧，衣装鲜丽。邀元下船，见船内五彩装画，茵[①]褥铺设，皆极富贵，元早惊异。朱秀才教开船，从者荡桨，舟去如飞，两边搅起浪花，如雪飞舞。

须臾之间，船已到岸，朱秀才请李元上岸。元见一带松柏，亭亭如盖，沙草滩头，摆列着紫衫银带约二十余人，两乘紫藤兜轿。李元问曰："此公吏何府第之使也？"朱秀才曰："此家尊之所使也。请上轿，咫尺便是。"李元惊惑之甚，不得已上轿。左右呵喝入松林，行不一里，见一所宫殿，背靠青山，面朝绿水。水上一桥，桥上列花石栏干，宫殿上盖琉璃瓦，两廊下皆捣红泥墙壁。朱门三座，上有金字牌，题曰"玉华之宫"。轿至宫门，请下轿。李元不敢挪步，战栗不已。宫门内有两人出迎，皆头顶貂蝉冠[②]，身披紫罗襕[③]，腰系黄金带，手执花纹简，进前施礼，请曰："王上有命，谨请解元。"李元半晌不能对答。朱秀才在侧曰："吾父有请，慎勿惊疑。"李元曰："此何处也？"秀才曰："先生到殿上便知也。"李元勉强随二臣宰行，从东廊历阶而进，上月台[④]，见数十个人皆锦衣，簇拥一老者出殿上。其人蝉冠大袖，朱履长裾，手执玉圭，进前迎迓。李元慌忙下拜，王者命左右扶起。王曰："坐邀文旆，甚非所宜，幸沐来临，万乞情恕。"李元但只唯唯答应而已。

左右迎引入殿，王升御座，左手下设一绣墩，请解元登席。元再拜于地，曰："布衣寒生，王上御前，安敢侍坐？"王曰："解元于吾家有大恩，今令长男邀请至此，坐之何碍。"二臣宰请曰："王上敬礼，先生勿辞。"李元再三推却，不得已低首躬身，坐于绣墩，王乃唤小儿来拜恩人。

少顷，屏风后宫女数人，拥一郎君至。头戴小冠，身穿绛衣，腰系玉带，足蹑花靴，面如傅粉，唇似涂脂，立于王侧。王曰："小儿外日[⑤]游于水际，不幸为顽童所获；若非解元一力救之，则身为齑粉矣。众族感戴，未尝忘报。今既至此，吾儿可拜谢之。"小郎君近前下拜，李元慌忙答礼。王

---

① 茵——垫子或褥子。

② 貂蝉冠——貂和蝉都是冠上饰物。汉代制度，侍中、中常侍冠上，附蝉为饰，插以貂尾。

③ 襕——上下相连的服装。

④ 月台——露台。用以赏月，所以称为月台。

⑤ 外日——前日；前时。

曰:“君是吾儿之大恩人也,可受礼。”命左右扶定,令儿拜讫。

李元仰视王者满面虬髯,目有神光,左右之人,形容皆异,方悟此处是水府龙宫,所见者龙君也;旁立年少郎君,即向日三高士祠后所救之小蛇也。元慌忙稽颡,拜于阶下。王起身曰:“此非待恩人处,请入宫殿后,少进杯酌之礼。”李元随王转玉屏,花砖之上,皆铺绣褥,两旁皆绷锦步障①。出殿后,转行廊②,至一偏殿。但见金碧交辉,内列龙灯凤烛,玉炉喷沉麝之香,绣幕飘流苏之带。中设二座,皆是蛟绡拥护,李元惊怕而不敢坐。王命左右扶李元上座,两边仙音缭绕,数十美女,各执乐器,依次而入。前面执宝杯盘进酒献果者,皆绝色美女。但闻异香馥郁,瑞气氤氲,李元不知手足所措,如醉如痴。王命二子进酒,二子皆捧觞再拜。台上果卓,眝目观之,器皿皆是玻璃、水晶、琥珀、玛瑙为之,曲尽巧妙,非人间所有。王自起身与李元劝酒,其味甚佳,肴馔极多,不知何物。王令诸宰臣轮次举杯相劝,李元不觉大醉,起身拜王曰:“臣实不胜酒矣。”俯伏在地而不能起。王命侍从扶出殿外,送至客馆安歇。

李元酒醒,红日已透窗前。惊起视之,房内床榻帐幔,皆是蛟绡围绕。从人安排洗漱已毕,见夜来朱秀才来房内相邀,并不穿世之儒服,裹毬头帽③,穿绛绡袍 ,玉带皂靴,从者各执斧钺。李元曰:“夜来大醉,甚失礼仪。”朱伟曰:“无可相款,幸乞情恕。父王久等,请恩人到偏殿进膳。”引李元见王曰:“解元且宽心怀,住数日去亦不迟。”李元再拜曰:“荷王上厚意。家尊令李元归乡侍母,就赴春选,日已逼近。更兼仆人久等,不见必忧;倘回杭报父得知,必生远虑。因此不敢久留,只此告退。”王曰:“既解元要去,不敢久留。虽有纤粟之物,不足以报大恩,但欲者当一一奉纳。”李元曰:“安敢过望,平生但得称心足矣。”王笑曰:“解元既欲吾女为妻,敢不奉命。但三载后,须当复回。”王乃传言,唤出称心女子来。

须臾,众侍女簇拥一美女至前,元乃偷眼视之,雾鬓云鬟,柳眉星眼,有倾国倾城之貌,沉鱼落雁之容。王指此女曰:“此是吾女称心也。君既求之,愿奉箕帚。”李元拜于地曰:“臣所欲称心者,但得一举登科,以称此

---

① 步障——一种帐幕,用以屏蔽风寒尘土。

② 行廊——走廊。

③ 毬头帽——毬,同球。宋代侍从官所戴的一种帽子。

心，岂敢望天女为配偶耶？”王曰：“此女小名称心，既以许君，不可悔矣。若欲登科，只问此女，亦可办也。”王乃唤朱伟送此妹与解元同去。李元再拜谢。

朱伟引李元出宫，同到船边，见女子已改素妆，先在船内。朱伟曰：“尘世阻隔，不及亲送，万乞保重。”李元曰：“君父王，何贤圣也？愿乞姓名。”朱伟曰：“吾父乃西海群龙之长，多立功德，奉玉帝敕命，令守此处。幸得水洁波澄，足可荣吾子孙。君此去切不可泄漏天机，恐遭大祸，吾妹处亦不可问仔细。”元拱手听罢，作别上船，朱伟又将金珠一包相送。但耳畔闻风雨之声，不觉到长桥边。从人送女子并李元登岸，与了金珠，火急开船，两桨如飞，倏忽不见。

李元似梦中方觉，回观女子在侧，惊喜。元语女子曰：“汝父令汝与我为夫妇，你还随我去否？”女子曰：“妾奉王命，令吾侍奉箕帚，但不可以告家中人，若泄漏则妾不能久住矣。”李元引女子同至船边，仆人王安惊疑，接入舟中曰：“东人一夜不回，小人何处不寻？竟不知所在。”李元曰：“吾见一友人，邀于湖上饮酒，就以此女与我为妇。”王安不敢细问情由，请女子下船，将金珠藏于囊中，收拾行船。

一路涉河渡坝，看看来到陈州。升堂参见老母，说罢父亲之事，跪而告曰：“儿在途中娶得一妇，不曾得父母之命，不敢参见。”母曰：“男婚女聘，古之礼也。你既娶妇，何不领归？”母命引称心女子拜见老母，合家大喜。自搬回家，不过数日，已近试期。李元见称心女子聪明智慧，无有不通，乃问曰：“前者汝父曾言，若欲登科，必问于汝。来朝吾入试院，你有何见识教我？”女子曰：“今晚吾先取试题，汝在家中先做了文章，来日依本去写。”李元曰：“如此甚妙，此题目从何而得？”女子曰：“吾闭目作用，慎勿窥戏。”李元未信。女子归房，坚闭其门。但闻一阵风起，帘幕皆卷。约有更余，女子开户而出，手执试题与元。元大喜，恣意检本，做就文章。来日入院，果是此题，一挥而出。后日亦如此，连三场皆是女子飞身入院，盗其题目。待至开榜，李元果中高科，初任江州佥判①，闾里作贺，走马上任。一

① 佥(qiān)判——即签书判官厅公事的简称。为宋代各州幕职，总理诸案文牍。

年，改除奏院①。三年任满，除江南吴江县令，引称心女子，并仆从五人，辞父母来本处之任。

到任上不数日，称心女子忽一日辞李元曰："三载之前，为因小弟蒙君救命之恩，父母教奉箕帚。今已过期，即当辞去，君宜保重。"李元不舍，欲向前拥抱，被一阵狂风，女子已飞于门外，足底生云，冉冉腾空而去。李元仰面大哭。女子曰："君勿误青春，别寻佳配。官至尚书，可宜退步。妾若不回，必遭重责。聊有小诗，永为表记。"空中飞下花笺一幅，有诗云：

三载酬恩已称心，妾身归去莫沉吟。

玉华宫内浪埋雪，明月满天何处寻？

李元终日悒怏。后三年官满，回到陈州，除秘书，王丞相招为婿，累官至吏部尚书。直至如今，吴江西门外有龙王庙尚存，乃李元旧日所立。有诗云：

昔时柳毅传书信，今日李元逢称心。

恻隐仁慈行善事，自然天降福星临。

---

①　奏院——进奏院的简称，属给事中，掌颁发诏令、符牒，呈进章奏、案牍。

第三十五卷　简帖僧巧骗皇甫妻

白苎① 轻衫入嫩凉，春蚕食叶响长廊。禹门已准桃花浪，月殿先收桂子香。　鹏北海②，凤朝阳③，又携书剑路茫茫。明知此日登云去，却笑人间举子忙。

长安京北有一座县，唤做咸阳县，离长安四十五里。一个官人，复姓宇文，名绶，离了咸阳县，来长安赶试，一连三番试不遇。有个浑家王氏，见丈夫试不中归来。把复姓为题，做一个词儿嘲笑丈夫，名唤做《望江南》，词道是：

公孙恨，端木笔俱收。枉念西门分手处，闻人寄信约深秋，拓拔泪交流。　宇文弃，闷驾独孤舟。不望手勾龙虎榜④，慕容颜好一齐休，甘分守闾丘。

那王氏意不尽，看着丈夫，又做四句诗儿：

良人得意负奇才，何事年年被放回？
君面从今羞妾面，此番归后夜间来。

宇文解元从此发愤道："试不中，定是不回。"到得来年，一举成名了，只在长安住，不肯归去。

浑家王氏，见丈夫不归，理会得，道："我曾作诗嘲他，可知道不归。"修一封书，叫当值王吉来，"你与我将这书去四十五里，把与官人。"书中前面略叙寒暄，后面做只词儿，名唤《南柯子》，词道：

鹊喜噪晨树，灯开半夜花。果然音信到天涯，报道玉郎登第出京

---

① 白苎(zhù)——一种细白的夏布。

② 鹏北海——《庄子》寓言，北海有鱼，其名为鲲，化为大鸟，其名为鹏，抟扶摇而上九万里。后人常用以比喻奋发有为，前程远大。

③ 凤朝阳——《诗经》有"凤凰鸣矣，于彼高岗；梧桐生矣，于彼朝阳"的句子。山的东面，叫朝阳。

④ 龙虎榜——科举考试公布的考中者的名单。

华。　　旧恨消眉黛,新欢上脸霞。从前都是误疑他,将谓经年狂荡不归家。

这词后面,又写四句诗道:

长安此去无多地,郁郁葱葱佳气浮。
良人得意正年少,今夜醉眠何处楼?

宇文绶接得书,展开看,读了词,看罢诗,道:"你前回做诗,教我从今归后夜间来;我今试遇了,却要我回!"就旅邸中取出文房四宝,做了只曲儿,唤做《踏莎行》:

足蹑云梯,手攀仙桂,姓名高挂登科记。马前喝道状元来,金鞍玉勒成行缀。　　宴罢归来,恣游花市,此时方显平生志。修书速报凤楼人,这回好个风流婿。

做毕这词,取张花笺,折叠成书,待要写了付与浑家。正研墨,觉得手重,惹翻砚,水滴儿打湿了纸。再把一张纸折叠了,写成一封家书,付与当值王吉,教吩咐家中孺人:"我今在长安试遇了,到夜了归来。急去传与孺人,不到夜我不归来。"王吉接得书,唱了喏,四十五里田地,直到家中。

话里且说宇文绶发了这封家书,当日天晚,客店中无甚的事,便去睡。方才朦胧睡着,梦见归去,到咸阳县家中,见当值王吉在门前一壁① 脱下草鞋洗脚。宇文绶问道:"王吉,你早归了?"再四问他不应。宇文绶焦躁,抬起头来看时,见浑家王氏,把着蜡烛入去房里。宇文绶赶上来,叫:"孺人,我归了。"浑家不睬他。又说一声,浑家又不睬。宇文绶不知身是梦里,随浑家入房去,看这王氏放烛在桌子上,取早间这一封书,头上取下金篦儿②,一剔剔开封皮看时,却是一幅白纸。浑家含笑,就烛下把起笔来,于白纸上写了四句:

碧纱窗下启缄封,一纸从头彻底空。
知汝欲归情意切,相思尽在不言中。

写毕,换个封皮,再来封了。那浑家把金篦儿去剔那烛烬,一剔剔在宇文绶脸上,吃了一惊,撒然睡觉,却在客店里床上睡,烛犹未灭。桌子上看时,果然错封了一幅白纸归去,取一幅纸写这四句诗。到得明日早饭后,

① 一壁——一边。

② 金篦儿——金钗。

王吉把那封回书来，拆开看时，里面写着四句诗，便是夜来梦里见那浑家做的一般。当便安排行李，即时回家去。

这便唤做“错封书”，下来说的便是“错下书”：有个官人，夫妻两口儿，正在家坐地，一个人送封简帖儿来，与他浑家。只因这封简帖儿，变出一本蹺蹊作怪的小说来，正是：

尘随马足何年尽？事系人心早晚休。

有《鹧鸪》词① 一首，单道着佳人：

淡画眉儿斜插梳，不欢拈弄绣工夫。云窗雾阁深深处，静拂云笺学草书。　　多艳丽，更清姝，神仙标格世间无。当时只说梅花似，细看梅花却不如。

东京汴州开封府枣槊巷② 里，有个官人，复姓皇甫，单名松，本身是左班殿直③，年二十六岁。有个妻子杨氏，年二十四岁。一个十三岁的丫鬟，名唤迎儿。只这三口，别无亲戚。当时皇甫殿直官差去押衣袄上边④，回来是年节了。

这枣槊巷口一个小小的茶坊，开茶坊的唤做王二。当日茶市已罢，已是日中，只见一个官人入来，那官人生得：

浓眉毛，大眼睛，蹷⑤ 鼻子，略绰口⑥。头上裹一顶高样大桶子头巾⑦，着一领大宽袖斜襟褶子⑧，下面衬贴衣裳，甜鞋净袜⑨。

入来茶坊里坐下。开茶坊的王二拿着茶盏，进前唱喏奉茶。那官人接茶吃罢，看着王二道：“少借这里等个人。”王二道：“不妨。”等多时，只见一个

---

① 《鹧鸪》词——指词调中的《鹧鸪天》。

② 枣槊巷——即枣冢子巷，在北宋东京内城西北隅。巷中有单雄信墓，墓上有枣树，传说为单雄信枣槊发芽生长而成。

③ 左班殿直——内侍官名。充当宫庭役使。

④ 押衣袄上边——往边境押送军服。

⑤ 蹷(jué)。

⑥ 略绰口——阔口。

⑦ 大桶子头巾——一种帽桶很高大的头巾。流行于宋元之间，为文士所戴。

⑧ 褶子——一种有大领大襟、有长套袖的袍衫。又名“海青”。

⑨ 甜鞋净袜——鞋袜整洁。

男女，名叫僧儿，托个盘儿，口中叫卖鹌鹑馉饳儿①。官人把手打招，叫："买馉饳儿。"僧儿见叫，托盘儿入茶坊内，放在桌上，将条篾黄穿那馉饳儿，捏些盐放在官人面前，道："官人，吃馉饳儿。"官人道："我吃，先烦你一件事。"僧儿道："不知要做甚么？"那官人指着枣槊巷里第四家，问僧儿："认得这人家么？"僧儿道："认得，那里是皇甫殿直家里。殿直押衣袄上边，方才回家。"官人问道："他家有几口？"僧儿道："只是殿直，一个小娘子，一个小养娘。"官人道："你认得那小娘子也不？"僧儿道："小娘子寻常不出帘儿外面，有时叫僧儿买馉饳儿，常去认得，问他做甚么？"官人去腰里取下版金线箧儿，抖下五十来钱，安在僧儿盘子里。僧儿见了，可煞喜欢，叉手不离方寸②："告官人，有何使令？"官人道："我相烦你则个。"袖中取出一张白纸，包着一对落索环儿，两只短金钗子，一个简帖儿，付与僧儿，道："这三件物事，烦你送去适间问的小娘子。你见殿直，不要送与他。见小娘子时，你只道官人再三传语，将这三件物来与小娘子，万望笑留。你便去，我只在这里等你回报。"那僧儿接了三件物事，把盘子寄在王二茶坊柜上，僧儿托着三件物事，入枣槊巷来。到皇甫殿直门前，把青竹帘掀起，探一探。当时皇甫殿直正在前面交椅上坐地，只见卖馉饳儿的小厮掀起帘子，猖猖狂狂，探了一探，便走。皇甫殿直看着那厮，震威一喝，便是：

当阳桥上张飞勇，一喝曹公百万兵。

喝那厮一声，问道："做甚么？"那厮不顾便走。皇甫殿直拽开脚，两步赶上，捽那厮回来，问道："甚意思，看我一看了便走？"那厮道："一个官人，教我把三件物事与小娘子，不教把来与你。"殿直问道："甚么物事？"那厮道："你莫问，不要把与你。"皇甫殿直捻得拳头没缝，去顶门上屑那厮一暴，道："好好的把出来教我看！"那厮吃了一暴，只得怀里取出一个纸裹儿，口里兀自道："教我把与小娘子，又不教把与你，你却打我则甚？"皇甫殿直劈手夺了纸包儿，打开看，里面一对落索环儿，一双短金钗，一个简帖儿。皇甫殿直接得三件物事，拆开简帖，看时：

某惶恐再拜，上启小娘子妆前：即日孟春初时，恭惟懿处起居万福。某外日荷蒙持杯之款，深切仰思，未尝少替。某偶以薄干，不及亲诣，聊

---

① 鹌鹑馉饳儿——一种面制点心。

② 叉手不离方寸——方寸，指心。双手交叉齐胸，俯首到手。

有小词,名《诉衷情》,以代面禀,伏乞懿览。

词道是:

知伊夫婿上边回,懊恼碎情怀。落索环儿一对,简子与金钗。伊收取,莫疑猜,且开怀。自从别后,孤帏冷落,独守书斋。

皇甫殿直看了简帖儿,劈开眉下眼,咬碎口中牙,问僧儿道:"谁教你把来?"僧儿用手指着巷口王二哥茶坊里道:"有个粗眉毛、大眼睛、蹶鼻子、略绰口的官人,教我把来与小娘子,不教我把与你。"皇甫殿直一只手捽住僧儿狗毛,出这枣槊巷,径奔王二哥茶坊前来。僧儿指着茶坊道:"恰才在这里面打的床铺上坐地的官人,教我把来与小娘子,又不教把与你,你却打我!"皇甫殿直见茶坊没人,骂声:"鬼话!"再捽僧儿回来,不由开茶坊的王二分说。

当时到家里,殿直把门来关上,搲来搲了[①],唬得僧儿战做一团。殿直从里面叫出二十四岁花枝也似浑家出来,道:"你且看这件物事!"那小娘子又不知上件因依[②],去交椅上坐地。殿直把那简帖儿和两件物事度与浑家看,那妇人看着简帖儿上言语,也没理会处。殿直道:"你见我三个月日押衣袄上边,不知和甚人在家中吃酒?"小娘子道:"我和你从小夫妻,你去后,何曾有人和我吃酒?"殿直道:"既没人,这三件物从那里来?"小娘子道:"我怎知?"殿直左手指,右手举,一个漏风掌打将去。小娘子则叫得一声,掩着面,哭将入去。皇甫殿直再叫将十三岁迎儿出来,去壁上取下一把箭簝子竹[③]来,放在地上,叫过迎儿来。看着迎儿,生得:

短胳膊,琵琶腿,劈得柴,打得水,会吃饭,能窝屎。

皇甫松去衣架上取下一条绦来,把妮子缚了两只手,掉过屋梁去,直下[④]打一抽,吊将妮子起去。拿起箭簝子竹来,问那妮子道:"我出去三个月,小娘子在家中和甚人吃酒?"妮子道:"不曾有人。"皇甫殿直拿起箭簝子竹,去妮子腿下便摔,摔得妮子杀猪也似叫。又问又打,那妮子吃不得打,口中道出一句来:"三个月殿直出去,小娘子夜夜和个人睡。"皇甫殿直道:

---

① 搲来搲了——搲,同拴。搲来搲了,意即把门闩拴上了。

② 上件因依——上述因由。

③ 箭簝子竹——一种竹棍子。

④ 直下——向下。

"好也!"放下妮子来,解了绦,道:"你且来,我问你,是和兀谁睡?"那妮子揩着眼泪道:"告殿直,实不敢相瞒,自从殿直出去后,小娘子夜夜和个人睡,不是别人,却是和迎儿睡。"皇甫殿直道:"这妮子,却不弄我!"喝将过去。带一管锁,走出门去,拽上那门,把锁锁了。走去转湾巷口,叫将四个人来,是本地方所由,如今叫做"连手",又叫做"巡军"。张千、李万、董超、薛霸四人,来到门前,用钥匙开了锁,推开门。从里面扯出卖馉饳的僧儿来,道:"烦上名[①] 收领这厮。"四人道:"父母官使令,领台旨。"殿直道:"未要去,还有人哩。"从里面叫出十三岁的迎儿,和二十四岁花枝的浑家,道:"和他都领去。"四人唱喏道:"告父母官,小人怎敢收领孺人?"殿直发怒道:"你们不敢领他,这件事干人命。"唬倒四个所由,只得领小娘子和迎儿并卖馉饳的僧儿三个同去,解到开封钱大尹[②] 厅下。

皇甫殿直就厅下唱了大尹喏,把那简帖儿呈覆了。钱大尹看罢,即时教押下一个所属去处,叫将山前行[③] 山定来。当时山定承了这件文字,叫僧儿问时,应道:"则是茶坊里见个粗眉毛、大眼睛、蹙鼻子、略绰口的官人,他把这封简子来与小娘子,打杀也只是恁地供招。"问这迎儿,迎儿道:"即不曾有人来同小娘子吃酒,亦不知付简帖儿来的是何人,打杀也只是恁地供招。"却待问小娘子,小娘子道:"自从少年夫妻,都无一个亲戚往来,只有夫妻二人,亦不知把简帖儿来的是何等人。"山前行山定看着小娘子,生得恁地瘦弱,怎禁得打勘[④]? 怎地讯问他? 从里面交拐将过来两个狱卒,押出一个罪人来,看这罪人时:

面长皴轮骨,胲生渗癞[⑤] 腮。
犹如行病鬼,到处降人灾。

这罪人原是个强盗头儿,绰号"静山大王"。小娘子见这罪人,把两只手掩着面,那里敢开眼。山前行喝着狱卒道:"还不与我施行!"狱卒把枷梢[⑥]

---

① 上名——宋代对巡捕的尊称。
② 钱大尹——指钱明逸。字子飞,吴越王钱倧之孙,宋仁宗时,知开封府。
③ 前行——掌管刑狱的吏员。
④ 打勘——刑讯;拷问。
⑤ 渗癞——丑恶可怕的样子。
⑥ 枷梢——刑具;枷板。

一纽，枷梢在上，罪人头向下，拿起把荆子来，打得杀猪也似叫。山前行问道："你曾杀人也不曾？"静山大王应道："曾杀人！"又问："曾放火不曾？"应道："曾放火！"教两个狱卒把静山大王押入牢里去。山前行回转头来，看着小娘子道："你见静山大王，吃不得几杖子，杀人放火都认了。小娘子，你有事，只好供招了。你却如何吃得这般杖子？"小娘子簌地两行泪下，道："告前行，到这里隐讳不得。觅幅纸和笔，只得与他供招。"小娘子供道："自从小年夫妻，都无一个亲戚来往，即不知把简帖儿来的是甚色样人。如今看要侍儿吃甚罪名，皆出赐大尹笔下。"便恁么说，五回三次问他，供说得一同。

似此三日，山前行正在州衙门前立，倒断不下。猛抬头看时，却见皇甫殿直在面前相揖，问及这件事，"如何三日理会这件事不下？莫是接了寄简帖的人钱物，故意不与决这件公事？"山前行听得，道："殿直，如今台意要如何？"皇甫松道："只是要休离了。"当日山前行入州衙里，到晚衙，把这件文字呈了钱大尹。大尹叫将皇甫殿直来，当厅问道："捉贼见赃，捉奸见双，又无证见，如何断得他罪？"皇甫松告钱大尹："松如今不愿同妻子归去，情愿当官休了。"大尹台判：听从夫便。殿直自归。僧儿、迎儿喝出，各自归去。只有小娘子见丈夫不要他，把他休了，哭出州衙门来，口中自道："丈夫又不要我，又没一个亲戚投奔，教我那里安身？不若我自寻个死休。"至天汉州桥①，看着金水银堤汴河②，恰待要跳将下去。则见后面一个人，把小娘子衣裳一捽捽住。回转头来看时，恰是一个婆婆，生得：

眉分两道雪，髻挽一窝丝。眼昏一似秋水微浑，发白不若楚山云淡。

婆婆道："孩儿，你却没事寻死做甚么？你认得我也不？"小娘子道："不识婆婆。"婆婆道："我是你姑姑，自从你嫁了老公，我家寒，攀陪你不着，到今不来往。我前日听得你与丈夫官司，我日逐在这里伺候。今日听得道休离了，你要投水做甚么？"小娘子道："我上无片瓦，下无立锥，丈夫又不要

---

① 天汉州桥——天汉桥，宋东京城内汴河上桥名，正对宫城前的御街，俗称州桥。

② 汴河——河名，自西水门流入东京，横贯全城，经东水门出城，东去至泗州入河。

我，又无亲戚投奔，不死更待何时？”婆婆道：“如今且同你去姑姑家里，看后如何。”妇女自思量道：“这婆子知他是我姑姑也不是，我如今没投奔处，且只得随他去了，却再理会。”即时随这姑姑家去看时，家里莫甚么活计，却好一个房舍，也有粉青帐儿，有交椅、桌凳之类。

在这姑姑家里过了两三日，当日方才吃罢饭，则听得外面一个官人，高声大气叫道：“婆子，你把我物事去卖了，如何不把钱来还？”那婆子听得叫，失张失志，出去迎接来叫的官人，请入来坐地。小娘子着眼看时，见入来的人：

粗眉毛，大眼睛，蹷鼻子，略绰口。头上裹一顶高样大桶子头巾，着一领大宽袖斜襟褶子，下面衬贴衣裳，甜鞋净袜。

小娘子见了，口喻心，心喻口，道：“好似那僧儿说的寄简帖儿官人。”只见官人入来，便坐在凳子上，大惊小怪道：“婆子，你把我三百贯钱物事去卖了，今经一个月日，不把钱来还。”婆子道：“物事自卖在人头，未得钱。支得时，即便付还官人。”官人道：“寻常交关[①] 钱物东西，何尝捱许多日了？讨得时，千万送来。”官人说了自去。婆子入来，看着小娘子，簌地两行泪下，道：“却是怎好？”小娘子问道：“有甚么事？”婆子道：“这官人原是蔡州通判姓洪，如今不做官，却卖些珠翠头面。前日一件物事教我把去卖，吃人交加[②] 了，到如今没这钱还他，怪他焦躁不得。他前日央我一件事，我又不曾与他干得。”小娘子问道：“却是甚么事？”婆子道：“教我讨个细人[③]，要生得好的。若得一个似小娘子模样去嫁与他，那官人必喜欢。小娘子你如今在这里，老公又不要你，终不然罢了？不若听姑姑说合，你去嫁了这官人，你终身不致耽误，挈带姑姑也有个倚靠，不知你意如何？”小娘子沉吟半晌，不得已，只得依允。婆子去回复了。不一日，这官人娶小娘子来家，成其夫妇。

逡巡过了一年，当年是正月初一日。皇甫殿直自从休了浑家，在家中无好况。正是：

时间风火性，烧了岁寒心。

---

① 交关——交接；交流。

② 交加——吞没。

③ 细人——这里指姬妾。

自思量道："每年正月初一日，夫妻两个，双双地上本州大相国寺里烧香。我今年却独自一个，不知我浑家那里去了？"簌地两行泪下，闷闷不已。只得勉强着一领紫罗衫，手里把着银香盒，来大相国寺里烧香。到寺中烧了香，恰待出寺门，只见一个官人领着一个妇女。看那官人时，粗眉毛，大眼睛，蹶鼻子，略绰口；领着的妇女，却便是他浑家。当时丈夫看着浑家，浑家又觑着丈夫，两个四目相视，只是不敢言语。那官人同妇女两个入大相国寺里去。皇甫松在这山门头正沉吟间，见一个打香油钱的行者，正在那里打香油钱。看见这两人入去，口里道："你害得我苦，你这汉，如今却在这里！"大踏步赶入寺来。皇甫殿直见行者赶这两人，当时呼住行者道："五戒，你莫待要赶这两个人上去？"那行者道："便是。说不得，我受这汉苦，到今日抬头不起，只是为他。"皇甫殿直道："你认得这个妇女么？"行者道："不识。"殿直道："便是我的浑家。"行者问："如何却随着他？"皇甫殿直把送简帖儿和休离的上件事，对行者说了一遍。行者道："却是怎地！"行者却问皇甫殿直："官人认得这个人么？"殿直道："不认得。"行者道："这汉原是州东① 墦台寺② 里一个和尚，苦行③ 便是墦台寺里行者。我这本师，却是墦台寺里监院④，手头有百十钱，剃度这厮做小师⑤。一年已前时，这厮偷了本师二百两银器，逃走了，累我吃了好些拷打。如今赶出寺来，没讨饭吃处。罪过这大相国寺里知寺⑥ 厮认，留苦行在此间打化香油钱。今日撞见这厮，却怎地休得！"方才说罢，只见这和尚将着他浑家，从寺廊下出来。行者牵衣拔步，却待去捽这厮。皇甫殿直扯住行者，闪那身已在山门一壁，道："且不要捽他，我和你尾这厮去，看那里着落，却与他官司。"两个后地尾将来。

话分两头。且说那妇人见了丈夫，眼泪汪汪，入去大相国寺里烧了香出来。这汉一路上却问这妇人道："小娘子，如何你见了丈夫便眼泪出？

① 州东——指宋汴京东城。
② 墦台寺——一作繁台寺，在汴京陈州门内繁台上。
③ 苦行——寺院中专事劳作的净人，即未出家的人。
④ 监院——僧职名，即监寺，与寺院主相同，监督全寺。
⑤ 小师——僧侣受戒未满十夏，称为小师。
⑥ 知寺——僧职名，即知事，寺院中管事僧的总名。

我不容易得你来。我当初从你门前过，见你在帘子下立地，见你生得好，有心在你处。今日得你做夫妻，也非通容易。”两个说来说去，恰到家中门前，入门去，那妇人问道：“当初这个简帖儿，却是兀谁把来？”这汉道：“好教你得知，便是我教卖馉饳的僧儿把来你的。你丈夫中了我计，真个便把你休了。”妇人听得说，捽住那汉，叫声屈，不知高低。那汉见那妇人叫将起来，却慌了，就把只手去剋着他脖项，指望坏他性命。外面皇甫殿直和行者尾着他，两人来到门首，见他们入去，听得里面大惊小怪，抢将入去看时，见克着他浑家，闸闼[①]性命。皇甫殿直和这行者两个，即时把这汉来捉了，解到开封府钱大尹厅下。这钱大尹是谁？

出则壮士携鞭，入则佳人捧臂。世世靴踪不断，子孙出入金门。他是两浙钱王子，吴越国王孙。

大尹升厅，把这件事解到厅下。皇甫殿直和这浑家，把前面说过的话，对钱大尹历历从头说了一遍。钱大尹大怒，教左右索长枷把和尚枷了。当厅讯一百腿花[②]，押下左司理院，教尽情根勘这件公事。勘正了，皇甫松责领浑家归去，再成夫妻，行者当厅给赏。和尚大情小节，一一都认了：不合设谋奸骗，后来又不合谋害这妇人性命。准《杂犯》[③]断，合重杖处死，这婆子不合假妆姑姑，同谋不首，亦合编管[④]邻州。当日推出这和尚来，一个书会先生[⑤]看见，就法场上做了一只曲儿，唤做《南乡子》：

怎见一僧人，犯滥铺摸[⑥]受典刑。案款已成招状了，遭刑，棒杀髠[⑦]囚示万民。　沿路众人听，犹念高王观世音。护法喜神齐合掌，低声，果谓金刚不坏身。

---

① 闸闼(zhèng chuài)——挣扎；勉力支撑。

② 腿花——杖腿。

③ 《杂犯》——也叫做《杂犯律》或《杂律》，为古代法典中一篇的名称。这一篇系补遗性质，所以错综驳杂，没有一定条例。

④ 编管——犯罪的人流放别地，加以管制。又，宋代贬谪大臣，最重一等，也称编管。

⑤ 书会先生——书会，是宋元之间的一种小说、词曲、隐语等作者和艺人的团体。书会先生，指书会中的成员。

⑥ 犯滥铺摸——作恶犯法。

⑦ 髠(kūn)——古代一种剃发的刑罚。

第三十六卷　宋四公大闹禁魂张

钱如流水去还来，恤寡周贫莫吝财。

试览石家金谷地，于今荆棘昔楼台。

话说晋朝有一人，姓石名崇，字季伦。当时未发迹时，专一在大江中，驾一小船，只用弓箭射鱼为生。

忽一日，至三更，有人扣船言曰："季伦救吾则个！"石崇听得，随即推篷，探头看时，只见月色满天，照着水面；月光之下，水面上立着一个年老之人。石崇问老人："有何事故，夜间相恳？"老人又言："相救则个！"石崇当时就令老人上船，问有何缘故。老人答曰："吾非人也，吾乃上江老龙王。年老力衰，今被下江小龙欺我年老，与吾斗敌，累输与他，老拙无安身之地。又约我明日大战，战时又要输与他。今特来求季伦：明日午时弯弓在江面上，江中两个大鱼相战，前走者是我，后赶者乃是小龙；但望君借一臂之力，可将后赶大鱼一箭，坏了小龙性命，老拙自当厚报重恩。"石崇听罢，谨领其命。那老人相别而回，涌身一跳，入水而去。

石崇至明日午时，备下弓箭。果然将傍午时，只见大江水面上，有二大鱼追赶将来。石崇扣上弓箭，望着后面大鱼，风地一箭，正中那大鱼腹上。但见满江红水，其大鱼死于江上。此时风浪俱息，并无他事。夜至三更，又见老人扣船来谢道："蒙君大恩，今得安迹。来日午时，你可将船泊于蒋山① 脚下南岸第七株杨柳树下相候，当有重报。"言罢而去。

石崇明日依言，将船去蒋山脚下杨柳树边相候。只见水面上有鬼使三人出，把船推将去。不多时，船回，满载金银珠玉等物。又见老人出水，与石崇曰："如君再要珍珠宝贝，可将空船来此相候取物。"相别而去。

这石崇每每将船于柳树下等，便是一船珍宝，因致敌国之富。将宝玩买嘱权贵，累升至太尉之职，真是富贵两全。遂买一所大宅于城中，宅后造金谷园，园中亭台楼馆。用六斛大明珠，买得一妾，名曰绿珠。又置偏

---

① 蒋山——又名钟山，在今南京东。

房姨奶侍婢，朝欢暮乐，极其富贵。结识朝臣国戚，宅中有十里锦帐，天上人间，无比奢华。

忽一日排筵，独请国舅王恺，这人姐姐是当朝皇后。石崇与王恺饮酒半酣，石崇唤绿珠出来劝酒，端的十分美貌。王恺一见绿珠，喜不自胜，便有奸淫之意。石崇相待宴罢，王恺谢了自回，心中思慕绿珠之色，不能够得会。王恺常与石崇斗宝，王恺宝物，不及石崇，因此阴怀毒心，要害石崇。每每受石崇厚待，无因为之。

忽一日，皇后宣王恺入内御宴。王恺见了姐姐，就流泪，告言："城中有一财主富室，家财巨万，宝贝奇珍，言不可尽。每每请弟设宴斗宝，百不及他一二。姐姐可怜与弟争口气，于内库内那借奇宝，赛他则个。"皇后见弟如此说，遂召掌内库的太监，内库中借他镇库之宝，乃是一株大珊瑚树，长三尺八寸。不曾启奏天子，令人扛抬往王恺之宅。王恺谢了姐姐，便回府用蜀锦做重罩罩了。

翌日，广设珍羞美馔，使人移在金谷园中，请石崇会宴，先令人扛抬珊瑚树去园上开空闲阁子里安了。王恺与石崇饮酒半酣，王恺道："我有一宝，可请一观，勿笑为幸。"石崇教去了锦袱，看着微笑，用杖一击，打为粉碎。王恺大惊，叫苦连天道："此是朝廷内库中镇库之宝，自你赛我不过，心怀妒恨，将来打碎了，如何是好？"石崇大笑道："国舅休虑，此亦未为至宝。"石崇请王恺到后园中看珊瑚树，大小三十余株，有长至七八尺者。内一株一般三尺八寸，遂取来赔王恺填库，更取一株长大的送与王恺。王恺羞惭而退，自思国中之宝，敌不得他过，遂乃生计嫉妒。

一日，王恺朝于天子，奏道："城中有一富豪之家，姓石名崇，官居太尉，家中敌国之富。奢华受用，虽我王不能及他快乐。若不早除，恐生不测。"天子准奏，口传圣旨，便差驾上人① 去捉拿太尉石崇下狱，将石崇应有家资，皆没入官。王恺心中只要图谋绿珠为妾，使兵围绕其宅欲夺之。绿珠自思道："丈夫被他诬害性命，不知存亡。今日强要夺我，怎肯随他？虽死不受其辱！"言讫，遂于金谷园中坠楼而死，深可悯哉。王恺闻之，大怒，将石崇戮于市曹。石崇临受刑时叹曰："汝辈利吾家财耳。"刽子曰："你既知财多害己，何不早散之？"石崇无言可答，挺颈受刑。胡曾先生有

---

① 驾上人——指禁卫军士。

诗曰：

一自佳人坠玉楼，晋家宫阙古今愁。
惟余金谷园中树，已向斜阳叹白头。

方才说石崇因富得祸，是夸财炫色，遇了王恺国舅这个对头。如今再说一个富家，安分守已，并不惹事生非；只为一点悭吝未除，便弄出非常大事，变做一段有笑声的小说。这富家姓甚名谁？听我道来：这富家姓张名富，家住东京开封府，积祖[①] 开质库[②]，有名唤做张员外。这员外有件毛病，要去那

虱子背上抽筋，鹭鸶腿上割股，
古佛脸上剥金，黑豆皮上刮漆，
痰唾留着点灯，捋松将来炒菜。

这个员外平日发下四条大愿：

一愿衣裳不破，二愿吃食不消，
三愿拾得物事，四愿夜梦鬼交。

是个一文不使的真苦人。他还[③] 地上拾得一文钱，把来磨做镜儿，捍做磬儿，掐做锯儿，叫声“我儿”，做个嘴儿，放入箧儿。人见他一文不使，起他一个异名，唤做“禁魂”张员外。

当日是日中前后，员外自入去里面，白汤泡冷饭吃点心，两个主管在门前数见钱。只见一个汉，浑身赤膊，一身锦片也似文字，下面熟白绢裩[④] 拽扎着[⑤]，手把着个笊篱[⑥]，觑着张员外家里，唱个大喏了教化。口里道：“持绳把索，为客周全。”主管见员外不在门前，把两文撇在他笊篱里。张员外恰在水瓜心[⑦] 布帘后望见，走将出来道：“好也，主管！你做甚么，把两文撇与他？一日两文，千日便两贯。”大步向前，赶上捉笊篱的，打一夺把他一笊篱钱都倾在钱堆里，却教众当直打他一顿。路行人看见

---

① 积祖——世世代代；祖传。
② 质库——典当铺。
③ 还——如果。
④ 裩(kūn)——古代称裤子。
⑤ 拽扎——敛束衣裳。
⑥ 笊篱——一种圆口尖底的竹器，有柄，用以淘米、捞面等。
⑦ 水瓜心——水，当是木字的讹误。木瓜心，一种布的名称。

也不忿。那捉笊篱的哥哥吃打了，又不敢和他争，在门前指着了骂。只见一个人叫道："哥哥，你来，我与你说句话。"捉笊篱的回过头来，看那个人，却是狱家院子① 打扮一个老儿。两个唱了喏，老儿道："哥哥，这禁魂张员外，不近道理，不要共他争。我与你二两银子，你一文价卖生萝卜，也是经纪人。"捉笊篱的得了银子，唱喏自去，不在话下。

那老儿是郑州奉宁军人，姓宋，排行第四，人叫他做宋四公，是小番子② 闲汉。宋四公夜至三更前后，向金梁桥上四文钱买两只焦酸馅③，揣在怀里，走到禁魂张员外门前。路上没一个人行，月又黑。宋四公取出蹊跷作怪的动使④，一挂挂在屋檐上，从上面打一盘盘在屋上，从天井里一跳跳将下去。两边是廊屋，去侧首见一碗灯。听着里面时，只听得有个妇女声道："你看三哥恁么早晚，兀自未来。"宋四公道："我理会得了，这妇女必是约人在此私通。"看那妇女时，生得：

黑丝丝的发儿，白莹莹的额儿，
翠弯弯的眉儿，溜度度的眼儿，
正隆隆的鼻儿，红艳艳的腮儿，
香喷喷的口儿，平坦坦的胸儿，
白堆堆的奶儿，玉纤纤的手儿，
细袅袅的腰儿，弓弯弯的脚儿。

那妇女被宋四公把两只衫袖掩了面，走将上来。妇女道："三哥，做甚么遮了脸子唬我？"被宋四公向前一捽，捽住腰里，取出刀来道："悄悄地！高则声，便杀了你！"那妇女颤做一团道："告公公，饶奴性命。"宋四公道："小娘子，我来这里做不是⑤，我问你则个，他这里到上库有多少关闭？"妇女道："公公出得奴房，十来步有个陷马坑，两只恶狗；过了便有五个防土库⑥的，在那里吃酒赌钱，一家⑦ 当一更，便是土库；入得那土库，一个纸人，

---

① 狱家院子——狱卒。
② 小番子——光棍；无赖。
③ 酸馅——菜包子。
④ 动使——器皿用具。
⑤ 做不是——作奸犯科；干坏事。
⑥ 土库——富豪人家的私人库房。
⑦ 一家——一位；一人。

手里托着个银球，底下做着关棙子，踏着关棙子，银球脱在地下，有条合溜①，直滚到员外床前，惊觉，教人捉了你。”宋四公道：“却是恁地。小娘子，背后来的是你兀谁？”妇女不知是计，回过头去，被宋四公一刀，从肩头上劈将下去，见道血光倒了。那妇女被宋四公杀了。宋四公再出房门来，行十来步，沿西手走过陷马坑，只听得两个狗子吠。宋四公怀中取出酸馅，着些个不按君臣② 作怪的药，入在里面，觑得近了，撇向狗子身边去。狗子闻得又香又软，做两口吃了，先摆翻两个狗子。又行过去，只听得人喝幺幺六六，约莫也有五六人在那里掷骰。宋四公怀中取出一个小罐儿，安些个作怪的药在中面，把块撇火石，取些火烧着，喷鼻馨香。那五个人闻得道：“好香！员外日早晚兀自烧香。”只管闻来闻去，只见脚在下头在上，一个倒了，又一个倒。看见那五个男女，闻那香，一霎间都摆翻了。宋四公走到五人面前，见有半掇儿吃剩的酒，也有果菜之类，被宋四公把来吃了。只见五个人眼睁睁地，只是则声不得。便走到土库门前，见一具胳膊来大三簧锁，锁着土库门。宋四公怀里取个钥匙，名唤做“百事和合”，不论大小粗细锁都开得。把钥匙一斗，斗开了锁，走入土库里面去。入得门，一个纸人手里，托着个银球。宋四公先拿了银球，把脚踏过许多关棙子，觅了他五万贯锁赃物，都是上等金珠，包裹做一处。怀中取出一管笔来，把津唾润教湿了，去壁上写着四句言语，道：

宋国逍遥汉，四海尽留名。
曾上太平鼎，到处有名声。

写了这四句言语在壁上，土库也不关，取条路出那张员外门前去。宋四公思量道：“梁园③ 虽好，不是久恋之家。”连更彻夜，走归郑州去。

且说张员外家，到得明日天晓，五个男女苏醒，见土库门开着，药死两个狗子，杀死一个妇女，走去覆了员外。员外去使臣房④ 里下了状，滕大尹差王七殿直王遵，看贼踪由。做公的看了壁上四句言语，数中一个老成

---

① 合溜——槽道。

② 不按君臣——违反中医药理，乱配药物。

③ 梁园——本来是指梁孝王兔园，故址在汴京（开封）城东南；宋代人也往往称汴京为梁园。

④ 使臣房——缉捕武官的班房。

的叫做周五郎周宣,说道:“告观察[1],不是别人,是宋四。”观察道:“如何见得?”周五郎周宣道:“‘宋国逍遥汉’,只做着上面个‘宋’字;‘四海尽留名’,只做着个‘四’字;‘曾上太平鼎’,只做着个‘曾’字;‘到处有名声’,只做着个‘到’字。上面四字道:‘宋四曾到’。”王殿直道:“我久闻得做道路[2]的,有个宋四公,是郑州人氏,最高手段,今番一定是他了。”便教周五郎周宣,将带一行做公的去郑州干办宋四。

众人路上离不得饥餐渴饮,夜住晓行。到郑州,问了宋四公家里,门前开着一个小茶坊。众人入去吃茶,一个老子上灶点茶。众人道:“一道[3]请四公出来吃茶。”老子道:“公公害些病未起在[4],等老子入去传话。”老子走进去了,只听得宋四公里面叫起来道:“我自头风[5]发,教你买三文粥来,你兀自不肯。每日若干钱养你,讨不得替心替力,要你何用?”刮刮地把那点茶老子打了几下。只见点茶的老子,手把粥碗出来道:“众上下[6]少坐,宋四公教我买粥,吃了便来。”众人等个意休不休,买粥的也不见回来,宋四公也竟不见出来。众人不奈烦,入去他房里看时,只见缚着一个老儿。众人只道宋四公,来收[7]他。那老儿说道:“老汉是宋公点茶的,恰才把碗去买粥的,正是宋四公。”众人见说,吃了一惊,叹口气道:“真个是好手,我们看不仔细,却被他瞒过了。”只得出门去赶,那里赶得着?众做公的只得四散,分头各去,挨查缉获,不在话下。

原来众人吃茶时,宋四公在里面,听得是东京人声音,悄地打一望,又象个干办公事的模样,心上有些疑惑,故意叫骂埋怨。却把点茶老儿的儿子衣服,打换[8]穿着,低着头,只做买粥,走将出来,因此众人不疑。

却说宋四公出得门来,自思量道:“我如今却是去那里好?我有个师弟,是平江府人,姓赵名正。曾得他信道:如今在谟县。我不如去投奔他

---

① 观察——缉捕武官。
② 做道路——此指偷窃。
③ 一道——顺便。
④ 在——这里相当于着、得。
⑤ 头风——头痛病。
⑥ 上下——宋时对公差的一种尊称。
⑦ 收——拘捕。
⑧ 打换——调换。

家也罢。”宋四公便改换色服,妆做一个狱家院子打扮,把一把扇子遮着脸,假做瞎眼,一路上慢腾腾地,取路要来谟县。来到谟县前,见个小酒店,但见:

云拂烟笼锦旆[①] 扬,太平时节日舒长。
能添壮士英雄胆,会解佳人愁闷肠。
三尺晓垂杨柳岸,一竿斜刺杏花旁。
男儿未遂平生志,且乐高歌入醉乡。

宋四公觉得肚中饥馁,入那酒店去,买些个酒吃。酒保安排将酒来,宋四公吃了三两杯酒。只见一个精精致致的后生,走入酒店来。看那人时,却是如何打扮?

砖顶背系带头巾[②],皂罗文武带背儿[③],下面宽口裤,侧面丝鞋。

叫道:“公公拜揖。”宋四公抬头看时,不是别人,便是他师弟赵正。宋四公人面前,不敢师父师弟厮叫,只道:“官人少坐。”赵正和宋四公叙了间阔就坐,教酒保添只盏来筛酒,吃了一杯。赵正却低低地问道:“师父一向疏阔。”宋四公道:“二哥,儿时有道路也没?”赵正道:“是道路却也自有,都只把来风花雪月使了。闻知师父入东京去,得拳[④] 道路。”宋四公道:“也没甚么,只有得个四五万钱。”又问赵正道:“二哥,你如今那里去?”赵正道:“师父,我要上东京闲走一遭,一道赏玩则个,归平江府去做话说。”宋四公道:“二哥,你去不得。”赵正道:“我如何上东京不得?”宋四公道:“有三件事,你去不得。第一,你是浙右人,不知东京事,行院[⑤] 少有认得你的,你去投奔阿谁?第二,东京百八十里罗城[⑥],唤做‘卧牛城’[⑦]。我们只是草寇,常言:‘草入牛口,其命不久。’第三,是东京有五千个眼明手快做公的

---

① 锦旆(pèi)——宋代酒店,常用画竿挂锦旗,作为幌子。
② 砖顶背系带头巾——宋代一般平民所戴头巾,共有四带,二带下垂,二带反系脑后,所以称为背系带头巾。砖顶头巾,顶似砖,作长方形。
③ 背儿——一种对襟袍,袖较衫略宽,长垂至足。
④ 拳——一笔;一桩。得拳道路,就是得一项买卖,一笔钱财。
⑤ 行院——指同行帮之间的一种组织。
⑥ 罗城——内城外面的大城。
⑦ 卧牛城——北宋汴京城,形似卧牛,所以俗称卧牛城。

人,有三都捉事① 使臣。"赵正道:"这三件事都不妨,师父你只放心,赵正也不到得胡乱吃输。"宋四公道:"二哥,你不信我口,要去东京时,我觅得禁魂张员外的一包儿细软,我将归客店里去,安在头边,枕着头;你觅得我的时,你便去上东京。"赵正道:"师父,恁地时不妨。"两个说罢,宋四公还了酒钱,将着赵正归客店里。店小二见宋四公将着一个官人归来,唱了喏,赵正同宋四公入房里走一遭,道了"安置",赵正自去。当下天色晚,如何见得?

暮烟迷远岫,薄雾卷晴空。群星共皓月争光,远水与山光斗碧。深林古寺,数声钟韵悠扬;曲岸小舟,几点渔灯明灭。枝上子规啼夜月,花间粉蝶宿芳丛。

宋四公见天色晚,自思量道:"赵正这汉手高,我做他师父,若还真个吃他觅了这般细软,好吃人笑!不如早睡。"宋四公却待要睡,又怕吃赵正来后如何,且只把一包细软安放头边,就床上掩卧。只听得屋梁上知知兹兹地叫,宋四公道:"作怪!未曾起更,老鼠便出来打闹人。"仰面向梁上看时,脱些个屋尘下来,宋四公打两个喷涕。少时老鼠却不则声,只听得两个猫儿,乜凹乜凹地厮咬了叫,溜些尿下来,正滴在宋四公口里,好臊臭!宋四公渐觉困倦,一觉睡去。

到明日天晓起来,头边不见了细软包儿。正在那里没摆拨,只见店小二来说道:"公公,昨夜同公公来的官人来相见。"宋四公出来看时,却是赵正。相揖罢,请他入房里,去关上房门。赵正从怀里取出一个包儿,纳还师父。宋四公道:"二哥,我问你则个,壁落共门都不曾动,你却是从那里来,讨了我的包儿?"赵正道:"实瞒不得师父,房里床面前一带黑油纸槛窗,把那学书纸糊着。吃我先在屋上,学一和老鼠;脱下来屋尘,便是我的作怪药,撒在你眼里鼻里,教你打几个喷涕;后面猫尿,便是我的尿。"宋四公道:"畜生,你好没道理!"赵正道:"是吃我盘到你房门前,揭起学书纸,把小锯儿锯将两条窗栅下来;我便挨身而入,到你床边,偷了包儿;再盘出窗外去,把窗栅再接住,把小钉儿钉着,再把学书纸糊了,恁地便没踪迹。"宋四公道:"好,好!你使得,也未是你会处。你还今夜再觅得我这包儿,我便道你会。"赵正道:"不妨,容易的事。"赵正把包儿还了宋四公道:"师

① 捉事——缉捕。

父,我且归去,明日再会。”漾① 了手自去。

宋四公口里不说,肚里思量道:“赵正手高似我,这番又吃他觅了包儿,越不好看,不如安排走休!”宋四公便叫将店小二来说道:“店二哥,我如今要行,二百钱在这里,烦你买一百钱爊② 肉,多讨椒盐,买五十钱蒸饼,剩五十钱,与你买碗酒吃。”店小二谢了公公,便去谟县前买了爊肉和蒸饼,却待回来。离客店十来家,有个茶坊里,一个官人叫道:“店二哥,那里去?”店二哥抬头看时,便是和宋四公相识的官人。店二哥道:“告官人,公公要去,教男女买爊肉共蒸饼。”赵正道:“且把来看。”打开荷叶看了一看,问道:“这里几文钱肉?”店二哥道:“一百钱肉。”赵正就怀里取出二百钱来道:“哥哥,你留这爊肉蒸饼在这里,我与你二百钱,一道相烦,依这样与我买来,与哥哥五十钱买酒吃。”店二哥道:“谢官人。”道了便去。不多时,便买回来。赵正道:“甚劳烦哥哥,与公公再裹了那爊肉。见公公时,做我传语他,只教他今夜小心则个。”店二哥唱喏了自去。到客店里,将肉和蒸饼递还宋四公。宋四公接了道:“罪过哥哥。”店二哥道:“早间来的那官人,教再三传语,今夜小心则个。”

宋四公安排行李,还了房钱,脊背上背着一包被卧,手里提着包裹,便是觅得禁魂张员外的细软,离了客店。行一里有余,取八角镇③ 路上来。到渡头看那渡船,却在对岸,等不来。肚里又饥,坐在地上,放细软包儿在面前,解开爊肉裹儿,擘开一个蒸饼,把四五块肥底爊肉多蘸些椒盐,卷做一卷,嚼得两口,只见天在下,地在上,就那里倒了。宋四公只见一个丞局打扮的人,就面前把了细软包儿去。宋四公眼睁睁地见他把去,叫又不得,赶又不得,只得由他。那个丞局拿了包儿,先过渡去了。

宋四公多样时④ 苏醒起来,思量道:“那丞局是阿谁?捉我包儿去。店二哥与我买的爊肉里面有作怪物事!”宋四公忍气吞声走起来,唤渡船过来,过了渡,上了岸,思量那里去寻那丞局好。肚里又闷,又有些饥渴,只见个村酒店,但见:

---

① 漾——撒;丢。

② 爊(āo)——放在微火上煨熟。

③ 八角镇——地名,现开封西南八角店。

④ 多样时——许久。

柴门半掩,破旆低垂。村中量酒,岂知有涤器相如?陋质蚕姑,难效彼当垆卓氏。壁间大字,村中学究醉时题;架上麻衣,好饮芒郎留下当。酸醨① 破瓮土床排,彩画醉仙② 尘土暗。

宋四公且入酒店里去,买些酒消愁解闷则个。酒保唱了喏,排下酒来。一杯两盏,酒至三杯,宋四公正闷里吃酒,只见外面一个妇女入酒店来:

油头粉面,白齿朱唇。锦帕齐眉,罗裙掩地。鬓边斜插些花朵,脸上微堆着笑容。虽不比闺里佳人,也当得垆头少妇。

那个妇女入着酒店,与宋四公道个万福,拍手唱一只曲儿。宋四公仔细看时,有些个面熟,道这妇女是酒店擦桌儿的③,请小娘子坐则个。妇女在宋四公根底④ 坐定,教量酒添只盏儿来,吃了一盏酒。宋四公把那妇女抱一抱,撮一撮,拍拍惜惜,把手去摸那胸前道:"小娘子,……"没有奶儿。宋四公道:"热牢,你是兀谁?"那个妆做妇女打扮的,叉手不离方寸道:"告公公,我不是擦桌儿顶老⑤,我便是苏州平江府赵正。"宋四公道:"打脊的检才⑥!我是你师父,却教我摸你爷头!原来却才丞局便是你。"赵正道:"可知便是赵正。"宋四公道:"二哥,我那细软包儿,你却安在那里?"赵正叫量酒道:"把适来我寄在这里包儿还公公。"量酒取将包儿来,宋四公接了道:"二哥,你怎地拿下我这包儿?"赵正道:"我在客店隔儿家茶坊里坐地,见店小二哥提一裹爊肉。我讨来看,便使转他也与我去买,被我安些汗药在里面裹了,依然教他把来与你。我妆做丞局,后面踏⑦ 将你来,你吃摆翻了。被我拿得包儿,到这里等你。"宋四公道:"恁地你真个会,不枉了上得东京去。"即时还了酒钱,两个同出酒店。去空野处除了花朵,溪水里洗了面,换一套男子衣裳着了,取一顶单青纱头巾裹了。宋四公道:"你而今要上京去,我与你一封书,去见个人,也是我师弟。他家住汴河岸上,卖人肉馒头。姓侯,名兴,排行第二,便是侯二哥。"赵正道:"谢师父。"到

① 醨(lí)——薄酒。
② 彩画醉仙——酒店墙壁上描画醉八仙,当作市招。
③ 擦桌儿的——酒店中巡座卖唱的歌妓。
④ 根底——面前。
⑤ 顶老——宋元时市人对艺妓的称呼。
⑥ 打脊的检才——打脊就是杖脊。检才,即坏蛋;滑头。
⑦ 踏——尾随侦视。

前面茶坊里，宋四公写了书，吩咐赵正，相别自去。宋四公自在谟县。

赵正当晚去客店里安歇，打开宋四公书来看时，那书上写道：

师父信上贤师弟二郎、二娘子：别后安乐否？今有姑苏贼人赵正，欲来京做买卖，我特地使他来投奔你。这汉与行院无情，一身线道①，堪作你家行货使用。我吃他三次无礼，可千万剿除此人，免为我们行院后患。

赵正看罢了书，伸着舌头缩不上。"别人便怕了，不敢去；我且看他，如何对付我！我自别有道理。"再把那书折叠，一似原先封了。

明日天晓，离了客店，取八角镇；过八角镇，取板桥，到陈留县。沿那汴河行，到日中前后，只见汴河岸上，有个馒头店。门前一个妇女，玉井栏手巾勒着腰，叫道："客长，吃馒头点心去。"门前牌儿上写着："本行侯家，上等馒头点心。"赵正道："这里是侯兴家里了。"走将入去，妇女叫了万福，问道："客长用点心？"赵正道："少待则个。"就脊背上取将包裹下来。一包金银钗子，也有花头的，也有连二连三的，也有素的，都是沿路上觅得的。侯兴老婆看见了，动心起来，道："这客长，有二三百只钗子！我虽然卖人肉馒头，老公虽然做赞老子②，到没许多物事。你看少间问我买馒头吃，我多使些汗火③，许多钗子都是我的。"赵正道："嫂嫂，买五个馒头来。"侯兴老婆道："着！"楦个碟子，盛了五个馒头，就灶头合儿里多撮些物料在里面。赵正肚里道："这合儿里便是作怪物事了。"赵正怀里取出一包药来，道："嫂嫂，觅些冷水吃药。"侯兴老婆将半碗水来，放在桌上。赵正道："我吃了药，却吃馒头。"赵正吃了药，将两只箸一拨，拨开馒头馅，看了一看，便道："嫂嫂，我爷说与我道：'莫去汴河岸上买馒头吃，那里都是人肉的。'嫂嫂，你看这一块有指甲，便是人的指头；这一块皮上许多短毛儿，须是人的不便处。"侯兴老婆道："官人休要，那得这话来！"赵正吃了馒头，只听得妇女在灶前道："倒也！"指望摆翻赵正，却又没些事。赵正道："嫂嫂，更添五个。"侯兴老婆道："想是恰才汗火少了，这番多把些药倾在里面。"赵正怀中又取包儿，吃些个药。侯兴老婆道："官人吃甚么药？"赵正道："平江

---

① 线道——肉的隐语。

② 赞老子——赞，不正；邪恶。赞老子，指盗贼。

③ 汗火——蒙汗药；迷药。

府提刑散的药,名唤做'百病安丸',妇女家八般头风,胎前产后,脾血气痛,都好服。"侯兴老婆道:"就官人觅得一服吃也好。"赵正去怀里别掤换[①] 包儿来,撮百十丸与侯兴老婆吃了,就灶前攧翻了。赵正道:"这婆娘要对付我,却到吃我摆翻。别人漾了去,我却不走。"特骨地[②] 在那里解腰捉虱子。

不多时,见个人挑一担物事归。赵正道:"这个便是侯兴,且看他如何?"侯兴共赵正两个唱了喏,侯兴道:"客长吃点心也未?"赵正道:"吃了。"侯兴叫道:"嫂子,会钱也未?"寻来寻去,寻到灶前,只见浑家倒在地下,口边溜出痰涎,说话不真,喃喃地道:"我吃摆翻了。"侯兴道:"我理会得了,这婆娘不认得江湖上相识,莫是吃那门前客长摆翻了?"侯兴向赵正道:"法兄,山妻眼拙,不识法兄,切望恕罪。"赵正道:"尊兄高姓?"侯兴道:"这里便是侯兴。"赵正道:"这里便是姑苏赵正。"两个相揖了,侯兴自把解药与浑家吃了。赵正道:"二兄,师父宋四公有书上呈。"侯兴接着,拆开看时,书上写着许多言语,末梢[③] 道:"可剿除此人。"侯兴看罢,怒从心上起,恶向胆边生,道:"师父兀自三次无礼,今夜定是坏他性命!"向赵正道:"久闻清德,幸得相会!"即时置酒相待,晚饭过了,安排赵正在客房里睡,侯兴夫妇在门前做夜作。

赵正只闻得房里一阵臭气,寻来寻去,床底下一个大缸。探手打一摸,一颗人头;又打一摸,一只人手共人脚。赵正搬出后门头,都把索子缚了,挂在后门屋檐上。关了后门,再入房里,只听得妇女道:"二哥,好下手!"侯兴道:"二嫂,使未得!更等他落忽些个。"妇女道:"二哥,看他今日把出金银钗子,有二三百只。今夜对付他了,明日且把来做一头戴,教人喝采则个。"赵正听得道:"好也!他两个要恁地对付我性命,不妨得。"侯兴一个儿子,十来岁,叫做伴哥,发脾寒[④],害在床上。赵正去他房里,抱那小的安在赵正床上,把被来盖了,先走出后门去。不多时,侯兴浑家把着一碗灯,侯兴把一把劈柴大斧头,推开赵正房门,见被盖着个人在那里

---

① 掤换——调换。

② 特骨地——故意地。

③ 末梢——末端;末尾。

④ 发脾寒——发疟子。

睡,和被和人,两下斧头,砍做三段。侯兴揭起被来看了一看,叫声:“苦也! 二嫂,杀了的是我儿子伴哥!”两夫妻号天洒地哭起来。赵正在后门叫道:“你没事自杀了儿子则甚? 赵正却在这里。”侯兴听得焦躁,拿起劈柴斧赶那赵正,慌忙走出后门去,只见扑地撞着侯兴额头,看时却是人头、人脚、人手挂在屋檐上,一似闹竿儿[①] 相似。侯兴教浑家都搬将入去,直上[②] 去赶。赵正见他来赶,前头是一派溪水。赵正是平江府人,会弄水,打一跳,跳在溪水里,后头侯兴也跳在水里来赶。赵正一分一蹬,顷刻之间,过了对岸。侯兴也会水,来得迟些个。赵正先走上岸,脱下衣裳挤教干。侯兴赶那赵正,从四更前后,到五更二点时候,赶十一二里,直到顺天新郑门[③] 一个浴堂。赵正入那浴堂里洗面,一道烘衣裳。正洗面间,只见一个人把两只手去赵正两腿上打一掣,掣翻赵正。赵正见侯兴来掣他,把两秃膝桩番侯兴,倒在下面,只顾打。

只见一个狱家院子打扮的老儿进前道:“你门[④] 看我面放手罢。”赵正和侯兴抬头看时,不是别人,却是师父宋四公,一家唱个大喏,直下便拜。宋四公劝了,将他两个去汤店[⑤] 里吃盏汤。侯兴与师父说前面许多事,宋四公道:“如今一切休论。则是赵二哥明朝入东京去,那金梁桥下,一个卖酸馅的,也是我们行院,姓王,名秀,这汉走得楼阁没赛,起个浑名,唤做‘病猫儿’。他家在大相国寺后面院子里住。他那卖酸馅架儿上一个大金丝罐,是定州中山府窑变[⑥] 了烧出来的,他惜似气命。你如何去拿得他的?”赵正道:“不妨。”等城门开了,到日中前后,约师父只在侯兴处。

赵正打扮做一个砖顶背系带头巾,皂罗文武带背儿,走到金梁桥下,见一抱架儿,上面一个大金丝罐,根底立着一个老儿:

---

① 闹竿儿——一种小孩玩具,一根竹竿上悬挂着各种玩意儿。

② 直上——向前。

③ 顺天新郑门——汴京外城西壁南首第一座门,本名顺天门,俗称新郑门。

④ 门——同们。

⑤ 汤店——指专卖一种用甘草等药料研末冲成药茶的店铺。

⑥ 定州中山府窑变——定州,宋徽宗政和三年升为中山府,宋时以产瓷著名,称为“定窑”。窑变,是烧瓷器时由于釉料中铜的还原焰所引起的一种偶然的变态,瓷呈红色或紫色。

郓州单青纱现顶儿头巾，身上着一领箆[①] 杨柳子布衫。腰里玉井栏手巾，抄着腰[②]。

赵正道："这个便是王秀了。"赵正走过金梁桥来，去米铺前撮几颗红米，又去菜担上摘些个叶子，和米和叶子，安在口里，一处嚼教碎。再走到王秀架子边，漾下六文钱，买两个酸馅，特骨地脱一文在地下。王秀去拾那地上一文钱，被赵正吐那米和菜在头巾上，自把了酸馅去。却在金梁桥顶上立地，见个小的跳将来，赵正道："小哥，与你五文钱，你看那卖酸馅王公头巾上一堆虫蚁屎，你去说与他，不要道我说。"那小的真个去说道："王公，你看头巾上。"工秀除下头巾来，只道是虫蚁屎，入去茶坊里揩抹了。走出来架子上看时，不见了那金丝罐。原来赵正见王秀入茶坊去揩那头巾，等他眼慢，拿在袖子里便行，一径走往侯兴家去。宋四公和侯兴看了，吃一惊。赵正道："我不要他的，送还他老婆休！"赵正去房里换了一顶搭飒[③]头巾，底下旧麻鞋，着领旧布衫，手把着金丝罐，直走去大相国寺后院子里。见王秀的老婆，唱个喏了道："公公教我归来，问婆婆取一领新布衫、汗衫、裤子、新鞋袜，有金丝罐在这里表照。"婆子不知是计，收了金丝罐，取出许多衣裳，吩咐赵正。赵正接得了，再走去见宋四公和侯兴道："师父，我把金丝罐去他家换许多衣裳在这里。我们三个少间同去送还他，博个笑声。我且着了去闲走一回耍子。"

赵正便把王秀许多衣裳着了，再入城里，去桑家瓦里[④]，闲走一回，买酒买点心吃了，走出瓦子外面来。

却待过金梁桥，只听得有人叫："赵二官人！"赵正回过头来看时，却是师父宋四公和侯兴。三个同去金梁桥下，见王秀在那里卖酸馅。宋四公道："王公拜茶。"王秀见了师父和侯二哥，看了赵正，问宋四公道："这个客长是兀谁？"宋四公恰待说，被赵正拖起去，教宋四公"未要说我姓名，只道我是你亲戚，我自别有道理。"王秀又问师父："这客长高姓？"宋四公道："是我的亲戚，我将他来京师闲走。"王秀道如此，即时寄了酸馅架儿在茶

---

① 箆(cī)。

② 抄着腰——叉着腰。

③ 搭飒——破烂；陈旧。

④ 瓦里——宋元时大城市里娱乐场所集中的地方。

坊，四个同出顺天新郑门外僻静酒店，去买些酒吃。入那酒店去，酒保筛酒来，一杯两盏，酒至三巡。王秀道："师父，我今朝呕气。方才挑那架子出来，一个人买酸馅，脱一钱在地下。我去拾那一钱，不知甚虫蚁屙在我头巾上。我入茶坊去揩头巾出来，不见了金丝罐，一日好闷！"宋四公道："那人好大胆，在你跟前卖弄得，也算有本事了。你休要气闷，到明日闲暇时，大家和你查访这金丝罐。又没三件两件，好歹要讨个下落，不到得失脱。"赵正肚里，只是暗暗的笑。四个都吃得醉，日晚了，各自归。

且说王秀归家去，老婆问道："大哥，你恰才教人把金丝罐归来？"王秀道："不曾。"老婆取来道："在这里，却把了几件衣裳去。"王秀没猜道是谁，猛然想起今日宋四公的亲戚，身上穿一套衣裳，好似我家的。心上委决不下，肚里又闷，提一角酒，索性和婆子吃个醉，解衣卸带了睡。王秀道："婆婆，我两个多时不曾做一处。"婆子道："你许多年纪了，兀自鬼乱！"王秀道："婆婆，你岂不闻：'后生犹自可，老的急似火。'"王秀早移过共头，在婆子头边，做一班半点儿事，兀自未了当。原来赵正见两个醉，掇开门躲在床底下，听得两个鬼乱，把尿盆去房门上打一攋。王秀和婆子吃了一惊，鬼慌起来。看时，见个人从床底下趱将出来，手提一包儿。王秀就灯光下仔细认时，却是和宋四公、侯兴同吃酒的客长。王秀道："你做甚么？"赵正道："宋四公教还你包儿。"王公接了看时，却是许多衣裳，再问："你是甚人？"赵正道："小弟便是姑苏平江府赵正。"王秀道："如此，久闻清名。"因此拜识。便留赵正睡了一夜。

次日，将着他闲走。王秀道："你见白虎桥① 下大宅子，便是钱大王②府，好一拳财。"赵正道："我们晚些下手。"王秀道："也好。"到三鼓前后，赵正打个地洞，去钱大王土库偷了三万贯钱正赃，一条暗花盘龙羊脂白玉带。王秀在外接应，共他归去家里去躲。明日，钱大王写封简子与滕大尹，大尹看了，大怒道："帝辇之下，有这般贼人！"即时差缉捕使臣马翰，限三日内要捉钱府做不是的贼人。

马观察马翰得了台旨，吩咐众做公的落宿，自归到大相国寺前，只见一个人背系带砖顶头巾，也着上一领紫衫，道："观察拜茶。"同入茶坊里，

---

① 白虎桥——在宋东京城西北隅金水河上。

② 钱大王——指吴越王钱俶。

上灶[1] 点茶来。那着紫衫的人怀里取出一裹松子胡桃仁，倾在两盏茶里。观察问道："尊官高姓？"那个人道："姓赵，名正，昨夜钱府做贼的便是小子。"马观察听得，脊背汗流，却待等众做公的过捉他。吃了盏茶，只见天在下，地在上，吃摆翻了。赵正道："观察醉也。"扶住他，取出一件作怪动使剪子，剪下观察一半衫褖[2]，安在袖里，还了茶钱。吩咐茶博士道："我去叫人来扶观察。"赵正自去。

两碗饭间，马观察肚里药过了，苏醒起来。看赵正不见了，马观察走归去。睡了一夜，明日天晓，随大尹朝殿。大尹骑着马，恰待入宣德门[3]去，只见一个人裹顶弯角帽子，着上一领皂衫，拦着马前，唱个大喏，道："钱大王有札目[4] 上呈。"滕大尹接了，那个人唱喏自去。大尹就马上看时，腰裹金鱼带不见挞尾[5]。简上写道："姑苏贼人赵正，拜禀大尹尚书：所有钱府失物，系是正偷了。若是大尹要来寻赵正家里，远则十万八千，近则只在目前。"大尹看了越焦躁，朝殿回衙，即时升厅，引放民户词状[6]。词状人抛箱[7]，大尹看到第十来纸状，有状子上面也不依式论诉甚么事，去那状上只写一只《西江月》曲儿，道是：

是水归于大海，闲汉总入京都。三都捉事马司徒[8]，衫褖难为作主。　　盗了亲王玉带，剪除大尹金鱼。要知闲汉姓名无？小月旁边疋土。

大尹看罢道："这个又是赵正，直恁地手高。"即唤马观察马翰来，问他捉贼消息。马翰道："小人因不认得贼人赵正，昨日当面错过。这贼委的手高，小人访得他是郑州宋四公的师弟；若拿得宋四，便有了赵正。"滕大尹猛然想起，那宋四因盗了张富家的土库，见告失状未获。即唤王七殿直王遵，

---

① 上灶——茶坊里端茶水的仆役。
② 衫褖(xiē)——衣衫的袖子。
③ 宣德门——即宣德楼，北宋汴京宫城正门。
④ 札目——公文；报告。
⑤ 挞尾——腰带向下垂插的带头，视官阶的高下，而分别以金、玉、犀、银、铜、铁为饰。
⑥ 词状——告状。
⑦ 抛箱——宋明间衙门，用箱子接纳状纸；抛箱，即告状的人把状纸投入箱中。
⑧ 司徒——官名。此是对于缉捕武官的尊称。

吩咐他协同马翰访捉贼人宋四、赵正。王殿直王遵禀道："这贼人踪迹难定，求相公宽限时日。又须官给赏钱，出榜悬挂，那贪着赏钱的便来出首，这公事便容易了办。"滕大尹听了，立限一个月缉获；依他写下榜文，如有缉知真赃来报者，官给赏钱一千贯。马翰和王遵领了榜文，径到钱大王府中，禀了钱大王，求他添上赏钱，钱大王也注了一千贯。两个又到禁魂张员外家来，也要他出赏。张员外见在失了五万贯财物，那里肯出赏钱？众人道："员外休得为小失大。捕得着时，好一主大赃追还你。府尹相公也替你出赏，钱大王也注了一千贯；你却不肯时，大尹知道，却不好看相。"张员外说不过了，另写个赏单，勉强写足了五百贯。马观察将去府前张挂，一面与王殿直约会，分路挨查。

那时府前看榜的人山人海，宋四公也看了榜，去寻赵正来商议。赵正道："可奈王遵、马翰，日前无怨，定要加添赏钱，缉获我们；又可奈张员外悭吝，别的都出一千贯，偏你只出五百贯，把我们看得恁贱！我们如何去蒿恼他一番，才出得气。"宋四公也怪前番王七殿直领人来拿他，又怪马观察当官禀出赵正是他徒弟，当下两人你商我量，定下一条计策，齐声道："妙哉！"赵正便将钱大王府中这条暗花盘龙羊脂白玉带递与宋四公，四公将禁魂张员外家金珠一包就中捡出几件有名的宝物，递与赵正。两下分别各自去行事。

且说宋四公才转身，正遇着向日张员外门首捉笊篱的哥哥，一把扯出顺天新郑门，直到侯兴家里歇脚。便道："我今日有用你之处。"那捉笊篱的便道："恩人有何差使？并不敢违。"宋四公道："作成你趁一千贯钱养家则个。"那捉笊篱的倒吃一惊，叫道："罪过！小人没福消受。"宋四公道："你只依我，自有好处。"取出暗花盘龙羊脂白玉带，教侯兴扮作内官① 模样，"把这条带去禁魂张员外解库② 里去解钱。这带是无价之宝，只要解他三百贯，却对他说：'三日便来取赎，若不赎时，再加绝二百贯。你且放在铺内，慢些子收藏则个。'"侯兴依计去了。张员外是贪财之人，见了这带，有些利息，不问来由，当去三百贯足钱。侯兴取钱回复宋四公，宋四公却教捉笊篱的到钱大王门上揭榜出首。钱大王听说获得真赃，便唤捉笊

① 内官——诸省及禁卫之官。

② 解库——典当铺。

篱的面审。捉笊篱的说道："小的去解库中当钱，正遇那主管，将白玉带卖与北边一个客人，索价一千五百两。有人说是大王府里来的，故此小的出首。"钱大王差下百十名军校，教捉笊篱的做眼，飞也似跑到禁魂张员外家，不由分说，到解库中一搜，搜出了这条暗花盘龙羊脂白玉带。张员外走出来分辩时，这些个众军校，那里来管你三七二十一，一条索子扣头，和解库中两个主管，都拿来见钱大王。钱大王见了这条带，明是真赃，首人不虚，便写个钧帖，付与捉笊篱的，库上支一千贯赏钱。钱大王打轿，亲往开封府拜滕大尹，将玉带及张富一干人送去拷问。大尹自己缉获不着，倒是钱大王送来，好生惭愧，便骂道："你前日到本府告失状，开载许多金珠宝贝。我想你庶民之家，那得许多东西？却原来放线做贼！你实说这玉带甚人偷来的？"张富道："小的祖遗财物，并非做贼窝赃。这条带是昨日申牌时分，一个内官拿来，解了三百贯钱去的。"大尹道："钱大王府里失了暗花盘龙羊脂白玉带，你岂不晓得？怎肯不审来历，当钱与他？如今这内官何在？明明是一派胡说！"喝教狱卒，将张富和两个主管一齐用刑，都打得皮开肉绽，鲜血迸流。张富受苦不过，情愿责限三日，要出去挨获当带之人。三日获不着，甘心认罪。滕大尹心上也有些疑虑，只将两个主管监候。却差狱卒押着张富，准他立限三日回话。

张富眼泪汪汪，出了府门，到一个酒店里坐下，且请狱卒吃三杯。方才举盏，只见外面踱个老儿入来，问道："那一个是张员外？"张富低着头，不敢答应。狱卒便问："阁下是谁？要寻张员外则甚？"那老儿道："老汉有个喜信要报他，特到他解库前，闻说有官事在府前，老汉跟寻至此。"张富方才起身道："在下便是张富，不审有何喜信见报？请就此坐讲。"那老儿挨着张员外身边坐下，问道："员外土库中失物，曾缉知下落否？"张员外道："在下不知。"那老儿道："老汉到晓得三分，特来相报员外。若不信时，老汉愿指引同去起赃。见了真正赃物，老汉方敢领赏。"张员外大喜道："若起得这五万贯赃物，便赔偿钱大王，也还有余。拚些上下使用，身上也得干净。"便问道："老丈既然的确，且说是何名姓？"那老儿向耳边低低说了几句，张员外大惊道："怕没此事。"老儿道："老汉情愿到府中出个首状，若起不出真赃，老汉自认罪。"张员外大喜道："且屈老丈同在此吃三杯，等大尹晚堂，一同去禀。"当下四人饮酒半醉，恰好大尹升厅，张员外买张纸，教老儿写了首状，四人一齐进府出首。滕大尹看了王保状词，却是说马观察、王殿直做贼，偷了张富家财，心中想道："他两个积年捕贼，那有此事？"便问王保道："你莫非挟仇陷害么？有甚么证据？"王保老儿道："小的在郑州经纪，见两个人把许多金珠在彼兑换。他说家里还藏得有，要换时再取来。小的认得他是本府差来缉事的，他如何有许多宝物？心下疑惑。今见张富失单，所开宝物相象，小的情愿眼同张富到彼搜寻。如若没有，甘当认罪。"滕大尹似信不信，便差李观察李顺，领着眼明手快的公人，一同王保、张富前去。

此时马观察马翰与王七殿直王遵，俱在各县挨缉两宗盗案未归。众人先到王殿直家，发声喊，径奔入来。王七殿直的老婆，抱着三岁的孩子，正在窗前吃枣糕，引着耍子。见众人啰唣，吃了一惊，正不知甚么缘故。恐怕吓坏了孩子，把袖裙子掩了耳朵，把着进房。众人随着脚跟儿走，围住婆娘问道："张员外家赃物，藏在那里？"婆娘只光着眼，不知那里说起。众人见婆娘不言不语，一齐掀箱倾笼，搜寻了一回。虽有几件银钗饰和些衣服，并没赃证。李观察却待埋怨王保，只见王保低着头，向床底下钻去，在帖壁床脚下解下一个包儿，笑嘻嘻的捧将出来。众人打开看时，却是八宝嵌花金杯一对，金镶玳瑁杯十只，北珠[①] 念珠一串。张员外认得是土库中东西，还痛起来，放声大哭。连婆娘也不知这物事那里来的，慌做一堆，开了口合不得，垂了手抬不起。众人不由分说，将一条索子，扣了婆娘的颈。婆娘哭哭啼啼，将孩子寄在邻家，只得随着众人走路。众人再到马观察家，混乱了一场。又是王保点点搠搠，在屋檐瓦棂内搜出珍珠一包，嵌宝金钏等物，张员外也都认得。两家妻小都带到府前，滕大尹兀自坐在厅上，专等回话。见众人蜂拥进来，阶下列着许多赃物，说是床脚上、瓦棂内搜出，见有张富识认是真。滕大尹大惊道："常闻得捉贼的就做贼，不想王遵、马翰真个做下这般勾当！"喝教将两家妻小监候，立限速拿正贼，所获赃物暂寄库。首人在外听候，待赃物明白，照额领赏。张富磕头禀道："小人是有碗饭吃的人家，钱大王府中玉带跟由，小人委实不知。今小的家中被盗赃物，既有的据，小人认了悔气，情愿将来赔偿钱府。望相公方便，释放小人和那两个主管，万代阴德。"滕大尹情知张富冤枉，许他召保在外。王保跟张员外到家，要了他五百贯赏钱去了。原来王保就是王秀，

---

① 北珠——出在北海中的珍珠，带青色。

浑名"病猫儿",他走得楼阁没赛。宋四公定下计策,故意将禁魂张员外家土库中赃物,预教王秀潜地埋藏两家床头屋檐等处,却教他改名王保,出首起赃,官府那里知道?

却说王遵、马翰正在各府缉获公事,闻得妻小吃了官司,急忙回来见滕大尹。滕大尹不由分说,用起刑法,打得希烂,要他招承张富赃物,二人那肯招认?大尹教监中放出两家的老婆来,都面面相觑,没处分辩,连大尹也委决不下,都发监候。次日又拘张富到官,劝他且将己财赔了钱大王府中失物,待从容退赃还你。张富被官府逼勒不过,只得承认了。归家思想,又恼又闷,又不舍得家财,在土库中自缢而死。可惜有名的禁魂张员外,只为"悭吝"二字,惹出大祸,连性命都丧了。那王七殿直王遵、马观察马翰,后来俱死于狱中。这一班贼盗,公然在东京做歹事,饮美酒,宿名娼,没人奈何得他。那时节东京扰乱,家家户户,不得太平。直待包龙图相公做了府尹,这一班贼盗,方才惧怕,各散去讫,地方始得宁静。有诗为证,诗云:

只因贪吝惹非殃,引到东京盗贼狂。
亏杀龙图包大尹,始知官好自民安。

第三十七卷　梁武帝累修归极乐

香雨琪园百尺梯，不知窗外晓莺啼；

觉来悟定胡麻[①]熟，十二峰前月未西。

这诗为齐明帝朝盱眙县光化寺一个修行的，姓范，法名普能而作。这普能，前世原是一条白颈曲蟮，生在千佛寺大通禅师关房[②]前天井里面。那大通禅师坐关时刻，只诵《法华经》。这曲蟮偏有灵性，闻诵经便舒头而听。那禅师诵经三载，这曲蟮也听经三载。忽一日，那禅师关期完满出来，修斋礼佛。偶见关房前草深数尺，久不芟除，乃唤小沙弥将锄去草。小沙弥把庭中的草去尽了，到墙角边，这一锄去得力大，入土数寸。却不知曲蟮正在其下，挥为两段。小沙弥叫声："阿弥陀佛！今日伤了一命，罪过，罪过！"掘些土来埋了曲蟮，不在话下。

这曲蟮得了听经之力，便讨得人身，生于范家。长大时，父母双亡，舍身于光化寺中，在空谷禅师座下，做一个火工道人。其人老实，居香积厨下，煮茶做饭，殷勤伏侍长老。便是众僧，也不分彼此，一体相待。普能虽不识字，却也硬记得些经典。只有《法华经》一部，背诵如流，晨昏早晚，一有闲空之时，着实念诵修行。在寺三十余年，闻得千佛寺大通禅师坐化去了，去得甚是脱洒，动了个念头，来对长老说："范道在寺多年，一世奉斋，并不敢有一毫贪欲，也不敢狼籍天物。今日拜辞长老回首，烦乞长老慈悲，求个安身去处。"说了下拜跪着。长老道："你起来，我与你说。你虽是空门修行，还不晓得灵觉门户。你如今回首去，只从这条寂静路上去，不可落在富贵套子里。差了念头，求个轮回也不可得。"范道受记[③]了，相

---

① 胡麻——指仙家胡麻饭。传说东汉时刘晨、阮肇入天台山采药，逢二仙女，饷以胡麻饭，留住半年。及归，子孙已经七世了。

② 关房——僧侣坐关的房间。

③ 受记——佛教中称佛记弟子来生因果及将来成佛之事为记别。接受记别，叫做受记。

辞长老,自来香积厨下沐浴,穿些洁净衣服,礼拜诸佛天地父母,又与众僧作别,进到龛子里,盘膝坐了,便闭着双眼去了。众僧都与他念经,叫工人扛这龛子到空地上,正要去请长老下火。只听得殿上撞起钟来,长老忙使人来说道:“不要下火。”长老随即也抬乘轿子,来到龛子前。叫人开了龛子门,只见范道又醒转来了,依先开了眼,只立不起来,合掌向长老说:“适才弟子到一个好去处,进在红锦帐中,且是安稳。又听得钟鸣起来,有个金身罗汉,把弟子一推,跌在一个大白莲池里。吃这一惊就醒转来,不知有何法旨?”长老说道:“因你念头差了,故投落在物类。我特地唤醒你来,再去投胎。”又与众僧说:“山门外银杏树下掘开那青石来看。”众僧都来到树下,掘起那青石来看,只见一条小火赤链蛇,才生出来的,死在那里。众僧见了,都惊异不已,来回复长老,说果有此事。长老叫上首徒弟,与范道说:“安净坚守,不要妄念,去投个好去处。轮回转世,位列侯王帝主,修行不怠,方登极乐世界。”范道受记了,阁着高高的念声“南无阿弥陀佛”,便合了眼。众僧来请长老下火,长老穿上如来法衣,一乘轿子,抬到范道龛子前,吩咐范道如何?偈曰:

范道范道,每日厨灶。火里金莲,颠颠倒倒。

长老念毕了偈,就叫人下火,只见括括杂杂的著将起来。众僧念声佛,只见龛子顶上一道青烟,从火里卷将出来,约有数十丈高,盘旋回绕,竟往东边一个所在去了。

说这盱眙县东,有个乐安村,村中有个大财主,姓黄名岐,家资殷富,不用大秤小斗,不违例克剥人财,坑人陷人,广行方便,普积阴功。其妻孟氏,身怀六甲,正要分娩。范道乘着长老指示,这道灵光竟投到孟氏怀中。这里范道圆寂,那里孟氏就生下这个孩儿来。说这孩儿相貌端然,骨格秀拔,黄员外四十余岁无子,生得这个孩儿,就如得了若干珍宝一般,举家欢喜。好却十分好了,只是一件,这孩儿生下来,昼夜啼哭,乳也不肯吃。夫妻二人忧惶,求神祈佛,全然不验。

家中有个李主管对员外说道:“小官人啼哭不已,或有些缘故,不可知得。离此间二十里,山里有个光化寺,寺里空谷长老,能知过去未来,见在活佛。员外何不去拜求?他必然有个道理。”黄员外听说,连忙备盒礼信香,起身往光化寺来。其寺如何?诗云:

山寺钟鸣出谷西,溪阴流水带烟齐。

野花满地闲来往，多少游人过石堤。

进到方丈里，空谷禅师迎接着，黄员外慌忙下拜说："新生小孩儿，昼夜啼哭，不肯吃乳，危在须臾。烦望吾师慈悲，没世不忘。"长老知是范道要求长老受记，故此昼夜啼哭，长老不说出这缘故来。长老对黄员外说道："我须亲自去看他，自然无事。"就留黄员外在方丈里吃了素斋，与黄员外一同乘轿，连夜来到黄员外家里。请长老在厅上坐了，长老叫抱出令郎来。黄员外自抱出来，长老把手摸着这小儿的头，在着小儿的耳朵，轻轻的说几句，众人都不听得。长老又把手来摸着这小儿的头，说道："无灾无难，利益双亲，道源不替。"只见这小儿便不哭了。众人惊异，说道："何曾见这样异事！真是活佛超度。"黄员外说："待周岁送到上刹，寄名出家。"长老说："最好。"就与黄员外别了，自回寺里来。黄员外幸得小儿无事，一家爱惜抚养。

光阴捻指，不觉又是周岁。黄员外说："我曾许小儿寄名出家。"就安排盒子表礼①，叫养娘抱了孩儿，两乘轿子，抬往寺里。来到方丈内，请见长老拜谢，送了礼物。长老与小儿取个法名，叫做黄复仁，送出一件小法衣、僧帽，与复仁穿戴，吃些素斋，黄员外仍与小儿自回家去。来来往往，复仁不觉又是六岁。员外请个塾师教他读书。这复仁终是有根脚的，聪明伶俐，一村人都晓得他是光化寺里范道化身来的，日后必然富贵。

这县里有个童太尉，见复仁聪明俊秀，又见黄家数百万钱财，有个女儿，与复仁同年，使媒人来说，要把女儿许聘与复仁。黄员外初时也不肯定这太尉的女儿，被童太尉再三强不过，只得下三百个盒子，二百两金首饰，一千两银子，若干段匹色丝② 定了。也是一缘一会，说这女子聪明过人，不曾上学读书，便识得字，又喜诵诸般经卷。为何能得如此？他却是摩诃迦叶祖师③ 身边一个女侍，降生下来了道缘的。初时男女两个幼小，不理人事。到十五六岁，年纪渐长，两个一心只要出家修行，各不愿嫁娶。黄员外因复仁年长，选日子要做亲。童小姐听得黄家有了日子，要成亲，心中慌乱，忙写一封书，使养娘送上太太。书云：

---

① 表礼——赏赐或作礼品的布帛缎匹。

② 色丝——彩色绸缎。

③ 摩诃迦叶祖师——即大迦叶，为释迦的大弟子。

切惟《诗》重《摽梅》①,礼端合卺。奈世情不一,法律难齐。紫玉志向禅门,不乐唱随之偶;心悬觉岸,宁思伉俪之偕?一虑百空,万缘俱尽。禅灯一点,何须花烛之辉煌;梵磬数声,奚取琴瑟之嘹亮?破盂甘食,敝衲为衣。泯色象于两忘,齐生死于一彻。伏望母亲大人,大发慈悲,优容苦志。永谢为云神女,宁追奔月嫦娥。佛果倘成,亲恩可报。莫问琼箫之响②,长寒玉杵之盟③。干冒台慈,幸惟怜鉴。

养娘拿着小姐书,送上太太。太太接得这书,对养娘道:"连日因黄家要求做亲,不曾着人来看小姐。我女儿因甚事,叫你送书来?"养娘把小姐不肯成亲,闲常只是看经念佛要出家的事,说了一遍。太太听了这话,心中不喜,就使人请老爷来看书。太太把小姐的书,送与太尉。太尉看了,说道:"没教训的婢子!男婚女嫁,人伦常道。只见孝弟通于神明,那曾见修行做佛?"把这封书扯得粉碎,骂道:"放屁,放屁!"太尉只依着黄家的日子,把小姐嫁过去。黄复仁与童小姐两个,那日拜了花烛,虽同一房,二人各自歇宿。一连过了半年有余,夫妇相敬相爱,就如宾客一般。黄复仁要辞了小姐,出去云游,小姐道:"官人若出去云游,我与你正好同去出家。自古道:'妇人嫁了从夫。'身子决不敢坏了。"复仁见小姐坚意要修行,又不肯改嫁,与小姐说道:"恁的,我与你结拜做兄姊,一同双修罢。"小姐欢喜,两个各在佛前礼拜,誓毕,二人换了粗布衣服,粗茶淡饭,在家修行。黄员外看见这个模样,都不欢喜。恐怕被人笑耻,员外只得把复仁夫妻二人,连一个养娘,两个梅香,都打发到山里西庄上冷落去处住下。夫妻二人,只是看经念佛,参禅打坐。

三年有余,两个正在佛前长明灯下坐禅,黄复仁忽然见个美貌佳人,妖娇袅娜,走到复仁面前,道个万福,说道:"妾是童太尉府中唱曲儿的如翠,太太因大官人不与小姐同床,必然绝了黄家后嗣,二来不碍大官人修

---

① 《摽梅》——《摽有梅》,《诗经》篇名。摽,落的意思。梅落时晚,比喻女子应当出嫁之期。

② 琼箫之响——传说春秋时秦穆公的女儿弄玉,嫁给萧史。萧史吹箫作凤鸣,有凤飞来,两人乘凤飞升而去。

③ 玉杵之盟——传说唐朝裴航过蓝桥,向一老妇人求浆,老妇呼云英与之。裴航欲娶云英,老妇云:"须得玉杵臼为聘。"后裴航得玉杵臼,与云英结婚,夫妻都仙去。

行，并无一人知觉。”说罢，与复仁眷恋起来。复仁被这美貌佳人亲近如此，又听说道绝了黄门后嗣，不觉也有些动心。随又想道：“童小姐比他十分娇美，我尚且不与他沾身，怎么因这个女子，坏了我的道念？”才然自忖，只听得一声响亮，万道火光，飞腾缭绕。复仁惊醒来，这小姐也却好放参①。复仁连忙起来礼拜菩萨，又来礼拜小姐，说道：“复仁道念不坚，几乎着魔，望姐姐指迷。”说这小姐，聪明过人，智慧圆通，反胜复仁。小姐就说道：“兄弟被色魔迷了，故有此幻象。我与你除是去见空谷祖师，求个解脱。”次日两个来到光化寺中，来见长老。空谷说道：“欲念一兴，四大无着。再求转脱，方始圆明。”因与复仁夫妻二人口号，如何？

跳出爱欲渊，渴饮灵山泉。

夫也亡去住，妻也履福田。

休休同泰寺，荷荷极乐天。

夫妻二人拜辞长老，回到西庄来，对养娘、梅香说：“我兄妹二人，今夜与你们别了，各要回首。”养娘说道：“我伏侍大官人小姐数载，一般修行，如何不带挈养娘同回首？”复仁说道：“这个勉强不得，恐你缘分不到。”养娘回话道：“我也自有分晓。”夫妻二人沐浴了，各在佛前礼拜，一对儿坐化了，这养娘也在房里不知怎么也回首去了。黄员外听得说，自来收拾，不在话下。

且说黄大官人精灵，竟来投在萧家，小姐来投在支家。渔湖有个萧二郎，在齐为世胄之家，萧懿、萧坦之俱是 族。萧二郎之妻单氏，最仁慈积善，怀娠九个月，将要分娩之时，这里复仁却好坐化。单氏夜里梦见一个金人，身长丈余，衮服冕旒，旌旗羽旄，辉耀无比。一伙绯衣人，车从簇拥，来到萧家堂上歇下。这个金身人，独自一个，进到单氏房里，望着单氏下拜。单氏惊惶，正要问时，恍惚之间，单氏梦觉来，就生下一个孩儿来。这孩儿生下来便会啼啸，自与常儿不群，取名萧衍。八九岁时，身上异香不散。聪明才敏，文章书翰，人不可及。亦且长于谈兵，料敌制胜，谋无遗策。衍以五月五日生，齐时俗忌伤克父母，多不肯举。其母密养之，不令其父知之，至是始令见父。父亲说道：“五月儿刑克父母，养之何为？”衍对父亲说道：“若五月儿有损父母，则萧衍已生九岁，九年之间，曾有害于父

① 放参——寺院中放免坐禅。

母么？九岁之间，不曾伤克父母，则九岁之后，岂能刑克父母哉？请父亲勿疑。”其父异其说，其惑稍解。其叔萧懿闻之，说道：“此儿识见超卓，他日必大吾宗。”由此知其为不凡，每事亦与计议。

时有刺史李贲谋反，僭称越帝，置立官属，朝命将军杨瞟讨贲。杨瞟见李贲势大，恐不能取胜，每每来问计于萧懿，懿说：“有侄萧衍，年虽幼小，智识不凡，命世之才。我着人去请来，与他计议，必有个善处[①]。”萧懿忙使人召萧衍来见杨瞟，瞟见衍举止不常，遂致礼敬，虚心请问，要求破贲之策。衍说：“李贲蓄谋已久，兵马精强，士众归向。足下以一旅之师与彼交战，犹如以肉投虎，立见其败。闻贲跨据淮南，近逼广州。孙冏逗遛取罪，子雄失律赐死。贲志骄意满，不复顾忌。足下引大军屯于淮南，以一军与陈霸先抄贲之后，略出数千之众，与贲接战，勿与争强，佯败而走，引至淮南大屯之所，且淮南芦苇深曲，更兼地湿泥泞，不易驰骋，足下深沟高垒，不与接战，坐毙其锐；候得天时，因风纵火，霸先从后断其归路，诈为贲军逃溃，袭取其城。贲进退无路，必成擒矣。”瞟闻衍言，叹异惊服，拜辞而去。杨瞟依衍计策，随破了李贲。萧衍名誉益彰，远近羡慕，人乐归向。

衍有大志。一日，齐明帝要起兵灭魏，又恐高欢这枝人马强众，不敢轻发，特遣黄门召衍入朝问计。萧衍随着使者进到朝里，见明帝，拜舞已毕。明帝虽闻萧衍大名，却见衍年纪幼小，说道：“卿年幼望重，何才而能？”萧衍回奏道：“学问无穷，智识有限，臣不敢以才事陛下。”明帝悚然启敬，不以小儿待之。因与衍计议：“要伐魏，灭尔朱氏[②]，只是高欢那厮士众兵强，故与卿商议。”衍奏道：“所谓众者，得众人之死；所谓强者，得天下之心。今尔朱氏凶暴狡猾，淫恶滔天，高欢反复挟诈，窃窥不轨，名虽得众，实失士心。况君臣异谋，各立党与，不能固守其常也。陛下选将练兵，声言北伐，便攻其东，彼备其东，我罢其战。今年一师，明年一旅，日肆侵扰，使彼不安，自然困毙。且上下不和，国必内乱；陛下因其乱而乘之，蔑不胜矣。”明帝闻言大悦，留衍在朝，引入宫内，皇后妃嫔时常相见，与衍日亲日近。衍赞画既多，勋劳日积，累官至雍州刺史。

---

① 善处——好办法。

② 尔朱氏——指尔朱荣。北魏明帝时任并肆等六州都督。胡太后鸩杀明帝，尔朱荣起兵入洛阳，沈胡太后于河，立庄帝。后被庄帝诱入朝杀死。

后至齐主宝卷，惟喜游嬉，荒淫无度，不接朝士，亲信宦官。萧衍闻之，谓张弘策曰："当今始安王遥光、徐孝嗣等，六贵① 同朝，势必相乱。况主上慓虐嫌忌，赵王伦反迹已形，一朝祸发，天下土崩，不可不为自备。"于是衍乃密修武备，招聚骁勇数万，多伐竹木，沉之檀溪，积茅如冈阜。齐主知萧衍有异志，与郑植计议，欲起兵诛衍。郑植奏道："萧衍图谋日久，士马精强，未易取也。莫若听臣之计，外假加爵温旨，衍必见臣，因而刺杀之，一匹夫之力耳，省了许多钱粮兵马。"齐主大喜，即便使郑植到雍州来，要刺杀萧衍。惊动了光化寺空谷长老，知道此事，就托个梦与萧衍。长老拿着一卷天书，书里夹着一把利刃，递与萧衍。衍醒来，自想道："明明的一个僧人，拿这夹刀的一卷天书与我，莫非有人要来刺我么？明日且看如何。"只见次日有人来报道，朝廷使郑植赍诏书要加爵一事，萧衍自说道："是了。"且不与郑植相见，先使人安排酒席，在宁蛮长史郑绍寂家里，都埋伏停当了，与郑植相见，说道："朝廷使卿来杀我，必有诏书。"郑植赖道："没有此事。"萧衍喝一声道："与我搜看。"只见帐后跑出三四十个力士，就把郑植拿下，身边搜出一把快刀来，又有杀衍的密诏。萧衍大怒，说道："我有甚亏负朝廷，如何要刺杀我？"连夜召张弘策计议起兵，建牙树旗，选集甲士二万余人，马千余匹，船三十余艘，一齐杀出檀溪来。昔日所贮下竹木茅草，葺束立办。又命王茂、曹景宗为先锋，军至汉口，乘着水涨，顺流进兵，就袭取了嘉湖地方。

且说郢城与鲁城，这两个城是嘉湖的护卫，建康的门户。今被王先锋袭取了嘉湖，这两处守城官，心胆惊落，料道敌不过，彼此相约投降。这建康就如没了门户的一般，无人敢敌，势如破竹，进克建康。兵至近郊，齐主游骋如故，遣将军王珍国等，将精兵十万陈于朱雀航②。被吕僧珍纵火焚烧其营，曹景宗大兵乘之，将士殊死战，鼓噪震天地。珍国等不能抗，军遂大败。衍军长驱进至宣阳门③，萧衍兄弟子侄皆集，将军徐元瑜以东府城

---

① 六贵——南朝齐废帝东昏侯宠信杨州刺史始安王萧遥光、尚书令徐孝嗣、右仆射江祐、右将军萧坦之、侍中江祀、卫尉刘暄，当时称为六贵。

② 朱雀航——六朝时，建康（今南京）南五里朱雀门前秦淮河上设有浮航，称为朱雀航，有警时则撤除。

③ 宣阳门——建康城的正南门。

降，李居士以新亭降。十二月，齐人遂弑宝卷。萧衍以太后令，追废宝卷为东昏侯，加衍为大司马，迎宣德太后入宫称制①。衍寻自为国相，封梁国公，加九锡②。黄复仁化生之时，却原来养娘转世为范云，二女侍一转世为沈约，一转世为任昉，与梁公同在竟陵王西府为官，也是缘会③，自然义气相合。至是梁公引云为谘议，约为侍中，昉为参谋。二年夏四月，梁公萧衍受禅，称皇帝，废齐主为巴陵王，迁太后于别宫。

梁主虽然马上得了天下，终是道缘不断，杀中有仁，一心只要修行。梁主因兵兴多故，与魏连和。一日，东魏遣散骑常侍李谐来聘。梁主与谐谈久，命李谐出得朝，更深了不及还宫，就在便殿斋阁中宿歇。散了宫嫔诸官，独自一个默坐，在阁儿里开着窗看月。约莫三更时分，只见有三五十个青衣使人，从甬巷中走到阁前来，内有一个口里唱着歌，歌：

从入牢笼羁绊多，也曾罹毕走洪波。
可怜明日庖丁解，不复辽东④《白蹢歌》⑤。

梁主听这歌，心中疑惑，这一班人走近，朝着梁主叩头奏道："陛下仁民爱物，恻隐慈悲，我等俱是太庙中祭祀所用牲体，百万生灵，明日一时就杀。伏愿陛下慈悲，赦宥某等苦难，陛下功德无量。"梁主与青衣使人说道："太庙一祭，朕如何知道杀戮这许多牲体？朕实不忍。来日朕另有处。"这青衣人一齐叩头哀祈，涕泣而去。梁主次日早朝，与文武各官说昨夜斋阁中见青衣之事，又说道："宗庙致敬，固不可已；杀戮屠毒，朕亦不忍。自今以后，把粉面代做牺牲，庶使祀典不废，仁恻亦存，两全无害。"永为定制，谁敢违背？

梁主每日持斋奉佛，忽夜间梦见一伙绛衣神人，各持旌节，祥麟凤辇，千百诸神，各持执事护卫，请梁主去游冥府。游到一个大宝殿内，见个金

---

① 称制——太后代行皇帝职权。

② 九锡——皇帝赐与功臣以示宠异的九种舆服器仗，即一车马、二衣服、三乐则、四朱户、五纳陛、六虎贲、七弓矢、八鈇钺、九秬鬯。

③ 缘会——缘分；夙缘。

④ 辽东——汉代寓言，辽东有猪，生小猪白头，人以为异，将献之。来到河东，见群猪皆白，惭愧而返。这里的辽东，就是隐指猪。

⑤ 《白蹢歌》——蹢，就是蹄。《诗经》有"有豕白蹢"的话，所以《白蹢歌》，即猪的歌。

冠法服神人，相陪游览。每到一殿，各有主事者都来相见。有等善人，安乐从容，优游自在，仙境天堂，并无挂碍；有等恶人，受罪如刀山血海，拔舌油锅，蛇伤虎咬，诸般罪孽。又见一伙蓝缕贫人，蓬头跣足，疮毒遍体，种种苦恼，一齐朝着梁主哀告："乞陛下慈悲超救！某等俱是无主孤魂，饥饿无食。久沉地狱。"梁主见说，回曰："善哉，善哉！待朕回朝，即超度汝等。"诸罪人皆哀谢。末后到一座大山，山有一穴，穴中伸出一个大蟒蛇的头来，如一间殿屋相似，对着梁主昂头而起。梁主见了，吃一大惊，正欲退走，只见这蟒蛇张开血池般口，说起话来，叫道："陛下休惊，身乃郗后也。只为生前嫉妒心毒，死后变成蟒身，受此业报。因身躯过大，旋转不便，每苦腹饥，无计求饱。陛下如念夫妇之情，乞广作佛事，使妾脱离此苦，功德无量。"原来郗后是梁主正宫，生前最妒，凡帝所幸宫人，百般毒害，死于其手者，不计其数。梁主无可奈何，闻得鸧鹒[①]鸟作羹，饮之可以治妒，乃命猎户每月责取鸧鹒百头，日日煮羹，充入御馔进之，果然其妒稍减。后来郗后闻知其事，将羹泼了不吃，妒复如旧。今日死为蟒蛇，阴灵见帝求救。梁主道："朕回朝时，当与汝忏悔前业。"蟒蛇道："多谢陛下仁德，妾今送陛下还朝，陛下勿惊。"说罢那蟒蛇舒身出来，大数百围，其长不知几百丈。梁主吓出一身冷汗，醒来乃南柯一梦[②]，咨嗟到晓。次日朝罢，与众僧议设盂兰盆大斋[③]，又造《梁皇宝忏》。说这盂兰盆大斋者，犹中国言普食也，盖为无主饿鬼而设也。《梁皇忏》者，梁主所造，专为郗后忏悔恶业，兼为众生解释其罪。冥府罪人，因梁主设斋造经二事，即得超救一切罪业，地狱为彼一空。梦见郗后如生前装束，欣然来谢道："妾得陛下宝忏之力，已脱蟒身生天，特来拜谢。"又梦见百万狱囚，皆朝着梁主拜谢，齐道："皆赖陛下功德，幸得脱离地狱。"

梁主以此奉佛益专，屡诏寻访高僧礼拜，阐明其教，未得其人。闻得有个榼头和尚，精通释典，遣内侍降敕，召来相见。榼头和尚随着使命而

---

① 鸧鹒(cāng gēng)——"黑枕黄鹂"的别称。

② 南柯一梦——唐李公佐《南柯太守传》云，淳于棼梦到槐安国，国王妻以女，任为南柯郡太守。醒来寻觅，乃是槐树下蚁穴。所以后人常称梦境为"南柯"。

③ 盂兰盆大斋——佛教中于七月十五日做佛事，施佛斋僧，称为盂兰盆斋。

来,武帝在便殿,正与侍中沈约弈棋,内侍禀道:“奉敕唤榼头师已在午门外听旨。”适值武帝用心在围棋上,算计要杀一段棋子,这里连禀三次,武帝全不听得,手持一个棋子下去,口里说道:“杀了他罢。”武帝是说杀那棋子,内侍只道要杀榼头和尚。应道:“得旨。”便传旨出午门外,将榼头和尚斩讫。武帝完了这局围棋,沈约奏道:“榼头师已唤至,听宣久矣。”武帝忙呼内侍教请和尚进殿相见,内侍奏道:“已奉旨杀了。”武帝大惊,方悟杀棋时误听之故,乃问内侍道:“和尚临刑有何言语?”内侍奏道:“和尚说前劫为小沙弥时,将锄去草,误伤一曲蟮之命。帝那时正做曲蟮,今生合偿他命,乃理之当然也。”武帝叹惜良久,益信轮回报应之理,乃传旨厚葬榼头和尚。一连数日,心中怏怏不乐。

沈约窥知帝意,乃遣人遍访名僧。忽闻得有个圣僧法号道林支长老,在建康十里外结茅而居,在那里修行。乃奏知梁主,梁主即命侍中沈约去访其僧。约旌旗车马,仆从都盛,势如山岳,惊动远近。一路传呼,道林自在庵中打坐,寂然不动。沈约走到榻前说道:“和尚知侍中来乎?”道林张目说道:“侍中知和尚坐乎?”沈约又说道:“和尚安身处所那里得来的?”道林回话道:“出家人去住无碍。”只说得这一声,这个庵连里面僧人一切都不见了,只剩得一片白地。沈约吃这一惊不小,晓得真是圣僧,慌忙望空下拜道:“弟子肉眼凡庸,烦望吾师慈悲。非约僭妄,乃朝廷所使,约不得不如此。”支公仍见沈约,就留沈约吃些斋饭。沈约恳求禅旨指迷,支公与沈约口号云:

栗事护前,断舌何缘?欲解阴事,赤章奏天。

纸后又写十来个“隐”字。为何支公有此四句口号?一日,豫州献二寸五分大栗子,梁主与沈约各默书栗子故事,沈约故意少书三事,乃云:“不及陛下。”出朝语人曰:“此公护前。”盖言梁主护短也。后梁主知道,以此憾约。断舌之事:约与范云劝武帝受禅,约病中梦齐和帝以剑割其舌。约恐惧,命道士密为赤章奏天,以禳其孽。都是沈约的心事,无人知得,被支公说着了。沈约惊得一身冷汗,魂不附体,木呆了一会,又再三拜问“隐”字之义。支公为何连写这十来个“隐”字?日后沈约身死,朝议欲谥沈约为文侯。梁主恨约,不肯谥为文侯,说道:“情怀不尽为‘隐’。”改其谥为隐侯。支公所书前二事,是沈约已往之事;后谥法一事,是沈约未来之事,沈约如何便悟得出来?再三拜求,定要支公明示。支公说道:“天机不可尽泄，侍中日后自应。”说罢，依先闭着眼坐去了。

沈约怅然而归，回见武帝，把支公变化之事，备细奏上武帝。武帝说道：“世上真有仙佛，但俗人未晓耳。”武传传旨，来日銮舆幸其庵，命集文武大臣，起二万护卫兵，仪从卤簿，旗幡鼓吹，一齐出城，竟到庵里来迎支公。支公已先知了，庵里都收拾停当，似有个起行的模样。武帝与沈约到得庵里，相见支公，武帝屈尊下拜，尊礼支公为师。行礼已毕，支公说道：“陛下请坐，受和尚的拜。”武帝说道：“那曾见师拜弟？”支公答道：“亦不曾见妻抗夫。”只这一句话头，武帝听了，就如提一桶冷水，从顶门上浇下来，遍身苏麻。此时武帝心地不知怎地忽然开明，就省悟前世黄复仁、童小姐之事，二人点头解意，眷眷不已。武帝就请支公一同在銮舆里回朝，供养在便殿斋阁里。武帝每日退朝，倒到阁子中，与支公参究禅理，求解了悟。支公与武帝道：“我在此终是不便，与陛下别了，仍到庵里去住。”武帝道：“离此间三十里，有个白鹤山，最是清幽仙境之所。朕去建造个寺刹，请师傅到那里去住。”支公应允了。武帝差官督造这个山寺，大兴工作，极土木之美，殿刹禅房，数千百间，资费百万，取名同泰寺，夫妇同登佛地之意。四方僧人来就食者，千百余人。支公供养在同泰寺，一年有余。

梁主有个昭明太子①，年方六岁，能默诵五经，聪明仁孝。一日，忽然四肢不举，口眼紧闭，不知人事。合宫慌张，来告梁主。遍召诸医，皆不能治。梁主道：“朕得此子聪明，若是不醒，朕亦不愿生了。”举朝惊恐，东宫一班宫嫔宫属奏道：“太子虽然不省人事，身体犹温，陛下何不去见支太师，问个备细如何？”武帝忙排驾，到同泰寺见支公，说太子死去缘故。支公道：“陛下不须惊张，太子非死也，是尸蹶也。昔秦穆公曾游天府，闻钧天之乐，七日而苏。赵简子亦游于天，五日而苏。射熊之事，符契扁鹊之言，命董安于书于宫。今太子亦在天上已四日矣，因忉利天② 有恒伽阿做青梯优迦会，为听仙乐忘返，被三足神乌啄了一口，西王母已杀是乌。太子还在天上。我为陛下取来。”梁主下拜道：“若得太子更生，朕情愿与太子一同舍身在寺出家。”支公言：“陛下第还宫，太子已苏矣。”梁主急回

① 昭明太子——梁武帝长子萧统，天监中立为皇太子，三十一岁就死了，死后谥为昭明。

② 忉利天——佛经上称三十三天为忉利天。

朝，见太子复生，搂抱太子，父子大哭起来。又说道："我儿，因你蹶了这几日，惊得我死不得死，生不得生，好苦！"太子回话道："我在天上看做会，被神乌啄了手，上帝命天医与我敷药。正要在那里要，被个僧人抱了下来。"梁主说道："这个师傅，是支长老，明日与你去礼拜长老。"又说舍身之事。梁主致斋三日，先着天厨官来寺里办下大斋，普济群生，报答天地。梁主与太子就舍身在寺里。太子有诗一首云：

粹宇迎阊阖，天衢尚未央。
鸣辂和鸾凤，飞旆入羊肠。
谷静泉通峡，林深树奏琅。
火树含日炫，金刹接天长。
月迥塔全见，烟生楼半藏。
法雨香林泽，仁风颂圣王。
皈依惟上乘，宿化喜陶唐。
且进香胡饭，山樱处处芳。
长生容有外，诸福被遐方。

梁主、太子在寺里一住二十余日，文武臣僚耆老百姓都到寺里请梁主回朝，梁主不允。太后又使宦官来请回朝，梁主也不肯回去。支公夜里与梁主说道："爱欲一念，转展相侵，与陛下还有数年魔债未完，如何便能解脱得去？陛下必须还朝，了这孽缘，待时日到来，自无住碍。"梁主见说依允。次日，各官又来请梁主回朝。梁主与各官说："朕已发誓舍身，今日又没缘故，便回了朝，这是虚语。朕有个善处：如要朕回朝，须是各出些钱财，赎朕回去才可。朕舍得一万两，各官舍一万两，太后舍一万两，都送在寺里来供佛斋僧，朕方可与太子回朝。"各官太后都送银子在寺里，梁主也发一万银子，送到寺里来，梁主才回朝。

无多时，适有海西一个大秦犁鞬① 国，辖下有个条枝国，其人长八九尺，食生物，最猛悍，如禽兽一般；又善为妖妄眩惑，如吞刀吐火，屠人截马之术。闻得梁主受禅，他却要起倾国人马，来与大梁归并。边海守备官闻知这个消息，飞报与梁主知道。梁主见报，与文武官员商议："别的要厮杀都不打紧，若说这条枝国人马，怎生与他对敌？如何是好？各官有能为朕

① 鞬(jiān)。

领兵去敌得他，重加官职。”各官听得说，都面面相看，无人敢去迎敌。侍中范云奏道：“臣等去同泰寺与道林长老求个善处道理。”梁主道：“朕须自去走一遭。”梁主慌忙命驾来到寺里，礼拜支长老，把条枝国要来厮杀归并，备说一遍。支公说道：“不妨事，条枝国要过西海方才转洋入大海，一千七百里到得明州；明州过二三条江，才到得建康。明州有个释迦真身舍利塔，是阿育王所造，藏释迦佛爪发舍利于塔中。这塔寺非是无故而设，专为镇西海口子，使彼不得来暴中国，说不尽的好处。今塔已倒坏了，陛下若把这塔依先修起来，镇压风水，老僧上祝释迦阿育王佛力护持，条枝国人马，如何过得海来？”梁主见说，连忙差官修造释迦塔，要增高做九十丈，刹高十丈，与金陵长干塔① 一般。钱粮工力，不计其数。

这里正好修造，说这大秦犁鞬王，催促条枝国，兴起十万人马，海船千艘，精兵猛将，都过大海，要来厮并②。道林长老入定时，见这景象。次日，来请梁主在寺里，打个释迦阿育王大会。长老拜佛忏祝，武帝也释去御服，持法衣，行清净大舍，素床瓦器，亲为礼拜讲经。你看这佛力浩大，非同小可！这里祈佛做会，那条枝国人马，下得海，开船不到三四日，就阻了飓风，各船几乎覆没。躲得在海中一个阿耨屿岛里住下，等了十余日，风息了，方敢开船。不到一会间，风又发了，白浪滔天，如何过得来？仍旧回洋，躲在岛里。不开船便无风，若要开船就有风。条枝国大将军乾笃说道：“却不是古怪！不开船便无风，一要开船风就发起来，还是中国天子福分。天若容我们去厮并，看这光景，便过得海，也未必取胜他们，不若回了兵罢。”把船回得洋时，风也没了，顺顺的放回去。乾笃领着众头目，来见大秦国王满屈，备说这缘故。满屈说道：“中国天子弘福，我们终是小邦，不可与大国抗礼。”令乾笃领几个头目，修一通降表，进贡狮子、犀牛、孔雀、三足雉、长鸣鸡，一班夷官来朝拜进贡。梁主见乾笃说阻风不敢过海一事，自知修塔的佛力，以此深信释教，奉事益谨。

梁王恃中国财力，欲并二魏，遂纳侯景之降。景事东魏高欢，景左足偏短，不长弓马，而谋算诸将莫及，尝与高欢言：“愿得精兵三万，横行天下，渡江缚取萧老，公为太平主。”欢大喜，使将兵十万，专制河南。适欢

① 长干塔——建康南长干寺塔，梁简文帝所建。

② 厮并——决斗；决战。

死，梁主因欢子高澄素与景不和，用反间高澄，澄果疑景，作为欢书召景，景发书知澄诈，遂据河南叛魏。景遂使郎中丁和奉降表于梁主，举河南十三州归附。梁主正月丁卯夜，梦中原牧守皆以地来降。次日，见朱异说梦中之事，异奏道："此宇内混一之兆也。"及丁和奉降表见梁主，言景定降计，实是正月乙卯。梁主益神其事，遂纳景降，封景为河南王，又发兵马助景。那里晓得侯景反复凶人，他知道临贺王萧正德，屡以贪暴得罪于梁主，正德阴养死士，只愿国家有变，景因致书于正德，书云：

天子年尊，奸臣乱国。大王属当储贰[①]，今被废黜，景虽不才，实思自效。

正德得书大喜，暗地与景连和，又致书与景，书云：

仆为其内，公为其外，何为不济？事机在速，今其时矣。

说这侯景与正德密约，遂诈称出猎起兵。十月，袭谯州，执刺史萧泰。又攻破历阳，太守庄铁以城投降，因说侯景曰："国家承平岁久，人不习战斗，大王举兵，内外震骇。宜乘此际，速趋建康，兵不血刃，而成大功。若使朝廷徐得为备，使羸兵千人，直据采石，虽有精甲百万，不能济矣。"景闻大悦，遂以铁为导引。梁主不知正德与景暗通，反令正德督军屯丹阳。正德遣大船数十艘，诈称载荻[②]，暗济景众。侯景得渡，遂围台城[③]，昼夜攻城不息。被董勋引景众登城，就据了台城。把梁主拘于太极东堂[④]，以五百甲士防卫内外，周围铁桶相似。

景遂入宫，恣意肆取宫中宝玩珍鼎前代法器之类，又选美好宫嫔，名姬千数，悉归于己。景阴体弘壮，淫毒无度，夜御数十人，犹不遂其所欲。闻溧阳公主[⑤] 音律超众，容色倾国，欲纳为妃。遂使小黄门田香儿，以紫玉软丝同心结儿一奁，并合欢水果，盛以金泥小盒，密封遗公主。公主启看，左右皆怒，劝主碎其盒，拒而不纳。公主曰："不然，非尔辈所知。侯王天下豪杰，父王昔曾梦猕猴升御榻，正应今日。我不束身归侯王，则萧氏

---

① 储贰——皇太子。

② 荻(dí)——多年生草本植物。

③ 台城——建康宫城。

④ 太极东堂——建康宫中太极殿，有东、西堂。

⑤ 溧阳公主——梁简文帝的女儿。

无遗类矣。"遂以双凤名锦被，珊瑚嵌金交莲枕，遗侯景。景见田香儿回奏，大悦，遣亲近左右数十人迎公主。定情之夕，景虽狎[①]毒万端，主亦曲为忍受。日亲不移，致景宠结，得以颠倒是非，妨于朝务，保全公族，主之力也。后王伟劝景废立，尽除衍族，主与伟忤，爱弛。

梁主既为侯景所制，不得来见支公。所求多不遂意，饮膳亦为所裁节。忧愤成疾，口苦索蜜不得，荷荷而殂，年八十六岁。景秘不发丧，支长老早已知道，况时节已至，不可待也，在寺里坐化了。

且说梁湘东王绎痛梁主被景幽死，遂自称假黄钺[②]大都督中外诸军，承制起兵，来诛侯景。先使竟陵太守王僧辩领五千人马，来复台城。军到湘州地方，僧辩暗令赵伯超来探听侯景消息。伯超恐路上不好行，装做个平常商人，行到柏桐尖山边深林里走过，望见梁主与支公二人，各倚着一杖，缓缓的行来。伯超走近，见了梁主，吃这一惊不小，连忙跪下奏道："陛下与长老因甚到此？今要往何处去？"梁主回答道："朕功行已满，与长老往西天竺极乐国去。有封书寄与湘东王，正没人可寄，卿可仔细收好，与朕寄去。"说了，梁主就袖中取出书，递与赵伯超。伯超刚接得书，就不见了梁主与支公。后伯超探听侯景消息，回复王僧辩，忙将书送上湘东王，说见梁主一事。湘东王拆开书看，是一首古风，诗云：

奸虏窃神器，毒痡流四海。
嗟哉萧正德，为景所愚卖。
凶逆贼君父，不复为翊戴。
惟彼湘东王，愤起忠勤在。
落星霸先谋[③]，使景台城败；
窜身依荅仁，为鸱所屠害；
身首各异处，五子诛夷外；
暴尸陈市中，争食民心快！
今我脱敝履，去住两无碍；

---

① 狎——毒。

② 假黄钺——黄钺，就是金斧，为帝王的仪仗。大将假黄钺，表示特殊的宠命。

③ 落星霸先谋——梁元帝承圣元年，王僧辩、陈霸先进军建康，于石头城西连营立栅，直至落星墩；用陈霸先的计策，大败侯景。

极乐为世尊,自在兜利界①。

篡逆安在哉？铁钺诛千载。

湘东王读罢是诗,泪涕潸流,不胜呜咽。后王僧辩、陈霸先攻破侯景,景竟欲走吴依答仁。羊侃二子羊鵾杀之,暴景尸于市,民争食之,并骨亦尽。溧阳公主亦食其肉,雪冤于天,期以自死。景五子皆被北齐杀尽。于诗无一不验。诗曰:

堪笑世人眼界促,只就目前较祸福。

台城去路是西天,累世证明有空谷。

① 兜利界——即兜率天,佛经上所谓欲界六天的第四天。

第三十八卷　任孝子烈性为神

参透"风流"二字禅，好姻缘作恶姻缘。痴心做处人人爱，冷眼观时个个嫌。闲花野草且休拈，赢得身安心自然。山妻本是家常饭，不害相思不费钱。

这首词，单道着色欲乃忘身之本，为人不可苟且。

话说南宋光宗朝绍熙元年，临安府在城清河坊[①]南首升阳库[②]前有个张员外，家中巨富，门首开个川广生药铺。年纪有六旬，妈妈已故。止生一子，唤着张秀一郎，年二十岁，聪明标致。每日不出大门，只务买卖。父母见子年幼，抑且买卖其门如市，打发不开。铺中有个主管，姓任名珪，年二十五岁。母亲早丧，止有老父，双目不明，端坐在家。任珪大孝，每日辞父出，到晚才归参父，如此孝道。祖居在江干牛皮街[③]上。是年冬间，凭媒说合，娶得一妻，年二十岁，生得大有颜色，系在城内日新桥[④]河下做凉伞的梁公之女儿，小名叫做圣金。自从嫁与任珪，见他笃实本分，只是心中不乐，怨恨父母：千不嫁万不嫁，把我嫁在江干，路又远，早晚要归家不便。终日眉头不展，面带忧容，妆饰皆废。这任珪又向早出晚归，因此不满妇人之意。原来这妇人未嫁之时，先与对门周待诏之子名周得有奸。此人生得丰姿俊雅，专在三街两巷，贪花恋酒，趋奉得妇人中意。年纪三十岁，不要娶妻，只爱偷婆娘。周得与梁姐姐暗约偷期，街坊邻里，那一个不晓得。因此梁公、梁婆又无儿子，没奈何只得把女儿嫁在江干，省得人是非。这任珪是个朴实之人，不曾打听仔细，胡乱娶了。不想这妇人身虽嫁了任珪，一心只想周得，两人余情不断。

---

① 清河坊——南宋临安朝天门内御街西坊名。清河坊北为融和坊，南为升阳宫。

② 升阳库——即升阳宫，南宋时户部点检所所属酒库的名称。

③ 牛皮街——在临安东南城外，钱塘江边上。

④ 日新桥——在临安城中御街东小河上。

荏苒光阴,正是:

看见垂杨柳,回头麦又黄。

蝉声犹未断,孤雁早成行。

忽一日,正值八月十八日潮生日①。满城的佳人才子,皆出城看潮。这周得同两个弟兄,俱打扮出候潮门②。只见车马往来,人如聚蚁。周得在人丛中丢撇了两个弟兄,潮也不看,一迳投到牛皮街那任珪家中来。原来任公每日只闭着大门,坐在楼檐下念佛。周得将扇子柄敲门,任公只道儿子回家,一步步摸出来,把门开了。周得知道是任公,便叫声:"老亲家,小子施礼了。"任公听着不是儿子声音,便问:"足下何人?有何事到舍下?"周得道:"老亲家,小子是梁凉伞姐姐之子。有我姑表妹嫁在宅上,因看潮特来相访。令郎姐夫在家么?"任公双目虽不明,见说是媳妇的亲,便邀他请坐。就望里面叫一声:"娘子,有你阿舅在此相访。"这妇人在楼上正纳闷,听得任公叫,连忙浓添脂粉,插戴钗环,穿几件色服,三步挪做两步,走下楼来。布帘内瞧一瞧:"正是我的心肝情人!多时不曾相见。"走出布帘外,笑容可掬,向前相见。这周得一见妇人,正是:

分明久旱逢甘雨,赛过他乡遇故知。

只想洞房欢会日,那知公府献头时?

两个并肩坐下。这妇人见了周得,神魂飘荡,不能禁止。遂携周得手揭起布帘,口里胡说道:"阿舅,上楼去说话。"这任公依旧坐在楼檐下板凳上念佛。

这两个上得楼来,就抱做一团。妇人骂道:"短命的!教我思量得你成病,因何一向不来看我?负心的贼!"周得笑道:"姐姐,我为你嫁上江头来,早晚不得见面,害了相思病,争些儿不得见你。我如常要来,只怕你老公知道,因此不敢来望你。"一头说,一头搂抱上床,解带卸衣,叙旧日海誓山盟,云情雨意。

霎时云收雨散,各整衣巾。妇人搂住周得在怀里道:"我的老公早出晚归,你若不负我心,时常只说相访,老子又瞎,他晓得甚么!只顾上楼和你快活,切不可做负心的。"周得答道:"好姐姐,心肝肉,你既有心于我,我

① 潮生日——每年旧历八月十八日钱塘江潮,最盛,俗称此日为潮生日。

② 候潮门——临安东南城门名。

决不负于你，我若负心，教我堕阿鼻地狱，万劫不得人身。”这妇人见他设咒，连忙捧过周得脸来，舌送丁香，放在他口里道：“我心肝，我不枉了有心爱你。从今后频频走来相会，切不可使我倚门而望。”道罢，两人不忍分别。只得下楼别了任公，一直去了。妇人对任公道：“这个是我姑娘的儿子，且是本分淳善，话也不会说，老实的人。”任公答道：“好，好。”妇人去灶前安排中饭与任公吃了，自上楼去了，直睡到晚。任珪回来，参了父亲，上楼去了。夫妻无话，睡到天明。辞了父亲，又入城而去。俱各不提。

这周得自那日走了这遭，日夜不安，一心想念。歇不得两日，又去相会，正是情浓似火。此时牛皮街人烟稀少，因此走动，只有数家邻舍，都不知此事。不想周得为了一场官司，有两个月不去相望。这妇人淫心似火，巴不得他来。只因周得不来，恹恹成病，如醉如痴。正是：

乌飞兔劫，朝来暮往何时歇？女娲只会炼石补青天，岂会熬胶粘日月？

倏忽又经元宵，临安府居民门首，扎缚①灯棚，悬挂花灯，庆贺元宵。不期这周得官事已了，打扮衣巾，其日巳牌时分，径来相望。却好任公在门首念佛，与他施礼罢，径上楼来。袖中取出烧鹅熟肉，两人吃了，解带脱衣上床。如糖似蜜，如胶似漆，恁意颠鸾倒凤，出于分外绸缪。日久不曾相会，两个搂做一团，不舍分开。耽搁长久了，直到申牌时分，不下楼来。这任公肚中又饥，心下又气，想道：“这阿舅今日如何在楼上这一日？”便在楼下叫道：“我肚饥了，要饭吃！”妇人应道：“我肚里疼痛，等我便来。”任公忍气吞声，自去门前坐了，心中暗想：“必有跷蹊，今晚孩儿回来问他。”这两人只得分散，轻轻移步下楼，款款开门，放了周得去了。那妇人假意叫肚痛，安排些饭与任公吃了，自去楼上思想情人，不在话下。

却说任珪到晚回来，参见父亲。任公道：“我儿且休要上楼去，有一句话要问你。”任珪立住脚听，任公道：“你丈人丈母家，有个甚么姑舅的阿舅，自从旧年八月十八日看潮来了这遭，以后不时来望，径直上楼去说话，也不打紧；今日早间上楼，直到下午，中饭也不安排我吃。我忍不住叫你老婆，那阿舅听见我叫，慌忙去了。我心中十分疑惑，往日常要问你，只是你早出晚回，因此忘了。我想男子汉与妇人家在楼上一日，必有奸情之

---

① 扎缚——捆缚；结扎。

事。我自年老,眼又瞎,管不得,我儿自己慢慢访问则个。"任珪听罢,心中大怒,火急上楼。端的是:

口是祸之门,舌为斩身刀。

闭口深藏舌,安身处处牢。

当时任珪大怒上楼,口中不说,心下思量:"我且忍住,看这妇人分豁①。"只见这妇人坐在楼上,便问道:"父亲吃饭也未?"答应道:"吃了。"便上楼点灯来,铺开被,脱了衣裳,先上床睡了。任珪也上床来,却不倒身睡去,坐在枕边问那妇人道:"我问你家那有个姑长阿舅,时常来望你?你且说是那个。"妇人见说,爬将起来,穿起衣裳,坐在床上。柳眉剔竖,娇眼圆睁,应道:"他便是我爹爹结义的妹子养的儿子,我的爹娘记挂我,时常教他来望我。有甚么半丝麻线②!"便焦躁发作道:"兀谁在你面前说长道短来?老娘不是善良君子,不裹头巾的婆婆!洋③ 块砖儿也要落地,你且说是谁说黄道黑,我要和你会同问得明白。"任珪道:"你不要嚷!却才父亲与我说,今日甚么阿舅,在楼上一日,因此问你则个。没事便罢休,不消得便焦躁。"一头说,一头便脱衣裳自睡了。那妇人气喘气促,做神做鬼,假意儿装妖作势,哭哭啼啼道:"我的父母没眼睛,把我嫁在这里。没来由教他来望,却教别人说是道非。"又哭又说。任珪睡不着,只得爬起来,那妇人头边搂住了,抚恤道:"便罢休,是我不是。看往日夫妻之面,与你赔话便了。"那妇人倒在任珪怀里,两个云情雨意,狂了半夜,俱不提了。

任珪天明起来,辞了父亲入城去了。每日巴巴结结,早出晚回。那痴婆一心只想要偷汉子,转转寻思:"要待何计脱身?只除寻事回到娘家,方才和周得做一块儿,耍个满意。"日夜挂心,捻指又过了半月。

忽一日饭后,周得又来,拽开门儿径入,也不与任公相见,一直上楼。那妇人向前搂住,低声说道:"叵耐这瞎老驴,与儿子说道你常来楼上坐定说话,教我分说得口皮都破,被我葫芦提④ 瞒过了。你从今不要来,怎地教我舍得你?可寻思计策,除非回家去与你方才快活。"周得听了,眉头一

---

① 分豁——分解、开脱。

② 半丝麻线——些微私弊。下面无丝有线,即无私有弊。

③ 洋——同漾。抛;撒。

④ 葫芦提——湖涂;含糊。

簇，计上心来："如今屋上猫儿正狂，叫来叫去。你可漏屋处抱得一个来，安在怀里，必然抓碎你胸前。却放了猫儿，睡在床上啼哭。等你老公回来，必然问你。你说：'你的好爷，却来调戏我；我不肯顺他，他将我胸前抓碎了。'你放声哭起来，你的丈夫必然打发你归家去。我每日得和你同欢同乐，却强如偷鸡吊狗，暂时相会。且在家中住了半年三个月，却又再处。此计大妙！"妇人伏[①]道："我不枉了有心向你，好心肠，有见识！"二人和衣倒在床上调戏了。云雨罢，周得慌忙下楼去了。正是：

老龟烹不烂，移祸于枯桑。

那妇人伺候了几日，忽一日，捉得一个猫儿，解开胸膛，包在怀里。这猫儿见衣服包笼，舒脚乱抓。妇人忍着疼痛，由他抓得胸前两奶粉碎。解开衣服，放他自去。此是申牌时分，不做晚饭，和衣倒在床上，把眼揉得绯红，哭了叫，叫了哭。将近黄昏，任珪回来，参了父亲。到里面不见妇人，叫道："娘子，怎么不下楼来？"那妇人听得回了，越哭起来。任珪径上楼，不知何意，问道："吃晚饭也未？怎地又哭？"连问数声不应。那淫妇巧生言语，一头哭，一头叫道："问甚么！说起来妆你娘的谎子[②]。快写休书，打发我回去，做不得这等猪狗样人！你若不打发我回家去，我明日寻个死休！"说了又哭。任珪道："你且不要哭，有甚事对我说。"这妇人爬将起来，抹了眼泪，擗开胸前，两奶抓得粉碎，有七八条血路，教丈夫看了道："这是你好亲爷干下的事！今早我送你出门，回身便上楼来。不想你这老驴老畜生，轻手轻脚跟我上楼，一把双手搂住，摸我胸前，定要行奸。吃我不肯，他便将手把我胸前抓得粉碎，那里肯放！我慌忙叫起来，他没意思，方才摸下楼去了。教我眼巴巴地望你回来。"说罢，大哭起来，道："我家不是这般没人伦畜生驴马的事。"任珪道："娘子低声！邻舍听得，不好看相。"妇人道："你怕别人得知，明日讨乘轿子，抬我回去便罢休。"任珪虽是大孝之人，听了这篇妖言，不由得：

怒从心上起，恶向胆边生。

"正是'画虎画皮难画骨，知人知面不知心'。罢罢，原来如此！可知道前日说你与甚么阿舅有奸，眼见得没巴鼻，在我面前胡说，今后眼也不要看

---

① 伏——佩服；倾倒。

② 妆谎子——出丑；露乖。

这老禽兽！娘子休哭，且安排饭来吃了睡。”这妇人见丈夫听他虚说，心中暗喜，下楼做饭，吃罢去睡了。正是：

娇妻唤做枕边灵，十事商量九事成。

这任珪被这妇人情色昏迷，也不问爷却有此事也无。过了一夜，次早起来，吃饭罢，叫了一乘轿子，买了一只烧鹅，两瓶好酒，送那妇人回去。妇人收拾衣包，也不与任公说知，上轿去了。抬得到家，便上楼去。周得知道便过来，也上楼去，就搂做一团，倒在梁婆床上，云情雨意。周得道：“好计么？”妇人道：“端的你好计策！今夜和你放心快活一夜，以遂两下相思之愿。”两个狂罢，周得下楼去要买办些酒馔之类。妇人道：“我带得有烧鹅美酒，与你同吃。你要买时，只觅些鱼菜时果足矣。”周得一霎时买得一尾鱼，一只猪蹄，四色时新果儿，又买下一大瓶五加皮酒，拿来家里，教使女春梅安排完备，已是申牌时分。妇人摆开桌子，梁公梁婆在上坐了，周得与妇人对席坐了，使女筛酒，四人饮酒，直至初更。吃了晚饭，梁公梁婆二人下楼去睡了。这两个在楼上，正是：欢来不似今日，喜来更胜当初。正要称意停眠整宿，只听得有人敲门。正是：

日间不做亏心事，半夜敲门不吃惊。

这两个指望做一夜快活夫妻，谁想有人敲门。春梅在灶前收拾未了，听得敲门，执灯去开门。见了任珪，惊得呆了，立住脚头，高声叫道：“任姐夫来了！”周得听叫，连忙穿衣径走下楼。思量无处躲避，想空地里有个东厕，且去东厕躲闪。这妇人慢慢下楼道：“你今日如何这等晚来？”任珪道：“便是出城得晚，关了城门。欲去张员外家歇，又夜深了，因此来这里歇一夜。”妇人道：“吃晚饭了未？”任珪道：“吃了，只要些汤洗脚。”春梅连忙掇脚盆来，教任珪洗了脚。妇人先上楼，任珪却去东厕里净手。时下有人拦住，不与他去便好，只因来上厕，争些儿死于非命。正是：

恩义广施，人生何处不相逢？冤仇莫结，路逢狭处难回避。

任珪刚跨上东厕，被周得劈头揪住，叫道：“有贼！”梁公、梁婆、妇人、使女各拿一根柴来乱打。任珪大叫道：“是我，不是贼！”众人不由分说，将任珪痛打一顿。周得就在闹里一径走了。任珪叫得喉咙破了，众人方才放手。点灯来看，见了任珪，各人都呆了。任珪道：“我被这贼揪住，你们颠倒打我，被这贼走了。”众人假意埋怨道：“你不早说！只道是贼，贼倒却走了。”说罢，各人自去。任珪忍气吞声道：“莫不是藏甚么人在里面，被我冲破，到打我这一顿？且不要慌，慢慢地察访。”听那更鼓已是三更，去梁公床上睡了。心中胡思乱想，只睡不着。捱到五更，不等天明，起来穿了衣服便走。梁公道：“待天明吃了早饭去。”任珪被打得浑身疼痛，那有好气？也不应他，开了大门，拽上了，趁星光之下，直望候潮门来。

却忒早了些，城门未开。城边无数经纪行贩，挑着盐担，坐在门下等开门。也有唱曲儿的，也有说闲话的，也有做小买卖的。任珪混在人丛中，坐下纳闷。你道事有凑巧，物有偶然，正所谓：

吃食少添盐醋，不是去处休去。

要人知重勤学，怕人知事莫做。

当时任珪心下郁郁不乐，与决不下。内中忽有一人说道：“我那里有一邻居梁凉伞家，有一件好笑的事。”这人道：“有甚么事？”那人道：“梁家有一个女儿，小名圣金，年二十余岁。未曾嫁时，先与对门周待诏之子周得通奸。旧年嫁在城外牛皮街卖生药的主管叫做任珪。这周得一向去那里来往，被瞎阿公识破，去那里不得了。昨日归在家里，昨晚周得买了嗄饭好酒，吃到更尽。两个正在楼上快活，有这等的巧事，不想那女婿更深夜静，赶不出城，径来丈人家投宿。奸夫惊得没躲避处，走去东厕里躲了。任珪却去东厕净手，你道好笑么？那周得好手段，走将起来劈头将任珪揪住，倒叫：‘有贼！’丈人、丈母、女儿，一齐把任珪烂酱打了一顿，奸夫逃走了。世上有这样的异事！”众人听说了，一齐拍手笑起来，道：“有这等没用之人！被奸夫淫妇安排，难道不晓得？”这人道：“若是我，便打一把尖刀，杀做两段！那人必定不是好汉，必是个煨脓烂板乌龟。”又一个道：“想那人不晓得老婆有奸，以致如此。”说了又笑一场。正是：

情知语是钩和线，从头钓出是非来。

当时任珪却好听得备细，城门正开，一齐出城，各分路去了。此时任珪不出城，复身来到张员外家里来，取了三五钱银子，到铁铺里买了一柄解腕尖刀①，和鞘插在腰间。思量钱塘门晏公庙② 神明最灵，买了一只白公鸡，香烛纸马，提来庙里，烧香拜告：“神圣显灵！任珪妻梁氏，与邻人周得通奸，夜来……”如此如此，前话一一祷告罢，将刀出鞘，提鸡在手，问天

---

① 解腕尖刀——即解手刀。随身携带的小佩刀。

② 晏公庙——在杭州钱塘门夹城巷内。相传晏公是一水神。

买卦："如若杀得一个人，杀下的鸡在地下跳一跳；杀他两个人，跳两跳。"说罢，一刀剁下鸡头，那鸡在地下一连跳了四跳，重复从地跳起，直从梁上穿过，坠将下来，却好共是五跳。当时任珪将刀入鞘，再拜，望神明助力报仇。化纸出庙，上街，东行西走，无计可施，到晚回张员外家歇了。没情没绪，买卖也无心去管。次日早起，将刀插在腰间，没做理会处。欲要去梁家干事，又恐撞不着周得，只杀得老婆也无用，又不了事。转转寻思，恨不得咬他一口。径投一个去处，有分教任珪小胆翻为大胆，善心改作恶心；大闹了日新桥，鼎沸了临安府。正是：

青龙与白虎同行，吉凶事全然未保。

这任珪东撞西撞，径到美政桥① 姐姐家里，见了姐姐说道："你兄弟这两日有些事故，爹在家没人照管，要寄托姐姐家中住几时，休得推故。"姐姐道："老人家多住些时也不妨。"姐姐果然教儿去接任公，扶着来家。

这日任珪又在街坊上串了一回，走到姐姐家，见了父亲，将从前事，一一说过，道："儿子被这泼淫妇虚言巧语，反说父亲如何如何，儿子一时被惑，险些堕他计中。这口气如何消得？"任公道："你不要这淫妇便了，何须呕气？"任珪道："有一日撞在我手里，决无干休！"任公道："不可造次。从今不要上他门，休了他，别讨个贤慧的便罢。"任珪道："儿子自有道理。"辞了父亲并姐姐，气忿忿的入城。恰好是黄昏时候，走到张员外家，将上件事一一告诉："只有父亲在姐姐家，我也放得心下。"张员外道："你且忍耐，此事须要三思而行。自古道：'捉奸见双，捉贼见赃。'倘或不了事，枉受了苦楚。若下在死囚牢中，无人管你。你若依我说话，不强如杀害人性命。冤家只可解，不可结。"任珪听得劝他，低了头，只不言语。员外教养娘安排酒饭相待，教去房里睡，明日再作计较。任珪谢了。到房中寸心如割，和衣倒在床上，翻来复去，延挨到四更尽了，越想越恼，心头火按捺不住。起来抓扎② 身体急捷③，将刀插在腰间，摸到厨下，轻轻开了门，靠在后墙。那墙苦不甚高，一步爬上墙头。其时夏末秋初，其夜月色正明如昼。将身望下一跳，跳在地上。道："好了！"一直望丈人家来。

---

① 美政桥——在临安东南嘉会门外。
② 抓扎——扎缚；收拾。
③ 急捷——利落；迅速。

隔十数家，黑地里立在屋檐下，思量道："好却好了，怎地得他门开？"踌躇不决。只见卖烧饼的王公，挑着烧饼担儿，手里敲着小小竹筒过来。忽然丈人家门开，走出春梅，叫住王公。将钱买烧饼。任珪自道："那厮当死！"三步作一步，奔入门里，径投胡梯边梁公房里来。掇开房门，拔刀在手，见丈人、丈母俱睡着。心里想道："周得那厮必然在楼上了。"按住一刀一个，割下头来，丢在床前。正要上楼，却好春梅关了门，走到胡梯边。被任珪劈头揪住，道："不要高声！若高声，便杀了你。你且说，周得在那里？"那女子认得是任珪声音，情知不好了，见他手中拿刀，大叫："任姐夫来了！"任珪气起，一刀砍下头来，倒在地下，慌忙大踏步上楼去杀奸夫淫妇。正是：

种瓜得瓜，种豆得豆。天网恢恢，疏而不漏。

当时任珪跨上楼来。原来这两个正在床上狂荡，听得王公敲竹筒，唤起春梅买烧饼，房门都不闭，卓上灯尚明。径到床边，妇人已知，听得春梅叫，假做睡着。任珪一手按头，一手将刀去咽喉下切下头来，丢在楼板上。口里道："这口怒气出了，只恨周得那厮不曾杀得，不满我意。"猛想神前杀鸡五跳，杀了丈人、丈母、婆娘、使女，只应得四跳。那鸡从梁上跳下来，必有缘故。"抬头一看，却见周得赤条条的伏在梁上。任珪叫道："快下来，饶你性命！"那时周得心慌，爬上去了，一见任珪，战战兢兢，慌了手脚，禁①了爬不动。任珪性起，从床上直爬上去，将刀乱砍，可怜周得从梁上倒撞下来。任珪随势跳下，踏住胸脯，搠了十数刀。将头割下，解开头发，与妇人头结做一处。将刀入鞘，提头下楼。到胡梯边，提了使女头，来寻丈人、丈母头，解开头发，五个头结做一块，放在地上。

此时东方大亮，心中思忖："我今杀得快活，称心满意。逃走被人捉住，不为好汉。不如挺身首官，便吃了一剐，也得名扬于后世。"遂开了门，叫两边邻舍，对众人道："婆娘无礼，人所共知。我今杀了他一家，并奸夫周得。我若走了，连累高邻吃官司，如今起烦② 和你们同去出首。"众人见说未信，慌忙到梁公房里看时，老夫妻两口俱没了头。胡梯边使女尸倒在那里。上楼看时，周得被杀死在楼上，遍身刀搠伤痕数处，尚在血里，妇

① 禁——像被巫术禁住了一样，不能爬动。

② 起烦——劳驾；相烦。

人杀在床上。众人吃了一惊,走下楼来。只见五颗头结做一处,都道:“真好汉子!我们到官,依直与他讲就是。”道犹未了,嚷动邻舍、街坊、里正、缉捕人等,都来缚住任珪。任珪道:“不必缚我,我自做自当,并不连累你们。”说罢,两手提了五颗头,出门便走。众邻舍一齐跟定,满街男子妇人,不计其数来看,哄动满城人,只因此起,有分教任珪,正是:

生为孝子肝肠烈,死作明神姓字香。

众邻舍同任珪到临安府,大尹听得杀人公事,大惊,慌忙升厅。两下公吏人等排立左右,任珪将五个人头,行凶刀一把,放在面前,跪下告道:“小人姓任名珪,年二十八岁,系本府百姓,祖居江头牛皮街上。母亲早丧,止有老父,双目不明。前年冬间,凭媒说合,娶到在城日新桥河下梁公女儿为妻,一向到今。小人因无本生理,在卖生药张员外家做主管。早去晚回,日常间这妇人只是不喜。至去年八月十八日,父亲在楼下坐定念佛。原来梁氏未嫁小人之先,与邻人周得有奸。其日本人来家,称是姑舅哥哥来访,径自上楼说话。日常来往,痛父眼瞎不明。忽日父与小人说道:‘甚么阿舅常常来楼上坐,必有奸情之事。’小人听得说,便骂婆娘。一时小人见不到,被这婆娘巧语虚言,说道老父上楼调戏。因此三日前,小人打发妇人回娘家去了。至日,小人回家晚了,关了城门,转到妻家投宿。不想奸夫见我去,逃躲东厕里。小人临睡,去东厕净手,被他劈头揪住,喊叫有贼。当时丈人、丈母、婆娘、使女,一齐执柴乱打小人,此时奸夫走了。小人忍痛归家,思想这口气没出处。不合夜来提刀入门,先杀丈人、丈母,次杀使女,后来上楼杀了淫妇。猛抬头,见奸夫伏在梁上,小人爬上去,乱刀砍死。今提五个首级首告,望相公老爷明镜。”大尹听罢,呆了半晌。遂问排邻①,委果供认是实。所供明白,大尹钧旨,令任珪亲笔供招。随即差个县尉,并公吏仵作人等,押着任珪到尸边检验明白。其日人山人海来看。

险道神② 脱了衣裳,这场话非同小可。

当日一齐同到梁公家,将五个尸首一一检验讫,封了大门。县尉带了一干人犯,来府堂上回话道:“检得五个尸,并是凶身自认杀死。”大尹道:

① 排邻——邻居。

② 险道神——出殡时在前引行的。开路神君。

"虽是自首,难以免责。"交[①]打二十下,取具长枷枷了,上了铁镣手肘,令狱卒押下死囚牢里去。一干排邻回家。教地方公同作眼,将梁公家家财什物变卖了,买下五具棺材,盛下尸首。听候官府发落。

且说任珪在牢内,众人见他是个好男子,都爱敬他。早晚饭食,有人管顾。不在话下。

临安府大尹,与该吏[②]商量:任珪是个烈性好汉,只可惜下手忒狠了,周旋他不得。只得将文书做过,申呈刑部,刑部官奏过天子,令勘官勘得本犯奸夫淫妇,理合杀死。不合杀了丈人、丈母、使女,一家非死三人。着令本府待六十日限满,将犯人就本地方凌迟示众。梁公等尸首烧化,财产入官。

文书到府数日,大尹差县尉率领仵作、公吏、军兵人等,当日去牢中取出任珪。大尹将朝廷发落文书,教任珪看了。任珪自知罪重,低头伏死。大尹教去了锁枷镣肘,上了木驴。只见:

四道长钉钉,三条麻索缚。

两把刀子举,一朵纸花摇。

县尉人等,两棒鼓,一声锣,簇拥推着任珪,前往牛皮街示众。但见犯由牌[③]前引,棍棒后随。当时来到牛皮街,围住法场,只等午时三刻。其日看的人,两行如堵。将次午时,真可作怪,一时间天昏地黑,日色无光,狂风大作,飞砂走石,播土扬泥,你我不能相顾。看的人惊得四分五落,魄散魂飘。少顷,风息天明,县尉并刽子众人看任珪时,挷索长钉,俱已脱落,端然坐化在木驴之上。众人一齐发声道:"自古至今,不曾见有这般奇异的怪事。"监斩官惊得木麻,慌忙令仵作、公吏人等,看守任珪尸首。自己忙拍马到临安府,禀知大尹。大尹见说,大惊,连忙上轿,一同到法场看时,果然任珪坐化了。大尹径来刑部禀知此事,着令排邻地方人等,看守过夜。明早奏过朝廷,凭圣旨发落。次日巳牌时分,刑部文书到府,随将犯人任珪尸首,即时烧化,以免凌迟。县尉领旨,就当街烧化。城里城外人,有千千万万来看,都说:"这样异事,何曾得见?何曾得见?"

---

① 交——同教。

② 该吏——值班的吏员。

③ 犯由牌——犯由即罪状。犯由牌,即写着犯人罪状的木牌。

却说任公与女儿，知得任珪死了，安排些羹饭，外甥挽了瞎公公，女儿抬着轿子，一齐径到当街祭祀了，痛哭一场。任珪的姐姐，教儿子挽扶着公公，同回家奉亲过世。

话休絮烦，过了两月余，每遇黄昏，常时出来显灵。来往行人看见者，回去便患病，备下羹饭纸钱当街祭献，其病即痊。忽一日，有一小儿来牛皮街闲耍，被任珪附体起来。众人一齐来看，小儿说道："玉帝怜吾是忠烈孝义之人，各坊城隍、土地保奏，令做牛皮街土地。汝等善人可就我屋基立庙，春秋祭祀，保国安民。"说罢，小儿遂醒。当坊邻佑，看见如此显灵，那敢不信？即日敛出财物，买下木植，将任珪基地盖造一所庙宇。连忙请一个塑佛高手，塑起任珪神像，坐于中间，虔备三牲福礼① 祭献。自此香火不绝，祈求必应，其庙至今尚存。后人有诗题于庙壁，赞任珪坐化为神之事，诗云：

铁销石朽变更多，只有精神永不磨。
除却奸淫拚自死，刚肠一片赛阎罗。

---

① 福礼——祀神用的供品。

第三十九卷　汪信之一死救全家

白发苏堤老妪，不知生长何年？相随宝驾共南迁，往事能言旧汴。

前度君王游幸，一时询旧凄然。鱼羹妙制味犹鲜，双手擎来奉献。

话说大宋乾道淳熙年间，孝宗皇帝登极，奉高宗为太上皇。那时金邦和好，四郊安静，偃武修文，与民同乐。孝宗皇帝时常奉着太上乘龙舟来西湖玩赏。湖上做买卖的，一无所禁，所以小民多有乘着圣驾出游，赶趁生意。只卖酒的也不止百十家。

且说有个酒家婆姓宋，排行第五，唤做宋五嫂。原是东京人氏，造得好鲜鱼羹，京中最是有名的。建炎中随驾南渡，如今也侨寓苏堤赶趁。一日太上游湖，泊船苏堤之下，闻得有东京人语音，遣内官召来，乃一年老婆婆。有老太监认得他是汴京樊楼下住的宋五嫂，善煮鱼羹，奏知太上。太上题起旧事，凄然伤感，命制鱼羹来献。太上尝之，果然鲜美，即赐金钱一百文。此事一时传遍了临安府，王孙公子，富家巨室，人人来买宋五嫂鱼羹吃。那老妪因此遂成巨富。有诗为证：

一碗鱼羹值几钱？旧京遗制动天颜。

时人倍价来争市，半买君恩半买鲜。

又一日，御舟经过断桥。太上舍舟闲步，看见一酒肆精雅。坐启内设个素屏风，屏风上写《风入松》词一首，词云：

一春常费买花钱，日日醉湖边。玉骢惯识西湖路，骄嘶过沽酒楼前。红杏香中歌舞，绿杨影里秋千。　暖风十里丽人天，花压鬓云偏。画船载得春归去，余情付湖水湖烟。明日重移残酒，来寻陌上花钿。

太上览毕，再三称赏，问酒保此词何人所作？酒保答言："此乃太学生于国宝① 醉中所题。"太上笑道："此词虽然做得好，但末句'重移残酒'，不免

① 于国宝——于，当作俞。宋孝宗淳熙中太学生，以《风入松》词为高宗所赏，遂显。有《醒庵遗珠集》。

带寒酸之气。"因索笔就屏上改云:"明日重扶残醉"。即日宣召于国宝见驾,钦赐翰林待诏。那酒家屏风上添了御笔,游人争来观看,因而饮酒,其家亦致大富。后人有诗,单道于国宝际遇[①]太上之事,诗曰:

素屏风上醉题词,不道君王眄睐奇。
若问姓名谁上达?酒家即是魏无知。

又有诗赞那酒家云:

御笔亲删墨未干,满城闻说尽争看。
一般酒肆偏腾涌,始信皇家雨露宽。

那时南宋承平之际,无意中受了朝廷恩泽的不知多少。同时又有文武全才,出名豪侠,不得际会风云,被小人诬陷,激成大祸,后来做了一场没挞煞[②]的笑话,此乃命也,时也,运也。正是:

时来风送滕王阁,运退雷轰荐福碑。

话说乾道年间,严州遂安县有个富家,姓汪名孚,字师中,曾登乡荐[③],有财有势,专一武断乡曲,把持官府,为一乡之豪霸。因杀死人命,遇了对头,将汪孚问配吉阳军[④]去。他又夤缘魏国公张浚,假以募兵报效为由,得脱罪籍回家,益治赀产,复致大富。他有个嫡亲兄弟汪革,字信之,是个文武全才。从幼只在哥哥身边居住,因与哥哥汪孚酒中争论一句闲话,弩口气只身径走出门,口里说道:"不致千金,誓不还乡!"身边只带得一把雨伞,并无财物,思想:"那里去好?我闻得人说,淮庆一路有耕冶可业,甚好经营;且到彼地,再作道理。"只是没有盘缠。心生一计:自小学得些枪棒拳法在身,那时抓缚衣袖,做个把势模样。逢着马头聚处,使几路空拳,将这伞权为枪棒,撇个架子。一般有人喝采,赍发几文钱,将就买些酒饭用度。

不一日,渡了扬子江。一路相度地势,直至安庆府。过了宿松,又行三十里,地名麻地坡。看见荒山无数,只有破古庙一所,绝无人居,山上都

---

① 际遇——幸遇。受到有权势的人的提拔重用。

② 没挞煞——荒唐;无聊。

③ 乡荐——唐代应试进士者,都由州县荐举,称为乡荐。登乡荐,就是考取乡试。

④ 吉阳军——宋代以崖州(广东崖县)为吉阳军。

是炭材。汪革道："此处若起个铁冶①，炭又方便，足可擅一方之利。"于是将古庙为家，在外纠合无籍之徒②，因山作炭，卖炭买铁，就起个铁冶。铸成铁器，出市发卖。所用之人，各有职掌，恩威并著，无不钦服。数年之间，发个大家事起来。遣人到严州取了妻子，来麻地居住。起造厅屋千间，极其壮丽。又占了本处酤坊，每岁得利若干。又打听望江县有个天荒湖，方圆七十余里，其中多生鱼蒲之类。汪革承佃为己业，湖内渔户数百，皆服他使唤，每岁收他鱼租，其家益富。独霸麻地一乡，乡中有事，俱由他武断。出则佩刀带剑，骑从如云，如贵官一般。四方穷民，归之如市。解衣推食，人人愿出死力。又将家财交结附近郡县官吏，若与他相好的，酒杯来往；若与他作对的，便访求他过失。轻则遣人讦讼，败其声名；重则私令亡命等于沿途劫害，无处踪迹。以此人人惧怕，交欢恐后，分明是：

郭解重生，朱家再出③。气压乡邦，名闻郡国。

话分两头。却说江淮宣抚使皇甫倜，为人宽厚，颇得士心。招致四方豪杰，就中选骁勇的，厚其资粮，朝夕训练，号为"忠义军"。宰相汤思退忌其威名，要将此缺替与门生刘光祖。乃阴令心腹御史，劾奏皇甫倜糜费钱粮，招致无赖凶徒，不战不征，徒为他日地方之害。朝廷将皇甫倜革职，就用了刘光祖代之。那刘光祖为人又畏懦，又刻薄，专一阿奉宰相，乃悉反皇甫倜之所为，将忠义军散遣归田，不许占住地方生事。可惜皇甫倜几年精力，训练成军，今日一朝而散。这些军士，也有归乡的，也有结伙走绿林中道路的。

就中单表二人，程彪、程虎，荆州人氏。弟兄两个，都学得一身好武艺。被刘光祖一时驱逐，平日有的请受④ 都花消了，无可存活，思想投奔谁好。猛然想起洪教头洪恭，今住在太湖县南门仓巷口，开个茶坊。他也曾做军校，昔年相处得好，今日何不去奔他，共他商议资身之策？二人收拾行李，一径来太湖县寻取洪恭。洪恭恰好在茶坊中，相见了，各叙寒温，二人道其来意。洪恭自思家中蜗窄，难以相容。当晚杀鸡为黍，管待二

---

① 铁冶——冶铁工场。

② 无籍之徒——游民。

③ 郭解、朱家——汉代著名的游侠。

④ 请受——俸禄；薪俸。

人,送在近处庵院歇了一晚。次日,洪恭又请二人到家中早饭,取出一封书信,说道:“多承二位远来,本当留住几时,争奈家贫待慢。今指引到一个去处,管取情投意合,有个小小富贵。”二人谢别而行,将书札看时,上面写道:“此书送至宿松县麻地坡汪信之十二爷开拆。”二人依言来到麻地坡,见了汪革,将洪恭书札呈上。汪革拆开看时,上写道:

侍生洪恭再拜,字达信之十二爷阁下:自别台颜,时切想念。兹有程彪、程虎兄弟,武艺超群,向隶籍忠义军。今为新统帅散遣不用,特奉荐至府,乞留为馆宾,令郎必得其资益。外敝县有湖荡数处,颇有出产,阁下屡约来看,何迟迟耶?专候拨冗一临。若得之,亦美业也。

汪革看毕大喜,即唤儿子汪世雄出来相见。置酒款待,打扫房屋安歇。自此程彪、程虎住在汪家,朝夕与汪世雄演习弓马,点拨枪棒。

不觉三月有余,汪革有事欲往临安府去。二程闻汪革出门,便欲相别。汪革问道:“二兄今往何处?”二程答道:“还到太湖会洪教头则个。”汪革写下一封回书,寄与洪恭,正欲赍发二程起身,只见汪世雄走来,向父亲说道:“枪棒还未精熟,欲再留二程过几时,讲些阵法。”汪革依了儿子言语,向二程说道:“小儿领教未全,且屈宽住一两个月,待不才回家奉送。”二程见汪革苦留,只得住了。

却说汪革到了临安府,干事已毕。朝中讹传金虏败盟,诏议战守之策。汪革投匭① 上书,极言向来和议之非。且云:“国家虽安,忘战必危。江淮乃东南重地,散遣忠义军,最为非策。”末又云:“臣虽不才,愿倡率两淮忠勇,为国家前驱,恢复中原,以报积世之仇,方表微臣之志。”天子览奏,下枢密院会议。这枢密院官都是怕事的,只晓得临渴掘井,那会得未焚徙薪?况且布衣上书,谁肯破格荐引?又未知金鞑子真个杀来也不,且不覆奏,只将温言好语,款留汪革在本府候用。汪革因此逗留临安,急切未回。正是:

将相无人国内虚,布衣有志枉嗟吁。

黄金散尽貂裘敝,悔向咸阳去上书。

话分两头。再说程彪、程虎二人住在汪家,将及一载,胸中本事倾倒得授与汪世雄,指望他重重相谢。那汪世雄也情愿厚赠,奈因父亲汪革,

---

① 投匭(guǐ)——匭,意见箱一类的匣子,投匭,即向皇帝上书言事。

一去不回。二程等得不耐烦，坚执要行。汪世雄苦苦相留了几遍，到后来，毕竟留不住了。一时手中又值空乏，打并[①] 得五十两银子，分送与二人，每人二十五两，衣服一套，置酒作别。席上汪世雄说道："重承二位高贤屈留赐教，本当厚赠，只因家父久寓临安，二位又坚执要去，世雄手无利权，只有些小私财，权当路费。改日两位若便道光顾，尚容补谢。"二人见银两不多，大失所望。口虽不语，心下想道："洪教头说得汪家父子，万分轻财好义，许我个小富贵。特特而来，淹留一载，只这般赍发起身，比着忠义军中请受，也争不多。早知如此，何不就汪革在家时，即便相辞，也少不得助些盘费。如今汪革又不回来，欲待再住些时，又吃过了送行酒了。"只得快快而别。临行时，与汪世雄讨封回书与洪教头。汪世雄文理不甚通透，便将父亲先前写下这封书，递与二程，托他致意，二程收了。汪世雄又送一程，方才转去。

当日二程走得困乏，到晚寻店歇宿，沽酒对酌，各出怨望之语。程虎道："汪世雄不是个三岁孩儿，难道百十贯钱钞，做不得主？直恁装穷推故，将人小觑！"程彪道："那孩子虽然轻薄，也还有些面情。可恨汪革特地相留，不将人为意，数月之间，书信也不寄一个。只说待他回家奉送，难道十年不回，也等他十年？"程虎道："那些倚着财势，横行乡曲，原不是什么轻财好客的孟尝君。只看他老子出外，儿子就支不动钱钞，便是小家样子。"程彪道："那洪教头也不识人，难道别没个相识，偏荐到这三家村去处？"二个一递一句，说了半夜，吃得有八九分酒了，程虎道："汪革寄与洪教头书，书中不知写甚言语，何不拆来一看？"程彪真个解开包裹，将书取出，湿开封处看时，上写道：

侍生汪革再拜，覆书子敬教师门下：久别怀念，得手书如对面，喜可知也。承荐二程，即留与小儿相处。奈彼欲行甚促，仆又有临安之游，不得厚赠。有负来意，惭愧，惭愧！

书尾又写细字一行，云：

别谕俟从临安回即得践约，计期当在秋凉矣。革再拜。

程虎看罢，大怒道："你是个富家，特地投奔你一场，便多将金帛结识我们，久后也有相逢处。又不是雇工代役，算甚日子久近！却说道欲行甚促，不

---

① 打并——收拾；准备。

得厚赠，主意原自轻了。”程虎便要将书扯碎烧毁，却是程彪不肯，依旧收藏了。说道：“洪教头荐我兄弟一番，也把个回信与他，使他晓得没甚汤水①。”程虎道：“也说得是。”当夜安歇无话。

次早起身，又行了一日，第三日赶到太湖县，见了洪教头，洪恭在茶坊内坐下，各叙寒温。原来洪恭向来娶下个小老婆，唤做细姨，最是帮家做活，看蚕织绢，不辞辛苦，洪恭十分宠爱。只是一件，那妇人是勤苦作家的人，水也不舍得一杯与人吃的。前次程彪、程虎兄弟来时，洪恭虽然送在庵院安歇，却费了他朝暮两餐，被那妇人絮聒② 了好几日。今番二程又来，洪恭不敢延款了，又乏钱相赠；家中存得几匹好绢，洪恭要赠与二程。料是细姨不肯，自到房中，取了四匹揣在怀里。刚出房门，被细姨撞见，拦住道：“老无知，你将这绢往那里去？”洪恭遮掩不过，只得央道：“程家兄弟，是我好朋友。今日远来别我还乡，无物表情。你只当权借这绢与我，休得违拗。”细姨道：“老娘千辛万苦，织成这绢，不把来白送与人的。你自家有绢，自家做人情，莫要干涉老娘。”洪恭又道：“他好意远来看我，酒也不留他吃三杯了，这四匹绢怎省得？我的娘，好歹让我做主这一遭儿，待送他转身，我自来赔你的礼。”说罢就走。细姨扯住衫袖，道：“你说他远来，有甚好意？前番白白里吃了两顿，今番又做指望。这几匹绢，老娘自家也不舍得做衣服穿；他有甚亲情往来，却要送他？他要绢时，只教他自与老娘取讨。”洪恭见小老婆执意不肯，又怕二程等久，只得发个狠，洒脱袖子，径奔出茶坊来。惹得细姨猴急，发起话来道：“甚么没廉耻的光棍，非亲非眷，不时到人家蒿恼！各人要达时务便好，我们开茶坊的人家，有甚大出产？常言道：‘贴人不富自家穷。’有我们这样老无知老禽兽，不守本分，惯一招引闲神野鬼，上门闹吵！看你没饭在锅里时节，有那个好朋友，把一斗五升来资助你？”故意走到屏风背后，千禽兽万禽兽的骂。原来细姨在内争论时，二程一句句都听得了，心中十分焦燥。又听得后来骂詈③，好没意思，不等洪恭作别，取了包裹便走。洪恭随后赶来，说道：“小妾因两日有些反目，故此言语不顺，二位休得计较。这粗绢四匹，权折一

① 汤水——油水；好处。

② 絮聒——聒，同聒。唠叨不休；噜苏。

③ 骂詈(lì)——咒骂；谩骂指责。

饭之敬，休嫌微鲜。”程彪、程虎那里肯受，抵死推辞。洪恭只得取绢自回，细姨见有了绢，方才住口。正是：

从来阴性吝啬，一文割舍不得。

剥尽老公面皮，恶断朋友亲戚。

大抵妇人家勤俭惜财，固是美事，也要通乎人情。比如细姨一味悭吝，不存丈夫体面，他自躲在房室之内，做男子的免不得出外，如何做人？为此恩变为仇，招非揽祸，往往有之。所以古人说得好，道是：“妻贤夫祸少，子孝父心宽。”

闲话休提。再说程彪、程虎二人，初意来见洪教头，指望照前款留，他便细诉心腹，再求他荐到个好去处，又作道理。不期反受了一场辱骂，思量没处出气。所带汪革回书未投，想起：“书中有别谕候秋凉践约等话，不知何事？心里正恨汪革，何不陷他谋叛之情，两处气都出了？好计，好计！只一件，这书上原无实证，难以出首，除非如此如此……”二人离了太湖县，行至江州，在城外觅个旅店，安放行李。

次日，弟兄两个改换衣装，到宣抚司衙门前踅了一回。回来吃了早饭，说道：“多时不曾上浔阳楼，今日何不去一看？”两个锁上房门，带了些散碎银两，径到浔阳楼来。那楼上游人无数，二人倚栏观看。忽有人扯着程彪的衣袂，叫道：“程大哥，几时到此？”程彪回头看，认得是府内惯缉事的①，诨名叫做“张光头”。程彪慌忙叫兄弟程虎，一齐作揖，说道：“一言难尽。且同坐吃三杯，慢慢的告诉。”当下三人拣副空座头坐下，吩咐酒保取酒来饮。张光头道：“闻知二位在安庆汪家做教师，甚好际遇！”程彪道：“甚么际遇！几乎弄出大事来！”便附耳低言道：“汪革久霸一乡，渐有谋叛之意。从我学弓马战阵，庄客数千，都教演精熟了，约太湖洪教头洪恭，秋凉一同举事。教我二人纠合忠义军旧人为内应，我二人不从，逃走至此。”张光头道：“有甚证验？”程虎道：“见有书札托我回复洪恭，我不曾替他投递。”张光头道：“书在何处？借来一看。”程彪道：“在下处。”三人饮了一回，还了酒钱。张光头直跟二程到下处，取书看了道：“这是机密重情，不可泄漏。不才即当禀知宣抚司，二位定有重赏。”说罢，作别去了。

次日，张光头将此事密密的禀知宣抚使刘光祖。光祖即捕二程兄弟

---

① 惯缉事的——善于缉捕罪犯的差役。

置狱，取其口词，并汪革复洪恭书札，密地飞报枢密府。枢密府官大惊，商量道："汪革见在本府候用，何不擒来鞫问？"差人去拿汪革时，汪革已自走了。原来汪革素性轻财好义，枢密府里的人，一个个和他相好，闻得风声，预先报与他知道，因此汪革连夜逃回。枢密府官见拿汪革不着，愈加心慌，便上表奏闻天子。天子降诏，责令宣抚使捕汪革、洪恭等。宣抚司移文安庆李太守，转行太湖、宿松二县，拿捕反贼。

却说洪恭在太湖县广有耳目，闻风先已逃避无获。只有汪革家私浩大，一时难走。此时宿松县令正缺，只有县尉姓何名能，是他权印。奉了郡檄。点起土兵① 二百余人，望麻地进发。行未十里，何县尉在马上思量道："闻得汪家父子骁勇，更兼冶户鱼户，不下千余。我这一去可不枉送了性命？"乃与土兵都头商议，向山谷僻处屯住数日，回来禀知李太守道："汪革反谋，果是真的。庄上器械精利，整备拒捕。小官寡不敌众，只得回军。伏乞钧旨，别差勇将前去，方可成功。"李公听信了，便请都监② 郭择商议。郭择道："汪革武断一乡，目无官府，已非一日。若说反叛，其情未的。据称拒捕，何曾见官兵杀伤？依起愚见，不须动兵，小将不才，情愿挺身到彼，观其动静。若彼无叛情，要他亲到府中分辨。他若不来，剿除未晚。"李公道："都监所言极当，即烦一行。须体察仔细，不可被他瞒过。"郭择道："小将理会得。"李公又问道："将军此行，带多少人去？"郭择道："只亲随十余人足矣。"李公道："下官将一人帮助。"即唤缉捕使臣王立到来。王立朝上唱个喏，立于旁边。李公指着道："此人胆力颇壮，将军同他去时，缓急有用。"原来郭择与汪革素有交情，此行轻身而往，本要劝谕汪革，周全其事。不期太守差王立同去，他倚着上官差遣，便要夸才卖智，七嘴八张，连我也不好做事了。欲待推辞不要他去，又怕太守疑心。只得领诺，怏怏而别。

次早，王立抓扎停当，便去催促郭择起身。又向郭择道："郡中捕贼文书，须要带去。汪革这厮，来便来，不来时，小人带着都监一条麻绳扣他颈皮。王法无亲，那怕他走上天去！"郭择早有三分不乐，便道："文书虽带在此，一时不可说破，还要相机而行。"王立定要讨文书来看，郭择只得与他

① 土兵——地方兵。

② 都监——军官名。

看了。王立便要拿起，却是郭择不肯，自己收过，藏在袖里。当日郭择和王立都骑了马，手下跟随的，不上二十个人，离了郡城，望宿松而进。

却说汪革自临安回家，已知枢密院行文消息，正不知这场是非，从何而起。却也自恃没有反叛实迹，跟脚牢实，放心得下。前番何县尉领兵来捕，虽不曾到麻地，已自备细知道。这番如何不打探消息？闻知郡中又差郭都监来，带不满二十人，只怕是诱敌之计，预戒庄客，大作准备。吩咐儿子汪世雄，埋伏壮丁伺候。倘若官兵来时，只索抵敌。却说世雄妻张氏，乃太湖县盐贾张四郎之女，平日最有智数。见其夫装束，问知其情，乃出房对汪革说道："公公素以豪侠名，积渐为官府所忌。若其原非反叛，官府亦自知之。为今之计，不若挺身出辨，得罪犹小，尚可保全家门。倘一有拒捕之名，弄假成真，百口难诉，悔之无及矣。"汪革道："郭都监，吾之故人，来时定有商量。"遂不从张氏之言。

再说郭择到了麻地，径至汪革门首，汪革早在门外迎候，说道："不知都监驾临，荒僻失于远接。"郭择道："郭某此来，甚非得已，信之必然相谅。"两个揖让升厅，分宾坐定，各叙寒温。郭择看见两厢廊庄客往来不绝，明晃晃摆着刀枪，心下颇怀悚惧。又见王立跟定在身旁，不好细谈。汪革开言问道："此位何人？"郭择道："此乃太守相公所遣王观察也。"汪革起身，重与王立作揖，道："失瞻①，休罪！"便请王立在厅侧小阁儿内坐下，差个主管相陪，其余从人俱在门首空房中安扎。一时间备下三席大酒：郭择客位一席，汪革主位相陪一席，王立另自一席。余从满盘肉，大瓮酒，尽他醉饱。饮酒中间，汪革又移席书房中小坐，却细叩郭择来意。郭择隐却郡檄内言语，只说道："太守相公深知信之被诬，命郭某前来劝喻。信之若藏身不出，便是无丝有线了；若肯至郡分辨，郭某一力担当。"汪革道："且请宽饮，却又理会。"郭择真心要周全汪革，乘王立不在眼前，正好说话，连次催并② 汪革决计。汪革见逼得慌，愈加疑惑。此时六月天气，暑气蒸人，汪革要郭择解衣畅饮，郭择不肯。郭择连次要起身，汪革也不放。只管斟着大觥相劝，自巳牌至申牌时分，席还不散。郭择见天色将晚，恐怕他留宿，决意起身，说道："适郭某所言，出于至诚，并无半字相欺。从与不

---

① 失瞻——失敬。

② 催并——催促。

从，早早裁决，休得两相耽误。”汪革带着半醉，唤郭择的表字道：“希颜是我故人，敢不吐露心腹。某无辜受谤，不知所由。今即欲入郡参谒，又恐郡守不分皂白，阿附上官，强入人罪。鼠雀贪生，人岂不惜命？今有楮券① 四百，聊奉希颜表意，为我转限两三个月，我当向临安借贵要之力，与枢密院讨个人情。上面先说得停妥，方敢出头。希颜念吾平日交情，休得推委。”郭择本不欲受，只恐汪革心疑生变，乃佯笑道：“平昔相知，自当效力，何劳厚赐？暂时领爱，容他日璧还。”却待舒手去接那楮券，谁知王观察王立站在窗外，听得汪革将楮券送郭择，自己却没甚贿赂，带着九分九厘醉态，不觉大怒，拍窗大叫道：“好都监！枢密院奉圣旨着本郡取谋反犯人，乃受钱转限，谁人敢担这干系？”原来汪世雄率领壮丁，正伏在壁后。听得此语，即时跃出，将郭择一索捆翻，骂道：“吾父与你何等交情，如何藏匿圣旨文书，吃骗吾父入郡，陷之死地？是何道理？”王立在窗外听见势头不好，早转身便走。正遇着一条好汉，提着朴刀② 拦住。那人姓刘名青，绰号“刘千斤”，乃汪革手下第一个心腹家奴，喝道：“贼子那里走！”王立拔出腰刀厮斗，夺路向前，早被刘青左臂上砍上一刀。王立负痛而奔，刘青紧步赶上。只听得庄外喊声大举，庄客将从人乱砍，尽皆杀死。王立肩胛上又中了一朴刀，情知逃走不脱，便随刀仆地，妆做僵死。庄客将挠钩拖出，和众死尸一堆儿堆向墙边。汪革当厅坐下，汪世雄押郭择当面，搜出袖内文书一卷。汪革看了大怒，喝教斩首。郭择叩头求饶道：“此事非关小人，都因何县尉妄禀拒捕，以致太守发怒。小人奉上官差委，不得已而来。若得何县尉面对明白，小人虽死不恨。”汪革道：“砍下你这驴头也罢，省得那狗县尉没有了证见。”吩咐权锁在耳房中。教汪世雄即时往炭山冶坊等处，凡壮丁都要取齐③ 听令。

却说炭山都是村农怕事，闻说汪家造反，一个个都向深山中藏躲。只有冶坊中大半是无赖之徒，一呼而集，约有三百余人。都到庄上，杀牛宰马，权做赏军。庄上原有骏马三匹，日行数百里，价值千金。那马都有名色，叫做：

---

① 楮(chǔ)券——纸币。

② 朴刀——一种长柄刀，刀杆可以装上或卸下。

③ 取齐——会合；等齐。

悭悭骝，小骢骒，番婆子。

又平日结识得四个好汉，都是胆勇过人的，那四个？

龚四八，董三，董四，钱四二。

其时也都来庄上，开怀饮酒，直吃到四更尽，五更初，众人都醉饱了，汪革扎缚起来，真象个好汉：

头总旋风髻，身穿白锦袍；

鞝鞋①兜脚紧，裹肚系身牢；

多带穿杨箭，高擎斩铁刀；

雄威真罕见，麻地显英豪。

汪革自骑着番婆子，控马的用着刘青，又是一个不良善的。怎生模样？

刚须环眼威风凛，八尺长躯一片锦。

千斤铁臂敢相持，好汉逢他打寒噤。

汪革引着一百人为前锋。董三、董四、钱四二共引三百人为中军。汪世雄骑着小骢骒②，却教龚四八骑着悭悭骝相随，引一百余人，押着郭都监为后队。分发已定，连放三个大铳，一齐起身，望宿松进发，要拿何县尉。正是：

人无害虎心，虎有伤人意。

离城约五里之近，天色大明。只见钱四二跑上前向汪革说道："要拿一个县尉，何须惊天动地；只消数人突然而入，缚了他来就是。"汪革道："此言有理。"就教钱四二押着大队屯住，单领董三、董四、刘青和二十余人前行，望见城濠边一群小儿连臂而歌，歌曰：

二六佳人姓汪，偷个船儿过江。

过江能几日？一杯热酒难当。

歌之不已。汪革策马近前叱之，忽然不见，心下甚疑。到县前时，已是早衙时分，只见静悄悄地，绝无动静。汪革却待下马，只见一个直宿的老门子，从县里面唱着哩嗹花儿③ 的走出，被刘青一把拿住问道："何县尉在

---

① 鞝(wēng)鞋——高统御寒靴子。

② 骢骒(cōng kè)：毛青白色相杂的母马。

③ 哩嗹花儿——指《莲花落》词"哩嗹(一作哩哩)莲花"。哩嗹，是声词，没有意义。

那里?”老门子答道:“昨日往东村勾摄公事未回。”汪革就教他引路,径出东门。约行二十余里,来到一所大庙,唤做福应侯庙,乃是一邑之香火,本邑奉事甚谨,最有灵应。老门子指道:“每常官府下乡,只在这庙里歇宿,可以问之。”汪革下马入庙,庙祝见人马雄壮,刀仗鲜明,正不知甚人,唬得尿流屁滚,跪地迎接。汪革问他县尉消息,庙祝道:“昨晚果然在庙安歇,今日五更起马,不知去向。”汪革方信老门子是实话,将他放了。就在庙里打了中火,遣人四下踪迹县尉,并无的信。看看捱至申牌时分,汪革心中十分焦燥,教取火来,把这福应侯庙烧做白地,引众仍回旧路。刘青道:“县尉虽然不在,却有妻小在官廨中。若取之为质,何愁县尉不来。”汪革点头道:“是。”行至东门,尚未昏黑,只见城门已闭。却是王观察王立不曾真死,负痛逃命入城,将事情一一禀知巡检。那巡检唬得面如土色,一面吩咐闭了城门,防他啰唣;一面申报郡中,说汪革杀人造反,早早发兵剿捕。再说汪革见城门闭了,便欲放火攻门。忽然一阵怪风,从城头上旋将下来,那风好不利害!吹得人毛骨俱悚,惊得那匹番婆子也直立嘶鸣,倒退几步。汪革在马上大叫一声,直跌下地来。正是:

未知性命如何,先见四肢不举。

刘青见汪革坠马,慌忙扶起看时,不言不语,好似中恶模样,不省人事。刘青只得抱上雕鞍,董三、董四左右防护,刘青控马而行。转到南门,却好汪世雄引着二三十人,带着火把接应,合为一处。又行二里,汪革方才苏醒,叫道:“怪哉!分明见一神人,身长数丈,头如车轮,白袍金甲,身坐城堵①上,脚垂至地。神兵簇拥,不计其数,旗上明写‘福应侯’三字。那神人舒左脚踢我下马,想是神道怪我烧毁其庙,所以为祸也。明早引大队到来,白日里攻打,看他如何?”汪世雄道:“父亲还不知道,钱四二恐防累及,已有异心,不知与众人如何商议了,他先洋洋而去。以后众人陆续走散,三停中已去了二停。父亲不如回到家中再作计较。”汪革听罢,懊恨不已。

行至屯兵之地,见龚四八,所言相同。郭择还锁押在彼,汪革一时性起,拔出佩刀,将郭择劈做两截。引众再回麻地坡来,一路上又跑散了许多人。到庄点点人数,止存六十余人。汪革叹道:“吾素有忠义之志,忽为奸人所陷,无由自明。初意欲擒拿县尉,究问根由,报仇雪耻。因借府库

---

① 城堵——城墙。

之资，招徕豪杰，跌宕江淮，驱除这些贪官污吏，使威名盖世。然后就朝廷恩抚，为国家出力，建万世之功业。今吾志不就，命也。”对龚四八等道：“感众兄弟相从不舍，吾何忍负累？今罪犯必死，此身已不足惜，众兄弟何不将我绑去送官，自脱其祸？”龚四八等齐声道：“哥哥说那里话！我等平日受你看顾大恩，今日患难之际，生死相依，岂有更变？哥哥休将钱四二一例看待。”汪革道：“虽然如此，这麻地坡是个死路，若官兵一到，没有退步。大抵朝廷之事，虎头蛇尾，且暂为逃难之计，倘或天天可怜，不绝尽汪门宗祀，此地还是我子孙故业。不然，我汪革魂魄，亦不复到此矣。”言讫，扑簌簌两行泪下。汪世雄放声大哭，龚四八等皆泣下，不能仰视。汪革道：“天明恐有军马来到，事不宜迟矣，天荒湖有渔户可依，权且躲避。”乃尽出金珠，将一半付与董三、董四，教他变姓易名，往临安行都为贾，布散流言，说何县尉迫胁汪革，实无反情。只当公道不平，逢人分析。那一半付与龚四八，教他领了三岁的孙子，潜往吴郡藏匿。官府只虑我北去通虏，决不疑在近地。事平之后，径到严州遂安县，寻我哥哥汪师中，必然收留，乃将三匹名马分赠三人。龚四八道：“此马毛色非凡，恐被人识破，不可乘也。”汪革道：“若遗与他人，有损无益。”提起大刀，一刀一匹，三马尽皆杀死。庄前庄后，放起一把无情火，必必剥剥，烧得烈焰腾天。汪革与龚、董三人，就火光中洒泪分别。世雄妻张氏，见三岁的孩儿去了，大哭一场，自投于火而死。若汪革早听其言，岂有今日？正是：

良药苦口，忠言逆耳。有智妇人，赛过男子。

汪革伤感不已，然无可奈何了。天色将明，吩咐庄客：不愿跟随的，听其自便。引了妻儿老少，和刘青等心腹三十余人，径投望江县天荒湖来，取五只渔船，分载人口，摇向芦苇深处藏躲。

话分两头。却说安庆李太守见了宿松县申文，大惊，忙备文书各上司处申报。一面行文各县，招集民兵剿贼。江淮宣抚司刘光祖将事情装点大了，奏闻朝廷。旨意倒下枢密院，着本处统帅约会各郡军马，合力剿捕，毋致蔓延。刘光祖各郡调兵，到者约有四五千之数；已知汪革烧毁房舍，逃入天荒湖内，又调各处船兵水陆并进。又支会① 平江一路，用兵邀截，

① 支会——通知。

以防走逸。那领兵官无非是都监、提辖[①]、县尉、巡检之类，素闻汪革骁勇，党羽甚众，人有畏怯之心。陆军只屯住在望江城外，水军只屯在里湖港口，抢掳民财，消磨粮饷，那个敢下湖捕贼？住了二十余日，湖中并无动静。有几个大胆的乘个小拌船，哨探出去，望见芦苇中烟火不绝，远远的鼓声敲响。不敢近视，依旧拌转，又过几日，烟火也没了，鼓声也不闻了。水哨[②]禀知军官，移船出港，筛锣[③]擂鼓，摇旗呐喊而前，搗[④]入湖中。连打鱼的小船都四散躲过，并不见一只。向芦苇烟起处搜看时，鬼脚迹也没一个了。但见几只破船上堆却木屑和草根，煨得船板焦黑。浅渚上有两三面大鼓，鼓上缚着羊，连羊也饿得半死了。原来鼓声是羊蹄所击，烟火乃木屑。汪革从湖入江，已顺流东去，正不知几时了。军官惧罪，只得将船追去。行出江口，只见五个渔船，一字儿泊在江边，船上立着个汉子，有人认得这船是天荒湖内的渔船。拢船去拿那汉子查问时，那汉子噙着眼泪，告诉道："小人姓樊名速，川中人氏，因到此做些小商贩，买卖已毕，与一个乡亲同坐一只大船，三日前来此江口，撞着这五个渔船。船上许多好汉，自称汪十二爷，要借我大船安顿人口，将这五个小船相换。我不肯时，腰间拔出雪样的刀来便要杀害，只得让与他去了。你看这个小船，怎过得川江？累我重复觅船，好不苦也！"船上两个军官商量道："眼见得换船的汪十二爷，便是汪革了。他人众已散，只有两只大船，容易算计了，且放心赶去。"行至采石矶边，见江面上摆列战舰无数。却是太平郡差出军官，领水军把截采石，盘诘行船，恐防反贼汪革走逸。打听的实，两处军官相会。安庆军官说起："汪革在湖中逃走入江，劫上两支大客船，装载家小之事，料他必从此过。小将跟寻下来，如何不见？"采石军官听说，大惊顿足道："我被这奸贼瞒过了也！前两日辰牌时分，果有两只大客船，船中满载家小。其人冠带来谒，自称姓王名中一，为蜀中参军，任满赴行都升补。想来'汪'字半边是'王'字，'革'字下截是'中一'二字，此人正是汪革。今已过去，不知何往矣。"两处军官度道，失了汪革正贼，料瞒不过，只得从实

① 提辖——军官名。专管统领军队。训练教阅，以督捕盗贼，肃清境内。
② 水哨——宋代水军中的一种轻快哨船的名称。
③ 筛锣——敲锣。
④ 搗——同荡。

申报上司。上司见汪革踪迹神出鬼没，愈加疑虑，请枢密院悬下赏格，画影图形，各处张挂。有能擒捕汪革者，给赏一万贯，官升三级；获其嫡亲家属一口者，赏三千贯，官升一级。

却说汪革乘着两只客船，径下太湖。过了数日，闻知官府挨捕紧急，料是藏躲不了，将客船凿沉湖底，将家小寄顿一个打鱼人家，多将金帛相赠，约定一年后来取。却教刘青跟随儿子汪世雄，间道往无为州漕司①出首，说父亲原无反情，特为县尉何能陷害，见今逃难行都，乞押去追寻，免致兴兵调饷。此乃保全家门之计，不可迟滞。世雄被父亲所逼，只得去了。漕司看了汪世雄首词，问了备细，差官锁押到临安府，挨获汪革，一面禀知枢密等院衙门去讫。

却说汪革发脱家小，单单剩得一身，改换衣装，径望临安而走。在城外住了数日，不见儿子世雄消息，想起城北厢官② 白正，系向年相识，乃夜入北关，叩门求见。白正见是汪革，大惊，便欲走避。汪革扯住说道："兄长勿疑，某此来束手投罪，非相累也。"白正方才心稳，开言问道："官府捕足下甚急，何为来此？"汪革将冤情告诉了一遍，如今愿借兄长之力，得诣阙自明，死亦无恨。白正留汪革住了一宿，次早报知枢密府，遂下于大理院狱中。狱官拷问他家属何在，及同党之人姓名，汪革道："妻小都死于火中，只有一子名世雄，一向在外做客，并不知情。庄丁俱是村民，各各逃命去讫，亦不记姓名。"狱官严刑拷讯，终不肯说。

却说白正不愿领赏，记功升官，心下十分可怜汪革，一应狱中事体，替他周旋。临安府闻说反贼汪革投到，把做异事传播。董三、董四知道了，也来暗地与他使钱。大尹院上官下吏都得了贿赂，汪革稍得宽展。遂于狱中上书，大略云：

> 臣汪革，于某年某月投匦献策，愿倡率两淮忠义，为国家前驱破虏，恢复中原。臣志在报国如此，岂有贰心？不知何人谤臣为反，又不知所指何事。愿得其人与臣面质，使臣心迹明白，虽死犹生矣。

---

① 漕司——宋代称转运使为漕司，管催征赋税、出纳钱粮、办理上供以及漕运等事。

② 厢官——南宋临安城内外，分成南、北、左、右诸厢，各置厢官，管理百姓的诉讼。

天子见其书,乃诏九江府押送程彪、程虎二人,到行都并下大理鞫问。其时无为州漕司文书亦到,汪世雄也来了。那会审一日,好不热闹。汪革父子相会,一段悲伤,自不必说。看见对头,却是二程兄弟,出自意外,倒吃一惊,方晓得这场是非的来历。刑官审问时,二程并无他话。只指汪革所寄洪恭之书为据。汪革辨道:"书中所约秋凉践约,原欲置买太湖县湖荡,并非别情。"刑官道:"洪恭已在逃了,有何对证?"汪世雄道:"闻得洪恭见在宣城居住,只拿他来审,便知端的。"刑官一时不能决,权将四人分头监候,行文宁国府去了。不一日,本府将洪恭解到。刘青在外面已自买嘱解子,先将程彪、程虎根由备细与洪恭说了。洪恭料得没事,大着胆进院。遂将写书推荐二程,约汪革来看湖荡,及汪家赍发薄了,二人不悦,并赠绢不受之故,始末根由,说了一遍。汪革回书,被程彪、程虎藏匿不付。两头怀恨,遂造此谋,诬陷平人,更无别故。堂上官录了口词,向狱中取出汪家父子、二程兄弟面证。程彪、程虎见洪恭说得的实了,无言可答。汪革又将何县尉停泊中途,诈称拒捕,以致上司激怒等因,说了一遍。问官再四推鞫无异,又且得了贿赂,有心要周旋其事。当时判出审单,略云:

审得犯人一名汪革,颇有侠名,原无反状。始因二程之私怨,妄解书词;继因何尉之讹言,遂开兵衅。察其本谋,实非得已。但不合不行告辨,纠合凶徒,擅杀职官郭择及土兵数人。情虽可原,罪实难宥。思其束手自投,显非抗拒。但行凶非止一人,据革自供当时逃散,不记姓名。而郡县申文,已有刘青名字。合行文本处访拿治罪,不可终成漏网。革子世雄,知情与否,亦难悬断。然观无为州首词与同恶相济者不侔,似宜准自首例,姑从末减①。汪革照律该凌迟处死,仍枭首示众,决不待时。汪世雄杖脊发配二千里外。程彪、程虎首事妄言,杖脊发配一千里外。俱俟凶党刘青等到后发遣②。洪恭供明释放。县尉何能捕贼无才,罢官削籍。

狱具,复奏天子。圣旨依拟。刘青一闻这个消息,预先漏③ 与狱中,只劝汪革服毒自尽。汪革这一死,正应着宿松城下小儿之歌。他说"二六佳人

---

① 末减——减刑;从轻发落。

② 发遣——遣行;施行。

③ 漏——透漏。

姓汪”,汪革排行十二也;“偷个船儿过江”,是指劫船之事;“过江能几日?一杯热酒难当”,汪革今日将热酒服毒,果应其言矣。古来说童谣,乃天上荧惑星化成小儿,预言祸福。看起来汪革虽不曾成什么大事,却被官府大惊小怪,起兵调将,骚扰几处州郡,名动京师,忧及天子,便有童谣预兆,亦非偶然也。

闲话休提。再说汪革死后,大理院官验过,仍将死尸枭首悬挂国门。刘青先将尸骸藏过,半夜里偷其头去藁葬于临安北门十里之外。次日私对董三说知其处,然后自投大理院,将一应杀人之事,独自承认,又自诉偷葬主人之情。大理院官用刑严讯,备诸毒苦,要他招出葬尸处,终不肯言。是夜受苦不过,死于狱中。后人有诗赞云:

从容就狱申王法,慷慨捐生报主恩。
多少朝中食禄者,几人殉义似刘青?

大理院官见刘青死了,就算个完局。狱中取出汪世雄及程彪、程虎,决断发配。董三、董四在外,已自使了手脚,买嘱了行杖的,汪世雄皮肤也不曾伤损。程彪、程虎着实吃了大亏,又兼解子也受了买嘱,一路上将他两个难为。行至中途,程彪先病故了,只将程虎解去,不知下落。那解汪世雄的得了许多银两,刚行得三四百里,将他纵放。汪世雄躲在江湖上,使枪棒卖药为生,不在话下。

再说董三、董四收拾了本钱,往姑苏寻着了龚四八,领了小孩子;又往太湖打鱼人家,寻了汪家老小。三个人扮作仆者模样,一路跟随,直送至严州遂安县汪师中处。汪孚问知详细,感伤不已,拨宅安顿。龚、董等都移家附近居住。却有汪孚卫护,地方上谁敢道个不字。

过了半载,事渐冷了。汪师中遣龚四八、董四二人,往麻地坡查理旧时产业。那边依旧有人造炭冶铁,问起缘故,却是钱四二为主,倡率乡民做事,就顶了汪革的故业。只有天荒湖渔户不肯从顺。董四大怒,骂道:“这反复不义之贼,恁般享用得好,心下何安?我拚着性命,与汪信之哥哥报仇。”提了朴刀,便要寻钱四二赌命。龚四八止住道:“不可,不可。他既在此做事,乡民都帮助他的。寡不敌众,枉惹人笑。不如回复师中,再作道理。”二人转至宿松。何期正在郭都监门首经过,有认得董四的,闲着口,对郭都监的家人郭兴说道:“这来的矮胖汉,便是汪革的心腹帮手,叫做董学,排行第四。”郭兴听罢,心下想道:“家主之仇,如何不报?”让一步过去，出其不意，从背心上狠的一拳，将董四抑倒，急叫道："拿得反贼汪革手下杀人的凶徒在此！"宅里奔出四五条汉子出来，街坊上人一拥都来，唬得龚四八不敢相救，一道烟走了。郭兴招引地方将董四背剪挷起，头发都搏得干干净净，一步一棍，解到宿松县来。此时新县官尚未到任，何县尉又坏官去了，却是典史掌印，不敢自专，转解到安庆李太守处。李太守因前番汪革反情不实，轻事重报，被上司埋怨了一场，不胜懊悔。今日又说起汪革，头也疼将起来，反怪地方多事，骂道："汪革杀人一事，奉圣旨处分了当。郭择性命已偿过了，如何又生事扰害？那典史与他起解，好不晓事！"嘱教将董四放了。郭兴和地方人等，一场没趣而散。董四被郭家打伤，负痛奔回遂安县去。

却说龚四八先回。将钱四二占了炭冶生业，及董四被郭家拿住之事，细说一遍。汪孚度道必然解郡，却待差人到安庆去替他用钱营干①。忽见董四光着头奔回，诉说如此如此，若非李太守好意，性命不保。汪孚道："据官府口气，此事已撇过一边了。虽然董四哥吃了些亏，也得了个好消息。"又过几日，汪孚自引了家童二十余人，来到麻地坡，寻钱四二与他说话。钱四二闻知汪孚自来，如何敢出头？带着妻子，连夜逃走去了，倒撇下房屋家计。汪孚道："这不义之物，不可用之。"赏与本地炭户等，尽他搬运，房屋也都拆去了。汪孚买起木料，烧砖造瓦，另盖起楼房一所。将汪革先前炭冶之业，一一查清，仍旧汪氏管业。又到天荒湖拘集渔户，每人赏赐布钞，以收其心。这七十里天荒湖，仍为汪氏之产。又央人向郡中上下使钱，做汪孚出名，批了执照。汪孚在麻地坡住了十个多月，百事做得停停当当，留下两个家人掌管，自己回遂安去。

不一日，哲宗皇帝晏驾②，新天子即位，颁下诏书，大赦天下。汪世雄才敢回家，到遂安拜见了伯伯汪师中，抱头而哭。闻得一家骨肉无恙，母子重逢，小孩儿已长成了，是汪孚取名，叫做汪千一。汪世雄心中一悲一喜。过了数日，汪世雄禀过伯伯，同董三到临安走遭，要将父亲骸骨奔归埋葬。汪孚道："此是大孝之事，我如何阻挡？但须早去早回。此间武疆山广有隙地，风水尽好，我先与你葺理葬事。"汪世雄和董三去了。一路无

① 营干——办理；处理事情。

② 晏驾——皇帝死。

事,不一日,负骨而回。重备棺木殡殓,择日安葬。事毕,汪孚向侄儿说道:“麻地坡产业虽好,你父亲在彼,挫了威风。又地方多有仇家,龚四八和董三、董四多有人认得,你去住不得了。我当初为一句闲话上,触了你父亲,憋口气走向麻地坡去了,以致弄出许多事来。今日将我的产业尽数让你,一来是见成事业,二来你父亲坟茔在此,也好看管,也教你父亲在九泉之下,消了这口怨气。那麻地坡产业,我自移家往彼居住,不怕谁人奈何得我。”汪世雄拜谢了伯伯。当日汪孚将遂安房产帐目,尽数交付汪世雄明白,童仆也分下一半。自己领了家小,向麻地坡一路而去。从此遂安与宿松,分做二宗,往来不绝。汪世雄凭藉伯伯的财势,地方无不信服。只为妻张氏赴火身死,终身不娶,专以训儿为事。后来汪千一中了武举,直做到亲军指挥使① 之职,子孙繁盛无比。这段话本叫做“汪信之一死救全家”。后人有诗赞云:

烈烈轰轰大丈夫,出门空手立家模。
情真义士多帮手,赏薄宵人② 起异图。
仗剑报仇因迫吏,挺身就狱为全拏。
汪孚让宅真高谊,千古传名事岂诬?

① 亲军指挥使——宋代侍卫亲军马军司、侍卫亲军步军司所统禁军,每军设有都指挥使、副都指挥使;一军统领若干指挥,每指挥设指挥使、副指挥使。

② 宵人——坏人;小人。

第四十卷　沈小霞相会出师表

闲向书斋阅古今，偶逢奇事感人心；忠臣翻受奸臣制，肮脏英雄泪满襟。　　休解绶，慢投簪，从来日月岂常阴？到头祸福终须应，天道还分贞与淫。

话说国朝嘉靖年间，圣人在位，风调雨顺，国泰民安。只为用错了一个奸臣，浊乱了朝政，险些儿不得太平。那奸臣是谁？姓严名嵩，号介溪，江西分宜人氏。以柔媚得幸，交通宦官，先意迎合，精勤斋醮，供奉青词，由此骤致贵显。为人外装曲谨，内实猜刻。谗害了大学士夏言，自己代为首相，权尊势重，朝野侧目。儿子严世蕃，由官生[①]直做到工部侍郎。他为人更狠，但有些小人之才，博闻强记，能思善算。介溪公最听他的说话，凡疑难大事，必须与他商量，朝中有“大丞相”、“小丞相”之称。他父子济恶，招权纳贿，卖官鬻爵。官员求富贵者，以重赂献之，拜他门下做干儿子，即得超迁显位。由是不肖之人，奔走如市，科道[②]衙门，皆其心腹牙爪。但有与他作对的，立见奇祸，轻则杖谪，重则杀戮，好不利害！除非不要性命的，才敢开口说句公道话儿；若不是真正关龙逢[③]、比干，十二分忠君爱国的，宁可误了朝廷，岂敢得罪宰相？其时有无名子感慨时事，将《神童诗》改成四句云：

少小休勤学，钱财可立身。
君看严宰相，必用有钱人。

又改四句，道是：

天子重权豪，开言惹祸苗。
万般皆下品，只有奉承高。

只为严嵩父子恃宠贪虐，罪恶如山，引出一个忠臣来，做出一段奇奇

---

① 官生——即受荫入国子监读书或高级官员子弟应乡试者。

② 科道——即明代六科给事中、十三道监察御史。

③ 关龙逢——夏时人。夏桀暴虐，关龙逢力谏，被桀杀死。

怪怪的事迹，留下一段轰轰烈烈的话柄。一时身死，万古名扬。正是：

家多孝子亲安乐，国有忠臣世泰平。

那人姓沈名炼，别号青霞，浙江绍兴人氏。其人有文经武纬之才，济世安民之志。从幼慕诸葛孔明之为人，孔明文集上有《前出师表》、《后出师表》，沈炼平日爱诵之，手自抄录数百遍，室中到处粘壁。每逢酒后，便高声背诵，念到"鞠躬尽瘁，死而后已"。往往长叹数声，大哭而罢。以此为常，人都叫他是狂生。嘉靖戊戌年中了进士，除授知县之职。他共做了三处知县，那三处？溧阳、茌平、清丰。这三任官做得好，真个是：

吏肃惟遵法，官清不爱钱。

豪强皆敛手，百姓尽安眠。

因他生性伉直，不肯阿奉上官，左迁锦衣卫经历①。一到京师，看见严家赃秽狼藉，心中甚怒。忽一日值公宴，见严世蕃倨傲之状，已自九分不象意。饮至中间，只见严世蕃狂呼乱叫，旁若无人，索巨觥飞酒，饮不尽者罚之。这巨觥约容酒斗余，两坐客惧世蕃威势，没人敢不吃。只有一个马给事，天性绝饮；世蕃故意将巨觥飞到他面前，马给事再三告免，世蕃不依。马给事略沾唇，面便发赤，眉头打结，愁苦不胜。世蕃自去下席，亲手揪了他的耳朵，将巨觥灌之。那给事出于无奈，闷着气，一连几口吸尽。不吃也罢，才吃下时，觉得天在下，地在上，墙壁都团团转动，头重脚轻，站立不住。世蕃拍手呵呵大笑。沈炼一肚子不平之气，忽然揎袖而起，抢那只巨觥在手，斟得满满的，走到世蕃面前说道："马司谏承老先生赐酒，已沾醉不能为礼，下官代他酬老先生一杯。"世蕃愕然，方欲举手推辞，只见沈炼声色俱厉道："此杯别人吃得，你也吃得。别人怕着你，我沈炼不怕你！"也揪了世蕃的耳朵灌去。世蕃一饮而尽。沈炼掷杯于案，一般拍手呵呵大笑。唬得众官员面如土色，一个个低着头，不敢则声。世蕃假醉，先辞去了。沈炼也不送，坐在椅上，叹道："咳，'汉、贼不两立'！'汉、贼不两立'！"一连念了七八句，这句书也是《出师表》上的说话，他把严家比着曹操父子。众人只怕世蕃听见，倒替他捏两把汗。沈炼全不为意，又取酒连饮几杯，尽醉方散。

---

① 锦衣卫经历——锦衣卫，为明代的禁卫军，管侍卫、缉捕、刑狱等事。锦衣卫设有经历司，掌公文出纳。

睡到五更醒来，想道："严世蕃这厮，被我使气①，逼他饮酒，他必然记恨来暗算我。一不做，二不休，有心只是一怪，不如先下手为强。我想严嵩父子之恶，神人怨怒。只因朝廷宠信甚固，我官卑职小，言而无益，欲待觑个机会，方才下手。如今等不及了，只当做张子房在博浪沙中椎击秦始皇，虽然击他不中，也好与众人做个榜样。"就枕头上思想疏稿，想到天明有了，起来焚香盥手，写就表章。表上备说严嵩父子招权纳贿，穷凶极恶，欺君误国十大罪，乞诛之以谢天下。圣旨下道："沈炼谤讪大臣，沽名钓誉，着锦衣卫重打一百，发去口外② 为民。"严世蕃差人吩咐锦衣卫官校，定要将沈炼打死。喜得堂上官③，是个有主意的人，那人姓陆名炳，平时极敬重沈公的节气；况且又是属官，相处得好的。因此反加周全，好生打个出头棍儿④，不甚利害。户部注籍，保安州为民。沈炼带着棒疮，即日收拾行李，带领妻子，雇着一辆车儿，出了国门⑤，望保安进发。

原来沈公夫人徐氏，所生四个儿子。长子沈襄，本府廪膳秀才⑥，一向留家。次子沈衮、沈褒，随任读书。幼子沈袠，年方周岁。嫡亲五口儿上路，满朝文武，惧怕严家，没一个敢来送行。有诗为证：

一纸封章忤庙廊，萧然行李入遐荒。
相知不敢攀鞍送，恐触权奸惹祸殃。

一路上辛苦，自不必说，且喜到了保安州了。那保安州属宣府，是个边远地方，不比内地繁华。异乡风景，举目凄凉，况兼连日阴雨，天昏地黑，倍加惨戚。欲赁间民房居住，又无相识指引，不知何处安身是好？正在徬徨之际，只见一人打个小伞前来，看见路旁行李，又见沈炼一表非俗，立住了脚，相了一回，问道："官人尊姓？何处来的？"沈炼道："姓沈，从京师来。"那人道："小人闻得京中有个沈经历，上本要杀严嵩父子，莫非官人就是他么？"沈炼道："正是。"那人道："仰慕多时，幸得相会。此非说话之

---

① 使气——任性；发脾气。
② 口外——关外。
③ 堂上官——衙门的长官。
④ 出头棍儿——行杖时棒头打人则重，棒中部打人则较轻。不以棒头而以棒的中间部分打着人身，叫做出头棍子。是行杖者徇情的一种手法。
⑤ 国门——国都的城门。
⑥ 廪膳秀才——明清时由府、州、县按时发给银子和粮食补助的生员。

处，寒家离此不远，便请携宝眷同行到寒家权下，再作区处。"沈炼见他十分殷勤，只得从命。行不多路便到了，看那人家，虽不是个大大宅院，却也精致。那人揖沈炼至于中堂，纳头便拜。沈炼慌忙答礼，问道："足下是谁？何故如此相爱？"那人道："小人姓贾名石，是宣府卫一个舍人①。哥哥是本卫千户，先年身故无子，小人应袭；为严贼当权，袭职者都要重赂，小人不愿为官。托赖祖荫，有数亩薄田，务农度日。数日前闻阁下弹劾严氏，此乃天下忠臣义士也。又闻编管在此，小人渴欲一见，不意天遣相遇，三生有幸！"说罢又拜下去。沈公再三扶起，便教沈衮、沈褒与贾石相见。贾石教老婆迎接沈奶奶到内宅安置。交卸了行李，打发车夫等去了。吩咐庄客，宰猪买酒，管待沈公一家。贾石道："这等雨天，料阁下也无处去，只好在寒家安歇了。请安心多饮几杯，以宽劳顿。"沈炼谢道："萍水相逢，便承款宿，何以当此？"贾石道："农庄粗粝，休嫌简慢。"当日宾主酬酢②，无非说些感慨时事的说话。两边说得情投意合，只恨相见之晚。

过了一宿，次早沈炼起身，向贾石说道："我要寻所房子，安顿老小，有烦舍人指引。"贾石道："要什么样的房子？"沈炼道："只象宅上这一所，十分足意了，租价但凭尊教。"贾石道："不妨事。"出去踅了一回，转来道："赁房尽有，只是龌龊低洼，急切难得中意的。阁下不若就在草舍权住几时，小人领着家小，自到外家去住。等阁下还朝，小人回来，可不稳便。"沈炼道："虽承厚爱，岂敢占舍人之宅？此事决不可。"贾石道："小人虽是村农，颇识好歹。慕阁下忠义之士，想要执鞭坠镫，尚且不能；今日天幸降临，权让这几间草房与阁下作寓，也表得我小人一点敬贤之心，不须推逊。"话毕，慌忙吩咐庄客，推个车儿，牵个马儿，带个驴儿，一伙子将细软家私搬去，其余家常动使家火，都留与沈公日用。沈炼见他慨爽，甚不过意，愿与他结义为兄弟。贾石道："小人是一介村农，怎敢僭扳贵宦？"沈炼道："大丈夫意气相许，那有贵贱？"贾石小沈炼五岁，就拜沈炼为兄，沈炼教两个儿子拜贾石为义叔，贾石也唤妻子出来都相见了，做了一家儿亲戚。贾石陪过沈炼吃饭已毕，便引着妻子到外舅李家去讫。自此沈炼只在贾石宅

① 舍人——明代卫所武官应袭子弟。

② 酬酢(zuò)——酒席上宾主互相敬酒。主敬客叫"酬"，客敬主叫"酢"。泛指应酬。

子内居住，时人有诗叹贾舍人借宅之事，诗曰：

倾盖相逢意气真，移家借宅表情亲。
世间多少亲和友，竞产争财愧死人。

却说保安州父老，闻知沈经历为上本参严阁老贬斥到此，人人敬仰，都来拜望，争识其面。也有运柴运米相助的，也有携酒肴来请沈公吃的，又有遣子弟拜于门下听教的。沈炼每日间与地方人等，讲论忠孝大节，及古来忠臣义士的故事。说到关心处，有时毛发倒竖，拍案大叫；有时悲歌长叹，涕泪交流。地方若老若小，无不耸听欢喜。或时唾骂严贼，地方人等齐声附和，其中若有不开口的，众人就骂他是不忠不义。一时高兴，以后率以为常。又闻得沈经历文武全材，都来合他去射箭。沈炼教把稻草扎成三个偶人，用布包裹，一写"唐奸相李林甫"，一写"宋奸相秦桧"，一写"明奸相严嵩"，把那三个偶人做个射鹄①。假如要射李林甫的，便高声骂道："李贼看箭！"秦贼、严贼，都是如此。北方人性直，被沈经历哄得热闹了，全不虑及严家知道。自古道："若要不知，除非莫为。"世间只有权势之家，报新闻的极多。早有人将此事报知严嵩父子，严嵩父子深以为恨，商议要寻个事头杀却沈炼，方免其患。适值宣大总督员缺，严阁老吩咐吏部，教把这缺与他门下干儿子杨顺做去。吏部依言，就将杨侍郎杨顺差往宣大总督。杨顺往严府拜辞，严世蕃置酒送行，席间摒人而语，托他要查沈炼过失。杨顺领命，唯唯而去。正是：

合成毒药惟需酒，铸就钢刀待举手。
可怜忠义沈经历，还向偶人夸大口。

却说杨顺到任不多时，适遇大同鞑虏俺答，引众入寇应州地方，连破了四十余堡，掳去男妇无算。杨顺不敢出兵救援，直待鞑虏去后，方才遣兵调将，为追袭之计。一般筛锣击鼓，扬旗放炮，都是鬼弄，那曾看见半个鞑子的影儿？杨顺情知失机惧罪，密谕将士，搜获避兵的平民，将他劗②头斩首，充做鞑虏首级，解往兵部报功，那一时不知杀死了多少无辜的百姓。沈炼闻知其事，心中大怒，写书一封，教中军官送与杨顺。中军官晓得沈经历是个揽祸的太岁，书中不知写甚么说话，那里肯与他送。沈炼就

---

① 射鹄——箭靶。

② 劗(zàn)——砍头；割头。

穿了青衣小帽，在军门伺候杨顺出来，亲自投递。杨顺接来看时，书中大略说道：一人功名事极小，百姓性命事极大。杀平民以冒功，于心何忍？况且遇鞑贼止于掳掠，遇我兵反加杀戮，是将帅之恶，更甚于鞑虏矣。书后又附诗一首，诗云：

杀生报主意何如？解道[1]"功成万骨枯"。
试听沙场风雨夜，冤魂相唤觅头颅。

杨顺见书大怒，扯得粉碎。

却说沈炼又做了一篇祭文，率领门下子弟，备了祭礼，望空祭奠那些冤死之鬼。又作《塞下吟》云：

云中一片虏烽高，出塞将军已著劳。
不斩单于诛百姓，可怜冤血染霜刀。

又诗云：

本为求生来避虏，谁知避虏反戕生？
早知虏首将民假，悔不当时随虏行。

杨总督标下有个心腹指挥，姓罗名铠，抄得此诗并祭文，密献于杨顺。杨顺看了，愈加怨恨，遂将第一首诗改窜数字，诗曰：

云中一片虏烽高，出塞将军枉著劳。
何似借他除佞贼，不须奏请上方刀。

写就密书，连改诗封固，就差罗铠送与严世蕃。书中说：沈炼怨恨相国父子，阴结死士剑客，要乘机报仇。前番鞑虏入寇，他吟诗四句，诗中有借虏除佞之语，意在不轨。世蕃见书大惊，即请心腹御史路楷商议。路楷曰："不才若往按彼处，当为相国了当这件大事。"世蕃大喜，即吩咐都察院便差路楷巡按宣大。临行世蕃治酒款别，说道："烦寄语杨公，同心协力，若能除却这心腹之患，当以侯伯世爵相酬，决不失信于二公也。"路楷领诺。不一日，奉了钦差敕令，来到宣府，到任与杨总督相见了。路楷遂将世蕃所托之语，一一对杨顺说知。杨顺道："学生为此事朝思暮想，废寝忘餐，恨无良策，以置此人于死地。"路楷道："彼此留心，一来休负了严公父子的付托，二来自家富贵的机会，不可错过。"杨顺道："说得是，倘有可下手处，彼此相报。"当日相别去了。

---

① 解道——会说；会咏。

杨顺思想路楷之言，一夜不睡。次早坐堂，只见中军官报道："今有蔚州卫拿获妖贼二名，解到辕门外，伏听钧旨。"杨顺道："唤进来。"解官磕了头，递上文书，杨顺拆开看了，呵呵大笑。这二名妖贼，叫做阎浩、杨胤夔，系妖人萧芹之党。原来萧芹是白莲教的头儿，向来出入虏地，惯以烧香惑众，哄骗虏酋俺答，说自家有奇术，能咒人使人立死，喝城使城立颓。虏酋愚甚，被他哄动，尊为国师。其党数百人，自为一营。俺答几次入寇，都是萧芹等为之向导，中国屡受其害。先前史侍郎做总督时，遣通事重赂虏中头目脱脱，对他说道："天朝情愿与你通好，将俺家布粟换你家马，名为'马市'，两下息兵罢战，各享安乐，此是美事。只怕萧芹等在内作梗，和好不终。那萧芹原是中国一个无赖小人，全无术法，只是狡伪，哄诱你家，抢掠地方，他于中取事。郎主[①] 若不信，可要萧芹试其术法。委的喝得城颓，咒得人死，那时合当重用；若咒人人不死，喝城城不颓，显是欺诳，何不缚送天朝？天朝感郎主之德，必有重赏。'马市'一成，岁岁享无穷之利，煞强如抢掠的勾当。"脱脱点头道是，对郎主俺答说了，俺答大喜，约会萧芹，要将千骑随之，从右卫[②] 而入，试其喝城之技。萧芹自知必败，改换服色，连夜脱身逃走，被居庸关守将盘诘，并其党乔源、张攀隆等拿住，解到史侍郎处，招称妖党甚众，山陕畿南，处处俱有。一向分头缉捕，今日阎浩、杨胤夔亦是数内有名妖犯。杨总督看见获解到来，一者也算他上任一功，二者要借这个题目，牵害沈炼，如何不喜？当晚就请路御史，来后堂商议道："别个题目摆布沈炼不了，只有白莲教通虏一事，圣上所最怒。如今将妖贼阎浩、杨胤夔招中，窜入沈炼名字，只说浩等平日师事沈炼，沈炼因失职怨望，教浩等煽妖作幻，勾虏谋逆。天幸今日被擒，乞赐天诛，以绝后患。先用密禀禀知严家，教他叮嘱刑部作速复本。料这番沈炼之命，必无逃矣。"路楷拍手道："妙哉，妙哉！"

两个当时就商量了本稿，约齐了同时发本。严嵩先见了本稿及禀帖，便教严世蕃传语刑部。那刑部尚书许论，是个罢软没用的老儿，听见严府吩咐，不敢怠慢，连忙复本，一依杨、路二人之议。圣旨倒下，妖犯着本处

---

① 郎主——指外国国君及少数民族酋长。

② 右卫——指大同右卫，治所设于定边卫城，在今山西右玉县西。

巡按御史即时斩决。杨顺荫一子锦衣卫千户，路楷纪功，升迁三级，俟京堂[①] 缺推用[②]。

话分两头。却说杨顺自发本之后，便差人密地里拿沈炼下于狱中。慌得徐夫人和沈衮、沈褒没做理会，急寻义叔贾石商议。贾石道："此必杨、路二贼为严家报仇之意，既然下狱，必然诬陷以重罪。两位公子及今逃窜远方，待等严家势败，方可出头。若住在此处，杨、路二贼，决不干休。"沈衮道："未曾看得父亲下落，如何好去？"贾石道："尊大人犯了对头，决无保全之理。公子以宗祀为重，岂可拘于小孝，自取灭绝之祸？可劝令堂老夫人，早为远害全身之计。尊大人处贾某自当央人看觑，不烦悬念。"二沈便将贾石之言，对徐夫人说知。徐夫人道："你父亲无罪陷狱，何忍弃之而去？贾叔叔虽然相厚，终是个外人。我料杨、路二贼奉承严氏，亦不过与你爹爹作对，终不然累及妻子。你若畏罪而逃，父亲倘然身死，骸骨无收，万世骂你做不孝之子，何颜在世为人乎？"说罢，大哭不止。沈衮、沈褒齐声恸哭。贾石闻知徐夫人不允，叹惜而去。

过了数日，贾石打听的实，果然扭入白莲教之党，问成死罪。沈炼在狱中大骂不止。杨顺自知理亏，只恐临时处决，怕他在众人面前毒骂，不好看相，预先问狱官责取病状，将沈炼结果了性命。贾石将此话报与徐夫人知道，母子痛哭，自不必说。又亏贾石多有识熟人情，买出尸首，嘱咐狱卒：若官府要枭示时，把个假的答应。却瞒着沈衮兄弟，私下备棺盛殓，埋于隙地。事毕，方才向沈衮说道："尊大人遗体已得保全，直待事平之后，方好指点与你知道，今犹未可泄漏。"沈衮兄弟感谢不已。贾石又苦口劝他弟兄二人逃走，沈衮道："极知久占叔叔高居，心上不安。奈家母之意，欲待是非稍定，搬回灵柩，以此迟延不决。"贾石怒道："我贾某生平，为人谋而尽忠，今日之言，全是为你家门户，岂因久占住房，说发你们起身之理？既嫂嫂老夫人之意已定，我亦不敢相强。但我有一小事，即欲远出，有一年半载不回，你母子自小心安住便了。"觑着壁上贴得有前后《出师表》各一张，乃是沈炼亲笔楷书，贾石道："这两幅字可揭来送我，一路上做

---

① 京堂——明代称在京堂上官为京堂或京堂官。

② 推用——即推升。明代制度，官员必俟考满，方能升授；若员缺当补，不等考满即升。

个记念。他日相逢，以此为信。”沈衮就揭下二纸，双手折叠，递与贾石。贾石藏于袖中，流泪而别。原来贾石算定杨、路二贼，设心不善，虽然杀了沈炼，未肯干休。自己与沈炼相厚，必然累及，所以预先逃走，在河南地方宗族家权时居住，不在话下。

却说路楷见刑部复本，有了圣旨，便于狱中取出阎浩、杨胤夔斩讫，并要割沈炼之首，一同枭示。谁知沈炼真尸已被贾石买去了，官府也那里辨验得出，不在话下。

再说杨顺看见止于荫子，心中不满，便向路楷说道：“当初严东楼①许我事成之日，以侯伯爵相酬，今日失言，不知何故？”路楷沉思半响，答道：“沈炼是严家紧对头，今止诛其身，不曾波及其子。斩草不除根，荫芽复发。相国不足我们之意，想在于此。”杨顺道：“若如此，何难之有？如今再上个本，说沈炼虽诛，其子亦宜知情，还该坐罪，抄没家私，庶国法可伸，人心知惧。再访他同射草人的几个狂徒，并借屋与他住的，一齐拿来治罪，出了严家父子之气，那时却将前言取赏，看他有何推托？”路楷道：“此计大妙！事不宜迟，乘他家属在此，一网而尽，岂不快哉！只怕他儿子知风逃避，却又费力。”杨顺道：“高见甚明。”一面写表申奏朝廷，再写禀帖到严府知会，自述孝顺之意；一面预先行牌保安州知州，着用心看守犯属，勿容逃逸。只等旨意批下，便去行事。诗曰：

破巢完卵从来少，削草除根势或然。
可惜忠良遭屈死，又将家属媚当权。

再过数日，圣旨下了，州里奉着宪牌，差人来拿沈炼家属，并查平素往来诸人姓名，一一挨拿。只有贾石名字，先经出外，只得将在逃开报。此见贾石见几之明也。明人有诗赞云：

义气能如贾石稀，全身远避更知几。
任他罗网空中布，争奈仙禽天外飞！

却说杨顺见拿到沈衮、沈褒，亲自鞫问，要他招承通虏实迹。二沈高声叫屈，那里肯招？被杨总督严刑拷打，打得体无完肤，沈衮、沈褒熬炼不过，双双死于杖下。可怜少年公子，都入枉死城中。其同时拿到犯人，都坐个同谋之罪，累死者何止数十人。幼子沈袠尚在襁褓，免罪，随着母徐

① 严东楼——严世蕃，号东楼。

氏，另徙在云州极边，不许在保安居住。

路楷又与杨顺商议道："沈炼长子沈襄，是绍兴有名秀才，他时得地，必然衔恨于我辈。不若一并除之，永绝后患，亦要相国知我用心。"杨顺依言，便行文书到浙江，把做钦犯，严提沈襄来问罪。又吩咐心腹经历金绍，择取有才干的差人，赍文前去，嘱他中途伺便，便行谋害，就所在地方，讨个病状回缴。事成之日，差人重赏，金绍许他荐本超迁。金绍领了台旨，汲汲而回，着意的选两名积年干事的公差，无过是张千、李万。金绍唤他到私衙，赏了他酒饭，取出私财二十两相赠。张千、李万道："小人安敢无功受赐？"金绍道："这银两不是我送你的，是总督杨爷赏你的，教你赍文到绍兴去拿沈襄，一路不要放松他。须要……"如此如此，这般这般，"回来还有重赏。若是怠慢，总督老爷衙门不是取笑的，你两个自去回话！"张千、李万道："莫说总督老爷钧旨，就是老爷吩咐，小人怎敢有违？"收了银两，谢了金经历。在本府领下公文，急忙上路，往南进发。

却说沈襄，号小霞，是绍兴府学廪膳秀才。他在家久闻得父亲以言事获罪，发去口外为民，甚是挂怀，欲亲到保安州一看。因家中无人主管，行止两难。忽一日，本府差人到来，不由分说，将沈襄锁缚，解到府堂。知府教把文书与沈襄看了备细，就将回文和犯人交付原差，嘱他一路小心。沈襄此时方知父亲及二弟，俱已死于非命，母亲又远徙极边，放声大哭。哭出府门，只见一家老小，都在那里搅做一团的啼哭。原来文书上有"奉旨抄没"的话，本府已差县尉封锁了家私，将人口尽皆逐出。沈小霞听说，真是苦上加苦，哭得咽喉无气。霎时间亲戚都来与小霞话别，明知此去多凶少吉，少不得说几句劝解的言语。小霞的丈人孟春元，取出一包银子，送与二位公差，求他路上看顾女婿，公差嫌少不受。孟氏娘子又添上金簪子一对，方才收了。沈小霞带着哭，吩咐孟氏道："我此去死多生少，你休为我忧念，只当我已死一般，在爷娘家过活。你是书礼之家，谅无再醮之事，我也放心得下。"指着小妻闻淑女说道："只这女子年纪幼小，又无处着落，合该教他改嫁。奈我三十无子，他却有两个半月的身孕，他日倘生得一男，也不绝了沈氏香烟。娘子你看我平日夫妻面上，一发带他到丈人家去住几时，等待十月满足，生下或男或女，那时凭你发遣他去便了。"话声未绝，只见闻氏淑英说道："官人说那里话，你去数千里之外，没个亲人朝夕看觑，怎生放下？大娘自到孟家去，奴家情愿蓬首垢面，一路伏侍官人前行。一来官人免致寂寞，二来也替大娘分得些忧念。”沈小霞道：“得个亲人做伴，我非不欲；但此去多分不幸，累你同死他乡何益？”闻氏道：“老爷在朝为官，官人一向在家，谁人不知？便诬陷老爷有些不是的勾当，家乡隔绝，岂是同谋？妾帮着官人到官申辨，决然罪不至死。就使官人下狱，还留贱妾在外，尚好照管。”孟氏也放丈夫不下，听得闻氏说得有理，极力撺掇丈夫带淑女同去。沈小霞平日素爱淑女，有才有智，又见孟氏苦劝，只得依允。

当夜众人齐到孟春元家，歇了一夜。次早，张千、李万催趱上路，闻氏换了一身布衣，将青布裹头，别了孟氏，背着行李，跟着沈小霞便走。那时分别之苦，自不必说。一路行来，闻氏与沈小霞寸步不离，茶汤饭食，都亲自搬取。张千、李万初时还好言好语，过了扬子江，到徐州起旱，料得家乡已远，就做出嘴脸来，呼幺喝六，渐渐难为他夫妻两个来了。闻氏看在眼里，私对丈夫说道：“看那两个泼[①] 差人，不怀好意，奴家女流之辈，不识路径，若前途有荒僻旷野的所在，须是用心提防。”沈小霞虽然点头，心中还只是半疑不信。

又行了几日，看见两个差人，不住的交头接耳，私下商量说话。又见他包裹中有倭刀一口，其白如霜，忽然心动，害怕起来，对闻氏说道：“你说这泼差人，其心不善，我也觉得有七八分了。明日是济宁府界上，过了府去，便是大行山、梁山泊。一路荒野，都是响马出入之所。倘到彼处，他们行凶起来，你也救不得我，我也救不得你，如何是好？”闻氏道：“既然如此，官人有何脱身之计，请自方便。留奴家在此，不怕那两个泼差人生吞了我。”沈小霞道：“济宁府东门内，有个冯主事，丁忧在家。此人最有侠气，是我父亲极相厚的同年，我明日去投奔他，他必然相纳。只怕你妇人家，没志量打发这两个泼差人，累你受苦，于心何安？你若有力量支持他，我去也放胆。不然与你同生同死，也是天命当然，死而无怨。”闻氏道：“官人有路尽走，奴家自会摆布，不劳挂念。”这里夫妻暗地商量，那张千、李万辛苦了一日，吃了一肚酒，齁齁的熟睡，全然不觉。

次日早起上路，沈小霞问张千道：“前去济宁还有多少路？”张千道：“只四十里，半日就到了。”沈小霞道：“济宁东门内冯主事，是我年伯，他先

---

① 泼——无赖可恶。有时也作卑贱解释。

前在京师时，借过我父亲二百两银子，有文契在此。他管过北新关①，正有银子在家。我若去取讨前欠，他见我是落难之人，必然慨付。取得这项银两，一路上盘缠，也得宽裕，免致吃苦。”张千意思有些作难，李万随口应承了，向张千耳边说道：“我看这沈公子，是忠厚之人，况爱妾行李都在此处，料无他故。放他去走一遭，取得银两，都是你我二人的造化，有何不可？”张千道：“虽然如此，到饭店安歇行李，我守住小娘子在店上，你紧跟着同去，万无一失。”

话休絮烦，看看巳牌时分，早到济宁城外，拣个洁净店儿，安放了行李。沈小霞便道：“你二位同我到东门走遭，转来吃饭未迟。”李万道：“我同你去，或者他家留酒饭也不见得。”闻氏故意对丈夫道：“常言道：‘人面逐高低，世情看冷暖。’冯主事虽然欠下老爷银两，见老爷死了，你又在难中，谁肯唾手交还？枉自讨个厌贱，不如吃了饭赶路为上。”沈小霞道：“这里进城到东门不多路，好歹去走一遭，不折了什么便宜。”李万贪了这二百两银子，一力撺掇该去。沈小霞吩咐闻氏道：“耐心坐坐，若转得快时，便是没想头了。他若好意留款，必然有些赍发，明日雇个轿儿抬你去。这几日在牲口上坐，着你好生不惯。”闻氏觑个空，向丈夫丢个眼色，又道：“官人早回，休教奴久待则个。”李万笑道：“去多少时，有许多说话，好不老气！”闻氏见丈夫去了，故意招李万转来嘱咐道：“若冯家留饭坐得久时，千万劳你催促一声。”李万答应道：“不消吩咐。”比及李万下阶时，沈小霞已走了一段路了。李万托着大意，又且济宁是他惯走的熟路，东门冯主事家，他也认得，全不疑惑。走了几步，又里急起来，觑个毛坑上自在方便了，慢慢的望东门而去。

却说沈小霞回头看时，不见了李万，做一口气急急的跑到冯主事家。也是小霞合当有救，正值冯主事独自在厅，两人京中，旧时识熟，此时相见，吃了一惊。沈襄也不作揖，扯住冯主事衣袂道：“借一步说话。”冯主事已会意了，便引到书房里面。沈小霞放声大哭，冯主事道：“年侄有话快说，休得悲伤，误其大事。”沈小霞哭诉道：“父亲被严贼屈陷，已不必说了；两个舍弟随任的，都被杨顺、路楷杀害，只有小侄在家，又行文本府提去问

---

① 北新关——在杭州北武林门外十里，其地商旅辐辏，明代设有关卡征税。管过北新关，指曾管过北新关的税务。

罪,一家宗祀,眼见灭绝。又两个差人,心怀不善,只怕他受了杨、路二贼之嘱,到前途大行、梁山等处暗算了性命。寻思一计,脱身来投老年伯。老年伯若有计相庇,我亡父在天之灵,必然感激。若老年伯不能遮护小侄,便就此触阶而死,死在老年伯面前,强似死于奸贼之手。”冯主事道:“贤侄不妨。我家卧室之后,有一层复壁,尽可藏身,他人搜捡不到之处。今送你在内权住数日,我自有道理。”沈襄拜谢道:“老年伯便是重生父母。”冯主事亲执沈襄之手,引入卧房之后,揭开地板一块,有个地道。从此钻下,约走五六十步,便有亮光,有小小廊屋三间,四面皆楼墙围裹,果是人迹不到之处。每日茶饭,都是冯主事亲自送入。他家法极严,谁人敢泄漏半个字?正是:

深山堪隐豹,柳密可藏鸦。
不须愁汉吏,自有鲁朱家。

且说这一日,李万上了毛坑,望东门冯家而来。到于门首,问老门公道:“主事老爷在家么?”老门公道:“在家里。”又问道:“有个穿白的官人来见你老爷,曾相见否?”老门公道:“正在书房里吃饭哩。”李万听说,一发放心。看看等到未牌,果然厅上走一个穿白的官人出来。李万急上前看时,不是沈襄。那官人径自出门去了。李万等得不耐烦,肚里又饥,不免问老门公道:“你说老爷留饭的官人,如何只管坐了去,不见出来?”老门公道:“方才出去的不是?”李万道:“老爷书房中还有客没有?”老门公道:“这到不知。”李万道:“方才那穿白的是甚人?”老门公道:“是老爷的小舅,常常来的。”李万道:“老爷如今在那里?”老门公道:“老爷每常饭后,定要睡一觉,此时正好睡哩。”李万听得话不投机,心下早有二分慌了,便道:“不瞒大伯说,在下是宣大总督老爷差来的。今有绍兴沈公子名唤沈襄,号沈小霞,系钦提人犯。小人提押到于贵府,他说与你老爷有同年叔侄之谊,要来拜望。在下同他到宅,他进宅去了,在下等候多时,不见出来,想必还在书房中。大伯,你还不知道,烦你去催促一声,教他快快出来,要赶路走。”老门公故意道:“你说的是甚么说话?我一些不懂。”李万耐了气,又细细的说一遍。老门公当面的一啐,骂道:“见鬼!何常有什么沈公子到来?老爷在丧中,一概不接外客。这门上是我的干纪①,出入都是我通禀,你

① 干纪——干系;责任。

却说这等鬼话！你莫非是白日撞① 么？强装么公差名色，掏摸东西的。快快请退，休缠你爷的帐②！”李万听说，愈加着急，便发作起来道：“这沈襄是朝廷要紧的人犯，不是当要的，请你老爷出来，我自有话说。”老门公道：“老爷正瞌睡，没甚事，谁敢去禀？你这獠子③，好不达时务！”说罢洋洋的自去了。李万道：“这个门上老儿好不知事，央他传一句话甚作难。想沈襄定然在内，我奉军门钧帖，不是私事，便闯进去怕怎的？”李万一时粗莽，直撞入厅来，将照壁拍了又拍，大叫道：“沈公子好走动了。”不见答应，一连叫唤了数声，只见里头走出一个年少的家童，出来问道：“管门的在那里？放谁在厅上喧嚷？”李万正要叫住他说话，那家童在照壁后张了张儿，向西边走去了。李万道：“莫非书房在那西边？我且自去看看，怕怎的？”从厅后转西走去，原来是一带长廊。李万看见无人，只顾望前而行。只见屋宇深邃，门户错杂，颇有妇人走动。李万不敢纵步，依旧退回厅上，听得外面乱嚷。李万到门首看时，却是张千来寻李万不见，正和门公在那里斗口。张千一见了李万，不由分说，便骂道：“好伙计，只贪图酒食，不干正事！巳牌时分进城，如今申牌将尽，还在此闲荡！不催趱犯人出城去，待怎么？”李万道：“呸！那有什么酒食？连人也不见个影儿！”张千道：“是你同他进城的！”李万道：“我只登了个东，被蛮子④ 上前了几步，跟他不上。一直赶到这里，门上说有个穿白的官人在书房中留饭，我说定是他了。等到如今不见出来，门上人又不肯通报，清水也讨不得一杯吃。老哥，烦你在此等候等候，替我到下处医了肚皮再来。”张千道：“有你这样不干事的人！是甚么样犯人，却放他独自行走？就是书房中，少不得也随他进去。如今知他在里头不在里头？还亏你放慢线儿讲话。这是你的干纪，不关我事！”说罢便走。李万赶上扯住道：“人是在里头，料没处去。大家在此帮说句话儿，催他出来，也是个道理。你是吃饱的人，如何去得这等要紧？”张千道：“他的小老婆在下处，方才虽然嘱咐店主人看守，只是放心不下。这是沈襄穿鼻的索儿，有他在，不怕沈襄不来。”李万道：“老哥说

---

① 白日撞——白天入室的窃贼。

② 缠帐——无休止的纠缠。

③ 獠(liáo)子——旧时对西南少数民族的一种侮蔑的称呼。骂人之词。

④ 蛮子——旧时对南方人的一种轻侮的称呼。

得是。”当下张千先去了。

李万忍着肚饥守到晚，并无消息。看看日没黄昏，李万腹中饿极了，看见间壁有个点心店儿，不免脱下布衫，抵当几文钱的火烧来吃。去不多时，只听得扛门声响，急跑来看，冯家大门已闭上了。李万道：“我做了一世的公人，不曾受这般呕气！主事是多大的官儿，门上直恁作威作势？也有那沈公子好笑，老婆行李都在下处，既然这里留宿，信也该寄一个出来。事已如此，只得在房檐下胡乱过一夜，天明等个知事的管家出来，与他说话。”此时十月天气，虽不甚冷，半夜里起一阵风，楸楸的下几点微雨，衣服都沾湿了，好生凄楚。

捱到天明雨止，只见张千又来了。却是闻氏再三再四催逼他来的。张千身边带了公文解批，和李万商议，只等开门，一拥而入，在厅上大惊小怪，高声发话。老门公拦阻不住，一时间家中大小都聚集来，七嘴八张，好不热闹。街上人听得宅里闹吵，也聚拢来，围住大门外闲看。惊动了那有仁有义守孝在家的冯主事，从里面踱将出来。且说冯主事怎生模样？

头带栀子花匾折孝头巾，身穿反折缝稀眼粗麻衫，腰系麻绳，足着草履。

众家人听得咳嗽响，道一声：“老爷来了。”都分立在两边。主事出厅问道：“为甚事在此喧嚷？”张千、李万上前施礼道：“冯爷在上，小的是奉宣大总督爷公文来的，到绍兴拿得钦犯沈襄，经由贵府。他说是冯爷的年侄，要来拜望。小的不敢阻挡，容他进见。自昨日上午到宅，至今不见出来，有误程限，管家们又不肯代禀。伏乞老爷天恩，快些打发上路。”张千便在胸前取出解批和官文呈上，冯主事看了，问道：“那沈襄可是沈经历沈炼的儿子么？”李万道：“正是。”冯主事掩着两耳，把舌头一伸，说道：“你这班配军①，好不知利害！那沈襄是朝廷钦犯，尚犹自可；他是严相国的仇人，那个敢容纳他在家？他昨日何曾到我家来？你却乱话，官府闻知传说到严府去，我是当得起他怪的？你两个配军，自不小心，不知得了多少钱财，买放了要紧人犯，却来图赖我！”叫家童与他乱打那配军出去，把大门闭了，不要惹这闲是非，严府知道不是当耍。冯主事一头骂，一头走进宅去了。

---

① 配军——发配充军的人，称为配军。宋明之间，常用以咒骂兵士。

大小家人，奉了主人之命，推的推，㧐① 的㧐，霎时间被众人拥出大门之外，闭了门，兀自听得嘈嘈的乱骂。张千、李万面面相觑，开了口合不得，伸了舌缩不进。张千埋怨李万道："昨日是你一力撺掇，教放他进城，如今你自去寻他。"李万道："且不要埋怨，和你去问他老婆，或者晓得他的路数，再来抓寻便了。"张千道："说得是，他是恩爱的夫妻，昨夜汉子不回，那婆娘暗地流泪，巴巴的独坐了两三个更次。他汉子的行藏，老婆岂有不知？"两个一头说话，飞奔出城，复到饭店中来。

却说闻氏在店房里面听得差人声音，慌忙移步出来，问道："我官人如何不来？"张千指李万道："你只问他就是。"李万将昨日往毛厕出恭，走慢了一步，到冯主事家起先如此如此，以后这般这般，备细说了。张千道："今早空肚皮进城，就吃了这一肚寡气。你丈夫想是真个不在他家了，必然还有个去处，难道不对小娘子说的？小娘子趁早说来，我们好去抓寻。"说犹未了，只见闻氏噙着眼泪，一双手扯住两个公人叫道："好，好，还我丈夫来！"张千、李万道："你丈夫自要去拜什么年伯，我们好意容他去走走，不知走向那里去了，连累我们，在此着急，没处抓寻。你倒问我要丈夫，难道我们藏过了他？说得好笑！"将衣袂掣开，气忿忿地对虎一般坐下。闻氏倒走在外面，拦住出路，双足顿地，放声大哭，叫起屈来。老店主听得，忙来解劝。闻氏道："公公有所不知，我丈夫三十无子，娶奴为妾。奴家跟了他二年了，幸有三个多月身孕，我丈夫割舍不下，因此奴家千里相从。一路上寸步不离。昨日为盘缠缺少，要去见那年伯，是李牌头② 同去的。昨晚一夜不回，奴家已自疑心。今早他两个自回，一定将我丈夫谋害了。你老人家替我做主，还我丈夫便罢休。"老店主道："小娘子休得急性，那排长③ 与你丈夫前日无怨，往日无仇，着甚来由，要坏他性命？"闻氏哭声转哀道："公公，你不知道我丈夫是严阁老的仇人，他两个必定受了严府的嘱托来的，或是他要去严府请功。公公，你详情④，他千乡万里，带着奴家到此，岂有没半句说话，突然去了。就是他要走时，那同去的李牌头，怎肯放

---

① 㧐(sǒng)——推。

② 牌头——公差；差役。

③ 排长——同牌头。

④ 详情——仔细地推详。

他？你要奉承严府，害了我丈夫不打紧，教奴家孤身妇女，看着何人？公公，这两个杀人的贼徒，烦公公带着奴家同他去官府处叫冤。”张千、李万被这妇人一哭一诉，就要分析几句，没处插嘴。老店主听见闻氏说得有理，也不免有些疑心，倒可怜那妇人起来，只得劝道：“小娘子说便是这般说，你丈夫未曾死也不见得，好歹再等候他一日。”闻氏道：“依公公等候一日不打紧，那两个杀人的凶身，乘机走脱了，这干系却是谁当？”张千道：“若果然谋害了你丈夫要走脱时，我弟兄两个又到这里则甚？”闻氏道：“你欺负我妇人家没张智①，又要指望奸骗我。好好的说，我丈夫的尸首在那里？少不得当官也要还我个明白。”老店官见妇人口嘴利害，再不敢言语。店中闲看的，一时间聚了四五十人，闻说妇人如此苦切，人人恼恨那两个差人，都道：“小娘子要去叫冤，我们引你到兵备道② 去。”闻氏向着众人深深拜福，哭道：“多承列位路见不平，可怜我落难孤身，指引则个！这两个凶徒，相烦列位，替奴家拿他同去，莫放他走了。”众人道：“不妨事，在我们身上。”张千、李万欲向众人分剖时，未说得一言半字，众人便道：“两个排长不消辨得，虚则虚，实则实，若是没有此情，随着小娘子到官，怕他则甚！”妇人一头哭，一头走，众人拥着张千、李万，搅做一阵的，都到兵备道前，道里尚未开门。

那一日正是放告日期，闻氏束了一条白布裙，径抢进栅门，看见大门上架着那大鼓，鼓架上悬着个槌儿，闻氏抢槌在手，向鼓上乱挝，挝得那鼓振天的响。唬得中军官失了三魂，把门吏丧了七魄，一齐跑来，将绳缚住，喝道：“这妇人好大胆！”闻氏哭倒在地，口称泼天冤枉。只见门内幺喝之声，开了大门，王兵备坐堂，问击鼓者何人。中军官将妇人带进，闻氏且哭且诉，将家门不幸遭变，一家父子三口死于非命，只剩得丈夫沈襄，昨日又被公差中途谋害，有枝有叶的细说了一遍。王兵备唤张千、李万上来，问其缘故。张千、李万说一句，妇人就剪一句，妇人说得句句有理，张千、李万抵搪不过。王兵备思想道：“那严府势大，私谋杀人之事，往往有之，此情难保其无。”便差中军官押了三人，发去本州勘审。

那知州姓贺，奉了这项公事，不敢怠慢，即时扣了店主人到来，听四人

---

① 张智——主张；见识；办法。

② 兵备道——明代按察司副使、佥事分道整饬兵备。

的口词。妇人一口咬定二人，谋害他丈夫；李万招称为出恭慢了一步，因而相失；张千、店主人都据实说了一遍。知州委决不下。那妇人又十分哀切，象个真情；张千、李万又不肯招认。想了一回，将四人闭于空房，打轿去拜冯主事，看他口气若何。

冯主事见知州来拜，急忙迎接归厅，茶罢，贺知州提起沈襄之事，才说得沈襄二字，冯主事便掩着双耳道："此乃严相公仇家，学生虽有年谊，平素实无交情。老公祖休得下问，恐严府知道，有累学生。"说罢站起身来道："老公祖既有公事，不敢留坐了。"贺知州一场没趣，只得作别。在轿上想道："据冯公如此惧怕严府，沈襄必然不在他家，或者被公人所害也不见得；或者去投冯公见拒不纳，别走个相识人家去了，亦未可知。"

回到州中，又取出四人来，问闻氏道："你丈夫除了冯主事，州中还认得有何人？"闻氏道："此地并无相识。"知州道："你丈夫是甚么时候去的？那张千、李万几时来回复你的说话？"闻氏道："丈夫是昨日未吃午饭前就去的，却是李万同出店门。到申牌时分，张千假说催趱上路，也到城中去了。天晚方回来，张千儿自向小妇人说道：'我李家兄弟跟着你丈夫冯主事家歇了，明日我早去催他出城。'今早张千去了一个早晨，两人双双而回，单不见了丈夫，不是他谋害了是谁？若是我丈夫不在冯家，昨日李万就该追寻了，张千也该着忙，如何将好言语稳住小妇人？其情可知：一定张千、李万两个在路上预先约定，却教李万乘夜下手。今早张千进城，两个乘早将尸首埋藏停当，却来回复我小妇人。望青天爷爷明鉴！"贺知州道："说得是。"张千、李万正要分辨，知州相公喝道："你做公差所干何事？若非用计谋死，必然得财买放，有何理说！"喝教手下将那张、李重责三十，打得皮开肉绽，鲜血迸流，张千、李万只是不招。妇人在旁，只顾哀哀的痛哭，知州相公不忍，便讨夹棍将两个公差夹起。那公差其实不曾谋死，虽然负痛，怎生招得？一连上了两夹，只是不招。知州相公再要夹时，张、李受苦不过，再三哀求道："沈襄实未曾死，乞爷爷立个限期，差人押小的挨寻[①] 沈襄，还那闻氏便了。"知州也没有定见，只得勉从其言。闻氏且发尼姑庵住下。差四名民壮，锁押张千、李万二人，追寻沈襄，五日一比。店

---

① 挨寻——挨同挨。追寻；寻访。

主释放宁家。将情具由申详兵备道,道里依缴[①]了。

张千、李万一条铁链锁着,四名民壮,轮番监押。带得几两盘缠,都被民壮搜去,为酒食之费;一把倭刀,也当酒吃了。那临清去处又大,茫茫荡荡,来千去万,那里去寻沈公子?也不过一时脱身之法。闻氏在尼姑庵住下,刚到五日,准准的又到州里去啼哭,要生要死。州守相公没奈何,只苦得批较[②]差人张千、李万。一连比了十数限,不知打了多少竹批[③],打得爬走不动。张千得病身死,单单剩得李万,只得到尼姑庵来拜求闻氏道:"小的情极[④],不得不说了。其实奉差来时,有经历金绍,口传杨总督钧旨,教我中途害你丈夫,就所在地方,讨个结状[⑤]回报。我等口虽应承,怎肯行此不仁之事?不知你丈夫何故,忽然逃走,与我们实实无涉。青天在上,若半字虚情,全家祸灭。如今官府五日一比,兄弟张千,已自打死;小的又累死,也是冤枉。你丈夫的确未死,小娘子他日夫妇相逢有日。只求小娘子休去州里啼啼哭哭,宽小的比限,完全狗命,便是阴德。"闻氏道:"据你说不曾谋害我丈夫,也难准信;既然如此说,奴家且不去禀官,容你从容查访。只是你们自家要上紧用心,休得怠慢。"李万喏喏连声而去。有诗为证:

白金廿两酿凶谋,谁料中途已失囚。
锁打禁持熬不得,尼庵苦向妇人求。

官府立限缉获沈襄,一来为他是总督衙门的紧犯,二来为妇人日日哀求,所以上紧严比。今日也是那李万不该命绝,恰好有个机会。却说总督杨顺,御史路楷,两个日夜商量,奉承严府,指望旦夕封侯拜爵;谁知朝中有个兵科给事中吴时来,风闻杨顺横杀平民冒功之事,把他尽情劾奏一本,并劾路楷朋奸助恶。嘉靖爷正当设醮祝釐,见说杀害平民,大伤和气,龙颜大怒,着锦衣卫扭解来京问罪。严嵩见圣怒不测,一时不及救护,到

---

① 依缴——缴,指下属向上级缴差的覆文。依缴,即批准覆文中所陈述的对事务的处理。

② 批较——官府手下人如不按期完成差事,受即杖责,称比较。

③ 竹批——一端劈开的竹棒;竹杖。作刑具。

④ 情极——发急。

⑤ 结状——证明事情已经了结的文书。

底亏他于中调停，止于削爵为民。可笑杨顺、路楷杀人媚人，至此徒为人笑，有何益哉？再说贺知州听得杨总督去任，已自把这公事看得冷了；又闻氏连次不来哭禀，两个差人又死了一个，只剩得李万，又苦苦哀求不已。贺知州吩咐，打开铁链，与他个广捕文书①，只教他用心缉访，明是放松之意。李万得了广捕文书，犹如捧了一道赦书，连连磕了几个头，出得府门，一道烟走了。身边又无盘缠，只得求乞而归，不在话下。

却说沈小霞在冯主事家复壁之中，住了数月，外边消息无有不知，都是冯主事打听将来，说与小霞知道。晓得闻氏在尼姑庵寄居，暗暗欢喜。过了年余，已知张千、李万都逃了，这公事渐渐懒散。冯主事特地收拾内书房三间，安放沈襄在内读书，只不许出外，外人亦无有知者。冯主事三年孝满，为有沈公子在家，也不去起复做官。

光阴似箭，一住八年。值严嵩一品夫人欧阳氏卒，严世蕃不肯扶柩还乡，唆父亲上本留己侍养，却于丧中簇拥姬妾，日夜饮酒作乐。嘉靖爷天性至孝，访知其事，心中甚是不悦。时有方士蓝道行，善扶鸾之术。天子召见，教他请仙，问以辅臣贤否。蓝道行奏道："臣所召乃是上界真仙，正直无阿，万一箕下判断有忤圣心，乞恕微臣之罪。"嘉靖爷道："朕正愿闻天心正论，与卿何涉？岂有罪卿之理？"蓝道行书符念咒，神箕自动，写出十六个字来，道是：

高山番草，父子阁老。日月无光，天地颠倒。

嘉靖爷爷看了，问蓝道行道："卿可解之。"蓝道行奏道："微臣愚昧未解。"嘉靖爷道："朕知其说。'高山'者，'山'字连'高'，乃是'嵩'字。'番草'者，'番'字'草'头，乃是'蕃'字。此指严嵩、严世蕃父子二人也。朕久闻其专权误国，今仙机示朕，朕当即为处分，卿不可泄于外人。"蓝道行叩头，口称不敢，受赐而出。

从此嘉靖爷渐渐疏了严嵩。有御史邹应龙，看见机会可乘，遂劾奏严世蕃凭藉父势，卖官鬻爵，许多恶迹，宜加显戮。其父严嵩溺爱恶子，植党

① 广捕文书——即海捕文书，不指定地点，随处可以缉捕人犯的文书。通缉令。

蔽贤,宜亟赐休退,以清政本。嘉靖爷见疏大喜,即升应龙为通政右参议①。严世蕃下法司,拟成充军之罪,严嵩回籍。未几,又有江西巡按御史林润,复奏严世蕃不赴军伍,居家愈加暴横,强占民间田产,畜养奸人,私通倭虏,谋为不轨。得旨三法司② 提问,问官勘实覆奏,严世蕃即时处斩,抄没家财,严嵩发养济院③ 终老。被害诸臣尽行昭雪。

冯主事得此喜信,慌忙报与沈襄知道,放他出来,到尼姑庵访问那闻淑女。夫妇相见,抱头而哭。闻氏离家时,怀孕三月,今在庵中生下一孩子,已十岁了。闻氏亲自教他念书,五经皆已成诵,沈襄欢喜无限。冯主事方上京补官,教沈襄同去讼理父冤,闻氏暂迎归本家园上居住。沈襄从其言,到了北京。冯主事先去拜了通政司邹参议,将沈炼父子冤情说了,然后将沈襄讼冤本稿送与他看,邹应龙一力担当。次日,沈襄将奏本往通政司挂号投递。圣旨下,沈炼忠而获罪,准复原官,仍进一级,以旌其直。妻子召还原籍。所没入财产,府县官照数给还。沈襄食廪年久准贡④,敕授知县之职。沈襄复上疏谢恩,疏中奏道:"臣父炼向在保安,因目击宣大总督杨顺,杀戮平民冒功,吟诗感叹,适值御史路楷,阴受严世蕃之嘱,巡按宣大,与杨顺合谋,陷臣父于极刑,并杀臣弟二人,臣亦几于不免。冤尸未葬,危宗几绝,受祸之惨,莫如臣家。今严世蕃正法,而杨顺、路楷安然保首领于乡,使边廷万家之怨骨,衔恨无伸;臣家三命之冤魂,含悲莫控。恐非所以肃刑典而慰人心也。"圣旨准奏,复提杨顺、路楷到京,问成死罪,监刑部牢中待决。

沈襄来别冯主事,要亲到云州,迎接母亲和兄弟沈袠到京,依傍冯主事寓所相近居住;然后往保安州访求父亲骸骨,负归埋葬。冯主事道:"老年嫂处适才已打听个消息,在云州康健无恙。令弟沈袠,已在彼游庠⑤了。下官当遣人迎之。尊公遗体要紧,贤侄速往访问,到此相会令堂可

---

① 通政右参议——通政司,官署名,掌内外章奏。通政司设置左右参议各一人。

② 三法司——即刑部、都察院、大理寺。

③ 养济院——一种官办的收容贫民的机构。

④ 准贡——准作贡生。

⑤ 游庠(xiáng)——科举时代,经州县考试录取为生员而入学。

也。”沈襄领命，径往保安。一连寻访两日，并无踪迹。第三日，因倦借坐人家门首，有老者从内而出，延进草堂吃茶。见堂中挂一轴子，乃楷书诸葛孔明两次《出师表》也。表后但写年月，不着姓名。沈小霞看了又看，目不转睛。老者道：“客官为何看之？”沈襄道：“动问老丈，此字是何人所书？”老者道：“此乃吾亡友沈青霞之笔也。”沈小霞道：“为何留在老丈处？”老者道：“老夫姓贾名石，当初沈青霞编管此地，就在舍下作寓。老夫与他八拜之交，最相契厚。不料后遭奇祸，老夫惧怕连累，也往河南逃避。带得这二幅《出师表》，裱成一幅，时常展视，如见吾兄之面。杨总督去任后，老夫方敢还乡。嫂嫂徐夫人和幼子沈衮，徙居云州，老夫时常去看他。近日闻得严家势败，吾兄必当昭雪，已曾遣人去云州报信。恐沈小官人要来移取父亲灵柩，老夫将此轴悬挂在中堂，好教他认认父亲遗笔。”沈小霞听罢，连忙拜倒在地，口称“恩叔”。贾石慌忙扶起道：“足下果是何人？”沈小霞道：“小侄沈襄，此轴乃亡父之笔也。”贾石道：“闻得杨顺这厮，差人到贵府来提贤侄，要行一网打尽之计。老夫只道也遭其毒手，不知贤侄何以得全？”沈小霞将临清事情，备细说了一遍，贾石口称难得，便吩咐家童治饭款待。沈小霞问道：“父亲灵柩，恩叔必知，乞烦指引一拜。”贾石道：“你父亲屈死狱中，是老夫偷尸埋葬，一向不敢对人说知。今日贤侄来此搬回故土，也不枉老夫一片用心。”

说罢，刚欲出门，只见外面一位小官人骑马而来。贾石指道：“遇巧，遇巧！恰好令弟来也。”那小官便是沈衮。下马相见，贾石指沈小霞道：“此位乃大令兄讳襄的便是。”此日弟兄方才识面，恍如梦中相会，抱头而哭。贾石领路，三人同到沈青霞墓所，但见乱草迷离，土堆隐起。贾石引二沈拜了，二沈俱哭倒在地。贾石劝了一回道：“正要商议大事，休得过伤。”二沈方才收泪。贾石道：“二哥、三哥，当时死于非命，也亏了狱卒毛公存仁义之心，可怜他无辜被害，将他尸藁葬于城西三里之外。毛公虽然已故，老夫亦知其处，若扶令先尊柩回去，一起带回，使他父子魂魄相依，二位意下何如？”二沈道：“恩叔所言，正合愚弟兄之意。”当日又同贾石到城西看了，不胜悲感。次日，另备棺木，择吉破土，重新殡殓。二人面色如生，毫不朽败，此乃忠义之气所致也。二沈悲哭自不必说。当时备下车仗，抬了三个灵柩，别了贾石起身。临别沈襄对贾石道：“这一轴《出师表》，小侄欲问恩叔取去，供养祠堂，幸勿见拒。”贾石慨然许了，取下挂轴相赠。二沈就草堂拜谢,垂泪而别。沈襄先奉灵柩到张家湾①,觅船装载。

沈襄复身又到北京,见了母亲徐夫人,回复了说话,拜谢了冯主事起身。此时京中官员,无不追念沈青霞忠义,怜小霞母子扶柩远归,也有送勘合② 的,也有赠赙金③ 的,也有馈赆仪④ 的。沈小霞只受勘合一张,余俱不受。到了张家湾,另换了官座船,驿递起人夫一百名牵缆,走得好不快。不一日,来到临清,沈襄吩咐座船,暂泊河下,单身入城,到冯主事家投了主事平安书信,园上领了闻氏淑女并十岁儿子下船。先参了灵柩,后见了徐夫人。那徐氏见了孙儿如此长大,喜不可言。当初只道灭门绝户,如今依旧有子有孙;昔日冤家,皆恶死见报。天理昭然,可见做恶人的到底吃亏,做好人的到底便宜。

闲话休提。到了浙江绍兴府,孟春元领了女儿孟氏,在二十里外迎接。一家骨肉重逢,悲喜交集。将丧船停泊马头,府县官员都在吊孝。旧时家产,已自清查给还。二沈扶柩葬于祖茔,重守三年之制,无人不称大孝。抚按又替沈炼建造表忠祠堂,春秋祭祀。亲笔《出师表》一轴,至今供奉在祠堂之中。

服满之日,沈襄到京受职,做了知县。为官清正,直升到黄堂知府。闻氏所生之子,少年登科,与叔叔沈衮同年进士。子孙世世书香不绝。

冯主事为救沈襄一事,京中重其义气,累官至吏部尚书。忽一日,梦见沈青霞来拜候道:"上帝怜某忠直,已授北京城隍之职。屈年兄为南京城隍,明日午时上任。"冯主事觉来甚以为疑,至日午,忽见轿马来迎,无疾而逝。二公俱已为神矣。有诗为证,诗曰:

生前忠义骨犹香,魂魄为神万古扬。
料得奸魂沉地狱,皇天果报自昭彰。

---

① 张家湾——在通州(今北京通县)南十五里,明时为南北水陆交通要会,十分繁盛。

② 勘合——明代官府公文,一式两份,中盖骑缝章,以供勘验。

③ 赙(fù)金——助人办丧事的钱。

④ 赆(jìn)仪——临别时赠送的财物;送行的路费和礼品。